HENRIK SIEBOLD

Inspektor Takeda und das schleichende Gift

aufbau taschenbuch

Henrik Siebold ist Journalist und Buchautor. Er hat unter anderem für eine japanische Tageszeitung gearbeitet sowie mehrere Jahre in Tokio gelebt. Unter einem Pseudonym hat er mehrere Romane veröffentlicht.
Im Aufbau Taschenbuch erschienen zuletzt »Inspektor Takeda und der schöne Schein« und »Inspektor Takeda und der tödliche Ruhm«.
Alle lieferbaren Titel sehen Sie unter aufbau-verlage.de.

Klaus-Peter Haffner gilt als ein sehr erfolgreicher Anwalt – und auch als ein Mann, der über Leichen geht. Als er in seinem Haus erschossen wird, haben Ken Takeda und Claudia Harms gleich eine ganze Reihe von Verdächtigen zur Auswahl. Allen voran Haffners eigene Tochter, die ihren Vater hasst, weil er sich früh von ihrer Mutter scheiden ließ, und Jost Weber, Star in einer Telenovela, der wegen Vergewaltigung vor Gericht stand, der zwar freigesprochen wurde, doch dessen Ruf nun ruiniert ist. Inspektor Takeda jedoch ist dafür bekannt, dass er genauer hinter die Fassaden schaut – und plötzlich findet er heraus, dass Haffner Zeuge in einem Mordfall war. Vor fast vierzig Jahren wurde eine Mitschülerin ermordet. Haffner brachte den Schuldigen hinter Gitter – doch nun ist der Mann seit einigen Jahren wieder auf freiem Fuß.

Henrik Siebold

INSPEKTOR TAKEDA UND DAS SCHLEICHENDE GIFT

KRIMINALROMAN

atb aufbau taschenbuch

MIX
Papier | Fördert gute Waldnutzung
FSC® C083411
FSC
www.fsc.org

ISBN 978-3-7466-3896-6

Aufbau Taschenbuch ist eine Marke
der Aufbau Verlage GmbH & Co. KG

3. Auflage 2025

www.aufbau-verlage.de
10969 Berlin, Prinzenstraße 85

Bei Fragen zur Sicherheit unserer Produkte wenden Sie sich bitte an
produktsicherheit@aufbau-verlage.de.
Umschlaggestaltung www.buerosued.de, München
unter Verwendung eines Motives von
© mauritius images / Westend61 / Kerstin Bittner
Satz Greiner & Reichel, Köln
Druck und Binden CPI books GmbH, Leck, Germany

Printed in Germany

Sonntag

1.

»Du musst schießen, Ken! Überleg nicht lange, schieß!«

Inspektor Kenjiro Takeda wusste, dass er keine Wahl hatte. Jetzt oder nie. Es kam ganz auf ihn an.

Für kurze Momente schloss der Polizist aus Tokio die Augen, spürte seinen Atem, spürte seinen Herzschlag. Ruhe durchströmte ihn, sogar jetzt, im Augenblick der höchsten Konzentration. Dann ging er leicht in die Knie, visierte sein Ziel an und schoss.

Die Kugel beschrieb eine leichte Ellipse und traf krachend ins Ziel. Klack, klack! Metall auf Metall. Die bereits platzierten Kugeln der Gegner stoben davon, während Takedas eigener Wurf träge am Boden weiterrollte ... die ewige Frage beim Boulespiel, legen oder schießen? Takeda hatte die richtige Entscheidung getroffen.

Aber würde seine Kugel wirklich das Ziel erreichen? Würde sie dem Schweinchen, dem kleinen hölzernen Zielkügelchen am nächsten kommen? Genügte ihr Schwung, oder würde sie auf dem sandigen Untergrund im Hamburger Stadtpark zu früh liegen bleiben? Es ging um Millimeter! Komm schon, roll weiter! Takeda selbst und alle seine Mitspieler hielten den Atem an. Dann, mit zeitlupenhafter Geschwindigkeit, schob sich die Kugel in die Mitte des Feldes, passierte die letzte Gegnerkugel, rollte noch einen, zwei Fingerbreit weiter, bis sie schließlich unmittelbar neben dem Schweinchen liegen blieb.

Das war der Sieg!

Applaus brandete auf. Jubelrufe waren zu hören. Takedas Teammitglieder, Männer wie Frauen, rannten zu ihm, umarmten ihn, klopften ihm auf die Schulter.

»Bravo, Ken – ein Meisterschuss!«

»Gut gemacht! Das war die Entscheidung!«

»Sag selbst, Ken. Boule ist zwar keine japanische Erfindung. Aber das Spiel ist doch wie für euch gemacht, oder?«

Die Frau, die das sagte, hieß Sandra Kamp. Takeda war mit ihr und ihrem Mann Jochen befreundet. Er sah sie verdutzt an, musste dann lächeln. »Du hast recht, Sandra. Vieles, was wir Japaner schätzen, ist beim Boule wichtig. Die Ruhe, die Konzentration, dazu die Perfektionierung einer einzigen Bewegung ...«

»Man merkt es an dir! Du spielst noch nicht lange und bist schon so gut geworden!«

»Danke.«

»Kommt, Leute! Ken! Sandra! Machen wir eine Pause. Stoßen wir auf unseren Sieg an!«

Jochen winkte ihnen aufmunternd zu. Der Inspektor ging mit den anderen hinüber zu dem Tapeziertisch, der neben der Spielfläche aufgebaut war. Er war beladen mit Schalen voller Salat, Oliven, eingelegten Artischocken, Spießen, dazu Baguette und Schwarzbrot, verschiedene Weine, rot und weiß. *Savoir-vivre* ... Die französische Redewendung ließ sich mit Recht auch auf die Deutschen übertragen, jedenfalls auf die Deutschen von heute, fand Takeda. Zu leben wissen ... ja, das hatten die Menschen hierzulande wahrlich gelernt!

Es war Sommer in Hamburg, ein früher Sonntagabend im Juli. Immer noch war es warm, fast heiß, und durch den Park waberte der Duft nach Holzkohle und Grillfleisch. Die Rufe der nahen Fußballspieler waren zu hören, dazu die Musik der afrikanischen Trommler und der feiernden Latinos – ein wunderbares, kunterbuntes Durcheinander.

Wieder einmal dachte Takeda, dass ihm das Austauschprogramm der Polizeiorganisationen, das ihn nach Deutschland geführt hatte, so viel mehr eingebracht hatte als nur interessante Einblicke in die hiesige Ermittlungsarbeit. Er hatte in Hamburg zu einem neuen, entspannten Lebensgefühl gefunden, das er nicht mehr missen wollte.

2.

Kriminalhauptkommissarin Claudia Harms saß zur selben Zeit in einem Café an der Außenalster. Grüne Weiden, blaues Wasser. Segelboote. Dazu ein Hugo auf Eis.

Perfekt.

Aber war es das wirklich?

Vor wenigen Tagen hatte sie das Kündigungsschreiben für ihre Wohnung im Briefkasten gehabt. Wegen Eigenbedarfs. Bei einem Telefonat hatte ihr Vermieter von einer Nichte gesprochen, die zum Studium nach Hamburg käme und ein Dach über dem Kopf bräuchte. Eine Dreizimmerwohnung? Für eine Studentin? Echt jetzt, Herr Lessing? Lessing, ihr Vermieter, war von Beruf Rechtsanwalt. Er bot Claudia an, ihr die Rechtslage gerne in einem persönlichen Gespräch zu erläutern. Gönnerhaft fügte er noch hinzu, dass, sollte Claudia schneller als vertraglich vereinbart ausziehen, sie keine Renovierung vornehmen müsse. Und da sei ja doch einiges zu machen, nach all den Jahren, Frau Harms, überlegen Sie es sich. Aber lassen Sie sich nicht zu viel Zeit.

Claudia machte sich keine Illusionen. Gegen einen wie Lessing hatte sie keine Chance. Sie musste aus der Wohnung raus. Was das hieß, war klar, angesichts des Mietmarktes. Sie würde sich entweder drastisch verkleinern oder weit aus der Stadt hinausziehen müssen.

So war das Schicksal von Polizisten heutzutage. Sie mussten für Ruhe und Ordnung in einer Stadt sorgen, in der sie sich selbst keine Wohnung mehr leisten konnten.

Der zweite Grund für Claudias nicht allzu prächtige Laune saß ihr gegenüber und hörte auf den Namen Daniel. Dabei sollte er sie doch eigentlich zum Lächeln bringen.

Daniel war Ende dreißig und ein hübscher Kerl. Kantiges Kinn, schöne, blaue Augen. Er bemühte sich nach Kräften um ein lockeres Gespräch, bei dem sie sich näher kennenlernen könnten.

»Du bist also Lehrerin? So stand's in deinem Profil«, fragte Daniel und sah sie neugierig an.

»Mmh. Genau. Lehrerin.«

»Welche Fächer unterrichtest du?«

»Ach, alles Mögliche. Deutsch, Mathe, Sport ... was es halt so gibt.«

Er nickte beeindruckt. »Ich stelle es mir toll vor, mit jungen Menschen zu arbeiten. Ist auch total wichtig. Ich meine, junge Leute sind unsere Zukunft!«

Claudia wollte in aller Ernsthaftigkeit zustimmen, musste dann aber doch lachen. Mal ehrlich, so einen Spruch würde man ja nicht einmal in ein Poesiealbum schreiben. Aber Daniel dachte wirklich, er könnte damit Punkte bei ihr machen.

Ein wenig schnoddrig sagte sie: »Sicher, gute Schulbildung ist wichtig. Weil, wenn es falsch läuft, landen die jungen Leute auf der schiefen Bahn. Dann werden sie Mörder oder Totschläger, Betrüger, Handtaschendiebe ... nichts Gutes jedenfalls.«

»Äh ... ja. Das ist dann nicht so schön.«

Claudia trank einen Schluck von ihrem Hugo. Verdammt, sie musste sich mehr Mühe geben. Dieser Daniel konnte schließlich nichts dafür, dass sie nur mit halbem Herzen hier saß.

Sieh es doch einfach positiv, ermahnte sie sich im Stillen. Die Zeichen stehen auf Veränderung. In jeder Hinsicht. Wohnen. Männer. Das ganze Leben. Akzeptiere es.

Claudia rang sich zu einem Lächeln durch. »Und du? Du bist im Außenhandel, richtig?«

»Ja, genau. Ich mache Logistik bei einer großen Einkaufsgenossenschaft. Agrarprodukte aus Afrika und Asien. Ist eine Herausforderung. Da geht's um globale Handelsnetze, Verhandlungen mit Produzenten, aber auch Regierungsstellen. Im Zweifel mit der lokalen Mafia. Anstrengend. Ab und zu gefährlich. Aber ich mache es gerne ...«

Er sah sie an, als könnte sie gar nicht anders, als beeindruckt zu sein. Claudia aber hörte schon gar nicht mehr richtig zu. Das mit dem Onlinedating war die Idee ihrer Freundin Gudrun gewesen. An einem Abend vor vierzehn Tagen hatte sie Claudia mit strenger Stimme ermahnt: »Triff dich endlich wieder mit einem Mann, Claudia. Früher warst du doch auch keine Kostverächterin. Tu es! Sonst kapiert dein Herz nie, dass es mit dem Japaner vorbei ist.«

»Du hast ja recht. Trotzdem …«

»Und hör auf zu jammern! Es war deine Entscheidung, nicht seine. Takeda wollte mit dir zusammen sein. Du hast Schluss gemacht. Vergiss das nicht.«

»Ich weiß. Aber das macht es nicht besser.«

Es stimmte. Sie hatte die Sache mit Ken endgültig beendet. Warum eigentlich? Weil sie sich gestritten hatten? Oder weil sie sich eingeengt gefühlt hatte? Vielleicht. Aber das waren nur Symptome, nicht die Ursache. Der wahre Grund lag tiefer. Es lief vermutlich darauf hinaus, dass sie einfach beziehungsunfähig war. Ihre Eltern hatten ihr eine miese Ehe vorgelebt. Ständiger Streit, Betrügereien, eisiges Schweigen. So wollte sie nicht enden. Darum wurde sie bei den kleinsten Krisensymptomen panisch. Mit Takeda war es eigentlich gut gewesen. Aber würde es so bleiben? Bestimmt nicht. Also lieber Schluss machen, bevor es zu spät war.

Gudrun hatte sie dann kurzerhand bei dem Datingportal angemeldet, hatte aus Claudia eine Lehrerin gemacht. Welcher Mann ließ sich schon auf ein Date mit einer Polizistin ein? Dann noch mit einer vom Mord?

Gemeinsam hatten sie die ersten Kandidaten ausgesucht, sich schließlich für Daniel entschieden. Nicht toll. Aber auch nicht total unmöglich. War einen Versuch wert.

Daniel durchschaute sie. Er versuchte ein tapferes Lächeln. »Warum bist du eigentlich hier? Du willst mich doch gar nicht kennenlernen, oder?«

»Weiß nicht. Doch, eigentlich schon.«

»Trotzdem bist du nicht bei der Sache.«

»Du hast recht. Tut mir leid.«

»Woran liegt es? Ein anderer Mann? Einer, über den du noch nicht hinweg bist?«

»Ja, ich glaube, das ist es.«

»Bist du verlassen worden?«

»Eher umgekehrt. Ist kompliziert. Ich bin kompliziert.«

»Das merkt man. Aber weißt du was? Ich kenne eine super Methode, wie du auf andere Gedanken kommst.«

»Und zwar?«

»Verbring die Nacht mit mir! Glaub mir, danach spielt kein anderer Mann mehr eine Rolle für dich.«

Claudia starrte ihn ungläubig an. »Dir ist schon klar, dass wir uns gerade mal seit einer halben Stunde kennen?«

»Sicher. Aber ich verspreche dir, du wirst es nicht bereuen.«

Claudia stutzte und brach dann in schallendes Gelächter aus. Sie wollte Daniel gerade eine saftige Erwiderung an den Kopf knallen, als ihr Handy klingelte. Sie fischte das Gerät aus der Tasche und nahm das Gespräch an. Das Präsidium. Schon während sie lauschte und aufstand, sagte sie in Daniels Richtung: »Tut mir leid, ich muss los. Ein Einsatz.«

»Ein Einsatz! An der Schule?«

»Wieso Schule?«

»Du bist doch Lehrerin!«

»Ach so ... nee, das war Quatsch. In Wirklichkeit bin ich Bulle bei der Mordkommission.«

Er sah sie kopfschüttelnd an. »Ganz schön frech, so zu lügen.«

»Wieso? Hast du doch auch getan!«

»Ich? Wieso?«

»Du meintest, du wärst ein netter Kerl. Kein Vollidiot, der ohne Aufwand eine Frau ins Bett kriegen möchte. Schönen Abend noch.«

Claudia drehte sich um und ging. War besser so. Sie war sich nicht sicher, ob sie immer noch lachen oder eher heulen würde.

3.

Der Mann saß am Schreibtisch seines Arbeitszimmers, als wäre er eingeschlafen. Sein Kopf war auf die Brust gesackt, die Arme hingen schlaff an den Seiten herab, die Beine waren ausgestreckt, so dass er ein wenig in seinem Stuhl nach unten gerutscht war.

Was nicht ins Bild eines Schlafenden passte, waren die Schussverletzungen in der Brust, am Hals, an der Stirn des Mannes, dazu die dunkelrote Blutspur, die sich über sein Hemd bis auf die Hose zog und auch eine riesige, schon eingetrocknete Lache unter dem Tisch gebildet hatte. Außerdem waren auf dem Fußboden blutverschmierte Fußspuren zu erkennen, die vom Schreibtisch in Richtung Tür führten.

Takeda war noch vor Claudia am Tatort eingetroffen, nachdem sie ihn auf dem Handy angerufen hatte. Sie selbst wollte noch kurz nach Hause, sie wäre für einen Mordfall einfach zu unpassend gekleidet. Er hingegen war direkt vom Stadtpark aufgebrochen, in Jeans und T-Shirt. Ebenfalls unpassend. Aber wen interessierte das?

Als Takeda ankam, hatten ihm die Kollegen der Spurensicherung, die bereits vor Ort waren, einen Überblick über die Lage gegeben. Anders als sonst hatten sie auf die spöttischen Sprüche zur Begrüßung – *Ah, der Samurai ist eingetroffen! Seht mal, unser Pokemon-Detektiv ist da!* – verzichtet. Takeda nahm es mit einem zufriedenen Lächeln zur Kenntnis. Offenbar hatten sie ihn endlich, nach fast einem Jahr des Aufenthalts in Hamburg, als das akzeptiert, was er war: ein vollwertiges Mitglied der Mordkommission.

Sicher, nach weiteren zwölf Monaten, wenn das Austauschprogramm mit Hamburg auslief, würde er nach Japan ans Keishichō, das Tokioter Polizeipräsidium, zurückkehren. Bis dahin aber arbeitete er bei allem mit, was anfiel. Er war ein Mitarbeiter wie alle anderen. Nicht mehr, nicht weniger.

Der Tatort befand sich in Billwerder, einem fast dörflich wirkenden Ortsteil im Osten von Hamburg. Die Gegend nannte man die Marschlande, gelegen zwischen dem Strom der Elbe und dem Geesthang, der die Flussebene eingrenzte. Takeda war noch nie hier gewesen, war überrascht von der idyllischen Umgebung. Wiesen und Felder, dazu reetgedeckte Häuser mit stuckverzierten Fassaden, die von bäuerlichem Wohlstand zeugten. Ihm war nicht klar gewesen, dass es in Hamburg auch solch ländliche, beschauliche Flecken gab.

Ein uniformierter Kollege nahm ihn in Empfang und führte ihn zum eigentlichen Tatort. Er stellte sich als Torsten Kühne vor, wollte Toddi genannt werden. Er erkundigte sich nach Claudia, die er zu kennen schien, und Takeda erklärte, dass sie sicherlich bald eintreffen würde.

Toddi führte Takeda um das große Haupthaus herum. Es war ebenfalls ein Bauernhaus, das offenbar teuer und aufwendig saniert worden war. Viele der alten Fachwerkelemente waren durch Glas ersetzt worden, das Reetdach offenbar erst vor Kurzem erneuert worden. Die vordere Fassade wurde von Buschrosen verziert, der Garten war von professioneller Hand gepflegt. Vor einer Doppelgarage standen zwei Autos, ein großer SUV sowie ein kleinerer Sportwagen, beides hochpreisige Modelle.

Hier wohnte Geld, so viel stand fest.

Hinter dem Haus befand sich ein kleineres Nebengebäude, auf das Toddi zusteuerte. Takeda vermutete, dass es ursprünglich ein Stall, vielleicht auch ein Schuppen für landwirtschaftliches Gerät gewesen war. Wie das Haupthaus war es aufwendig saniert worden, diente nun offenbar als Büro oder Arbeitszimmer.

Gemeinsam mit Toddi trat Takeda in die offene Tür des Büros, sah den Toten am Schreibtisch, das Blut auf seiner Kleidung, die Schusswunden.

Auch hier waren zwei Kollegen der Spurensicherung bei der Arbeit. Beide trugen weiße Schutzanzüge. Ohne den Toten weiter zu beachten, bestäubten sie mit großen Pinseln Gegenstände oder platzierten Nummernwimpel neben möglichen Beweisstücken. Sie grüßten Takeda, baten ihn, sich noch einige Minuten zu gedulden, bevor er einträte.

Der Inspektor bestätigte es mit einer kleinen Verbeugung. Er wusste, dass die Spusi immer den ersten Zugriff am Tatort hatte. Weder die Ermittler noch die Rechtsmediziner durften näher rücken, bevor die Spusi-Mitarbeiter nicht grünes Licht gaben, immerhin konnten auch die Ermittler wertvolle Spuren zerstören.

Toddi, der neben Takeda stand, erklärte: »Das Opfer heißt Klaus-Peter Haffner. Er ist sechsundfünfzig Jahre alt, Rechtsanwalt. Seine Ehefrau hat ihn gefunden. Sie war zusammen mit der Tochter übers Wochenende verreist und ist am frühen Abend wiedergekommen. Die Fußspuren sind laut eigener Aussage von ihr. Sie dachte, er wäre verletzt, und ist reingerannt. Dann hat sie erst kapiert, was los ist.«

»Wo ist die Frau jetzt?«

»Im Haupthaus.«

»Wird sie betreut?«

»Eine Kollegin ist bei ihr. Scheint aber nicht unbedingt nötig zu sein. Sie wirkt ziemlich gefasst.«

»Sie findet ihren erschossenen Ehemann und ist gefasst!?«

»Vielleicht kommt der eigentliche Schock erst mit Verzögerung. Haben wir schon erlebt, oder?«

Takeda nickte. »Was ist mit der Tochter?«

»Kann ich nicht sagen. Sie ist klein, höchstens sieben oder acht Jahre alt. Sie hat ihren Vater ebenfalls so gesehen, anscheinend noch vor ihrer Mutter.«

»Sollen wir psychologische Unterstützung für sie anfordern?«

»Die Mutter sagt, nein, es sei nicht nötig.«

»In Ordnung. Wir werden später mit den beiden sprechen.«

»Ich sorge dafür, dass sie hierbleiben. Wenn du mich jetzt nicht mehr brauchst, gehe ich wieder nach vorne. Ich muss das Gelände absperren, es wird langsam voll.«

»Voll?«

Toddi grinste. »Schaulustige. Ist nicht unbemerkt geblieben, dass hier etwas vor sich geht. Die ersten Filmchen sind bestimmt schon auf Facebook oder Insta.«

Takeda trat einige Schritte zurück und blickte in Richtung der Grundstücksauffahrt. Tatsächlich hatte sich dort eine kleine Menschenmenge eingefunden, vermutlich Nachbarn oder auch zufällig vorbeigekommene Spaziergänger. Einige von ihnen hielten ihre Handys in die Höhe.

Die Zeiten, in denen Livebilder etwas Besonderes waren, vielleicht aufwendig vom Ü-Wagen einer Fernsehanstalt versendet wurden, waren lange vorbei. Heutzutage war jeder seine eigene TV-Station. Ein simples Smartphone mit Datenverbindung genügte.

Es war inzwischen eher umgekehrt: Wozu es keine Bilder gab, war auch nichts geschehen. Zumindest interessierte sich niemand dafür.

»Sicher, geh ruhig, Kollege. Danke.«

Toddi tippte sich an die Uniformmütze und marschierte nach vorne. Takeda blieb im Türbogen des Arbeitszimmers stehen. Während die Spusi-Kollegen weiter ihre Arbeit verrichteten, ließ er die Szenerie auf sich wirken.

Tatorte konnten viel erzählen, wenn man nur verstand, ihnen zuzuhören. Das war eine Ermittlerweisheit, die in Deutschland wie in Japan, ja vermutlich auf der ganzen Welt galt. An einem Tatort ließ sich die Art der Tatbegehung erahnen, die Umstände, unter denen das Opfer gelebt hatte, zumeist auch das Vorgehen des Täters.

Im Zweifel entschied sich hier bereits, in welche Richtung die Ermittlungen gehen würden.

Das Mobiliar in dem Büro wirkte gediegen. Der Schreibtisch war modern, aus Glas und dunklem Stahl. Davor standen zwei Besucherstühle aus schwarzem Leder mit Rahmen aus verchromtem Metall. An den Wänden befanden sich Aktenschränke mit gelackten Oberflächen, außerdem Bücherborde, auf denen ledergebundene Bände standen. Es waren Urteilssammlungen und Gesetzestexte, soweit Takeda erkennen konnte, zum Teil auch großformatige Kunstbände.

Also ein Anwalt, der sich für mehr als seine Arbeit interessierte. Das machte auch das gerahmte Bild deutlich, das zwischen zwei Aktenregalen an der Wand hing. Es zeigte mehrere Figuren, die in bunten Farben gemalt waren. Eine davon trug einen Hut. Das Bild wirkte fröhlich und verspielt, es gefiel Takeda. Nur wollte die ausgelassene Stimmung, die es ausdrückte, so gar nicht zu dem erschossenen Mann hinter dem Schreibtisch passen.

4.

Noch während Takeda den Raum betrachtete, hörte er Schritte hinter sich. Claudia trat neben ihn. Sie folgte seinem Blick und erklärte: »Gefällt dir das Bild? Es ist ein Lindenberg. Nicht schlecht, oder?«

»Ich mag es. Es ist ein bisschen wie ein Manga. Ist Lindenberg ein Maler?«

»Eigentlich ist er Rockmusiker. Er singt auf Deutsch, er war sogar einer der Ersten, die das getan haben, schon in den siebziger Jahren. Aber er malt auch. Seine Bilder nennt er Likörelle, weil er sie nicht mit Farben, sondern mit alkoholischen Getränken malt.«

»Bilder aus Schnaps? Das ist ungewöhnlich.«

Claudia lachte. »Wie der ganze Mann. Ich glaube, er würde dir gefallen. Aber egal, darum sind wir nicht hier. Es tut mir übrigens leid, dass ich so spät komme. Ich war noch ... mit einer Freundin unterwegs. Ich musste erst nach Hause und mich umziehen.«

»Kein Problem. Wir können ohnehin noch nicht viel machen. Die Kollegen sind noch bei der Arbeit.«

»Sehe ich.«

Claudia grüßte die Spusi-Mitarbeiter. Die erklärten, wie schon gegenüber Takeda, dass sie noch ein paar Augenblicke bräuchten, bevor die Ermittler loslegen könnten.

»Schon gut. Lasst euch Zeit.«

Claudia tat dasselbe wie Takeda, sie ließ den Tatort auf sich wirken, betrachtete den Toten am Schreibtisch, die Einrichtung, die Blutspuren am Boden.

»Und? Was denkst du?«, fragte sie nach einer Weile.

»Kein Überfall, kein Raubmord. Sonst wären sicherlich die Schränke durchwühlt worden«, erklärte Takeda.

»Stimmt, die Einrichtung ist unberührt. Glaubst du, dass Täter und Opfer sich kannten?«

»Ja. Der Mann heißt Klaus-Peter Haffner und war Anwalt. Sieh mal, auf seiner Seite des Tisches stehen ein Glas Wein und eine Flasche …«

»… und auf der Besucherseite liegt noch ein Untersetzer. Wer immer hier war, er war klug genug, sein Glas mitzunehmen, um uns keine Fingerabdrücke zu hinterlassen.«

»Vielleicht gab es Streit mit einem Mandanten? Oder einem juristischen Gegner?«

»Möglich. Was fällt dir sonst auf?«

»Die beiden Besucherstühle … seltsam, findest du nicht?«

Claudia sah auf die Sitzmöbel vor dem Schreibtisch. Es waren filigrane Konstruktionen aus silberfarbenem Rohr und feinstem Leder. Designerstücke. Sicherlich teurer als alles, was sie selbst an Möbeln besaß.

»Der Tote hatte Geschmack. Und er konnte sich ein teures Interieur leisten. Aber ich nehme an, darauf willst du nicht hinaus?«

»In der Tat, es geht mir um etwas anderes. Ich müsste vorher nur …« Takeda wandte sich an die Spusi-Mitarbeiter und fragte, ob er und Claudia nun den Raum betreten dürften. Die Kollegen wechselten ein paar Worte, gaben dann ihr Einverständnis.

Gemeinsam traten sie ein, und während Claudia zunächst in der Raummitte stehen blieb und sich weiter umsah, näherte Takeda sich dem Schreibtisch. Er untersuchte die Besucherstühle, den Fußboden rundherum. Dann betrachtete er die Szenerie aus verschiedenen Blickwinkeln, ging in die Hocke, stand wieder auf, musterte das Bücherregal, das an der Wand hinter dem Schreibtisch stand.

Auch hier befanden sich mehrere Nummernwimpel, etwa in Kniehöhe. Sie markierten Einschusslöcher in den ledergebundenen Bänden, offenbar Schüsse, die das Opfer verfehlt hatten.

Schließlich nickte Takeda zufrieden und erklärte: »Es ist, wie ich vermutet habe.«

»Nämlich?«

»Nun, gehen wir davon aus, dass Haffner zunächst mit seinem Besucher Wein getrunken hat. Täter und Opfer kannten sich also. Dann ist ein Streit ausgebrochen. Der Besucher springt auf. Dabei fällt sein Stuhl nach hinten über, das zeigen die Schrammen am Stahl, ich habe es mir angesehen. Winzige Chromspuren sind noch auf dem Boden, es ist also nicht lange her. Der Besucher zieht eine Waffe und schießt. Allein, dass er bewaffnet erschienen ist, legt nahe, dass er mit einem Konflikt gerechnet hat. Vielleicht war die gesamte Tat geplant.«

»Wir wissen nicht, ob die Waffe nicht dem Opfer gehörte«, gab Claudia zu bedenken.

»Richtig, das ist möglich. Aber ich halte es für unwahrscheinlich. Der Täter hätte Haffner die Waffe abnehmen müssen. Es hätte ein Kampf stattgefunden. Wir sehen keine Spuren, die darauf hindeuten.«

»Einverstanden.«

»Interessant finde ich die Bücherwand hinter dem Schreibtisch. Wir sehen mehrere Kugeln, die danebengegangen sind.«

»Und das aus einer Entfernung von höchstens zwei oder drei Metern. Wer immer es getan hat, ein guter Schütze war er nicht.«

»Korrekt. Allerdings zeigen uns die Verletzungen, dass der Täter immer weiter geschossen und das Opfer letztlich eben doch mehrfach getroffen hat. Der Täter wollte sichergehen, dass Haffner stirbt.«

»Absolut. Ein Schuss in die Brust, in die Schulter, den Hals, schließlich in den Kopf, aber du meintest, dass du etwas wegen der Stühle auffällig findest.«

»Wie gesagt, aus dem Winkel der Schüsse können wir schließen, dass der Schütze gestanden hat. Nach der Tat aber geschieht etwas Überraschendes.«

Claudia lächelte. »Allmählich ahne ich, worauf du hinauswillst. Der Täter rennt nicht einfach raus, sondern er beginnt damit, seine Spuren zu verwischen. Er bückt sich und …« Claudia wandte sich an die Kollegen der Spurensicherung. »Ihr habt keine Hülsen gefunden, richtig? Ich sehe jedenfalls nicht, dass ihr welche markiert habt.«

»Stimmt, es waren keine da. Kann natürlich sein, dass wir sie noch irgendwo unter den Schränken finden. Aber beim ersten groben Hinsehen war da nichts«, erklärte einer der Männer im weißen Schutzanzug.

»Der Täter klaubt also die Hülsen auf«, fuhr Claudia fort. »Er weiß, dass sie Hinweise liefern könnten. Aus dem gleichen Grund steckt er das Weinglas ein, aus dem er getrunken hat.«

»Richtig. Und dann nimmt er sich auch noch die Zeit, den Stuhl, den er umgestoßen hat, wiederaufzurichten. Er könnte das getan haben, um die Armlehnen abzuwischen, auch wegen möglicher Fingerabdrücke. Kurios ist aber, dass er den Stuhl feinsäuberlich vor den Schreibtisch stellt. Das spricht für sich.«

Claudia nickte. »Es war keine Affekttat. Der Täter hat planvoll gehandelt und war auch nach der Tat noch ruhig und überlegt. Er räumt auf, mehr als es nötig wäre. Dann erst verlässt er den Tatort.«

»So sieht es auch für mich aus. Und trotzdem … es passt einfach nicht zusammen. Ein lausiger Schütze, der dennoch seine Hülsen aufhebt und seine Fingerabdrücke beseitigt und der dann auch noch für Ordnung sorgt.«

»Worauf willst du hinaus?«

»Ich weiß es nicht. Vielleicht darauf, dass der Täter eine sehr widersprüchliche Persönlichkeit ist.«

5.

Während Takeda sich draußen auf dem Grundstück umsah, betrat Claudia das Haupthaus, um mit der Frau und der Tochter des Opfers zu sprechen.

Durch die Haustür gelangte sie in einen Vorraum mit Garderobe und großem Spiegel. Von dort ging sie weiter in ein Wohnzimmer. Der Raum war überraschend groß. Offenbar waren Wände und eine Zwischendecke entfernt worden, so dass zum oberen Stockwerk hin eine offene Galerie entstanden war. Die Einrichtung stand in einem durchdachten Kontrast zu den alten, freigelegten Holzbalken. Gerade Linien, dunkle Stoffe, Kühle, abstrakte Kunst an den Wänden. Durchaus geschmackvoll. Sehr modern.

Claudia hätte nichts dagegen, so zu wohnen. Aber das könnte sie sich nicht einmal im Traum leisten. Sie würde sich vermutlich bald mit Zwei-Zimmer-Küche-Bad in der Vorstadt zufriedengeben müssen.

Die Witwe war eine schlanke, gut aussehende Frau in enger Jeans und einer seidig glänzenden Bluse. Sie sprach mit einem schwachen Akzent, den Claudia nicht sofort einordnen konnte. Sie war vielleicht Anfang dreißig und damit einige, nein, viele Jahre jünger als ihr ermordeter Mann. Reicher deutscher Anwalt in gesetztem Alter, junge ausländische Frau ... ein Klischee, das das Leben nicht gerade selten bediente. Warum? Weil Männer so waren. Und Frauen auch.

Nachdem Claudia auf einem stylischen, aber unbequemen Sofa Platz genommen hatte, bot die Frau ihr etwas zu trinken an. Draußen war es immer noch warm, sie war durstig und bat um ein Wasser. Die Hausherrin reichte ihr ein Glas, bediente sich selbst an einer Weinflasche, nahm dann ebenfalls Platz.

»Schildern Sie mir zunächst bitte genau, wie es war, als Sie Ihren Mann gefunden haben, Frau Haffner«, eröffnete Claudia das Gespräch.

»Ich heiße Olsen. Mein Mann und ich tragen nicht denselben Namen.«

»Verzeihung, Frau Olsen. Sie sind …?«

»Ich stamme aus Norwegen, aber ich lebe schon lange hier in Deutschland.«

»Ich verstehe.«

Olsen lächelte kurz, wurde dann wieder ernst. »Ich bin gegen achtzehn Uhr mit meiner Tochter nach Hause gekommen. Wir waren über das Wochenende bei einer Freundin.«

»Wo genau?«

»In der Nähe von Bremen. Ada, so heißt meine Freundin, hat eine Tochter im selben Alter. Die Kinder spielen gerne miteinander. Eigentlich wollte ich erst am späten Abend zurückkehren, vielleicht sogar erst morgen.«

»Morgen ist Montag. Sie sind nicht berufstätig?«

»Doch, ich bin Architektin, mit eigener Firma. Ich kann mir meine Zeit selbst einteilen.«

»Beneidenswert. Weiter.«

»Wir sind früher losgefahren, weil ich mir Sorgen gemacht habe. Ich konnte Klaus-Peter am Telefon nicht erreichen, schon seit gestern Abend nicht. Ich wollte nach Hause und nachsehen, ob ihm etwas passiert ist.«

»Was glaubten Sie, hätte passiert sein können?«

Olsen – sie hieß mit Vornamen Linn – hob hilflos die Schultern. »Klaus-Peter arbeitet viel, oft auch am Wochenende. Er steht unter Stress und achtet nicht unbedingt auf seine Ernährung. Auch wenn ich ihn immer wieder dazu ermahnt habe.«

»Sie haben befürchtet, er könnte gesundheitliche Probleme haben?«

»Jedenfalls habe ich nicht damit gerechnet, dass er erschossen worden sein könnte.«

Claudia versuchte ein versöhnliches Lächeln. »Hören Sie,

Frau Olsen, ich stelle diese Fragen nicht, um Sie in Verlegenheit zu bringen. Ich muss mir einfach ein möglichst vollständiges Bild machen.«

»Natürlich.«

»Wann haben Sie zuletzt mit Ihrem Mann gesprochen?«

»Gestern Vormittag, als wir, also meine Tochter und ich, losgefahren sind.«

»Danach hatten Sie keinen Kontakt mehr?«

»Nein. Ich habe gestern Abend versucht, ihn anzurufen. Angelina wollte ihm Gute Nacht sagen.«

»Das ist Ihre Tochter?«

»Ja.«

»Wie alt ist sie?«

»Sieben.«

»War sie dabei? Ich meine, als Sie Ihren Mann gefunden haben?«

Zum ersten Mal war Betroffenheit im Gesicht der Frau zu sehen. Sie schlug die Augen nieder. »Sie hat ihn gefunden. Klaus-Peter war nicht hier im Haus, als wir ankamen. Darum dachte sie, dass er im Büro ist, und ist hingerannt. Als ich nichts hörte, bin ich hinterher. Sie stand kreidebleich in der Tür und hat ihn angestarrt.«

»Was haben Sie gemacht?«

»Ich habe sie da weggeholt und ins Haus gebracht. Ich meinte zu ihr, sie solle sich keine Sorgen machen, Papa hätte sich nur verletzt. Etwas Besseres fiel mir erst einmal nicht ein.«

»Es muss schrecklich für die Kleine gewesen sein. Wo ist sie jetzt?«

»Oben. Sie schläft zum Glück. Sie weiß noch nicht, dass er tot ist. Oder sie weiß es, lässt es aber nicht an sich heran.«

»War Ihnen sofort klar, dass Ihr Mann nicht mehr am Leben war?«

»Nein. Oder doch. Ich weiß es nicht. Ich bin, noch bevor ich Angelina weggebracht habe, zu ihm gestürzt. Vielleicht wäre er ja wirklich nur verletzt. Dann erst habe ich verstanden, dass es zu viel Blut ist. Zu viele Wunden …«

Claudia ließ ein paar stille Sekunden verstreichen, damit ihre folgenden Fragen nicht allzu pietätslos klangen. Dann räusperte sie sich.

»Als Sie gestern losgefahren sind, hat Ihr Mann da erwähnt, was für Pläne er für den gestrigen Tag hatte? Oder insgesamt für das Wochenende?«

»Wir hatten beim Frühstück kurz darüber gesprochen. Nichts Besonderes. Er wollte sich um den Garten kümmern, das ist sein Hobby, sein Ausgleich zum Job.«

»Hat er erwähnt, ob er einen Besucher erwartete?«

»Nein.«

»Ihr Mann ist Anwalt. Betreibt er seine Kanzlei von zu Hause aus?«

»Nein. Sein Büro liegt in der Innenstadt. In bester Lage, kann man sagen. Der Punkt ist, dass nicht wenige Mandanten meines Mannes bekannte Persönlichkeiten sind. Künstler, Schauspieler, Politiker. Sie legen Wert auf Diskretion. Bei solchen Leuten kann es bereits zu Gerüchten führen, wenn sie nur die Räume eines Anwaltes betreten. Solche Personen empfängt Klaus-Peter lieber hier draußen. Daher das Büro im Nebengebäude.«

»Ich verstehe. Und? Stand gestern oder heute ein solcher Besuch an?«

»Ich glaube nicht, aber ich bin mir nicht sicher. Mein Mann würde es mir nicht unbedingt sagen. Wir sprechen über seinen Beruf, aber nicht in allen Einzelheiten.«

»Führte er einen Terminkalender?«

»Sicher.«

»Auf Papier oder elektronisch?«

»Ich glaube, beides. Um das meiste kümmern sich die Angestellten in der Kanzlei.«

»Ist es eine große Kanzlei?«

»Wie man es sieht. Er ist der einzige Anwalt. Aber es gibt

einige Angestellte, vor allem Frau Ostermeier, sie ist die wichtigste Kraft. Sie ist schon sehr lange bei ihm und wird Ihnen über Klaus-Peters berufliche Angelegenheiten besser als ich Auskunft geben können.«

»Besitzt Ihr Mann eigentlich eine Schusswaffe?«

»Nein. Nicht, dass ich wüsste.«

»Gut. Ich muss Sie nun ganz direkt danach fragen, Frau Olsen. Hatte Ihr Mann Feinde? Steckte er in Schwierigkeiten, oder gab es Streit mit einem Mandanten? Wurde er in letzter Zeit vielleicht bedroht?«

Linn Olsen sah Claudia erstaunt an. »Ich dachte, das wüssten Sie! Und darum haben Sie nicht danach gefragt.«

»Dass ich was weiß?«

»Lesen Sie denn gar keine Zeitung? Haben Sie denn gar nichts davon mitbekommen?«

Offenbar nicht, dachte Claudia.

Sie wollte Olsen gerade danach fragen, als draußen auf dem Grundstück Lärm ausbrach. Stimmen redeten aufgeregt durcheinander. Eine Frau schrie auf. Eine Männerstimme – war es Takeda? – rief: »Bleiben Sie stehen! Sofort!«

Rennende Schritte, erneute Rufe.

Claudia sprang auf. »Warten Sie hier, ich komme gleich wieder.«

6.

Takeda hatte den eigentlichen Tatort ebenfalls verlassen und sah sich auf dem großzügigen Grundstück um. Eine Kollegin der Rechtsmedizin hatte eine erste, grobe Untersuchung an der Leiche vorgenommen und den Tatzeitpunkt auf etwa vierundzwanzig Stunden zuvor datiert, plus/minus einige Stunden.

Jetzt war es 21 Uhr. Das hieß, der Mord war am Samstagabend zwischen 20 und 22 Uhr geschehen.

Da die Dämmerung in Kürze einbrechen würde, tippte Takeda eher auf die spätere Uhrzeit. Er hielt es für unwahrscheinlich, dass der Täter bei Helligkeit das Haus betreten und den Mord verübt hatte und danach wieder gegangen war.

Rechts vom Haupthaus befand sich die Doppelgarage, davor eine Schotterfläche. Weitere Kollegen der Spusi arbeiteten dort und nahmen Gipsabdrücke von Reifenspuren.

Takeda blickte in die Richtung des Gartens, der sich gute hundert Meter nach hinten erstreckte. Vorne befand sich eine Wiese mit Kinderspielgerät, dahinter einige Obstbäume und Gebüsch, begrenzt durch einen hüfthohen Zaun. Jenseits davon begannen Äcker und Wiesen. Im verblassenden Licht des Abends erkannte Takeda in der Ferne, vielleicht anderthalb Kilometer entfernt, den hochliegenden Bahndamm der S-Bahn-Linie, die Hamburgs Innenstadt mit den östlichen Stadtteilen verband.

Der Inspektor verharrte einen Moment, dann ging er nach vorne zur Grundstückseinfahrt.

Hinter dem rot-weißen Flatterband, das Toddi, der junge Kollege, über die Einfahrt gespannt hatte, standen immer noch einige Schaulustige. Es waren vielleicht ein halbes Dutzend Männer und Frauen, die die Hälse reckten und versuchten, etwas von dem zu erhaschen, was auf dem Grundstück vor sich ging.

Takeda räusperte sich, fragte dann mit lauter Stimme: »Ist einer von den Herrschaften zufällig ein Nachbar?«

Die Gaffer wichen instinktiv einige Schritte zurück. Neugierig sein war das eine. Fragen der Polizei zu beantworten etwas ganz anderes.

»Wir haben nur eine Fahrradtour gemacht und sind zufällig vorbeigekommen«, erklärte ein Mann, der sich auf ein Fahrrad stützte. Er trug die in Deutschland übliche Ausstattung aus knielanger Bikerhose und engem Funktionstop, das auch die unglücklichste Körperproportion zur Geltung brachte, dazu einen Fahrradhelm. Seine identisch gekleidete Frau stand neben ihm.

»Also ist niemand unter Ihnen, der hier in der Nähe wohnt?«

Eine Männerstimme meldete sich. »Doch. Ich.«

Ein Mann, vielleicht Anfang siebzig, in Sandalen, kurzer Hose und kariertem Arbeitshemd, schob sich nach vorne an das Flatterband heran. »Ich heiße Ekkard Wiese. Ich wohne nebenan. Da vorne, das Haus auf der rechten Seite. Aber gesehen habe ich nichts.«

Takeda tauchte unter dem Flatterband hindurch und trat auf die Straße. Er stellte sich vor und führte Wiese einige Meter zur Seite, um außer Hörweite der übrigen Schaulustigen zu sein.

»Dürfte ich Ihnen einige Fragen stellen?«

»Na sicher. Ist mir sogar eine Ehre. Gerade, wo Sie es sind!«

»Ich verstehe nicht?«

»Sie sind es doch, dieser Inspektor aus Japan! Herr Taka... Tuka...«

»Takeda.«

»Meine ich doch. Ich habe über Sie in der Zeitung gelesen. Großartig. Mehr von Ihrer Sorte! Ich bin ein großer Verehrer Ihrer Heimat. Tolles Land, fleißige Leute!«

Takeda verbeugte sich und erklärte mit einem Lächeln: »Das freut mich, Herr Wiese. Aber kommen wir bitte zum Eigentlichen. Sagen Sie mir zunächst, ob Sie gestern Abend zu Hause gewesen sind.«

»War ich. Ich bin Rentner. Wo soll ich schon hingehen an einem Samstagabend? In die Disko vielleicht?«

»Sie kennen Herrn Haffner?«

»Kennen wäre übertrieben. Er war keiner, der sich groß mit den Nachbarn eingelassen hat.«

»Herr Haffner war nicht an Kontakt interessiert?«

»So sieht's wohl aus.«

»Ist Ihnen gestern Abend etwas Ungewöhnliches aufgefallen? Sagen wir, im Zeitraum von 20 bis 22 Uhr?«

»Nein, da war nichts. Schauen Sie mal rüber, mein Haus liegt dort hinten, hinter der Hecke. Das sind gut und gerne achtzig Meter. Wie soll ich da etwas mitkriegen?«

Takeda merkte, wie die übrigen Schaulustigen unauffällig näher rückten, offenbar in der Hoffnung, etwas von der Befragung mitzubekommen. Als Takeda den Kopf drehte, blieben sie ruckartig stehen. Ein Mann, der einen Pullover mit Kapuze trug, die er sich über den Kopf gezogen hatte, wandte sich in dem Moment zur Seite, als Takedas Blick ihn streifte.

»Vielleicht haben Sie nichts gesehen, dafür aber etwas gehört?«, wandte er sich erneut an Wiese.

»Etwas gehört? Was denn?«

»Laute Stimmen? Geschrei? Haffner könnte in einen Streit verwickelt gewesen sein.«

»Nein, da war nichts.«

»Und sonst? Ein ungewöhnliches Geräusch?«

Takeda spürte, wie sich die Schaulustigen hinter ihm erneut heranpirschten. Er ließ es geschehen, nicht ohne Grund.

»Na ja, wenn Sie mich so fragen. Da war schon etwas.«

»Bitte, was ist Ihnen aufgefallen?«

»Sehen Sie, Inspektor, wir haben hier auf den Dörfern seit Langem schon Ärger mit den Motorradfahrern.«

»Sie fahren zu schnell?«

»Das auch. Aber vor allem sind sie zu laut. An den Wochenenden ist es eine wahre Pest. Die knattern in Pulks von zwanzig schweren Maschinen vorbei, da wackeln die Wände.«

»Das war auch gestern der Fall?«

»Weiß nicht genau. Sehen Sie, normalerweise ist der Spuk am frühen Abend vorbei. Gestern aber …«

Während Takeda lauschte, warf er einen unauffälligen Blick zur Seite. Der Mann im Kapuzenpullover hatte sich weit nach vorne geschoben, schien unbedingt hören zu wollen, was Wiese sagte. Ein neugieriger Nachbar? Ein getarnter Reporter? Oder jemand ganz anderes?

»… da hat einer die Dreistigkeit besessen, noch um zehn Uhr mit Vollgas vorbeizurasen. Dachte ich jedenfalls. War aber nur ganz kurz.«

»Was meinen Sie?«

»Klang wie eine Fehlzündung. Hat ein paarmal laut geknallt. Es hat mich geärgert, wegen der späten Uhrzeit.«

»Könnten es auch Schüsse gewesen sein?«

Wiese riss die Augen auf. »Dann ist Haffner also wirklich erschossen worden? Und ich habe es gehört und für ein gottverdammtes Motorrad gehalten?«

Takeda hob die Hand, bat Wiese stumm um Geduld. Dann drehte er sich blitzschnell um, sah den Mann im Kapuzenpullover an und sagte mit strenger Stimme: »Wieso versuchen Sie, dieses Gespräch zu belauschen? Sind Sie ebenfalls ein Nachbar? Ja, Sie meine ich!«

Der Mann setzte einen schnellen Schritt nach hinten, verharrte kurz, schien dann einen Entschluss zu treffen. Er drehte sich um, stieß zwei der übrigen Schaulustigen grob zur Seite, begann zu rennen.

»Bleiben Sie stehen! Sofort!«

Eine Frau, die der Fliehende weggestoßen hatte, war zu Boden gefallen, sie stieß einen Schmerzensschrei aus.

Der Inspektor zögerte nur Sekundenbruchteile. Er befahl den Umstehenden, sich um die Frau zu kümmern, spurtete dann ebenfalls los.

7.

»Was ist hier los? Wo ist mein Kollege? Wo ist Takeda?«

Claudia war vom Haupthaus auf die Straße gestürmt. Vor der Einfahrt stand eine Gruppe Schaulustiger und redete aufgeregt durcheinander. Einige zeigten die Straße hinunter. Auch die Kollegen der Spurensicherung und andere Uniformierte waren nach vorne gerannt. Von Ken war nichts zu sehen.

»Das war der Mörder! Ihr Kollege ist hinter ihm her«, erklärte eine Passantin mit aufgeregter Stimme.

»Der Mörder? Hat er das gesagt?«

»Nein, aber er muss es gewesen sein.«

Ein Mann mit bemüht sachlicher Tonlage sprang ein: »Sie hat recht. Als der Chinese ihn angesprochen hat, ist er geflüchtet.«

Der Mann war um die fünfzig, trug Jogginganzug und war leicht verschwitzt. Claudia sah ihn scharf an. »Der Chinese ist Japaner! Vor allem aber ist er Ermittlungsbeamter. Was veranlasst Sie dazu, den anderen Mann für den Täter zu halten?«

»Der hat sich verdächtig benommen, die ganze Zeit schon. Wollte unbedingt jedes Wort hören, das Ihr Kollege mit dem Nachbarn gewechselt hat.«

»Können Sie den Mann beschreiben?«

»Groß, sportlich. Aber sonst? Er trug eine Kapuze über dem Kopf. Und das bei den Temperaturen ... Ich sagt's doch, der war verdächtig.«

»Schon gut.«

Claudia wandte sich ab. Sie blickte die Straße hinunter. Von Takeda und dem Flüchtenden war nichts zu sehen, was im diesigen Abendlicht auch nicht verwunderlich war.

In ihr tobten widerstreitende Gefühle. Sie empfand Sorge wegen Takeda. War es wirklich der Täter gewesen, der sich hier herumgetrieben hatte? Brachte Ken sich in Gefahr, wenn er ihn verfolgte? Er hatte mehr als einmal bewiesen, dass er in solchen Situationen nicht an sich selbst und seine Sicherheit dachte.

Zugleich erinnerte Claudia sich an den frühen Abend, ihr Date mit diesem Daniel. Wieso hatte sie sich überhaupt darauf eingelassen? Sie hätte doch viel lieber mit Ken dort an der Alster gesessen. So idiotisch dieser Daniel war, er hatte es auf den Punkt gebracht. Eigentlich wollte sie sich gar nicht auf jemand Neues einlassen. Aber was wollte sie dann?

Ach, verdammt, sie wusste es nicht. Aber jetzt war nun wirklich nicht der richtige Zeitpunkt, um über so etwas nachzudenken!

Wichtig war nur, was hier gerade los war. Was sollte sie also tun? Einen der Streifenwagen hinterherschicken? Wenn sie wirklich in den Feldern waren, war das sinnlos. Also den Hubschrauber anfordern? Aber könnte sie das wirklich begründen? Auf die Aussagen der Leute hier war kein Verlass. Vielleicht war der Mann einfach nur neugierig gewesen. Oder er wollte aus anderen Gründen nicht mit der Polizei reden. Erst kürzlich hatte es im Dezernat Ärger gegeben, weil Kollegen eine Großfahndung ausgelöst hatten, ebenfalls mit Helikopterunterstützung. Am Ende hatte sich die Aktion als unberechtigt erwiesen, der vermeintlich Flüchtende war nur ein zufälliger Zeuge gewesen. Holger Sauer, der Leiter der Mordkommission, hatte den versammelten Kollegen ins Gewissen geredet, vorsichtiger mit solchen Schritten zu sein. Allein wegen der Kosten. Und der Beunruhigung, die die Flüge über dem Stadtgebiet bei der Bevölkerung auslösten.

Claudia blieb noch eine Weile stehen, blickte in die Ferne. Schließlich kam sie zu dem Schluss, dass es besser war, abzuwarten. Takeda wusste, was er tat.

Sie kehrte ins Haus zurück, um die Befragung von Linn Olsen fortzusetzen. Auch das war wichtig.

Zurück auf dem Sofa, fragte Claudia: »Also, Frau Olsen, wieso sollte ich aus der Zeitung etwas wissen, das Ihren Mann betrifft? Etwas, das erklären könnte, warum er getötet wurde?«

»Mein Gott! Weil es nicht irgendwo weit hinten stand, sondern vorne auf den Titelseiten.«

»Werden Sie konkret. Ich weiß immer noch nicht, was Sie meinen.«

Die Frau stand auf, um sich vom Wein nachzuschenken. Ohne sich wieder hinzusetzen, erklärte sie: »Es fing alles vor ein paar Wochen an. Dieser Jost Weber kam zu meinem Mann, weil er von ihm vertreten werden wollte.«

»Jost Weber? Sie meinen den Schauspieler?«

»Genau den.«

Claudia kniff die Augen zusammen. »Da war doch etwas mit Vergewaltigungsvorwürfen? Meinen Sie das?«

»Aber ja! Eine junge Frau hatte Weber angezeigt. Es war sofort ein Riesenskandal, Weber ist ja ziemlich bekannt. Mein Mann war ihm empfohlen worden, weil solche Fälle seine Spezialität sind. Nicht das mit der Vergewaltigung. Aber ich habe ja schon gesagt, dass Klaus-Peter oft prominente Menschen vertritt. Gerade auch, wenn die Presse mit im Spiel ist. Klaus-Peter weiß, wie man solche Dinge runterkocht und in aller Stille beilegt.«

Claudia erinnerte sich jetzt an die Sache. Es war, wie Linn Olsen sagte, sie hatte die Titelseiten beherrscht. Claudia hatte sogar erst vor wenigen Tagen noch etwas darüber gelesen.

Jost Weber war ein junger Schauspieler, vielleicht Ende zwanzig, der die Hauptrolle in einer Nachmittagsserie spielte, einer Telenovela. Claudia hatte die Sendung sogar ab und zu gesehen, auch wenn sie nicht wirklich ihr Geschmack war. Zu kitschig, zu flach. Andererseits ziemlich entspannend, wenn man wochenlang einem Mordverdächtigen hinterhergejagt war und endlich mal einen freien Nachmittag hatte. Weber war ein hübscher Kerl, ein richtiges Schnittchen, der bei seinen Fans, vor allem den weiblichen, Kreischanfälle auslöste, wenn er in der Öffentlichkeit auftauchte. Dann aber waren Vorwürfe aufgekommen, er hätte sich an einer Statistin vergriffen, einer jungen Frau, die in einigen Folgen der Serie aufgetreten war. Wenn Claudia sich richtig erinnerte, hatte Weber alles abgestritten. Es war hin und her gegangen. Verlogene junge Frau, die gierig auf Publicity war, sagten die einen. Ein übergriffiger Jungstar, der einfach kein Nein akzeptieren konnte, behaupteten die anderen. Ja, sie kannte den Fall. Sie hatte bisher nur keine Verbindung zu Klaus-Peter Haffner gezogen – dem Mann, der wenige Meter entfernt tot in seinem eigenen Blut lag.

»Wieso glauben Sie, dass diese Geschichte mit der Ermordung Ihres Mannes zusammenhängt?«

»Weil mein Mann zur Zielscheibe von absurden Vorwürfen wurde. Nicht nur als Anwalt, sondern auch als Mensch.«

»Ich befürchte, dann bin ich doch nicht auf der Höhe.«

»Am Anfang ging es nur um diesen Jost Weber. Aber dann richteten sich die Vorwürfe auch gegen Klaus-Peter. Es kamen

Hassmails mit Drohungen. Schrecklich! Junge Leute haben vor der Kanzlei gestanden und demonstriert. Sie haben abscheuliche Dinge gerufen. Sie haben Farbbeutel gegen die Fenster geworfen.«

»Warum? Ihr Mann war doch nur der Anwalt von Weber.«

»Glauben Sie, das können solche Leute unterscheiden? Ein Anwalt, der einen Vergewaltiger vertritt, muss selbst ein Verbrecher sein, ein Frauenfeind, ein Unmensch!«

»Das wurde so gesagt?«

»Das und Schlimmeres. Auf Twitter, Instagram, Facebook … überall. Dabei stand ja nicht einmal fest, dass Weber die Tat überhaupt begangen hat. Mein Mann hat nur getan, was seine Pflicht als Anwalt war. Er hat seinen Job gemacht.«

Claudia ließ das Gehörte sacken. Es stimmte, die Affäre um Weber hatte ziemliche Wellen geschlagen, was im Zeitalter von *MeToo* kein Wunder war. Um ehrlich zu sein, sie selbst hatte auch gedacht, dass dieser Weber ein ziemliches Ekelpaket sein musste. Wollte man so jemanden noch auf dem Bildschirm sehen? Bestimmt nicht.

Claudia sah Linn Olsen nachdenklich an. »Hassmails oder von mir aus auch Farbbeutelattacken sind das eine, Frau Olsen. Aber ein Mord? Sind Sie wirklich sicher, dass die Sache mit dem Tod Ihres Mannes zusammenhängt?«

Olsen stieß ein Schnauben aus, erschöpft, vielleicht auch verächtlich. »Lesen Sie, was die Leute im Internet schreiben. Das beantwortet Ihre Frage.«

»Ich glaube, ich bin durchaus im Bilde. Aber wie gesagt, Mord?«

Die Witwe nahm ohne weitere Erklärungen ihr Smartphone zur Hand, das auf einer Anrichte lag. Sie tippte auf das Display, schien online zu gehen. Dann reichte sie Claudia das Gerät. »Lesen Sie.«

»Sagen Sie mir doch einfach, was Sie …«

»Lesen Sie!«

Olsen hatte die Homepage eines People-Magazins geöffnet. Unter einem Beitrag über den Fall wurde diskutiert. Claudia überflog die Posts, scrollte schnell weiter. Es ging um die Frage, ob ein Vergewaltiger wie Jost Weber – dass er schuldig war, stand für die meisten Beiträger fest – überhaupt das Recht auf eine Verteidigung hatte. Post folgte auf Post, die Sachlichkeit nahm ab, die aufgeheizte Stimmung zu. Vergewaltiger an den Pranger, alle Männer an den Pranger, Anwälte solcher Schweine sind selbst Schweine.

Claudia blickte hoch, zuckte mit den Schultern. Es war schlimm, es war ekelhaft. Aber mal ehrlich, so ging es heutzutage im Internet nun einmal zu.

Aber noch bevor sie etwas in der Richtung sagen konnte, herrschte Linn Olsen sie an: »Lesen Sie weiter!«

Claudia tat es. In der Diskussion war ein Tweet verlinkt.

Die Täter sind immer Männer. Die Anwälte sind Männer. Die Richter sind Männer. Was können wir Frauen erwarten? Dass die Typen sich gegenseitig schuldig sprechen? Träumt weiter!

Darunter schrieb eine Nutzerin: »Es ist Zeit, dass wir die Sache selbst in die Hand nehmen. Es ist Zeit, Widerstand zu leisten.«

Andere stimmten ihr zu, wählten deutlichere Worte. Verderben wir den Kerlen ein für alle Mal den Spaß daran, uns so etwas anzutun. Machen wir das, was man mit Schweinen tut. Schlachten wir sie! Lassen wir sie ausbluten.

Claudia dachte an das Bild des erschossenen Haffner, die Einschüsse in seinem Körper, das Blut auf seiner Kleidung. Ihr Kopf wurde heiß.

Sie erinnerte sich daran, wie sie vorhin mit Takeda den möglichen Tatablauf rekonstruiert hatte. Während der ganzen Zeit war für sie eine Sache selbstverständlich gewesen. Der Täter, der da gestanden und Kugel um Kugel auf Haffner abgeschossen hatte, musste ein Mann gewesen sein.

Fraglos. Gedankenlos. Unreflektiert. Eine Tatsache.

Ein kaltblütiger Mord? Konnte nur von einem Mann verübt worden sein.

Stimmte in aller Regel ja auch.

Aber was, wenn es diesmal anders war?

Wenn der Täter eine Täterin war?

8.

Takeda rannte.

Die Dämmerung ging in die Nacht über, und er konnte den Mann, den er verfolgte, kaum noch erkennen. Der andere war schnell, zudem beeindruckend ausdauernd, und er hatte zwar nur einige, aber vielleicht entscheidende Sekunden Vorsprung.

Der Flüchtende hatte schon nach wenigen Metern die Straße verlassen, war einem Trampelpfad durch die Wiesenlandschaft der Marschlande gefolgt. Offenbar wollte er den Wald am Geesthang erreichen.

Takeda machte sich keine Illusionen. Zwischen den Bäumen würde es noch dunkler sein. Ihn dort zu stellen war nahezu unmöglich.

»Hallo! Bleiben Sie stehen! Ich möchte Ihnen nur einige Fragen stellen!«

Takeda war klar, dass seine Worte verschwendet waren. Die Chance, dass der Mann es sich nach seinem bisherigen Verhalten anders überlegte und stehen blieb, war minimal.

Aber versuchen musste er es. Takeda glaubte nämlich nicht, dass es sich wirklich um den Täter handelte. Er hielt es sogar für ausgeschlossen.

Der Tatablauf, so wie Claudia und er ihn rekonstruiert hatten, sprach für einen geplanten und kaltblütig durchgeführten Mord. Ein solcher Täter kehrte nicht zum Tatort zurück, noch während dort die Polizei ihre Untersuchungen durchführte. Schon gar nicht würde er sich dort dermaßen auffällig verhalten und die Aufmerksamkeit der Beamten auf sich ziehen.

Nein, es musste einen anderen Grund geben, aus dem der Mann derart darauf versessen gewesen war, etwas über den Kenntnisstand der Polizei zu erfahren.

Und aus dem er seinerseits auf keinen Fall mit der Polizei reden wollte.

Takeda blieb kurz stehen, tastete seine Hosentaschen ab. Verdammt! Sein Handy lag in seinem Wagen vor Haffners Haus. Er konnte also nicht einmal Claudia oder die Kollegen kontaktieren und hierherlotsen.

Er war ganz auf sich gestellt.

Also weiter!

Er spurtete wieder los, sah aber kurz darauf, wie der Mann tatsächlich die Ausläufer des Waldes erreichte und in der Dunkelheit verschwand.

Aufgeben?

Auf keinen Fall.

Auch der Inspektor tauchte in die Schwärze zwischen den Bäumen ein. Immerhin, was er an Sicht einbüßte, konnte er nun durch Gehör wettmachen. Der Mann, vielleicht zweihundert Meter vor ihm, preschte so laut durch die Büsche, dass Takeda genau ausmachen konnte, in welche Richtung er sich bewegte. Einmal meinte er, ihn schmerzhaft aufstöhnen zu hören. Vermutlich war er gegen einen Ast gerannt oder hatte sich an Dornen verletzt.

Dem Inspektor selbst erging es nicht anders. Immer wieder peitschten ihm Äste ins Gesicht, oder er verhedderte sich im Gebüsch, das seine Kleidung zerriss, seine Haut aufschürfte.

Dann aber, ganz plötzlich, erstarb das Geräusch vor ihm.

Stille.

Dunkelheit.

Auch Takeda blieb stehen. Seine Brust hob und senkte sich in schnellem Rhythmus.

Was hatte das zu bedeuten?

War der Mann entkommen? Oder wollte er Takeda in einen Hinterhalt locken, um ihn loszuwerden?

Der Inspektor lauschte angestrengt in die Stille des nachtschwarzen Waldes. Leises Geraschel von Tieren, ein später Vogel. Wind. Sonst nichts.

Dann aber hörte Takeda ein leises Knacken. Erst mit Verzögerung wurde ihm klar, dass der andere sein Abwarten ausgenutzt hatte und weitergeschlichen war.

Der Inspektor fluchte und rannte erneut los. Schon wenige Meter weiter aber endete das Waldstück und machte einem offenen Gelände Platz.

Es war eine bizarr anmutende Dünenlandschaft, als würde hinter der nächsten Erhebung das Meer liegen. In Wahrheit war die Küste viele Kilometer entfernt.

Der Inspektor vermutete, dass er sich in den Boberger Dünen befand, einem Naturschutzgebiet im Hamburger Osten. Er hatte es immer schon einmal besuchen wollen. Wenn auch unter anderen Umständen.

Von dem Flüchtenden war nichts mehr zu sehen oder zu hören.

Takeda erklomm eine der Dünen, blickte sich im blauen Licht der Nacht um. Nichts.

Er hatte den Mann verloren.

Der Inspektor stemmte die Hände in seine stechenden Seiten und holte schnaufend Luft. Seine Kondition war eigentlich gut, das tägliche Aikido-Training wirkte. Auf der anderen Seite aber machten sich die Zigaretten, die er sich ebenfalls täglich gönnte, bemerkbar. Nicht viele. Aber zu viele.

Der Inspektor stieß einen weiteren japanischen Fluch aus, diesmal die hässliche Variante. *Kuso! Maketaze! Chikushō!* Japanische Höflichkeit? Die war halt nur die eine Seite der Medaille.

Montag

9.

Die große Runde im Präsidium am nächsten Morgen ging zügig über die Bühne. Die Kollegen referierten den Ermittlungsstand ihrer aktuellen Fälle. Ein bewaffneter Tankstellenüberfall in Lurup, eine Messerstecherei auf St. Pauli, eine Schießerei im Harburger Phönixviertel. Alltag in der schönen Hansestadt.

Der Grund für die Eile war nicht zuletzt der, dass alle in der Runde mehr über Claudias und Takedas Ermittlungen wissen wollten. Das wiederum lag in erster Linie am Erscheinungsbild des Inspektors an diesem Morgen. Takedas Gesicht war voller Kratzer und Schürfwunden, von denen er die größten mit Pflastern abgedeckt hatte. Es waren Resultate seiner Verfolgungsjagd durch den nächtlichen Wald. Die Kollegen brannten darauf, nähere Einzelheiten zu erfahren.

Schon zuvor auf dem Flur, auch ohne Genaueres zu wissen, hatten sie Takeda nachdrücklich geraten, sich noch am gleichen Tag krankschreiben zu lassen. Mindestens eine Woche. Eher zwei. Vielleicht drei. Sicherheitshalber sogar ...

Takeda winkte ab, erklärte, dass es nur Kleinigkeiten seien, die laufenden Ermittlungen zudem seine Anwesenheit erforderten. Die Kollegen aber insistierten. Mit ernsthaften Mienen erklärten sie ihm, dass es zur Pflicht eines deutschen Beamten gehöre, Krankheiten und Verwundungen sorgsam auszukurieren. Alles andere könne zu ungeahnten Langzeitfolgen führen, die wiederum den Steuerzahler teuer zu stehen kämen. Invalidität, Frühverrentung, Schmerzensgeld. Das wolle schließlich niemand! Nein, sich krankzumelden sei nicht Ausdruck von Schwäche und Faulheit, sondern von Verantwortung und Pflichtgefühl!

Takeda zeigte sich zutiefst beeindruckt von dieser Sichtweise und versprach, sofort im Anschluss an die Morgenrunde beim polizeiärztlichen Dienst vorstellig zu werden. Zugleich dachte er an die Kollegen in Japan, die mit Gipsbeinen und frisch verbundenen Schusswunden zum Dienst erschienen. Sie würden ihm kaum glauben, wenn er von seinen Erfahrungen in Deutschland berichtete.

Nun aber war es erst einmal an ihm und Claudia, einen ersten Überblick über den Mordfall Klaus-Peter Haffner zu geben.

Claudia machte den Anfang. Sie saß am Kopfende der u-förmig aufgestellten Tische und erklärte, dass der Anwalt laut dem vorläufigen Obduktionsbericht von insgesamt vier Kugeln getroffen worden war, zwei davon tödlich, einmal Brust, einmal Kopf. Die Tatortanalyse ergebe ein widersprüchliches Bild. Viel deute auf einen geplanten Mord hin. Täter und Opfer hätten sich höchstwahrscheinlich gekannt. Der Täter sei kein geübter Schütze gewesen, habe nach der Tatbegehung dennoch umsichtig Fingerabdrücke und weitere Spuren beseitigt. Eine Tat im Affekt könne damit ausgeschlossen werden. Die Kollegen der Spusi hätten eine Vielzahl an DNA-Material sichergestellt, das möglicherweise bei einer späteren Identifizierung eine Rolle spielen könnte.

An dieser Stelle stieß Claudia ein Seufzen aus und erklärte: »Die Tat ist von einer großen Brutalität gekennzeichnet, an einer Tötungsabsicht kann kein Zweifel bestehen. Es gibt außerdem einen ersten, allerdings noch vagen Hinweis auf die Motivlage, dem wir natürlich nachgehen werden.«

Claudia schilderte in Kurzform den Skandal um Jost Weber, den das Mordopfer als Anwalt vertreten hatte. Noch in der Nacht hatte sie sich im Internet weiter damit befasst, gab nun das Wichtigste wieder. »Weber hatte eine der Hauptrollen in *Hearts of Hamburg*, einer Telenovela. Vielleicht kennen manche von euch die Serie?«

Klaus Dieter Haferkamp, ein schon älterer Kollege, rief glucksend: »Meine Frau sieht das jeden Tag. Ich kriege davon Augenkrebs. Was für ein Mist!«

»Ja, aber Mist mit Quote«, entgegnete Ottmar Preuß, ein anderer Kollege.

»Das heißt, du guckst das?«

»Nur, wenn kein Sport läuft.«

»Du Romantiker! Wussten wir es doch!«

In der Runde brach Gelächter aus, weitere Kommentare, zumeist hämischer Art, folgten.

Claudia gönnte den Kollegen einige Augenblicke, erklärte dann: »Wie ihr merkt, hat wirklich jeder schon einmal von *Hearts* gehört, ob man die Sendung nun sieht oder nicht. Dementsprechend hoch schlugen die Wellen, nachdem die Vergewaltigungsvorwürfe gegen Weber, einen der Hauptdarsteller, durchgesickert waren. Die Anzeige hatte eine junge Frau gestellt, die in einigen Folgen als Statistin mitgewirkt hatte. Sie heißt Yvonne Rheydt und ist neunzehn Jahre alt. Ich konnte mir gestern Abend einen Eindruck davon verschaffen, wie im Netz über die Sache geredet wird. Es ist heftig. Sowohl Rheydt als auch Weber werden aufs Übelste beschimpft und bepöbelt. Verlogene Bitch, toxischer Macho, je nachdem, auf welcher Seite die Postenden stehen. Hinzu kommt einiges, das über einfache Schmähungen hinausgeht, sprich: es gibt zahllose Gewalt- und auch Morddrohungen. Manche davon betreffen eben auch den Anwalt von Weber, also das Mordopfer. Warum der so zur Zielscheibe geworden ist, kann ich noch nicht genau sagen. Auslöser scheint ein Interview gewesen zu sein, das er im *Stern* oder in der *Gala* gegeben hat. Darin hat Haffner das Schicksal prominenter Männer beklagt, die keinerlei unverfängliche Kontakte zu Frauen mehr haben könnten, geschweige denn Sex, ohne dass sie danach mit Geldforderungen oder sogar Klagen überzogen würden. Yvonne Rheydt hat er, ohne ihren Namen zu nennen, unterstellt, dass es ihr nur um Publicity ging und sie sich die Vergewaltigung nur ausgedacht hätte. Jedenfalls stand Haffner danach selbst im Zentrum des Shitstorms, vonwegen er würde Täter zu Opfern machen.«

Claudia gab ein angestrengtes Seufzen von sich, fuhr dann fort:

»Es ist möglich, dass wir im Zuge der Ermittlungen massenhaft die Offenlegung von IP-Adressen beantragen müssen. Vielleicht ist einer der Online-Pöbler wirklich zur Tat geschritten. Erst einmal aber werden wir mit den unmittelbar Beteiligten des Skandals sprechen, also dem Schauspieler und auch der Klägerin, dieser Yvonne Rheydt. Außerdem machen wir uns schlau, welche Fälle Haffner sonst noch vertreten hat. Möglicherweise ergibt sich auch noch ein ganz anderer Ansatz.«

Claudia nickte Takeda zu, der nun an der Reihe war, vorzutragen. Der Inspektor räusperte sich und erklärte: »Während der Befragung potenzieller Zeugen am Tatort gestern Abend hat sich eine Person auffällig verhalten. Als ich den Mann ansprach, hat er die Flucht ergriffen, woraufhin ich die Verfolgung aufgenommen habe. Leider ist es mir nicht gelungen, den Flüchtenden zu stellen.«

Karsten Surbach, ein jüngerer Kriminalhauptkommissar, fragte: »Wieso siehst du dann so aus, Ken? Ich meine, die ganzen Pflaster? Bist du in einen Kampf geraten, und er konnte dann erst entkommen?«

»Nein, kein Kampf. Aber die Verfolgung führte mich durch ein Waldstück, in dem es dunkel war. Ich wurde von Ästen und Gebüsch getroffen.«

»Und ich dachte, vor dir würden sogar Bäume Angst haben. Wir wissen ja, wozu du in der Lage bist«, rief Ottmar Preuß in den Raum und erntete erneut Gelächter.

Takedas kämpferische Fähigkeiten waren inzwischen bekannt im Dezernat, ebenso, dass er fast täglich mit den Jungs von der Bereitschaftspolizei auf den Matten trainierte, Aikido wie auch Jiu-Jitsu. Etwas, auf das die meisten anderen Kollegen der Mordkommission, und nicht nur die älteren, liebend gern verzichteten.

Holger Sauer, der Leiter der Mordkommission, schaltete sich erstmals ein. Er dankte Takeda für seinen mutigen Einsatz, wandte sich dann an Claudia. »Bevor Sie mit der Arbeit beginnen, Kollegin Harms, eine dringende Bitte. Ich möchte in diesem Fall engmaschig über Ihre Erkenntnisse unterrichtet werden. Soll heißen, wenn Sie etwas Substanzielles herausfinden, klingelt auf der Stelle mein Telefon. Haben wir uns verstanden?«

Claudia war überrascht von Sauers Dringlichkeit. Ihr Verhältnis war seit Langem nicht das beste. Alter weißer Mann, junge, ehrgeizige Frau, wie sollte es anders sein? Und so antwortete Claudia spöttisch: »Ich bitte Sie, Herr Sauer, das ist doch sowieso das Erste, woran ich denke, sobald wir Erkenntnisse gewinnen.«

»Sparen Sie sich Ihren Sarkasmus. Ich meine es ernst. Ein erschossener Rechtsanwalt ist keine Bagatelle. Dieser Fall wird ein großes Echo in der Öffentlichkeit finden. Ich verlasse mich auf Sie.«

Claudia wollte etwas erwidern, aber Takeda, der oft genug Zeuge von Streitigkeiten zwischen ihr und Sauer geworden war, kam ihr zuvor: »So wie wir uns stets auf Sie verlassen, Herr Sauer. Ein Gefühl, das immer wieder unsere Herzen erwärmt.«

Der Dezernatsleiter sah Takeda überrascht an, nickte dann aber zufrieden. »Vorbildlich, Herr Takeda. Ich wünschte, ich hätte mehr Leute wie Sie.«

Der Inspektor wandte sich zu Claudia und schenkte ihr ein Lächeln. Die besten japanischen Schwerter waren so scharf, dass die Opfer gar nicht merkten, wenn sie eindrangen. Dasselbe galt für japanischen Spott.

10.

Claudia und Takeda begannen ihre Ermittlungen mit einem Besuch in Haffners Kanzlei in der Hamburger Innenstadt.

Sie stellten den Wagen in der verwinkelten Garage der Bleichenhof-Passage ab, gingen von dort zu Fuß weiter.

Der Neue Wall, wo sich die Kanzlei befand, war eine schmale, lang gezogene Straße, die von der Stadthausbrücke bis hinunter zum Jungfernstieg reichte. Viel nobler und exklusiver als hier ging es kaum. Bulgari, Tiffany, Cartier. Hier kaufte ein, wer nicht aufs

Kleingeld achten musste. Für einen Anwalt, der sich auf prominente Klienten spezialisiert hatte, war es zweifellos die perfekte Adresse. Jedenfalls wenn auch dieser Anwalt nicht aufs Kleingeld achten musste und sich eine entsprechende Miete leisten konnte.

Schon aus einiger Entfernung konnten sie erkennen, wo die Kanzlei liegen musste. Auf der gegenüberliegenden Straßenseite hatten sich auch heute wieder ein gutes Dutzend Demonstranten versammelt. Sie skandierten Parolen und hielten Schilder und Transparente in die Höhe.

Als Claudia und Takeda näher kamen, konnten sie sehen, dass es ausschließlich junge Frauen waren, die protestierten. Vermutlich Studentinnen oder Aktivistinnen aus dem Schanzen- und Karoviertel. Sie waren oben ohne, hatten ihre nackten Oberkörper farbig bemalt oder mit Parolen beschriftet.

Frauen sind keine Ware.

Keine Selbstbedienung.

Fuck Capitalism.

Claudia und Takeda betrachteten den Auflauf eine Weile, wollten dann das ehrwürdige Kontorhaus betreten, in dem die Kanzlei residierte. Im Erdgeschoss war ein Geschäft für Damenmode, eine französische Luxusmarke. Im Schaufenster sah Claudia winzige Fummel, die ein Monatsgehalt kosteten. Dazu Handtaschen, Riemensandalen, Accessoires, alles edel, alles unbezahlbar.

Und drüben standen mehr oder weniger nackte Frauen und kämpften für ihre Rechte.

Ach, verdammt.

Claudia bat Takeda, kurz zu warten, drehte sich um und ging auf die andere Straßenseite zu den Demonstrantinnen. Kurz überkam sie die Phantasie, wie es wäre, wenn sie sich einfach selbst die Bluse ausziehen und sich dazustellen würde. Lust dazu hatte sie. Genug Wut hatte sie auch. Schließlich hatte auch sie genug miese Erfahrungen mit blöden Typen gemacht.

Aber gut, machte sie es wirklich, würde der arme Ken ohnmächtig umfallen. Das konnte sie nicht riskieren.

Claudia bat die Parolen rufenden Frauen mit einer Handbewegung um Aufmerksamkeit. »Ich möchte kurz mit Ihnen sprechen, bitte.«

Eine junge Frau, sportlich, groß gewachsen, schob sich nach vorne. Auf ihrer Brust stand in roter Schrift: Law ≠ Justice.

»Was gibt's denn?«

»Harms ist mein Name. Ich bin von der Kripo.«

»Wenn Sie hier sind, um uns zu vertreiben, vergessen Sie es. Wir bleiben. Dieser Lügenanwalt da oben, dieses Schwein, der soll sich anhören, was wir zu sagen haben. Er und alle, die genauso sind. Die wollen Frauen, die sich wehren, zum Schweigen bringen. Mit allen Mitteln. Aber da machen wir nicht mit!«

Claudia schloss kurz die Augen, sagte dann leise: »Das Schwein, wie Sie Klaus-Peter Haffner nennen, ist tot. Er kann Sie nicht mehr hören. Nie mehr. Darum bin ich hier.«

»Sie verarschen uns, oder?«

»Nein. Es ist die Wahrheit. Er lebt nicht mehr.«

Schlagartig kehrte Stille ein. Claudia war sich nicht sicher, ob es richtig war, was sie tat. Haffners Todesumstände sollten eigentlich aus ermittlungstaktischen Gründen noch nicht öffentlich gemacht werden. Aber die Frauen hier, die hatten ein Recht, es zu erfahren. Allein schon, um selbst entscheiden zu können, ob sie mit ihrem Protest weitermachen wollten.

»Sie bluffen ganz sicher nicht? Um uns doch wegzukriegen?«, fragte die groß gewachsene Frau.

»Nein. Er ist am Samstagabend erschossen worden. Fällt Ihnen dazu vielleicht etwas ein?«

»Eine ganze Menge sogar. Zum Beispiel, dass wir darauf anstoßen sollten.«

»Werden Sie nicht geschmacklos. Sagen Sie mir lieber, ob Sie eine Idee haben, wer das getan haben könnte. Gab oder gibt es Gerüchte in der Szene? Hat jemand, den Sie kennen, vielleicht etwas angedeutet?«

»Ist die Frage ernst gemeint?«

»Sonst würde ich sie nicht stellen. Glauben Sie mir, ich kann verstehen, warum Sie hier stehen. Aber jetzt reden wir über Mord.«

Eine andere Frau, weniger hochgewachsen, fülliger, mischte sich ein. »Hey, jede von uns hätte dem Kerl liebend gerne in den Arsch getreten. Oder auch in die Eier. Aber erschießen? Ist nicht unsere Art.«

Claudia hatte mit einer solchen Antwort gerechnet. »Ich glaube Ihnen. Aber wenn Sie doch etwas hören sollten, rufen Sie mich bitte an.«

Sie hielt den Frauen gleich mehrere ihrer Visitenkarten entgegen. Keine griff zu.

Schließlich aber überlegte es sich die groß gewachsene Sprecherin, nahm eine der Karten und steckte sie in die Tasche ihrer Jeans. Dazu erklärte sie knurrend: »Derjenige, der das getan hat, ist ein Hero. So viel steht fest. Trotzdem ... Mord geht natürlich nicht.«

Claudia lächelte. »Sie sagen *derjenige*. Sind Sie so sicher, dass es ein Mann war? Trauen Sie es einer Frau nicht zu?«

Die andere schnaubte missmutig. »Das ist eine miese Masche von Ihnen.«

»Wieso?«

»Eine Frau? Knallt den Typen ab? Glaube ich nicht. Aber es ist typisch für Bullen. Ihr macht aus Opfern Täter. Täterinnen, um genau zu sein. Dieser fucking Anwalt hat dasselbe getan.«

Claudia nickte nur stumm. Es gäbe vieles zu sagen. Aber die Frauen würden ihr kaum glauben.

11.

Die Kanzlei befand sich im zweiten Stock des Gebäudes. Das mit Teppichboden ausgelegte Treppenhaus wirkte gediegen. Ein Messingschild zeigte die richtige Tür an. Takeda und Claudia traten ein, fanden sich in einem Vorraum mit Empfangsbereich wieder.

Ein Besuchertresen grenzte zwei Schreibtische für Anwaltsgehilfinnen ab – natürlich Frauen, wie Claudia feststellte.

Die ältere der beiden Damen, gut sitzendes Kostüm, Perlenkette, makellose Frisur, vielleicht Mitte fünfzig, blickte hoch. Ihre Augen waren rot geädert, ihr Gesicht wirkte erschöpft. Mit mühsam beherrschter Stimme sagte sie: »Es tut mir leid, wir empfangen heute keine Besucher. Bitte sehen Sie auch von Anrufen ab. Wir können noch nicht sagen, ob …«

»Harms, Kriminalpolizei. Das ist mein Kollege Takeda. Sie sind Frau Ostermeier?«

»Das ist richtig.«

»Frau Olsen hatte Ihren Namen erwähnt. Offenbar wissen Sie bereits Bescheid?«

Die Frau nickte, und ihre Augen füllten sich mit Tränen. »Frau Olsen hat mich heute Morgen angerufen. Wir, also ich und meine Kollegin, Frau Döblin …«, sie blickte zu der deutlich jüngeren Frau am anderen Schreibtisch, »… können es gar nicht fassen. Es ist so furchtbar, so schrecklich.«

Döblin, die mit Vornamen Katrin hieß, wie ein Schild auf ihrem Tisch verriet, trug eine Bluse und einen dunkelblauen Hosenanzug. Sie schüttelte den Kopf, rang sichtbar um Fassung. »Wer tut so etwas nur? Warum? Er hat doch niemandem etwas getan …«

Claudia ließ einige Momente der Stille verstreichen, ließ den Frauen Zeit für ihre Trauer. Dann fragte sie: »Sie beide sind das gesamte Kanzleiteam von Herrn Haffner?«

»Im Prinzip schon«, erklärte Ostermeier. »Wir sind keine große Kanzlei. Klein, aber mit Klasse, wie Herr Haffner zu sagen pflegte.«

»Im Prinzip?«

»An zwei Tagen in der Woche hilft die Tochter von Herrn Haffner, macht Ablage und Ähnliches.«

»Seine Tochter? Die ist doch im Grundschulalter?«

Claudia bemerkte aus den Augenwinkeln, dass Takeda sich aufmerksam in dem Vorraum umsah, dabei aber auch die beiden Frauen im Auge behielt. Es war ihr übliches Vorgehen, einer stellte die Fragen, der andere konzentrierte sich aufs Beobachten. Es hatte sich bewährt.

Sabine Ostermeier putzte sich dezent die Nase. »Ich rede selbstverständlich nicht von Angelina … Gott, das arme Kind, auf die Art den Vater zu verlieren … Herr Haffner hat noch eine Tochter aus erster Ehe. Tanja – Tanja Geschke … sie trägt den Namen ihrer Mutter. Sie ist Studentin, auf dem Papier jedenfalls. Sie verdient sich hier ein wenig dazu.«

»Ich verstehe. Wissen Sie, ob schon jemand mit ihr gesprochen hat?«

»Frau Olsen hat sie gestern Abend angerufen, soweit ich weiß.«

»Sie erwarten Frau Geschke heute aber nicht hier?«

»Nein, sie arbeitet montags nie. Ich vermute, dass sie zu Hause oder bei ihrer Mutter ist, um alles zu verarbeiten.«

Takeda lenkte mit einem Räuspern die Aufmerksamkeit auf sich. Er stand vor der Tür zum Nebenraum. »Dürfte ich?«, fragte er.

»Das ist das Büro von Herrn Haffner. Ich weiß nicht, ob …«

Claudia ging dazwischen, sagte scharf: »Wir ermitteln in einem Mordfall, Frau Ostermeier.«

»Selbstverständlich, verzeihen Sie.« Sie wandte sich an Takeda: »Bitte, sehen Sie sich um. Respektieren Sie aber die gebotene Zurückhaltung. Ich muss Sie wohl nicht auf die besonderen Rechte eines Anwalts aufmerksam machen.«

»Selbstverständlich nicht«, sagte Takeda. Er deutete eine leichte Verbeugung an und betrat Haffners Büro.

Claudia fuhr mit ihren Fragen fort. »Wann haben Sie zuletzt mit Haffner gesprochen?«

Die Damen wechselten einen kurzen Blick, dann sagte Ostermeier, die offenbar die Sprecherrolle für sich reklamierte: »Das war am Freitagnachmittag, bevor er ins Wochenende aufgebrochen ist.«

»Ist an dem Tag oder überhaupt in der Zeit davor etwas Besonderes vorgefallen?«

Ostermeiers Blick wurde glasig. »Hier fällt seit Wochen etwas Besonderes vor. Tag für Tag. Haben Sie es denn draußen nicht gesehen, als Sie gekommen sind?«

»Habe ich. Aber ich denke, das wird jetzt aufhören.«

»Ja, jetzt, wo diese Unmenschen erreicht haben, was sie wollten.«

»Ich glaube nicht, dass die Frauen, die draußen demonstrieren, Herrn Haffners Tod gewünscht haben.«

»Vor ein paar Tagen haben sie das Gebäude mit Farbbeuteln beschmissen. Drüben im Büro sieht man es noch an den Fenstern. Vor Gewalt scheinen sie also nicht zurückzuschrecken.«

»Farbbeutel sind keine Kugeln, Frau Ostermeier.«

»Das ist mir auch klar. Ich meine ja auch nicht, dass es genau die waren. Aber diese ganze Angelegenheit mit Jost Weber ... Sie können sich gar nicht vorstellen, was wir in den zurückliegenden Wochen durchgemacht haben.« Ostermeier warf einen Blick zu ihrer Kollegin. »Wie ich vorhin schon zu Frau Döblin sagte, mich hat es nicht wirklich gewundert, als ich es heute Morgen gehört habe. Sie sollten einmal lesen, was im Netz über Herrn Haffner geschrieben worden ist, wie er beschimpft und bedroht wurde.«

»Das habe ich bereits getan. Ich weiß also, wovon Sie sprechen. Hat sich eigentlich auch ganz direkt jemand hier gemeldet? Ich meine, mit Drohungen?«

»Und ob. Es gibt eine ganze Kiste mit Briefen, die kann ich Ihnen gerne zeigen. Es ist widerlich. Wir sind auch kaum noch ans Telefon gegangen, so viele Belästigungen und Unflätigkeiten gab es.«

»Warum hat sich der Zorn eigentlich so sehr gegen Herrn Haffner gerichtet? Er war doch nur der Anwalt von Jost Weber?«

Jetzt meldete sich die jüngere der Angestellten doch zu Wort: »Weil diese Leute nicht wissen, was Rechtsstaatlichkeit bedeutet.

Für die ist jemand, der einen Verbrecher verteidigt, selbst ein Verbrecher.«

»Das hat Frau Olsen ganz ähnlich ausgedrückt.«

Ostermeier erklärte: »Wobei in diesem Fall sowieso nicht von Verbrechen die Rede sein kann. Das Verfahren gegen Herrn Weber wurde eingestellt. Er ist unschuldig. Aber auch das interessiert die Aktivistinnen nicht.«

»Es wurde eingestellt? Das wusste ich nicht.«

»Damit sind Sie nicht alleine. Aber gut, es ist auch erst wenige Tage her.«

»Haffner hat das erreicht?«

»Natürlich. Er konnte Ihrer Kollegin, also der ermittelnden Beamtin, aber auch dem Staatsanwalt klarmachen, dass die Vorwürfe dieser jungen Dame ...«

»Yvonne Rheydt, richtig?«

»Ja, dass ihre Behauptungen gegen unseren Mandanten aus der Luft gegriffen waren. Alles, was sie vorbrachte, war unglaubwürdig. Reine Phantasie. Oder auch bösartige Verleumdung. Es gab keine Vergewaltigung. Klaus-Peter ... Herr Haffner war daher zuversichtlich, dass sich die Anfeindungen gegen ihn und die Kanzlei bald legen würden. Er wird es nun leider nicht mehr erleben.«

»Fallen Ihnen vielleicht noch andere Fälle ein, an denen Ihr Chef gearbeitet hat und die erklären könnten, was geschehen ist?«

»Andere Fälle? Was meinen Sie?« Ostermeier, die sich inzwischen wieder unter Kontrolle hatte, hob pikiert die Augenbrauen.

»Hatte Herr Haffner Ärger mit Mandanten? Oder mit gegnerischen Parteien? Ein Anwalt kann doch durchaus Feinde haben, oder etwa nicht?«

»Wie kommen Sie darauf? In Rechtsstreitigkeiten fällt sicherlich auch mal ein böses Wort. Aber Feinde? Herr Haffner hatte eine große Gabe, Dinge so zu regeln, dass alle Beteiligten ihren Frieden damit machen konnten.«

Claudia nickte nachdenklich. Dafür, dass der Mann, über den sie sprachen, mit mehreren Schüssen niedergestreckt worden war, klangen die Worte Ostermeiers für ihren Geschmack viel zu versöhnlich. Aber gut, Linn Olsen hatte gesagt, dass Ostermeier schon lange für Haffner gearbeitet hatte. Sie war durch und durch loyal. Im Grunde ehrte sie das.

»Nun etwas anderes. Hatte Herr Haffner Sie über mögliche Termine oder Verabredungen am zurückliegenden Wochenende informiert?«

»Soweit sie beruflich waren, ja.«

Claudia blickte Ostermeier erwartungsvoll an, aber die schien wiederum ans Anwaltsgeheimnis zu denken.

Katrin Döblin hingegen schüttelte trotzig den Kopf und erklärte: »Es gab nur einen einzigen Termin, und zwar mit Jost Weber. Unser Chef erwartete ihn zu Hause für eine abschließende Besprechung.«

»Ach, mit Herrn Weber! Wann genau war das?«

»Am Samstagabend.«

»Ein Mandantengespräch? An einem Samstagabend?«

»Es sollte kein offizieller Termin sein. Eher ein Versuch, die Wogen zu glätten.«

»Wieso war das erforderlich? Sie sagten doch selbst, dass das Verfahren eingestellt worden war. Für Weber war das doch ein voller Erfolg?«

»Das stimmt. Trotzdem war er ungehalten, wie sich die Dinge entwickelt hatten. Zu einem Prozess würde es zwar nicht kommen. Aber sein Ruf ist halt dennoch ramponiert. Er hatte sich offenbar mehr versprochen. Er wollte unsere Honorarforderung nicht begleichen. So etwas kann Herr Haffner natürlich nicht akzeptieren. Auch darum sollte es am Samstag gehen.«

»Dann sollten wir wohl schleunigst einmal mit Weber reden. Geben Sie mir doch bitte seine Kontaktdaten. Ken?«

Takeda trat aus dem Nebenzimmer. »Ja?«

»Wenn du nichts mehr hast, sollten wir aufbrechen.«

»Sicher. Ich bin so weit.«

12.

Claudia und Takeda saßen nicht allzu weit von der Kanzlei entfernt in einem Straßencafé in der Hamburger Innenstadt. Die Sonne schien und ließ das Wasser auf dem benachbarten Fleet glitzern.

Ohne solche kurzen Auszeiten wäre ihr Job nicht zu ertragen.

Claudia hatte die Augen geschlossen, lauschte für eine Weile den Geräuschen der Stadt. Schritte, Stimmen, Autos, das leise Plätschern des Wassers. Ein paar Jungs, die mitten in der Stadt ihre Angeln ins Wasser hielten.

Gab es so nur in Hamburg.

Gedankenverloren sagte sie: »In Japan würde es so einen Mist nicht geben, oder? Ich meine, so etwas wie einen Internet-Shitstorm, Todesdrohungen per Twitter oder Facebook, all das. Ihr seid zu höflich dafür!«

Takeda seufzte. »Ich wünschte, du hättest recht. Aber leider täuschst du dich. Wir Japaner sind sehr aktiv in den sozialen Netzwerken, waren es sogar schon vor euch Deutschen. Und in Sachen Shitstorm können wir auch gut mithalten. Vielleicht sind wir sogar besser darin als ihr.«

Claudia öffnete die Augen, sah Takeda an. »Ach, echt?«

»Aber ja! Meine Landsleute chatten und posten sich die Finger wund. Und sie sind schonungslos. Es geht gegen Prominente, gegen Politiker oder die Verwaltung. Alle bekommen ihr Fett weg. Ist vielleicht ja auch nicht schlecht, wenn sie sich auf die Art ein wenig Luft machen. Ist sonst nicht unsere starke Seite, Dinge klar beim Namen zu nennen. Allerdings sind es nicht selten Rechtsradikale, die die Stimmung anheizen. Als zum Beispiel eine Schönheitskönigin – sie war eine Halbjapanerin – nach der Meinung einiger nicht japanisch genug aussah, wurde sie im Netz fertiggemacht. Es gab andere Fälle, bei denen die Opfer sogar in den Suizid getrieben wurden.«

»Ich täusche mich wohl doch in euch Japanern. Schade eigentlich.«

Takeda schmunzelte nachsichtig. »Ich glaube, das geht vielen meiner Landsleute mit euch Deutschen genauso. Sie denken, dass ihr euch online wie offline immer gut benehmt.«

»Wir? Wieso sollen wir?«

»Immerhin seid ihr das Volk von Goethe und Beethoven. Ihr müsst einfach kultiviert und selbstbeherrscht sein.«

Claudia lachte auf. »Weit daneben, würde ich sagen. Übrigens auch, was Goethe angeht. Wenn der einen Facebook-Account gehabt hätte, hätte er bestimmt jede Menge Derbheiten rausgehauen … Ach ja, und ich habe mal gehört, dass Beethoven auch ein ziemliches Ekelpaket sein konnte. Weißt du, warum das überliefert ist? Unter anderem weil eben jener Goethe es aufgeschrieben hat. Die beiden konnten sich nicht ausstehen.«

»Ich wusste nicht einmal, dass sie sich kannten.«

»Amüsante Vorstellung, oder? Zwei der berühmtesten deutschen Geistesgrößen lästern nach Herzenslust übereinander im Internet ab. Im Grunde bedeutet es, dass vor 200 Jahren alles schon genauso wie heute war.«

Sie tranken ihren Kaffee und genossen für einen Moment die Sonne.

Dann wurde Claudia wieder ernst. »Die Damen in der Kanzlei haben mir erzählt, dass es Streit zwischen Jost Weber und Haffner gab. Er war enttäuscht und wollte die Rechnung nicht bezahlen.«

»Also doch ein männlicher Täter?«

»Jedenfalls waren die beiden am Samstagabend verabredet. Damit hätten wir Motiv und Gelegenheit …«

»Wir sollten dringend mit Weber reden.«

»Sehe ich genauso. Am besten direkt im Anschluss. Aber was ist eigentlich mit dir? Du warst in Haffners Büro. Bist du auf etwas gestoßen?«

»Möglich. Ich bin mir nicht sicher.«

Takeda griff in seine Jacketttasche und zog zwei Visitenkarten hervor, reichte sie Claudia. Die erste war die von Klaus-Peter Haffner. In der oberen rechten Ecke war das Logo der Kanzlei eingeprägt, mittig sein Name, unten die Adresse und die Kontaktdaten. Die andere Karte trug keinen Personennamen und gehörte zu einer Firma, die I-Con hieß. In kleinerer Schrift war die Abkürzung ausgeschrieben: Immobilien Rechtsberatung & Consulting.

Claudia starrte eine Weile auf die Karten, sah dann zu Takeda. »Und?«

»Die Karte der Beratungsfirma lag in einer von Haffners Schubladen.«

»Du hast in Schubladen gewühlt? Du weißt, dass wir keinen Beschluss hatten. Bei einer Anwaltskanzlei ist das doppelt schlimm.«

Takeda hob abwehrend die Hände. »Ich habe nichts angerührt. Die Schubladen öffneten sich wie von selbst, als ich davorstand. Was hätte ich tun sollen?«

Claudia feixte. »Egal. Was willst du mir mit den Karten sagen?«

»Sieh einmal genauer hin, vielleicht fällt dir etwas auf.«

Claudia betrachtete die Visitenkarten erneut, zuckte dann aber mit den Schultern. »Einmal Haffners Kanzlei, einmal diese Beratungsfirma. Vielleicht war er für die tätig? Ich meine, Immobilien ... ist ein Thema im Moment. Da gibt es vermutlich genug für einen Rechtsanwalt zu tun. Zum Beispiel Mieter verklagen, die nicht ausziehen wollen.«

Takeda nickte mitfühlend. »Sonst fällt dir nichts auf?«

»Ich glaube nicht. Obwohl, warte mal. Die Telefonnummern ...«

Takeda lächelte. »Genau. Schon auffällig, oder?«

»Sie sind fast identisch, bis auf die letzten beiden Zahlen. Es könnte derselbe Anschluss, aber verschiedene Nebenstellen sein.«

»Genau. Aber die Adressen sind völlig unterschiedlich. Das ist schon merkwürdig, oder?«

»Möglich. Andererseits muss es nichts heißen.«

»Natürlich nicht. Aber ein Gefühl sagt mir, dass es sich lohnt, der Sache einmal nachzugehen.«

13.

Eine Dreiviertelstunde später traten Claudia und Takeda durch eine schwere Stahltür in eine riesige Studiohalle. Sie waren in den nördlichen Stadtteil Tonndorf gefahren, wo sich Hamburgs größtes Filmproduktionsgelände befand und wo auch *Hearts of Hamburg* entstand.

Ein Anruf bei der Agentur von Jost Weber hatte ergeben, dass der Schauspieler hier zu finden sein sollte.

Im Inneren der Halle fanden sich die Ermittler auf einem pittoresken, von Fachwerkhäusern gesäumten Marktplatz wieder – als wären sie nicht einfach durch eine Tür getreten, sondern in eine norddeutsche Kleinstadt gebeamt worden. Der Boden war kopfsteingepflastert, in der Mitte stand ein uriger Springbrunnen, daneben einige Marktbuden. Allerdings wölbte sich über ihren Köpfen kein hoher Himmel, sondern eine endlose Reihe von Studioscheinwerfern, die jetzt allerdings ausgeschaltet waren.

Claudia entlockte die Szenerie ein Lächeln. Sie kannte den Platz aus *Hearts of Hamburg* – denn auch wenn sie es vorhin nicht zugegeben hatte, sie hatte die Telenovela ja auch gelegentlich gesehen. Hier auf dem Marktplatz kamen die Hauptcharaktere immer wieder zusammen, erledigten ihre Einkäufe, tranken Kaffee, ver- und entliebten sich.

Claudia überlegte, ob sie ein Selfie machen und posten sollte, als sie ein seltsames Geräusch hörte. Takeda war ebenfalls aufmerksam geworden. Aus den Tiefen der Studiohalle echoten Stimmen herüber, laut und aggressiv. Was genau gesagt wurde, war nicht zu verstehen, aber es war deutlich, dass heftig gestritten wurde.

Sie nickten sich zu, eilten dann gemeinsam durch die schier endlose Halle. Rechts und links waren weitere Kulissen aufgebaut. Sie zeigten einzelne Zimmer oder ganze Wohnungen, teilweise modern, teilweise nostalgisch eingerichtet. Alle waren nach vornehin offen, wie bei Puppenstuben, so dass dort Kamera und Beleuchtung aufgestellt werden konnten.

Sie erreichten eine letzte, in den Raum ragende Kulissenwand. Unmittelbar dahinter war helles Licht zu sehen, offenbar waren dort Dreharbeiten im Gange. Die Stimmen kamen von dort.

Mit einem weiteren Nicken verständigten sich Claudia und Takeda darauf, erst einmal in Deckung zu bleiben und zuzuhören.

Eine wütende Männerstimme schrie: »Scheiße, ich will, dass du es mir ins Gesicht sagst! Na los, zeig Rückgrat, falls du eines hast.«

Eine andere Stimme, ebenfalls männlich, antwortete in provozierender Gelassenheit. »Aber ich habe dir nichts zu sagen, mein Lieber. Es ist vorbei. That's all. Warum bist du überhaupt hergekommen?«

»Weil ich mich nicht einfach mit einer E-Mail abfertigen lasse. Nicht nach all den Jahren. Du musst mir den Arschtritt schon direkt verpassen. Na los! Sag, dass du mich rausschmeißt!«

»Wie du willst. Also, es ist vorbei. Ich sag dir auch, warum. Weil wir endlich kapiert haben, was für ein Schwein du bist!«

Takeda fragte im Flüsterton: »Eine Filmszene? Oder echtes Leben?«

»Klingt zu hässlich für *Hearts of Hamburg*. Nein, das muss echt sein.«

Tatsächlich waren die Worte, die hin und her flogen, voller Wut, ja Hass. Sie wurden auch zunehmend vulgär. So wurde in der Welt einer Telenovela trotz aller Liebes- und Eifersuchtsdramen nicht gesprochen.

Claudia spähte nun doch um die Wand herum. Die Szenerie, die sich ihr dort bot, hätte sie zum Lachen gebracht, steckte sie nicht gerade in einer Mordermittlung.

Jost Weber – sie erkannte ihn sofort – stand gemeinsam mit einem anderen Mann in der hell ausgeleuchteten Kulisse einer Zahnarztpraxis. Weber war offensichtlich nicht Teil des Drehs, er wirkte ungepflegt mit Stoppelbart und zerknitterter Kleidung. Der Mann, der ihm dicht gegenüberstand, war deutlich älter, er trug einen lässig weit geschnittenen Anzug. Vielleicht der Regisseur? Oder der Produzent? Umringt waren die beiden Streithähne von einem Dutzend weiterer Männer und Frauen, darunter Kameraleute, Beleuchter und Schauspieler. Einer von ihnen trug einen Ärztekittel. Eine Frau war als Helferin kostümiert. Ein Statist, der den Patienten markierte, lag in einem weit nach hinten abgesenkten Zahnarztstuhl und hatte ein Saugrohr im Mund.

Weber, mit hochrotem Kopf, schrie: »Noch letzten Monat hast du mir versichert, dass alles in Ordnung ist. Dass ich mir keine Sorgen machen soll. Und jetzt ist es auf einmal aus?«

»Hast du dir selbst eingebrockt, mein Lieber. Konntest deinen Schwanz nicht in der Hose lassen!«

»Das ist doch Blödsinn! Die Anzeige der Kleinen ist vom Tisch, verdammt! Sie hat gelogen, so wie ich es von Anfang an gesagt habe!«

»Hat sie?«

»Natürlich! Die war scharf auf mich! Und dann wollte sie mehr. Aber ich halt nicht. Also hat sie versucht, mich fertigzumachen.«

»Unsere Zuschauer sind anderer Meinung. Die Rundfunkbeiräte genauso. Der Intendant. Eigentlich alle. Weißt du, wie viel Post hier jeden Tag wegen der Sache ankommt? In jedem verdammten Brief und jeder Mail steht dasselbe. Schmeißt den Dreckskerl raus. Den wollen wir nicht mehr sehen. Nicht für unsere Gebühren.«

Jost Weber stieß einen theatralischen Schrei aus. »So weit ist es also gekommen! Nur weil ein paar senile Gebührenzahler rumnörgeln, werft ihr mich raus?«

»Hast ja recht. Die Zuschauer sind scheißegal. Aber *Hearts* funktioniert nun einmal nur in einem gesunden Werbeumfeld. Die Firmen und die Agenturen wollen dich nicht mehr. Und das ist etwas, das können wir nicht ignorieren.«

»Weißt du, wie erbärmlich das ist, Tom? Wie kriecherisch?«

Eine Frau schaltete sich ein, sagte mit keifender Stimme: »Du bist derjenige, der erbärmlich ist, Jost! Mir wird schlecht, wenn ich dich nur sehe.«

»Geht mir genauso, Gisa! Ich könnte kotzen, wenn ich deine Fresse sehe! Gerade du!«

»Was soll das denn heißen?«

»Wer hat denn über Yvonne abgelästert? Viel Brust, wenig Hirn … das waren deine Worte!«

»Ja, aber ich habe damit nicht gemeint, dass du sie vögeln sollst. Ob nun mit oder ohne ihr Einverständnis.«

»Zum tausendsten Mal, ich habe nichts getan, was sie nicht wollte.«

Tom, der Mann im Anzug, sagte mit kühl beherrschter Stimme: »Du hast sie abgefüllt und gebumst, Junge! Und danach hast du ihr eine große Rolle versprochen, damit sie das Maul hält. Wie dumm bist du eigentlich?«

Weber lachte höhnisch auf. »Du hast doch früher nichts anderes getan, du verlogener Dreckskerl. In den ganzen siebziger und achtziger Jahren hast du deine Hose gar nicht erst zugemacht, weil es sich nicht gelohnt hat. Und jetzt machst du den Moralapostel?«

»So war es damals halt. Aber das ist vorbei. Hast du das wirklich nicht kapiert? Du zerstörst unser aller Existenz und merkst es nicht einmal! Verschwinde einfach.«

»Alles klar. Ich gehe. Aber vorher …«

Weber trat an den Älteren heran und packte ihn am Kragen, ballte theatralisch die andere Hand zur Faust und holte aus.

»Was denn? Du schlägst mich? Das auch noch? Bist du so scharf darauf, doch noch im Knast zu landen?«

Claudia stieß Takeda vorsichtig an, woraufhin sie gemeinsam die Kulissenwand umrundeten und ins Licht der Scheinwerfer traten.

Mit lauter Stimme rief Claudia: »Herr Weber, lassen Sie den Mann los! Kriminalpolizei. Wird's bald! Lassen Sie ihn los! Ich meine es ernst.«

Weber verzog verächtlich das Gesicht und löste seine Hand vom Kragen des Mannes. Er drehte sich zu Claudia um. »Was ist denn jetzt schon wieder los? Hat sich der Nächste etwas ausgedacht, was ich angeblich gemacht habe?«

»Das werden wir sehen. Kommen Sie mit! Wir müssen mit Ihnen reden, aber alleine.«

14.

Takeda durchquerte gemeinsam mit Jost Weber die lang gezogene Halle mit den Kulissen. Claudia war zurückgeblieben, um mit dem Produzenten und den Kollegen Webers zu sprechen.

Sie traten ins Freie, und Takeda bemerkte, wie sich Webers Gesichtsausdruck wandelte. Er wirkte nicht mehr wütend, sondern erschöpft und niedergeschlagen.

Sie setzten sich auf eine hölzerne Sitzgruppe, die neben der Halle im Schatten einer hochgewachsenen Kastanie stand.

Takeda verzichtete auf seine üblichen Umwege, plauderte nicht, schuf keine Atmosphäre des Vertrauens, wie es sonst seine Gewohnheit war. Es erschien ihm nach dem Vorspiel in der Halle unpassend.

Stattdessen stellte er kurze, konkrete Fragen.

»Klaus-Peter Haffner ist Ihr Rechtsanwalt, richtig?«

»Jetzt nicht mehr. Ich habe nichts mehr mit ihm zu tun. Warum fragen Sie?«

»Das erkläre ich gleich. Wann haben Sie ihn das letzte Mal gesehen?«

»Am Wochenende. Samstag, um genau zu sein. Ich war bei ihm. Abschlussbesprechung, wenn Sie so wollen.«

»Es gab Differenzen zwischen Ihnen. Sie wollten Haffners Honorar nicht begleichen, ist das richtig?«

»Absolut. Der Mistkerl bekommt keinen Cent von mir. Sie haben doch gerade mitbekommen, was los ist. Ich bin gefeuert worden! Das ist Haffners Schuld. Er hatte mir fest versprochen, mich aus dem ganzen Mist herauszuhauen. Aber was ist? Alles ist immer schlimmer geworden. Ich kann mich nirgendwo mehr blicken lassen. Und dann will er auch noch einen Riesenhaufen Geld von mir? Nie im Leben. Das habe ich ihm gesagt.«

»Die Anzeige gegen Sie wurde zurückgezogen, das Verfahren eingestellt. Das ist doch ein Erfolg, oder nicht?«

»Könnte man meinen. Aber ich bin trotzdem erledigt. Wofür soll ich also bezahlen?«

»Wie hat Haffner reagiert?«

»Wie reagiert ein reicher Anwalt, wenn er seine Kohle nicht bekommt?«

»Sagen Sie es mir.«

»Er meinte, er würde schon dafür sorgen, dass ich seine Rechnung begleiche.«

»Was haben Sie geantwortet?«

»Dass er sein Glück gerne versuchen kann. Soll er mir halt den Gerichtsvollzieher auf den Hals hetzen. Es wird ihm nichts nutzen. Ich wusste an dem Abend schon, dass ich meine Rolle bei *Hearts* los bin. Wahrscheinlich kriege ich so schnell auch nichts anderes. Ich bin jetzt Quotengift. So nennt man das in der Branche. In ein paar Wochen bin ich pleite. Bei mir ist nichts mehr zu holen. Das habe ich Haffner gesagt.«

Takeda machte sich eine Notiz. »Wann genau waren Sie am Samstag bei ihm? Und wie lange?«

»Sagen Sie mir endlich, warum Sie diese Fragen stellen!«

»Herr Weber, wann genau waren Sie bei ihm?«

»Vergessen Sie es! Ich sage gar nichts mehr. Ich will erst wissen, was los ist.«

Takeda ließ einen Moment der Stille verstreichen. »Haffner ist am Wochenende erschossen worden.«

»Erschossen? Das ist doch Schwachsinn! Sie verarschen mich.«

»Sicherlich nicht.«

Plötzlich war alles anders. Der gerade schon wieder in Wut geratene Schauspieler fiel regelrecht in sich zusammen. Er wurde bleich, begann zu zittern. Sein Gesicht zeigte eine wirre Abfolge verschiedener Gefühle, darunter Angst, Unverständnis, vielleicht Triumph, sicherlich auch Entsetzen.

»Haffner ist echt tot?«

»Ja. Und jetzt beantworten Sie meine Frage. Um welche Uhrzeit waren Sie bei ihm?«

»Sie glauben doch wohl nicht, dass ich das war? Jetzt reicht's aber! Erst die Scheiße mit dem Mädchen. Und jetzt soll ich einen umgebracht haben? Was kommt als Nächstes? Dass ich Kennedy erschossen habe?«

Takeda sparte sich eine Antwort. Ein peinliches Schweigen entstand. Der Inspektor ließ es geschehen. Es entfaltete seine Wirkung.

Schließlich sagte Weber mit leiserer Stimme: »Tut mir leid. Aber ich kann es einfach nicht glauben. Ich habe gestern ... vorgestern noch vor ihm gesessen. Jetzt soll er tot sein.«

»Herr Weber, eine Antwort, bitte!«

»Mein Gott, ist ja gut. Wir waren um halb sechs verabredet, ich bin zu spät gekommen. Absichtlich. Der sollte ruhig mal ein wenig auf mich warten.«

»Also war es vielleicht 18 Uhr?«

»Ja.«

»Wie lange sind Sie geblieben?«

»Eine halbe Stunde, höchstens. War ja nicht gerade ein freundliches Gespräch.«

»Haben Sie während der Unterredung Wein getrunken?«

»Wein? Haffner hat mir nicht einmal ein Wasser angeboten.«

»Wo sind Sie anschließend hingefahren?«

»Nach Hause.«

»Dort sind Sie dann geblieben?«

»Richtig.«

»Es war Samstagabend. Sie hatten wirklich nichts weiter vor?«

»Schlimm, was? Aber mir ist im Moment nicht nach Weggehen zumute.«

»Gibt es Zeugen, die bestätigen können, dass Sie zu Hause waren?«

»Nein. Ich war alleine.«

»Haben Sie mit jemandem telefoniert?«

»Nee, keine Lust drauf gehabt. Ich habe mir eine Pizza bestellt. Ein Bote war da.«

»Wann?«

»Weiß ich nicht mehr. Um zehn vielleicht.«

»Sind Sie im Besitz der Rechnung?«

»Müsste noch im Müll liegen.«

»Suchen Sie sie bitte heraus, es wird wohl eine Uhrzeit darauf stehen. Machen Sie einen Scan und mailen ihn mir zu.«

»Wenn's sein muss.«

Takeda machte sich erneut eine Notiz. »Wie hat Herr Haffner an dem Abend auf Sie gewirkt? War er unter Stress? Hatte er Angst?«

Weber grinste. »Höchstens vor mir ... aber hey, keine Missverständnisse. Das war nur ein Spruch.«

»Sie sollten sich so etwas lieber sparen. Hat Haffner erwähnt, ob er noch jemanden nach Ihnen erwartete?«

»Nein. Obwohl, mir fällt ein, als ich gefahren bin, kam seine Tochter gerade an.«

»Seine Tochter?«

»Tanja Geschke. Sie jobbt in seiner Kanzlei. Eine blöde Tucke. Unerträglich.«

Takeda war irritiert. »Warum sagen Sie das?«

»Weil es stimmt. Die hasst mich, wegen der Sache mit Yvonne. Aber eigentlich hasst sie jeden. Sogar ihren eigenen Vater.«

Takeda sah Weber fragend an. »Ihnen ist klar, dass solche Aussagen eine gewisse Schwere haben angesichts der Umstände?«

»Klar. Reden Sie mit ihr, dann wissen Sie, was ich meine.«

»Das werden wir.«

Takeda schloss für einen Moment die Augen, horchte dem Gesagten nach. Dann reichte er Weber seine Karte. »Das war es erst einmal. Vergessen Sie nicht, mir den Scan zu mailen. Ich denke, wir werden uns bald wiedersehen.«

15.

Claudia hatte die Kameraleute und Techniker, die Schauspieler und Statisten gebeten, das Studio zu verlassen. Die hatten auf ein entsprechendes Signal des Produzenten gewartet. Er hieß Tom Ziller, war der Mann im Anzug, der mit Weber gestritten hatte. Als er bestätigend nickte, zogen sie maulend ab.

Claudia war nun allein mit ihm und der Regisseurin, Gisa Taube.

»Mein Kollege und ich sind hier, weil am Wochenende der Anwalt von Herrn Weber ermordet worden ist. Wir schließen nicht aus, dass die Tat im Zusammenhang mit der Affäre um ihn und Yvonne Rheydt steht.«

»Gott! Das ist ja schrecklich!«, entfuhr es Taube.

Ziller feixte. »Ja, schrecklich. Weil es heißt, dass wir gar nicht mehr aus den Schlagzeilen rauskommen.«

Taube verzog das Gesicht. »Bad news are good news, Tom. Sagst du doch sonst auch immer.«

»Ein bisschen bad, aber doch nicht zu sehr. Mord ist eines drüber.«

Claudia sah von einem zum anderen. »Muss man irgendwo

unterschreiben, dass man Zyniker ist, wenn man hier arbeiten möchte?«

Der Produzent lachte. »Gut erkannt, Frau Kommissarin. Steht im Kleingedruckten aller Verträge.«

»Ist aber dennoch unangebracht, wenn Sie mich fragen.«

Die Regisseurin schlug einen versöhnlicheren Ton an. »Nehmen Sie es uns nicht übel. Wir produzieren hier fünf Tage die Woche heile Welt. Da geraten schon einmal die Maßstäbe durcheinander.«

»Scheint mir auch so. Klaus-Peter Haffner, so hieß der Anwalt, ist mit mehreren Schüssen niedergestreckt worden. Heile Welt ist das jedenfalls nicht.«

Claudia sah den Gesichtern an, dass die Realität hinter den Worten langsam durchdrang. Betroffenheit machte sich breit.

»Herr Weber wollte vorhin handgreiflich werden. Ist so etwas früher schon einmal vorgekommen? Neigt er zu Gewalt?«

Ziller antwortete. »Jost und gewalttätig? Nein, ist er nicht. Ein bisschen eitel, ein bisschen sehr von sich selbst überzeugt, das schon. Aber kein Mörder, das glaube ich nicht.«

Taube sah ihn scharf an. »Gott, Tom! Er hat dieses Mädchen vergewaltigt! Wie kannst du da noch sagen, dass er nicht zu Gewalt neigt?«

»Blödsinn. Die Anzeige wurde fallengelassen! Also red nicht so einen Käse, Gisa. Jost ist in Ordnung.«

»Ist ja klar, dass du ihn in Schutz nimmst. Er hat's vorhin selbst gesagt, du warst früher auch nicht besser. Ihr seid so widerlich, ihr Kerle.«

Ziller grinste. »Widerlich und unwiderstehlich.«

»Für dich ist alles nur Show, oder?«

Streit lag in der Luft. Bevor er ausbrach, ging Claudia dazwischen. »Ich wundere mich auch, Herr Ziller. Vor ein paar Minuten haben Sie doch selbst zu Weber gesagt, dass Sie ihn wegen seines Verhaltens rauswerfen. Und jetzt verteidigen Sie ihn?«

Der Produzent ließ seinen Blick demonstrativ an Claudia auf

und ab gleiten, lächelte dabei. »Sie haben nicht zugehört, Frau Harms. Weber muss gehen, weil er miese Publicity produziert, nicht wegen der Sache mit dem Mädchen. Der Punkt ist, dass *Hearts of Hamburg* im Öffentlich-Rechtlichen gesendet wird. Die Damen und Herren in den Gremien sind extrem dünnhäutig, was solche Sexgeschichten angeht. Jedenfalls neuerdings. Die wollten Weber schon canceln, da waberten gerade einmal die ersten Gerüchte durchs Netz. Zu dem Zeitpunkt habe ich mich noch vor ihn gestellt.«

»Yvonne Rheydt, das mutmaßliche Opfer der Vergewaltigung …«

»Die es nie gab«, unterbrach Ziller.

»Wie auch immer. Sie kennen Frau Rheydt, nehme ich an. Können Sie mir etwas über sie sagen?«

Taube zuckte mit den Schultern. »Nettes Mädchen. Aber sonst? Sie war nur Statistin, da hat man nicht allzu engen Kontakt. Ich habe in den Drehpausen vielleicht ein- oder zweimal mit ihr geredet. Ich kann nichts über sie sagen.«

»Komm schon, sie war ein Fangirl von Jost, das war schon ein Problem«, erklärte Ziller. »Weißt du das nicht mehr? Du hast mir selbst erzählt, dass sie ihn immer angestarrt hat und du deshalb ein paar Takes wiederholen musstest. Du wolltest sie sogar schon austauschen.«

»Stimmt, hatte ich ganz vergessen. Für Jost war sie jedenfalls leichte Beute. Was nicht heißen soll, dass es okay war, was passiert ist … wenn es denn passiert ist.«

»Haben Sie es damals eigentlich mitbekommen? Hat sie sich einem von Ihnen anvertraut?«

Taube erklärte: »Nein. Und mitbekommen haben wir auch nichts. Das Mädchen hat das ja auch erst Monate später überhaupt angezeigt. Für uns kam es aus heiterem Himmel.«

»Zumal die beiden ja nach dem angeblichen Vorfall hier noch vor aller Augen miteinander rumpoussiert haben«, ergänzte Ziller.

Claudia sah ihn irritiert an. »Was heißt rumpoussiert?«

»Händchen gehalten, geturtelt. In den Drehpausen sind die sogar zusammen hinter den Kulissen verschwunden. So etwas.«

»Und das war nach der vermeintlichen Tat?«

»Sicher. Darum sind wir doch aus allen Wolken gefallen, als wir von der Anzeige gehört haben. Aber wie gesagt, das war ja erst viel später.«

Claudia nickte nachdenklich. Sie musste sich selbst sortieren. Das Ganze war verwirrend. Angeblich hatte es also eine Vergewaltigung gegeben, die das Opfer aber nicht angezeigt hatte. Stattdessen hatte die junge Frau sogar danach noch mit dem vermeintlichen Täter rumgemacht ... aber gut, auch so etwas kam vor. Sie musste unbedingt mit der Kollegin sprechen, die die Anzeige von Yvonne Rheydt bearbeitet hatte. Vielleicht konnte sie Licht ins Dunkel bringen.

Sie bedankte sich und verließ die Halle, warf dabei einen letzten Blick auf die Kulissen.

Sie hatte es zwar schon vorher gewusst, jetzt aber spürte sie es noch deutlicher. Filme waren wirklich nur Illusionen.

16.

Claudia hatte Takeda im Präsidium abgesetzt, wo er in seinen eigenen Wagen umgestiegen war. Nun fuhr er in südlicher Richtung durch das sommerliche, so erstaunlich grüne Hamburg. Doch anders als sonst empfand er keine rechte Freude daran. Er gestand es sich nur ungern ein, aber zum ersten Mal konnte er die Stadt nicht leiden. Es kam ihm vor, als hätte Hamburg Fieber. Die Stadt und auch die Bewohner.

Er spürte es, er konnte es sogar sehen. Wenn er vor einer roten Ampel hielt, beobachtete er Männer und Frauen, die über den Zebrastreifen gingen und dabei auf ihre Handys starrten. Sogar Mütter, die Kinderwagen schoben, hatten nicht ihre Kinder im

Auge, sondern ihre Mobiltelefone. Viele von ihnen tippten hektisch auf den Bildschirmen. Schickten sie eine Nachricht an jemanden? Oder posteten sie etwas auf Facebook? Auf Instagram? Waren diese Posts fröhlich? Oder waren sie gehässig?

Die Straßen, die Häuser, die Bäume, das warme Sommerwetter – nichts davon hatte eine Bedeutung. Nur was im Netz vor sich ging, zählte. Das endlose Gerede, der permanente Streit, die permanente Aufregung.

Ja, es war wie ein Fieber. Es hatte die Deutschen infiziert, die Japaner, die ganze Welt.

Takeda stellte den Wagen auf einem Schotterplatz nahe des S-Bahnhofs Sternschanze ab. Zu Fuß ging er in Richtung Amandastraße.

Kurz darauf stand er vor einem mehrstöckigen Altbau, ein schönes Gebäude mit Stuckverzierungen an der Fassade, das aber dennoch dringend eine Renovierung vertragen könnte.

Takeda drückte auf die oberste Klingel, neben der in Kugelschreiberschrift der Name von Tanja Geschke stand, Haffners Tochter aus erster Ehe.

Jost Webers Bemerkung über Geschke hatte Takeda hergeführt. Geschke hasse ihren Vater. Weber war kaum ein verlässlicher Zeuge, dazu war er zu tief in den Fall verstrickt. Dennoch lohnte es, dem Hinweis nachzugehen, darüber waren er und Claudia sich einig gewesen.

Der Türsummer schnarrte, ohne dass vorher eine Stimme in der Gegensprechanlage zu hören gewesen war.

Takeda stieg vier Treppen empor, glaubte, schon da zu sein, und merkte dann, dass er weitere Stufen bis ins Dachgeschoss nehmen musste.

Oben war eine einzige Tür, sie war nur angelehnt.

Er stieß sie auf. »Hallo? Frau Geschke? Mein Name ist Takeda. Ich bin von der Kriminalpolizei.«

Keine Reaktion.

Takeda trat in einen dämmrigen Wohnungsflur. In einer Nische befand sich eine mit Jacken und Mänteln überladene Garderobe, dahinter zog sich ein Bücherregal an der Wand entlang. Auf der anderen Seite standen zwei Rennräder, daneben lagen ein Sportbogen und ein Köcher mit Pfeilen, ein SUP-Board, aus dem die Luft herausgelassen war.

Er blieb stehen, und seine Aufmerksamkeit wanderte von dem, was er sah, zu dem, was er hörte. Leise Musik waberte aus unsichtbaren Boxen durch den Flur. Sie entlockte ihm ein Lächeln.

Ein Klavier, das nur einzelne Töne in die Stille tupfte, ein sanfter, zurückhaltender Bass, ein Schlagzeug, das durch vibrierende Becken und einzelne Schläge einen Klangteppich auslegte.

Er kannte die Musik. Es war das Trio um Marcin Wasilewski, ein polnischer Jazzpianist, den Takeda sehr mochte. Früher hatten sie mit dem großen, vor nicht allzu langer Zeit verstorbenen Trompeter Tomasz Stanko zusammen gespielt. Die Musik war still, sehr reduziert. Angesichts des jungen Alters der Musiker erstaunlich reif.

Aber sie war auch traurig. Melancholisch. Passend für einen Menschen, der wie Tanja Geschke jemand Nahestehendes verloren hatte.

Eine junge Frau trat aus einem Zimmer am Ende des Flurs. Sie blieb stehen, sah Takeda mit ausdruckslosem Gesicht an. Er schätzte sie auf Mitte zwanzig, sie war schlank, sportlich. Zu einer ausgebeulten Jogginghose trug sie ein Herrenunterhemd, das ihre sehnigen Arme und Schultern zeigte. Ihre Kleidung wie auch die Haut ihrer Arme waren mit Farbkleksen übersät. Passend dazu hielt sie einen Pinsel und eine Palette in der Hand. Offenbar malte sie gerade ein Bild. Ihre schulterlangen Haare waren zu Dreadlocks verflochten und zusätzlich zu einem Knoten gebunden.

»Sie sind Tanja Geschke?«

»Was wollen Sie? Wer sind Sie?«

»Verzeihung, ich sagte es bereits. Ich heiße Takeda. Ich bin von der Polizei.«

»Und?«

»Ich bin wegen Ihres Vaters hier. Sie haben gehört, was geschehen ist, wenn ich mich nicht täusche?«

»Ja.«

»Mein herzliches Beileid.«

»Schon gut.«

»Ich muss Ihnen einige Fragen stellen. Ich hoffe, Sie fühlen sich in der Lage dazu.«

»Klar, kein Problem.«

Takeda wartete, aber sie schien sich nicht weiter erklären zu wollen.

Er lächelte zurückhaltend. »Sie hören Marcin Wasilewski. Ich mag seine Musik. Ich kann verstehen, dass Sie sie jetzt hören.«

Geschke verzog das Gesicht, spöttisch, auch zweifelnd. »Sie sind echt von den Cops?«

»Aber ja.«

»Sie sehen nicht so aus.«

»Wie sieht ein Cop Ihrer Meinung nach aus?«

»Nicht wie Sie. Und er würde sich auch nicht mit Jazz auskennen.«

»Woher wollen Sie das wissen? Vielleicht ist Ihr Bild von Polizisten falsch?«

»Polizist:innen«, korrigierte die junge Frau, machte eine kurze Pause zwischen dem Wort und der Endung.

Der Glottisschlag – ein Thema, das Takeda zurzeit oft begegnete. Es war, im wahrsten Sinne des Wortes, in aller Munde.

»Verzeihung, Polizist:innen«, korrigierte er sich. Sein Deutsch war gut genug, um auch diese Herausforderung zu meistern. Hinzu kam, dass ein sogenannter Sokuon, ein Eil- oder Stopflaut, im Japanischen häufig vorkam. Er war eine Art fernöstlicher Verwandter des Glottisschlags.

»Also, warum können Sie verstehen, dass ich diese Musik ausgerechnet jetzt höre?«, fragte Geschke.

»Weil sie traurig ist. Nachdenklich. Wasilewski hat mit Tomasz Stanko gespielt. Er ist tot. Ab und zu denke ich, ich könnte in der

Musik den Schmerz über den Verlust eines Menschen heraushören.«

»Und?«

»Die Musik passt zu den Gefühlen eines Menschen, der trauert.«

»Wie kommen Sie darauf, dass ich trauere?«

»Ihr Vater wurde erschossen. Es würde mich wundern, wenn Sie es nicht täten.«

»Dann wundern Sie sich lieber.«

»Es macht Ihnen also nichts aus, dass er tot ist? Wollen Sie das sagen?«

»Sie wissen nichts über mich, Herr Takeda. Und auch nicht über meinen Vater.«

»Darum bin ich hier. Ich möchte mehr über ihn erfahren. Und auch über Sie.«

»Was meinen Vater angeht, können wir es kurz machen. Er war ein Monster. Es gibt keinen Grund für mich, ihn zu betrauern. Im Gegenteil.«

Takeda konnte nicht verbergen, dass er überrascht war. »Ich befürchte, wir können es nicht kurz machen. Ein Monster? Sie müssen mir erklären, warum Sie das sagen.«

17.

Claudia betrat ihr Dienstzimmer im Präsidium und steuerte auf direktem Weg auf die Kaffeemaschine zu. Sie hatte sich gerade mit einem großen Becher an ihren Schreibtisch gesetzt, als es an der Tür klopfte. Es war Diana Fehling, die Kollegin vom Fachkommissariat für Sexualdelikte, die die Ermittlungen gegen Jost Weber geleitet hatte.

»Diana! Dann hast du meine Nachricht bekommen. Ich muss mit dir über Klaus-Peter Haffner sprechen, das ist der Anwalt von …«

»Jost Weber, ich weiß. Was ist mit ihm?«

»Dann hast du es also noch nicht gehört. Er wurde ermordet.«

»Was?«

»Ja, man hat ihn ... Diana?«

Fehling war blass geworden. Sie stand wie erstarrt da, schien für einige Momente völlig weggetreten zu sein. Erst mit Verzögerung klärte sich ihr Blick wieder, und sie sagte: »Sorry, Claudia, ich musste das erst einmal kurz verdauen. Nicht, dass ich Haffner sonderlich gemocht hätte, eher im Gegenteil. Aber ich hatte in den zurückliegenden Wochen wegen der Ermittlungen öfter mit ihm zu tun. Dass er tot ist, ist dann doch ein Schock.«

»Glaube ich dir. Er ist zu Hause in seinem Arbeitszimmer erschossen worden. Jemand hat ein ganzes Magazin auf ihn verballert. Wer auch immer es war, er – oder sie – meinte es bitterernst.«

Fehling warf einen fragenden Blick auf die Kaffeemaschine. Claudia stand auf, schenkte einen Becher voll, reichte ihn ihr. Sie nahmen beide Platz, Claudia an ihrem Schreibtisch, Fehling an jenem, an dem sonst Takeda saß.

»Ihr glaubt, Haffners Tod hängt mit seinem Mandat von Weber zusammen?«, fragte Fehling.

»Zumindest schließen wir es nicht aus. Haffner ist ja selbst ins Visier des Online-Mobs geraten, spätestens als er dieses Interview im *Stern* oder in der *Gala* gegeben hat.«

Fehling winkte ab. »Hör bloß auf ... Ich hab's natürlich auch gelesen. Er beklagte lautstark das Schicksal der armen Promi-Männer à la Ronaldo. Die Herren könnten ja keine Frau mehr flachlegen, ohne danach mit einer Anzeige wegen Vergewaltigung rechnen zu müssen ...«

»Da kann man schon mal Mordgedanken kriegen, was?«

Fehling gab ein bitteres Lachen von sich. Claudia mochte die Kollegin, eine hübsche Frau von Mitte vierzig, der aber die Strapazen ihres Jobs anzusehen waren. Kein Wunder, Fehling erlebte Tag für Tag Dinge, von denen die meisten Menschen nicht einmal etwas hören wollten. Das war bei Claudias Job in der Mordkommission nicht anders. Aber die Sexualdelikte waren eben doch noch einmal etwas Besonderes.

»Stimmt es denn, was Haffner behauptet hat? Jedenfalls bezogen auf Weber, seinen Mandanten? Ist der unschuldig, und die Frau, die ihn angezeigt hat, diese Yvonne Rheydt, wollte nur in die Schlagzeilen? Oder Geld von ihm bekommen?«

»Ich glaube nicht. Ich bin sogar ziemlich sicher, dass er es getan hat. Er hat sie vergewaltigt.«

»Warum habt ihr dann die Ermittlungen eingestellt? Habt ihr doch, oder?«

Fehling gab ein erschöpftes Seufzen von sich. »Mussten wir. Weil es alles nicht so einfach ist. Wieder einmal. Es fängt damit an, dass Rheydt ihre Anzeige erst erstattet hat, als die Tat schon ein halbes Jahr zurücklag.«

»Warum hat sie so lange gewartet?«

»Ja, warum? Die immer gleiche Frage in solchen Fällen. Weil sie unter Schock stand? Weil sie nicht verstanden hat, was das alles bedeutet? Ich kann es dir nicht sagen. Manche Frauen brauchen nicht Monate, sondern Jahre, bevor sie diesen Schritt gehen. Für uns war es in erster Linie ein Problem, weil es nach so langer Zeit keine Sachbeweise mehr gibt, also keine Verletzungen, blaue Flecken, Samenspuren. Es geht nur noch um Indizien und um Glaubwürdigkeit. Wer sagt die Wahrheit, der Täter oder das Opfer?«

»Was ist mit Zeugen?«

»Fehlanzeige. Weber und Rheydt waren alleine, als es passiert ist. Laut Rheydts Aussage hat er sie nach Drehschluss in seiner Garderobe mit Wein abgefüllt, bis sie sich kaum noch rühren konnte. Dann hat er ihr die Kleider vom Leib gerissen und ihr Prügel angedroht, wenn sie sich wehrt. In der Befragung hat er den Sex sogar zugegeben, meinte aber, dass er einvernehmlich war oder, wenn überhaupt, dass der Druck von ihr ausging.«

»Von ihr? Soll das heißen, er sieht sich als Opfer, oder was?«

Fehling stieß ein bitteres Lachen aus. »Darauf läuft es raus.«

»Was für ein Arschloch!«

»Absolut. Das Problem war, dass seine Darstellung auch nicht völlig aus der Luft gegriffen war. Es gibt Zeugen dafür, dass sie ihn grenzenlos angeschmachtet hat.«

»Stimmt, die Filmleute, mit denen ich vorhin gesprochen habe, haben das auch gesagt. Sie meinten sogar, dass Rheydt nach der Vergewaltigung immer noch mit ihm rumgemacht hätte.«

»Das war auch unsere Erkenntnis. Aber auch so etwas kommt vor. Du musst wissen, dass Rheydt attraktiv ist, aber nicht die Hellste. Tut mir leid, wenn ich das so sage. Sie dachte allen Ernstes, dass ihre kleine Rolle als Statistin ihr erster Schritt nach Hollywood ist. Dann ist auch noch ein Star wie Jost Weber scharf auf sie. In so einer Konstellation verdrängen Frauen schon einmal, was ihnen angetan worden ist. Erst wenn der Typ sie endgültig fallenlässt, dämmert es ihnen.«

»Heißt das am Ende, dass wir Frauen einfach zu blöd für diese Welt sind?«

»Nein, es heißt, dass die Dinge kompliziert sind. Menschen sind es. Fälle sind es.«

»Okay. Aber es läuft darauf hinaus, dass ihr letztlich aus Mangel an Beweisen eingestellt habt. Verstehe ich das richtig?«

»Ja, auch. Aber der Sargnagel für unsere Ermittlungen war die Tatsache, dass Rheydt ihre Aussage zurückgezogen hat. Damit war es vorbei. Wir hatten nichts mehr in der Hand.«

Claudia sah Fehling überrascht an. »Sie hat zurückgezogen? Das wusste ich nicht. Warum?«

»Gute Frage. Ich denke, das Mädchen war einfach durch. Die ist ja wochenlang angefeindet worden, im Internet, aber auch auf der Straße. Weber hat viele Fans, die in ihr einen Feind sahen. Ich glaube, sie wollte einfach nur noch ihre Ruhe haben. Kann ich sogar verstehen.«

»Ihr hättet doch trotzdem weiter gegen Weber ermitteln können, oder? Vergewaltigung ist ein Offizialdelikt. Selbst wenn das Opfer aus verständlichen Gründen einen Rückzieher macht, muss der Täter nicht einfach so davonkommen.«

»Du hast recht. Aber da kam eben Haffner ins Spiel. Er hat klargemacht, dass er, sollte es dennoch zur Anklage kommen, vor Gericht einen Gutachterstreit anzetteln würde. Daraufhin ist der Staatsanwalt eingeknickt. Er meinte, die Chancen, dass es ohne Aussage des Opfers zu einer Verurteilung kommt, seien einfach zu klein. Ich musste die Akte schließen. Glaub mir, ich hätte vor Wut heulen können.«

Claudia ließ das Gehörte sacken. Sie konnte gut verstehen, was in Fehling vorging, ihr selbst ging es in diesen Sekunden nicht anders. Sie war wütend. Sie könnte heulen.

»Jetzt verstehe ich jedenfalls, warum du meintest, du mochtest Haffner nicht unbedingt.«

»Der Typ war mit allen Wassern gewaschen, nicht nur als Jurist. Der hat für seine Mandanten immer auch die PR-Trommel gerührt. Ergibt auch Sinn. Wenn gegen solche Promis ermittelt wird, spielt die Öffentlichkeit eine riesige Rolle. Im Zweifel ist denen das sogar wichtiger, als was am Ende ein Richter sagt.«

Claudia schenkte sich Kaffee nach, bot es auch Fehling an. Die schüttelte den Kopf.

Nachdem sie wieder an ihrem Tisch saß, sagte sie: »Einen kleinen Trost gibt es. Weber ist seinen Job los. Sie haben ihn aus *Hearts* gekickt. Neue Rollen kriegt er auch erst einmal nicht. Darum war er auch stinksauer auf Haffner, seinen eigenen Anwalt. Er gibt ihm die Schuld daran, dass es so gekommen ist.«

»Zieht ihr Weber als Täter in Betracht?«

»Takeda, mein Kollege, hat mit ihm geredet. Eher nicht. Wobei die Überprüfung seines Alibis noch aussteht.«

»Um ehrlich zu sein, ich glaube es auch nicht. Ich habe Weber ja einvernommen. Der Mann ist ein eitler, selbstverliebter Idiot. Aber ein Mörder? Nein.«

»Wie siehst du Yvonne Rheydt? Sie hast du auch getroffen, oder?«

»Ein paar Mal sogar.«

»Sie hätte auch genug Gründe, Haffner zu hassen, oder? Immerhin war er der Anwalt des Mannes, der sie mutmaßlich vergewaltigt hat. Traust du ihr eine solche Tat zu?«

Fehling seufzte. »Ein ganzes Magazin auf einen Menschen abzufeuern? Kann ich mir nicht vorstellen.«

Claudia nickte nachdenklich. »Mein Gefühl sagt mir, dass wir eine Frau suchen. Frag mich nicht, warum. Ich glaube es einfach.«

»Dann sprich mit Rheydt, mach dir ein eigenes Bild von ihr. Vielleicht liege ich ja auch falsch, was sie angeht.«

18.

»Also, warum sagen Sie so etwas? Dass Ihr Vater ein Monster war?«

Takeda saß mit Tanja Geschke in ihrer Küche. Der Raum war klein, die Wände schräg. Eine Dachmansarde. Das einzige andere Zimmer, Takeda hatte einen kurzen Blick hineingeworfen, nutzte sie als Schlafzimmer und zugleich als Malatelier.

Es gab schwarzen Tee aus henkellosen Schalen. Das Fenster stand offen, laue Sommerluft wehte herein. Im Hintergrund lief eine alte Aufnahme von Esbjörn Svensson. Der schwedische Pianist und Bandleader war in jungen Jahren bei einem Tauchunfall gestorben, so dass ein sensibler Hörer auch in dieser Musik ein schwaches Echo von Trauer und Verlust hören mochte. Zufall?

»Mein Vater ... ich sollte ihn eher meinen Erzeuger nennen ... steht für alles, was diese Gesellschaft beschissen macht.«

»Erklären Sie es mir.«

»Er war Anwalt.«

»Anwälte kämpfen für Gerechtigkeit. Was könnte daran falsch sein?«

»Theoretisch nichts. Praktisch alles. Mein Vater war die Sorte Anwalt, die immer nur den maximalen Vorteil für seine Mandanten herausholen möchte. Ohne Rücksicht auf Verluste.«

»Sind Anwälte nicht genau dafür da? Sie wollen gewinnen, das müssen sie sogar. Ein Richter entscheidet, ob es gerecht ist, was sie fordern.«

Tanja Geschke trank schlürfend von ihrem Tee, genau wie Takeda es tat. Bei ihm war es japanisch, bei ihr ein Protest gegen die guten Sitten.

»Sie glauben vermutlich an das, was Sie sagen, Herr Takeda. Vielleicht stimmt es sogar. Aber gibt es einem Anwalt das Recht, mit unfairen Mitteln zu spielen? Zu lügen? Tatsachen zu verdrehen? Die andere Seite fertigzumachen?«

»Hat Ihr Vater das getan?«

»Darin war er sogar richtig gut.«

»Gilt das auch für seine Tätigkeit für Jost Weber? Hat er dabei auch unfair gespielt?«

»Vielleicht. Ich bin mir nicht sicher.«

»Sind Sie in seiner Kanzlei tätig, um solche Dinge herauszufinden? Arbeiten Sie nicht für ihn, sondern in Wahrheit gegen ihn?«

Tanja Geschke stieß ein verächtliches Schnauben aus. »Jedenfalls habe ich es nicht freiwillig getan, davon können Sie ausgehen.«

Takeda schüttelte verwundert den Kopf. »Hat er Sie dazu gezwungen?«

»Der Kapitalismus hat mich gezwungen. Ich möchte Malerin werden. Aber ich muss überleben. Einfach nur so wollte er mir keine Kohle rüberschieben.«

»Ich verstehe. Aber zurück zu meiner Frage. Was hat es mit dem Monster auf sich?«

Tanja Geschke stand in einer jähen Bewegung auf, trat ans Fenster und sah hinaus. Lange Zeit sagte sie nichts.

Schließlich drehte sie sich wieder um. »Ich war sieben Jahre alt, als mein Vater mich und meine Mutter verlassen hat. Ich habe es damals nicht verstanden. Er war einfach weg. Ich will nicht sagen, dass ich deswegen eine unglückliche Kindheit hatte. Meine Mutter hat sich um mich gekümmert, sie hat es jedenfalls versucht. Soweit sie nüchtern war ... was selten vorkam. Als ich älter wurde, ein

Teenager, haben mich die Jungs gemocht. Ich war hübsch. Trotzdem haben sie mich alle schnell fallengelassen. Sie sind regelrecht vor mir geflohen. Weil ich geklammert habe, so verzweifelt wie eine Ertrinkende. Erst später ist mir klar geworden, dass es ein Muster war. Ich wurde von Angst regiert, von der Angst, verlassen zu werden. Ich erkannte, dass mein Vater diesem kleinen siebenjährigen Mädchen, das ich gewesen war, das Herz gebrochen hatte. Er hatte in der Seele dieses Mädchens eine Wunde hinterlassen, die nie geheilt ist ... Wir haben überhaupt erst seit einigen Jahren wieder Kontakt miteinander. Es war nicht einfach für mich, aber ich habe mich dazu gezwungen. Ich wollte es aushalten, mir selbst beweisen, dass ich es kann. Vielleicht wollte ich auch nur von ihm hören, dass es ihm leidtut. Er hat sogar mal etwas in der Richtung gesagt. Aber dann, in den zurückliegenden Wochen, musste ich dabei zusehen, wie er eine junge, neunzehnjährige Frau systematisch fertigmacht. Er hat sie als geldgierige Lügnerin dargestellt. Dabei wusste mein Vater zu dem Zeitpunkt genau, dass Rheydt nicht gelogen hatte und die Vorwürfe gegen Weber wahr waren.«

»Woher wissen Sie das?«

Tanja Geschke lachte bitter auf. »Weil Weber es ihm gesagt hat. Wollen Sie den O-Ton hören? Bitte. Zuerst wollte die Kleine es, dann nicht mehr, also habe ich sie so lange abgefüllt, bis ihr alles egal war. Die hat das gar nicht so richtig mitbekommen, aber ich hatte meinen Spaß ...«

»Sie haben gehört, wie er das sagte?«

»Nein.«

»Woher wissen Sie es dann?«

»Mein Vater macht Notizen, im Wortlaut. Aber das ist doch auch ganz egal! Sie wollten wissen, warum ich ihn ein Monster nenne. Jetzt kennen Sie die Antwort. Und jetzt wissen Sie auch, warum ich nicht trauere. Ich freue mich sogar.«

»Das glaube ich Ihnen nicht.«

Tanja Geschke sah Takeda überrascht an. Sie lachte und weinte zugleich.

Der Inspektor wartete einige Augenblicke. Er schlug die Augen nieder, sprach dann mit leiser Stimme. »Sie sind am Samstagabend im Privathaus Ihres Vaters gewesen, ist das richtig?«

Geschke wischte sich über die Augen. Ihre betonte, ja übertriebene Ungerührtheit kehrte langsam zurück, sie kämpfte darum. »Hat er Ihnen das gesagt? Weber? Er hat mich gesehen, richtig?«

»Sie bestätigen es also?«

»Verdammt, ja. Ich war bei meinem Vater. Na und?«

»Was war der Anlass Ihres Besuchs?«

»Er hatte mich eingeladen. Seine neue Frau, Linn Olsen, war nicht in Hamburg. Wir verstehen uns nicht sonderlich gut, Linn und ich. Jedenfalls dachte er, dass wir uns vielleicht ungestört unterhalten könnten. Abendessen, so etwas. Ich hatte es sogar wirklich vor. Aber als ich dieses Schwein sah, diesen Weber, war meine Stimmung dahin. Es hat keine fünf Minuten gedauert, und mein Vater und ich hatten uns in den Haaren. Ich war schnell wieder weg.«

»Wie schnell?«

»Weiß ich nicht. Aber länger als eine viertel Stunde war ich nicht bei ihm.«

Takeda nickte nachdenklich. »In Ordnung.«

»Dann glauben Sie mir?«

»Ja, das tue ich.«

Ein Lächeln, freundlich, weich, erschien auf Geschkes Gesicht. »Soll ich Ihnen etwas verraten, Inspektor?«

»Bitte.«

»Ich kenne Sie.«

»Ich verstehe nicht?« Takeda sah sie überrascht, fast verunsichert an.

»Ich habe eine Weile gebraucht, um darauf zu kommen. Ich habe Sie im Bird's gesehen, in dem Jazzclub. Sie haben Saxophon gespielt.«

»Das tue ich in der Tat gelegentlich.«

»Ich mochte ihr Spiel. Aber ich wusste nicht, dass Sie ein Bulle sind.«

»Mögen Sie es jetzt nicht mehr?«

»Weiß ich noch nicht. Ich werde darüber nachdenken. Wollen Sie noch einen Tee?«

»Ja. Warum nicht?«

19.

Claudia stellte ihren Wagen in einer kleinen Seitenstraße im Stadtteil Horn ab, blieb aber noch hinter dem Steuer sitzen. Ein paar Meter weiter wohnte Yvonne Rheydt. Genauer gesagt, hier war die Adresse ihrer Mutter Marion, bei der sie immer noch wohnte.

Ein Mädchen von neunzehn Jahren, das immer noch nicht von zu Hause ausgezogen war. Konnte dieses Mädchen einen Rechtsanwalt ermordet haben?

Claudia schloss die Augen, versuchte, sich zu entspannen, zur Ruhe zu kommen. Dann stieg sie aus, blickte die Straße hinab. So weit das Auge reichte, nichts als eintönige, rot verklinkerte Genossenschaftsbauten. Auch die Querstraßen sahen so aus, vorne, hinten, überall.

Würde sie selbst auch bald in so einer Gegend wohnen? Leisten könnte sie es sich vermutlich, die Mieten waren erschwinglich, sofern man eine Wohnung bekam. Aber würde sie sich auch wohlfühlen? Vermutlich würde es auf solche Überlegungen nicht ankommen. Sie würde nehmen müssen, was sie kriegte.

Sie klingelte nicht an der Wohnung, zu der sie wollte. Erfahrungssache. Sie drückte auf verschiedene andere Klingeln. Als sich eine Stimme meldete, versuchte sie es mit Paketpost. Beim zweiten Mal funktionierte es, der Summer ertönte, sie gelangte ins Haus.

Erst als sie im dritten Stock vor der richtigen Wohnung stand, machte sie sich bemerkbar, klingelte, klopfte dann auch.

Eine Frau, vielleicht Mitte vierzig, mit Zigarette in der Hand, öffnete. »Was?«

»Harms ist mein Name, Kriminalpolizei …«

»Nicht schon wieder! Es hat nicht gebrannt, es ist auch keiner eingebrochen. Es gab keine Schüsse. Nichts. Sie können wieder verschwinden.«

Claudia sah die Frau kopfschüttelnd an. Erst mit Verzögerung verstand sie, worum es ging. »Darum bin ich nicht hier. Aber ... ist es oft passiert?«

»Ständig. Teilweise dreimal am Tag. Gerne auch mitten in der Nacht.«

Es ging um Swatting, eine besonders fiese Variante des Cybermobbings, benannt nach den mobilen Einsatzkommandos, den Swats, in den USA. Der Internet-Mob hetzte seinem Opfer durch falsche Alarmmeldungen Polizei und Feuerwehr ins Haus, im Zweifel immer und immer wieder. In den Staaten war so etwas Alltag, aber auch hierzulande kam es immer häufiger vor. Als wenn die Sicherheitskräfte sonst nichts zu tun hätten.

»Wie gesagt, ich bin nicht deswegen hier, Frau Rheydt. Ich möchte mit Yvonne sprechen. Ist sie da?«

»Nee.«

»Sie sind die Mutter, richtig?«

Diana Fehling, von der sie die Adresse hatte, hatte Claudia vorgewarnt. Alkohol, Zigaretten, Fernsehen. Drei Worte, um das Leben eines Menschen zu beschreiben. Schien leider zuzutreffen.

»Ja, bin ich. Was wollen Sie von Yvonne?«

»Ich muss mit ihr sprechen. Dringend. Wo kann ich sie finden?«

»Hier jedenfalls nicht.«

»Frau Rheydt, Sie tun Yvonne keinen Gefallen, wenn Sie mir nicht helfen.«

»Sagen Sie.«

Claudia seufzte. »Wir finden sie sowieso, nur dass es dann für Yvonne unangenehmer wird. Können Sie mir wenigstens ihre Handynummer geben?«

»Habe ich nicht.«

»Das glauben Sie doch selbst nicht.«

»Ist aber so. Ich habe nur eine alte. Die hat ständig ein neues Telefon, weil sie das alte verliert oder was weiß ich. Die Rechnungen kommen trotzdem.«

»Sie haben keine Idee, wo sie stecken könnte? Arbeitet sie irgendwo?«

»Arbeiten? Yvonne?«

»Vielleicht gibt es eine Freundin oder einen Freund, wo sie sich aufhalten könnte?«

»Warum wollen Sie das überhaupt wissen?«

Claudia dachte kurz nach, entschied sich dann, es mit der Wahrheit zu versuchen. »Wissen Sie, wer Klaus-Peter Haffner ist? Der Rechtsanwalt?«

»Klar. Ein Schwein ist das. Mit dem wollen wir nichts zu tun haben.«

»Er ist tot, Frau Rheydt. Ermordet worden.«

Die Frau zog an ihrer Zigarette. Ihr war anzusehen, wie es in ihr arbeitete. Dann stieß sie den Rauch aus. »Freut mich zu hören.«

»Sie sollten so etwas nicht sagen. Nicht, wenn ein Mensch gewaltsam ums Leben kommt.«

»Ich weiß selbst, was ich sage und was nicht. Der wollte meine Yvonne fertigmachen. Ich … Kommen Sie mal rein.«

Die Tür einer Nachbarwohnung war aufgegangen, woraufhin Rheydt sofort nach hinten getreten war.

Claudia betrat die Wohnung, schritt durch einen kurzen Flur in ein Wohnzimmer. Die Luft roch beißend nach Zigarettenrauch. Ein großer Flachbildfernseher lief, immerhin ohne Ton. Eine Nachmittagsshow.

Marion Rheydt bemerkte Claudias Blicke. »Vorhin gab's *Hearts*. Gucke ich seit Jahren. Gott, war ich stolz, als meine Kleine da aufgetreten war! Aber jetzt? Wenn dieser Kerl erscheint, werfe ich Sachen nach dem Bildschirm …«

»Sie meinen Jost Weber? Keine Sorge, Sie werden ihn bald nicht mehr sehen. Er gehört nicht mehr zur Besetzung. Sobald die neue Staffel läuft, ist er raus.«

Zum ersten Mal lächelte Marion Rheydt. »Wollen Sie 'nen Kaffee?«

»Ja, warum nicht.«

»Setzen Sie sich. Bin gleich wieder da.«

Kurz darauf kam die Frau mit einem Tablett mit dampfenden Bechern wieder. In einer Glasschale lagen verpackte Schokoriegel, die von Aldi.

»Der ist also tot?«

»Klaus-Peter Haffner ist erschossen worden, aus nächster Nähe. Es könnte durchaus sein, dass es mit der Affäre um Jost Weber und Ihre Tochter zusammenhängt. Herr Haffner hat eine Menge Hass auf sich gezogen.«

»Yvonne war das nicht, falls Sie das glauben. Die tut so etwas nicht.«

»Das habe ich auch nicht behauptet. Aber Sie verstehen hoffentlich, dass ich mit ihr reden möchte.«

»Klar, allein um die gute Nachricht zu überbringen. Aber ganz ehrlich, ich habe keine Ahnung, wo sie steckt. Schon seit Tagen nicht.«

»Wann haben Sie denn zuletzt mit ihr gesprochen?«

»Weiß nicht, letzte Woche irgendwann. War nicht gut drauf. Ich denke, die hat sich verkrochen.«

»Aber wo? Sie wohnt doch hier bei Ihnen?«

»Schon, aber Ruhe hat sie hier nicht. Es stehen immer wieder welche vor der Tür, pöbeln herum und sagen, sie soll den Weber in Ruhe lassen, der hätte niemandem etwas getan! Die haben meine Yvonne angespuckt. Und dann ständig die Polizei, vor allem nachts. Einmal haben sie uns 'ne tote Katze auf den Balkon geworfen. Hat sich für Yvonne nicht mehr nach zu Hause angefühlt.«

»Und Sie?«

Rheydt zündete sich die nächste Zigarette an. »Mich kriegen die nicht klein. Mich nicht.«

Claudia trank von ihrem Kaffee. »Hat Yvonne eigentlich mit

Ihnen darüber geredet? Ich meine damals, als die Vergewaltigung passiert ist?«

»Nee, hat sie nicht. Ist meine Schuld. Ich habe mich doch so gefreut, dass die Folgen bald laufen, wo sie drin ist. Sie wollte es mir nicht verderben. Vielleicht hat sie es aber auch selbst nicht so richtig kapiert. Die dachte, dass sie 'ne größere Rolle bekommt. So richtig mit Sprechen und so. Die hat geträumt, dass was Großes für sie kommt.«

»War aber nicht so.«

»Natürlich nicht. Sie war in vier Folgen. Als Verkäuferin, nur so im Hintergrund. Wenn man es nicht weiß, sieht man sie gar nicht. Ich kann es Ihnen zeigen. Ich habe es aufgenommen.«

»Vielleicht später. Hat Ihre Tochter überhaupt etwas über Herrn Weber gesagt?«

»Klar, die hat nur von dem geredet, also am Anfang. Geschwärmt hat sie schon vorher. Und dann hat sie ihn in echt kennengelernt. Aber er …« Rheydt spuckte das Wort aus. »… verarscht hat er sie. Von Anfang an. Meine Kleine ist hübsch, müssen Sie wissen. Wie ihre Mutter. Ich sah nicht immer so aus wie heute. Glauben Sie nicht, was?«

Claudia trank von ihrem Kaffee.

»Als Yvonne dann die Anzeige gestellt hat, haben Sie ihr zugeraten?«

»Ich habe das gar nicht mitbekommen. Fragen Sie mal die Saliha, das ist ihre beste Freundin. Die war dabei, auf der Wache.«

»Saliha? Wie heißt sie weiter?«

»Balci, ist 'ne Türkin. Also 'ne Deutsche, Sie wissen schon. Die macht im Supermarkt, wo Yvonne auch mal gearbeitet hat. Hat sie geschmissen, wie alles.«

»Könnte Yvonne dort sein? Bei ihrer Freundin?«

»Möglich. Die sind dicke miteinander.«

»Haben Sie eine Adresse?«

»Nee. Irgendwo in Neuallermöhe.«

Claudia versuchte, sich nichts anmerken zu lassen. Neuallermöhe war ein Stadtteil im Osten von Hamburg, der erst in den neunziger Jahren entstanden war. Viel sozialer Wohnungsbau, viele Spätaussiedler. Viele Probleme.

Und nicht allzu weit von Billwerder entfernt, wo Haffner erschossen worden war.

»Okay, Frau Rheydt. Das genügt erst einmal. Ich lasse Ihnen meine Karte hier. Wenn Yvonne sich meldet, sagen Sie ihr, dass sie mich sofort anrufen soll, egal, zu welcher Uhrzeit.«

Claudia wollte aufstehen, aber Marion Rheydt legte ihr die Hand auf den Arm. »Sie wollten doch noch *Hearts* mit mir gucken. Die Folgen, wo Yvonne drin ist.«

Claudia blickte auf die Uhr, es war nach fünf. »Also, eigentlich ...«

»Bitte. Ist doch meine Kleine!«

»In Ordnung, zehn Minuten.«

»Und einen Kaffee nehmen Sie auch noch, oder?«

20.

Der Inspektor fuhr nach dem Gespräch mit Tanja Geschke nicht zurück ins Präsidium, sondern in Hamburgs äußersten Westen, nach Rissen. Dort wohnte Sybille Geschke, Tanjas Mutter, Haffners erste Frau.

Wieso er mit ihr sprechen wollte? Es lag an Tanjas Erzählungen von früher, ihren Tränen, ihrer Wut, ihrer Enttäuschung. Erst da war Takeda klar geworden, dass er am Tatort das Echo einer solchen Gefühlslage wahrgenommen hatte. Nur blass und fern, doch unverkennbar. Die vielen Kugeln, sinnlos und ungeschickt verschossen, immer weiter, bis endlich eine traf, dann noch eine und noch eine. Es war ein emotionaler Damm, der dort gebrochen war. Wie es damit zusammenpasste, dass der Täter oder die Täterin seine ... oder ihre ... Spuren beseitigt hatte? Es blieb erst einmal ein Rätsel. Sie würden es lösen.

Auf der Fahrt nach Rissen hatte Takeda erwartet, in eine der teuren Hamburger Gegenden zu kommen. Der Westen der Hansestadt galt als vermögend und reich. Othmarschen, Nienstedten, Blankenese. Aber Takeda sah sich getäuscht. Als sein Navigationsgerät ihn ans Ziel geführt hatte, blickte er an der Fassade eines hochgeschossigen Wohngebäudes empor. Abblätternde Farbe, baufällige Balkone, viele Satellitenschüsseln.

Kein Vergleich zu dem aufwendig sanierten, von diskretem Reichtum sprechenden Bauernhaus, in dem Haffner gewohnt hatte. Aber gut, Haffners Scheidung von seiner ersten Frau lag zwanzig Jahre zurück, die Lebenswege der beiden Menschen waren offenbar in unterschiedliche Richtungen verlaufen.

Nachdem Sybille Geschke die Wohnungstür geöffnet hatte, starrte sie Takeda an. Sie wirkte verunsichert, ja verängstigt. »Sind Sie der Polizist?«

»Das ist richtig, mein Name ist Takeda.«

»Tanja hat mich angerufen und gesagt, dass Sie kommen, Herr Take... wie war das noch einmal?«

Der Inspektor lächelte. »Takeda. Eigentlich ganz einfach. Wären Sie eine Japanerin, würde ich Ihnen erklären, dass mein Name mit den Zeichen für Krieger und für Feld geschrieben wird. Aber das wird Ihnen wohl kaum nützen?«

Geschke zeigte ein scheues Lächeln. »Eher nicht.«

»Betonen Sie einfach alle Silben gleich. Ta-ke-da. Dann können Sie nichts falsch machen.«

Sein Geplauder half ihr dabei, ruhiger zu werden, ihre Nervosität angesichts eines Gesprächs mit einem Polizisten zu überwinden. Das war Takedas Absicht gewesen.

»Wenn Ihre Tochter Sie angerufen hat, dann wissen Sie ja auch, worum es geht. Mein herzliches Beileid.«

Geschke, Mitte fünfzig und von verlebter Schönheit, schüttelte den Kopf. »Danke. Aber das müssen Sie nicht sagen. Mein Ex-Mann und ich hatten nicht mehr viel Kontakt. Ich weiß darum auch nicht, ob ich Ihnen überhaupt helfen kann.«

Sybille Geschke führte Takeda in ihr Wohnzimmer, bat ihn, auf dem Sofa Platz zu nehmen. Der Blick vom Fenster ging ins Grüne und ließ vergessen, wie unansehnlich das Gebäude war.

»Wie haben Sie erfahren, was passiert ist?«

»Tanja hat mir gestern Abend eine SMS geschickt.«

»Eine SMS? Um zu sagen, dass ihr Vater tot ist? Ihr Ex-Mann?«

Die Frau zuckte mit den Schultern. »Ich fand es auch unsensibel. Aber so sind die jungen Leute wohl.«

»Sie haben vermutlich recht.«

»Ich habe Tanja dann aber doch angerufen, und sie hat mir alles erzählt. Viel wusste sie ja selbst nicht. Meine Nachfolgerin, Linn Olsen, hatte ihr nur kurz die schlimme Nachricht mitgeteilt.«

»Sie stehen sich nicht sonderlich nahe, Tanja und Sie?«

Sybille Geschke lächelte, die Furchen in ihrem geröteten Gesicht wurden tiefer. »Doch, das tun wir. Jedenfalls taten wir es bis vor einigen Jahren. Aber seit Tanja in der Kanzlei meines Ex-Mannes jobbt, ist es anders geworden. Schwieriger. Ich kann sie einfach nicht verstehen. Nach allem, was Klaus-Peter uns angetan hat … sie arbeitet dort zweimal in der Woche, sieht ihn regelmäßig, besucht ihn zu Hause. Wie kann sie das tun? Wie hält sie es aus?«

»Nur mit Mühe, Frau Geschke, das kann ich Ihnen versichern. Tanja hat mir gegenüber kein gutes Wort über ihren Vater verloren. Sie nennt ihn nicht einmal so.«

»Das sollte sie auch nicht. Er hat sich nicht wie ein Vater verhalten. Auch nicht wie ein Ehemann.«

»Tanja hat mir erzählt, was damals geschehen ist. Er hat Sie und Ihre Tochter recht überraschend verlassen. Tanja war noch sehr jung.«

»Sie war sieben Jahre alt. Aber ob es überraschend war? Ich weiß es nicht. Damals habe ich es so empfunden. Im Rückblick aber ist mir klar geworden, dass ich mit einer Trennung hätte rechnen müssen. Ich habe Klaus-Peter durch viele Tiefen begleitet. Er war nicht immer so erfolgreich wie heute. Als es damals endlich aufwärtsging für ihn, brauchte er mich nicht mehr. Er hat seine Sachen gepackt und ist gegangen. Er war kein sonderlich starker Charakter. Ich gehörte zu den wenigen Menschen, die das wussten. Vielleicht hat er mich deswegen aussortiert. Weil er ja zunehmend mit berühmten Leuten zu tun hatte. Da passte ich nicht mehr ins Bild.«

»Haben Sie verfolgt, was in den zurückliegenden Wochen los war, Ihren Ex-Mann betreffend?«

»Sie meinen diese Geschichte mit dem Mädchen und diesem Schauspieler? Ich bin nicht drum herum gekommen. Es stand in allen Zeitungen.«

»Was haben Sie empfunden?«

»Gar nichts.«

»Tatsächlich?«

Wieder erschien ein dünnes Lächeln auf ihrem Gesicht. »Ehrlich gesagt hat mir Klaus-Peter leidgetan. Jedenfalls zuerst. Dann wurde immer klarer, welche Rolle er in der Geschichte spielt. Dieses unselige Interview. Ich war erschrocken, wie skrupellos er geworden ist. Wie tief er gesunken ist.«

»Was hat ihn angetrieben, so zu handeln? Was glauben Sie?«

Sybille Geschke lächelte. »Geld, Macht, Ruhm. Klingt das abgeschmackt?«

»Ein wenig.«

»Es war aber so. Ganz früher einmal hatte Klaus-Peter Ideale. Damals, als junger Anwalt. Als er merkte, dass er mit Idealen keine Rechnungen bezahlen und auch kein teures Auto fahren konnte, verabschiedete er sich davon. Seine Freunde von früher zogen an ihm vorbei, machten Karriere, wurden reich. Er aber war ein kleiner Anwalt, der Leuten bei Nachbarschaftsstreitigkeiten half. Dann war auch noch Tanja auf der Welt. Wir standen immer wieder kurz vor dem Bankrott. Er musste sich etwas überlegen, musste einiges verändern. Es hat funktioniert, seine Karriere nahm Fahrt auf, nur dass ich und Tanja davon nichts mehr hatten. Haben Sie gesehen, wie er lebt? Wo seine Kanzlei ist?«

Takeda nickte. »Er hat dann erneut geheiratet und ein weiteres Kind bekommen, richtig?«

Sybille Geschke stieß einen Laut der Verachtung aus. »Er hat die Frau passend zum Auto ausgesucht. Jung und hübsch. Die Kleine, Angelina, kann ja nichts dafür. Ist es nicht ein seltsamer Zufall, dass sie ihren Vater im gleichen Alter verliert, wie es damals Tanja widerfahren ist?«

»Wäre tragisch nicht vielleicht ein besseres Wort?«

Geschkes Gesichtsausdruck wurde kühl. »Verlangen Sie kein Mitgefühl von mir. Nicht für diesen Mann, nicht für seine zweite Frau. Auch nicht für seine zweite Tochter.«

Takeda ließ einen Moment der Stille verstreichen. Dann bedankte er sich und verließ die Wohnung.

21.

Neuallermöhe hatte nicht den besten Ruf, war aber eigentlich gar nicht so übel, dachte Claudia. Es war überraschend modern. Die Planer hatten versucht, dem Viertel mit viel Grün und zahlreichen Wasserläufen einen Touch von Idylle zu geben. War nicht wirklich gelungen. Aber eben auch nicht total danebengegangen.

Als Claudia an der Wohnung von Saliha Balci, der besten Freundin von Yvonne Rheydt, klingelte, die Adresse hatte sie ebenfalls von Diana Fehling bekommen, öffnete ein junger Mann. Er war vielleicht Mitte zwanzig, hatte wohl genau wie Saliha türkische Wurzeln. Er war kaum größer als Claudia, schlank, an beiden Unterarmen tätowiert. Kein Macho. Die weiche Sorte.

Claudia hielt ihm ihren Dienstausweis entgegen. »Mein Name ist Harms, Kriminalpolizei. Ich bin auf der Suche nach Yvonne Rheydt. Ist sie zufällig hier bei Ihnen?«

»Immer langsam. Warum wollen Sie das denn wissen?«

Doch nicht so weich.

»Sage ich Ihnen gerne. Aber zuerst beantworten Sie meine Frage.«

»Nein.«

»Nein was? Sie ist nicht hier? Oder Sie wollen mir nicht antworten?«

Das Gesicht des Mannes verzog sich zu einem Lächeln. »Hey, jetzt mal ganz entspannt, Frau Kommissarin. Mein Schwager ist einer von euch, okay? Sie können reinkommen und nachsehen. Yvonne ist nicht hier.«

»Aber sie war da?«

»Heute nicht. Aber sonst schon mal öfter. Ist 'ne Freundin meiner Frau.«

»Wann genau haben Sie sie das letzte Mal gesehen?«

Der Mann zögerte. »Weiß ich nicht, ist eine Weile her. Zwei, drei Wochen, schätze ich.«

»Vielleicht weiß Ihre Frau es genauer. Ist sie da?«

»Schon, aber ... die wird Ihnen dasselbe sagen.«

Claudia sah dem Mann in die Augen. Sympathisch. Aber ein schlechter Lügner. Da war etwas. »Können Sie Ihre Frau bitte holen?«

Der Mann drehte sich um, rief in die Wohnung hinein: »Saliha, kommst du mal? Ist wegen Yvonne.«

Eine junge Frau erschien. Lange dunkle Haare, viel Kosmetik im Gesicht. Hübsch. Claudia hatte von Diana Fehling erfahren, dass sie einige Jahre älter als Yvonne war, die beiden dennoch eng befreundet waren.

Saliha erkundigte sich, worum es ging. Claudia erklärte es, und die junge Frau sagte: »Kommen Sie doch rein. Aber bitte die Schuhe ausziehen.«

»Klar, mache ich.«

Saliha Balci führte Claudia in ein großes Wohnzimmer, das zur Küche hin offen war. Es war geschmackvoll eingerichtet, ein wenig überladen vielleicht. Imposantes Sofa, mehrere Sessel, riesiger Flachbildschirm. Offenbar hatte das Paar gerne Besuch.

»Was ist denn mit Yvonne?«

»Erst einmal gar nichts. Ich suche sie. Wissen Sie, wo sie ist?«

»Ist es wieder wegen Jost Weber? Das ist doch vorbei. Die Anzeige ist vom Tisch. Sie hat kapiert, dass sie keine Chance hat. Bitter genug.«

»Frau Balci, machen Sie es mir nicht unnötig schwer. Wissen Sie, wo Yvonne ist? Das ist erst einmal alles, was mich interessiert.«

»Ich habe keine Ahnung. Hat ihre Mutter Sie zu uns geschickt?«

»Das spielt keine Rolle. Wann haben Sie Yvonne denn das letzte Mal gesehen?«

»Boah, ist schon ein paar Tage her. Irgendwann letzte Woche.«

»Letzte Woche? Ihr Mann sagte, zwei oder drei Wochen.«

Saliha sah ihren Mann fragend an. Er stand in der Tür zum Flur, hatte dem Gespräch gelauscht. Jetzt schüttelte er unmerklich den Kopf, presste dabei die Lippen zusammen. Saliha blieb für einen Moment unschlüssig, sagte dann zu Claudia: »Mein Mann hat recht, es ist doch schon länger her. Ich weiß es nicht mehr.«

»Frau Balci! Yvonne ist doch Ihre Freundin! Sie werden ja wohl besser als Ihr Mann wissen, wann Sie sie das letzte Mal gesehen haben.«

Saliha Balci blickte erneut zu ihrem Mann, schüttelte nun ihrerseits den Kopf. Sie schenkte Claudia ein versöhnliches Lächeln. »Wissen Sie was? Ich gucke in meinem Handy nach, Yvonne hat mich angerufen, bevor sie kam. In der Anruferliste ist ja das Datum dabei.«

»Gute Idee, tun Sie das.«

Balci ging in den Flur, kam mit ihrem Smartphone zurück. Sie wischte über ein Verzeichnis. »Es war am Dienstag letzter Woche. Sie hat nachmittags angerufen und war am frühen Abend hier.«

»Okay, das ist tatsächlich fast eine Woche her. Und danach haben Sie sie nicht mehr gesprochen oder gesehen?«

Wieder tauschte das Ehepaar einen stummen Blick aus. »Doch, sie war am nächsten Tag noch einmal hier«, erklärte Saliha.

»Das wäre am vergangenen Mittwoch.«

»Ja, ich denke, es war am Mittwoch.«

»Was für einen Eindruck hat sie auf Sie gemacht?«

»Keinen guten, aber das war in letzter Zeit immer so. Yvonne war total fertig.«

»Wegen Jost Weber?«

»Klar. Das war ja völlig aus dem Ruder gelaufen. Sie wollte nur noch ihre Ruhe haben. Die Hater hatten sie im Visier. Sie hielt es nicht mehr aus.«

»Die Hater?«

»Die Jost-Weber-Fans. Für die war Yvonne eine Bitch, ein absolutes Hassobjekt. Es gibt YouTube-Filme, wo sie Yvonne durch den Dreck ziehen. Unglaublich, was für einen Aufwand die treiben. Sie hat sich schon gar nicht mehr aus dem Haus getraut.«

»Hat sie darum ihre Aussage widerrufen? Weil sie Ruhe haben wollte?«

Saliha nickte. »Ich schätze schon. Ich war dagegen, aber dieser Anwalt hat nicht lockergelassen. Der hat Yvonne fertiggemacht. Ich weiß nicht genau, wie und warum, aber es ging ihr nicht gut deswegen.«

»Der Anwalt? Sie reden von Klaus-Peter Haffner?«

»Ich weiß nicht, wie er heißt. Der Anwalt von Weber.«

»Hatten die beiden direkten Kontakt miteinander, der Anwalt und Yvonne?«

»Glaub schon.«

»Hat er Yvonne unter Druck gesetzt? Hat sie etwas in der Richtung gesagt?«

Saliha nickte. »Er hat ihr Geld angeboten. Ziemlich viel sogar.«

»Geld? Damit sie die Anzeige zurückzieht?«

»Sie hat es mir selbst erzählt. Also nicht letzte Woche, sondern schon davor. Aber sie hat es nicht genommen!«

Claudia schloss für einen Moment die Augen. Es war unerhört. Ein Anwalt, der versuchte, seinen Mandaten von einer Strafanzeige freizukaufen. »Trotzdem verstehe ich es nicht. Yvonne lehnt das Geld ab, zieht aber dennoch die Anzeige zurück. Ist das nicht seltsam? Um was für eine Summe ging es denn?«

»Weiß ich nicht. Yvonne meinte, dass sie es nicht sagen darf. Sie dürfe gar nicht darüber reden, mit niemandem, das hätte ihr der Anwalt gesagt. Wenn sie es doch täte, müsse sie ins Gefängnis.«

Claudia stieß ein Schnauben aus. »Was für eine dreiste Lüge! In Wahrheit ist es umgekehrt. Was der Anwalt getan hat, ist ungesetzlich. Man kann seine Mandanten nicht einfach von einer Anzeige freikaufen, indem man der Gegenseite Geld anbietet. Na ja, kann man schon. Aber wenn es bekannt geworden wäre, hätte die Staatsanwaltschaft den Fall sicherlich weiterverfolgt. Es ist ja fast schon ein Schuldeingeständnis.«

»Ich glaube, das wusste Yvonne nicht. Und ich auch nicht. Wollen Sie eigentlich einen Tee oder so? Wasser vielleicht?«

»Ein Tee wäre nicht übel.«

Saliha drehte sich zu ihrem Mann, der immer noch in der Tür zum Wohnzimmer stand. »Machst du uns welchen, Schatz?«

»Klar, kommt sofort.«

Der Mann machte sich in der Küche zu schaffen, setzte Wasser auf, stellte Tassen auf ein Tablett. Mit leiser Stimme sagte Saliha: »Ünal, mein Mann, wollte Yvonne helfen. Er wollte sich zusammen mit ein paar Freunden diesen Weber vorknöpfen. Und den Anwalt genauso.«

»Sagen Sie mir so etwas bitte nicht, Frau Balci. Auch wenn ich es durchaus verstehen kann.«

»Er hat es ja nicht getan. Yvonne wollte es nicht.«

Claudia ließ einen Moment der Stille verstreichen. Sie war sich nicht sicher, ob es klug war, mit offenen Karten zu spielen. Dann beschloss sie, es dennoch zu tun. »Der Grund, aus dem ich Yvonne sprechen muss, ist nicht erfreulich. Haffner ist erschossen worden. Am Samstagabend.«

»Was? Erschossen?«

Saliha Balci sah Claudia erschrocken an. Im nächsten Moment war in der Küche ohrenbetäubendes Klirren zu hören. Ünal Balci fluchte lauthals. »Verdammt, das war das Tablett! Der ganze Tee ... alles auf dem Boden!«

»Ach Schatz, was machst du denn?!«

»Sorry, Süße ... ich feg's auf.«

Fluchend begann der Mann, die Scherben aufzusammeln.

Claudia erhob sich und ging in Richtung der Küche. Ünal Balci kniete auf dem Boden, sammelte mit zitternden Händen Scherben auf, tat so, als bemerke er Claudia nicht.

»Herr Balci?«

»Was?«

»Sehen Sie mich bitte mal an.«

Der junge Mann hob widerstrebend das Gesicht. Seine Augen schimmerten feucht.

»Ich glaube, Sie haben mir etwas zu sagen. Kann das sein?«

22.

Zwei Mädchen, zwei Halbschwestern. Beide verlieren im Alter von sieben Jahren ihren Vater. Klaus-Peter Haffner.

Die eine, weil er aus ihrem Leben verschwindet und sie mit ihrer Mutter zurücklässt. Die andere, weil er ermordet wird.

War das Zufall?

Und wenn nicht, wer war dafür verantwortlich? Sybille Geschke? Oder ihre erwachsene Tochter Tanja?

Sollte Haffners zweite Tochter – genauso wie seine zweite Frau – dasselbe Schicksal erleiden wie seine erste Familie?

Takeda wusste, dass solche Dinge vorkamen. In Japan, in Deutschland, auf der ganzen Welt. Erlittenes Leid erzeugte Wut, aus Wut wurde Hass, der Hass nährte den Wunsch nach Rache ... und so wiederholte sich die Spirale des Leidens.

Takeda saß im Wagen und war auf dem Weg zurück in die Innenstadt. Das Gespräch mit Sybille Geschke klang in ihm nach. Es hinterließ ein Echo der Einsamkeit, der Bitterkeit.

Aber was, wenn das alles nur eine Täuschung war? Die Illusion eines Motivs?

Den ganzen Tag hatten sie sich mit Yvonne Rheydt und Jost Weber beschäftigt, dem Hass im Internet, den weiten Kreisen, die die Affäre gezogen hatte.

Aber was, wenn sie in Wahrheit in eine ganz andere Richtung ermitteln mussten? Takeda wusste gut, wie fatal es war, sich zu früh festzulegen, wo Motiv und Täter zu suchen waren.

Er musste an die beiden Visitenkarten denken, die er in Haffners Kanzlei eingesteckt hatte. An einer roten Ampel kramte er sie aus seiner Jacketttasche und legte sie auf den Beifahrersitz. Die Karte des Anwalts. Die Karte der Beratungsfirma. Nahezu dieselben Telefonnummern. Und doch ganz unterschiedliche Adressen. Schon am Nachmittag hatte er vom Handy aus versucht, die Nummer der Beratungsfirma anzurufen. Ein Anrufbeantworter war angesprungen, eine weibliche Stimme hatte den Namen der Firma genannt, I-Con, und darum gebeten, eine Nachricht zu hinterlassen. Takeda hatte um Rückruf gebeten, der bisher nicht erfolgt war.

Einem Impuls folgend zog er den Wagen an die Straßenseite. Er nahm die Visitenkarte der Beratungsfirma und gab die Adresse der Firma in sein Navi ein.

Einen Versuch war es wert.

Zwanzig Minuten später gelangte er in den Stadtteil Eppendorf. Hochgeschossige Altbauten mit edlen Fassaden, kleine, teure Geschäfte, Juweliere, Boutiquen, Straßencafés. Schöne Menschen. Takeda wusste, dass das Viertel einen sehr gemischten Ruf genoss. Viele Menschen wollten hier leben. Andere hassten es, weil es als snobistisch galt.

Das Navi lotste ihn in eine schmale Seitenstraße. Das Ziel sollte nur noch wenige Meter entfernt sein. Er wollte den Wagen abstellen, fand aber zwischen den unzähligen SUV keine Parklücke. Schließlich hielt er schräg auf einer Auffahrt und legte die Sonderparkerlaubnis der Polizei hinter die Windschutzscheibe.

Es war eine Wohngegend. Takeda ging zu Fuß und erreichte an der nächsten Ecke die gesuchte Adresse.

Das Gebäude war einer der wenigen Neubauten in der Straße.

Sehr stylisch und gediegen. Schimmernder Stein, viel Glas. Im Erdgeschoss befand sich ein großes Ladenlokal, das offenbar als Büro genutzt wurde. Durch die Scheibe sah Takeda Aktenschränke und Zeichentische. In Schaukästen standen Modelle von Häusern, zumeist Wohngebäude, aber auch ein Museumsbau, eine Schule.

Ein Architekturbüro.

Es war geschlossen, was um diese Uhrzeit kein Wunder war. Es ging auf acht Uhr abends zu. Und doch meinte Takeda aus einem Hinterraum den Widerschein einer Lampe zu sehen.

Er trat an die Haustür, durch die man ins Treppenhaus und die oberen Etagen des Gebäudes gelangte. Er betrachtete die moderne, mit Kamera ausgestattete Klingelarmatur. Zumeist Personennamen, aber auch zwei Firmen, eine davon die I-Con. Das Büro schien im ersten Stock zu sein, unmittelbar über dem Architekturbüro, zumindest wenn die Klingeln in der Reihenfolge der Etagen angeordnet waren.

Er klingelte, wartete. Keine Reaktion.

Takeda trat einige Schritte zurück. Die Fenster der Firmenetage waren dunkel.

Er ging zurück zu der gläsernen Eingangstür des Büros im Erdgeschoss. In schwarzen Buchstaben stand auf der Tür der Name der Firma: Linn Olsen – Architektin.

Es war das Büro der Ehefrau von Klaus-Peter Haffner.

Die I-Con befand sich also im selben Gebäude wie ihr Büro. Das dazugehörige Telefon aber klingelte nicht hier, sondern in der Kanzlei von Haffner, zumindest legte das die Nummer nahe.

Hatte es etwas zu bedeuten?

Möglich.

Noch während Takeda darüber nachdachte, sah er, wie ein junger Mann aus dem hinteren Bereich des Büros kam und vorne an einem Zeichentisch Platz nahm.

Takeda klopfte gegen die Scheibe.

Der junge Mann blickte hoch, tippte auf seine Armbanduhr und schüttelte den Kopf.

Takeda hielt seinen Dienstausweis gegen die Tür, winkte den Mann mit der freien Hand heran.

Der junge Mann verstand. Er erhob sich, drehte einen von innen im Schloss steckenden Schlüssel und öffnete die Tür. Er trug eine schwere, dunkle Hornbrille, war auf gekonnte Art unfrisiert. Seine Kleidung war geschmackvoll. Eng geschnittene Hose, Hemd aus glänzendem Stoff, Strickweste. Irgendwo zwischen Künstler und Büroangestelltem.

»Was kann ich für Sie tun?«

»Mein Name ist Takeda, Kriminalpolizei.«

»Ich vermute, es geht um Herrn Haffner? Schreckliche Sache! Frau Olsen ist aber nicht hier. Sie erreichen sie zu Hause.«

»Das habe ich vermutet. Es ist eher ...«

»Ja?«

»Die Firma, die sich in den Räumen im ersten Stock befindet, die I-Con ...«

»Was ist damit?«

»Ist das eine Firma von Frau Olsen?«

»Nein.«

»Dann gehört sie ihrem Mann, Herrn Haffner?«

»Dazu kann ich Ihnen nichts sagen.«

»Weil Sie es nicht wissen?«

»Weil ich dazu nichts sagen kann.«

»Die Räumlichkeiten sind direkt über den Ihren.«

»Das ist richtig.«

»Haben Sie einen Schlüssel?«

»Und wenn es so wäre?«

»Ich würde mich gerne oben umsehen.«

Der junge Mann verzog das Gesicht. »Tja, ich weiß nicht. Brauchen Sie dafür nicht einen Beschluss oder so etwas?«

»Nein.«

»Um ehrlich zu sein, dort oben ist nichts. Wir nutzen die Räume als Lager. Das ist alles.«

»Und die I-Con?«

»Ich kann nur wiederholen, dazu kann ich nichts sagen.«

»Wenn es nur ein Lager ist, dürften Sie nichts dagegen haben, wenn ich mich dort umsehe?«

»Ich könnte Frau Olsen anrufen und fragen. Allerdings störe ich sie nur ungern. Gerade jetzt, wo ihr Mann ...«

»... ermordet wurde. Wie Sie schon sagten, eine schreckliche Sache. Die wir gerade aufzuklären versuchen. Von daher ...«

Der junge Mann wirkte immer noch verunsichert. Dann straffte sich seine Haltung. »Sekunde, ich bin gleich wieder da und bringe Sie nach oben.«

23.

»Yvonne hatte Angst, einfach nur Angst«, sagte Ünal Balci mit leiser Stimme. »Ist doch auch kein Wunder. Die ist überall blöd angemacht worden, vor ihrer Haustür, im Bus, in der Bahn. Sie hat sich die Haare gefärbt, damit sie nicht erkannt wird. Hat aber nichts genützt.«

Er saß Claudia gegenüber auf einem Sessel, ließ den Kopf hängen. Zwischen den Sätzen murmelte er immer wieder vor sich hin, sagte, dass er so etwas doch nicht habe ahnen können.

»Okay, Herr Balci, das habe ich so weit verstanden. Yvonne wurde drangsaliert. Das ist schrecklich. Aber worauf wollen Sie hinaus?«

Der junge Mann sah kurz seine Frau an, blickte dann stur auf den Fußboden. »Ich fange vorne an, in Ordnung? Ich habe einen Onkel, ein Bruder von meinem Vater. Er heißt ... ist ja auch egal. Als ich achtzehn geworden bin, vor sechs Jahren, Saliha und ich hatten uns gerade kennengelernt, ist er zu mir gekommen. Er wolle mit mir reden, ganz wichtig und so. Man muss wissen, dass mein Onkel alte Schule ist. Er hat immer diese Sprüche drauf, von wegen ein Mann müsse für seine Familie sorgen, viele Kinder haben, seine Frau nicht verwöhnen ... der ganze Scheiß halt. Unerträglich. Ich höre ihm trotzdem zu und denke mir meinen Teil, er ist ja mein Onkel, ich will nicht respektlos sein. An dem Tag wieder so ein Spruch. Ünal, du bist jetzt alt genug. Bald wirst du heiraten. Ich denke schon, Hilfe, wie mache ich ihm klar, dass heiraten noch nicht auf meiner Agenda steht. Aber dann biegt er in eine ganz andere Richtung ab. Hast du schon einmal überlegt, was du tust, wenn jemand deine Familie bedroht? Wenn jemand einbricht? Oder deiner Frau nahe kommt? Siehst du! Darum sage ich dir, ein Mann braucht eine Waffe! Ich kapierte zuerst gar nicht, was er wollte. Aber dann legte er eine Schachtel vor mir auf den Tisch. Ich mache sie auf, und da war eine Pistole drin.«

Saliha Balci schüttelte entsetzt den Kopf. »Ünal! Was redest du denn da?«

»Lass, Saliha. Hat keinen Zweck ... wirklich. Ich hab's verkackt.«

Sie schrie auf, redete auf ihren Mann ein. Claudia beschwichtigte sie. »Weiter, Herr Balci. Wie war das mit der Waffe?«

»Ich wollte die nicht haben. Aber so etwas können Sie jemandem wie meinem Onkel nicht sagen. Ich habe mich bedankt und so getan, als wenn ich mich freue. Er tätschelt mir die Wange und glaubt, mir das beste Geschenk meines Lebens gemacht zu haben. Als er weg ist, nehme ich die Knarre und verstaue sie in einer Kiste im Keller. Da war sie. All die Jahre. Bis letzte Woche.«

»Und dann? Was ist passiert?«

»Schon in den ganzen Wochen davor war Yvonne ständig hier. Immer mies drauf, immer am Heulen wegen der Anzeige und des Shitstorms und allem. Ich habe mich am Anfang nicht eingemischt. Aber es wurde immer klarer, dass sie krass Angst hatte. Als Saliha nicht da war ... da warst du im Laden, Schatz ... da war Yvonne wieder hier.«

»Das war letzte Woche?«

»Am Mittwoch. Da habe ich ihr gesagt, dass ich eine Knarre habe und dass sie die haben kann. Würde ihr vielleicht ein gutes Gefühl geben.«

»Sie haben einem neunzehnjährigen, verzweifelten Mädchen eine Schusswaffe gegeben, verstehe ich das richtig?«

»Du bist ein Idiot, Ünal! Echt, so ein blöder Idiot!«

»Hören Sie auf, Frau Balci. Auch wenn Sie recht haben.«

Ünal sackte immer weiter in sich zusammen. »Ich habe ihr gesagt, dass sie den Hatern vor ihrer Haustür die Knarre einfach zeigen soll. Nur hochhalten! Oder notfalls in die Luft schießen. Die würden dann schon abhauen.«

Claudia spürte einen bitteren Geschmack im Mund. »Ihnen ist schon klar, was Sie angerichtet haben? Ganz abgesehen davon, dass Sie sich strafbar gemacht haben?«

»Sie hätten sie erleben sollen.«

»Das ist keine Rechtfertigung.«

»Ich weiß. Ich habe einen Fehler gemacht.«

»Was für eine Waffe war es?«

»Eine Girsan. Schwarz, nicht besonders groß.«

»Was für ein Modell?«

»Keine Ahnung. Ich habe mir die nie wirklich angesehen.«

»Können Sie Ihren Onkel fragen?«

»Ich kann ihn anrufen.«

»Tun Sie das. Und wenn Sie ihn nicht erwischen, hocken Sie sich vors Internet und finden es heraus. Ich brauche das genaue Modell. Im Zweifel können wir schnell klären, ob Yvonne geschossen hat.«

»In Ordnung, mache ich sofort.«

»Und Sie, Frau Balci, geben mir Yvonnes Handynummer. Versuchen Sie auch ihrerseits, sie zu erreichen. Sagen Sie ihr, dass sie am besten auf die nächste Wache gehen soll. Nach allem, was ich jetzt gehört habe, muss ich eine Fahndung veranlassen. Das verstehen Sie, oder?«

»Sie hat es nicht getan, Frau Kommissarin! Yvonne würde niemals jemanden umbringen.«

»Es bleibt dabei, kontaktieren Sie Yvonne. Sagen Sie ihr, dass sie sich stellen muss. Haben wir uns verstanden?«

»Ja.«

Ünal Balci sah Claudia aus schimmernden Augen an. »Und ich? Was passiert mit mir? Werde ich bestraft?«

»Wahrscheinlich. Es kommt darauf an, ob Yvonne die Waffe eingesetzt hat. Dann allerdings sieht es auch für Sie nicht gut aus.«

24.

»Bitte, gehen Sie voran«, sagte der junge Mitarbeiter von Linn Olsen. Er hatte sich als Olaf Gerhoff vorgestellt.

»Danke.«

Takeda trat in einen mit poliertem Granit ausgelegten Hausflur. Designerlampen spendeten ein mildes Licht. In einer Nische hinter dem Fahrstuhl hatte eine Bewohnerin einen Doppelkinderwagen abgestellt, blau glänzend mit großen Ballonrädern, vermutlich teurer als ein Kleinwagen.

Eppendorf.

»Es ist im ersten Stock, wir können den Lift oder die Treppe nehmen«, erklärte Gerhoff. Seine Stimme klang leicht gequält, aber er gab sich Mühe.

Sie stiegen die Stufen empor, ebenfalls in Granit gestaltet, darüber ein Teppichboden.

Neben der Eingangstür zu den Geschäftsräumen hing ein silberfarbenes Schild mit dem Firmennamen. I-Con – Immobilien Rechtsberatung & Consulting.

»Wie lange residiert die Firma schon hier?«, fragte Takeda.

»Das kann ich Ihnen nicht sagen.«

»Weil Sie es nicht wissen?«

»Erkundigen Sie sich bitte bei Frau Olsen.«

»Also wissen Sie es, wollen aber nicht darüber sprechen?«

»So kann man das nicht sagen.«

»Aber ja, man kann.«

Gerhoff lächelte gequält. Er schloss die Tür auf und betätigte einen Lichtschalter. Erneut überließ er Takeda den Vortritt. Der Vorraum war quadratisch und bis auf eine Garderobe unmöbliert. Die Luft trug einen fernen Duft nach Wandfarbe in sich. Rechts war ein kleines Bad, links ein großer Raum, der nach vorne zur Straße hin lag.

»Darf ich?«, fragte Takeda. Er deutete auf die Tür, die in einen großen Büroraum führte.

»Bitte. Sie werden feststellen, dass es so ist, wie ich sagte. Dort ist nichts bis auf unsere alten Unterlagen.«

Takeda trat in den Raum, betätigte seinerseits einen Lichtschalter. Zwei offenbar neue und noch nie benutzte Schreibtische standen in der Mitte. Eine Stehlampe, deren Stecker nicht eingestöpselt war. An der rückwärtigen Wand stapelten sich Kisten, die mit Filzstift beschriftet waren und offenbar zum Architekturbüro gehörten.

Takeda blieb unschlüssig im Raum stehen. Er trat an einen der Schreibtische. Der einzige Gegenstand darauf war ein Telefon. Da er sich hier nicht in einer Anwaltskanzlei befand, sprach nichts dagegen, die Schubladen von eigener Hand zu öffnen.

Sie waren allesamt leer.

Nach einem Moment des Überlegens zog Takeda sein Handy aus der Tasche und wählte die Nummer der I-Con. Obwohl er nach wenigen Sekunden ein Freizeichen hörte, klingelte in den Räumen kein Telefon. Am anderen Ende der Leitung aber sprang der Anrufbeantworter an. Takeda legte auf.

Er zog die Visitenkarte, die er in Haffners Büro eingesteckt hatte, aus der Tasche, zeigte sie Gerhoff. »Dies hier ist eine Karte der I-Con. Also der Firma, in deren Räumen wir uns befinden. Sehen Sie, hier steht eine Telefonnummer. Aber wenn ich anrufe, klingelt es nicht. Können Sie mir das erklären?«

Der junge Mann war ans Fenster getreten und sah hinaus auf die Straße. Offenbar hatte er beschlossen, nicht weiter auf Takedas Fragen zu reagieren.

Durch eine Verbindungstür trat der Inspektor in einen weiteren Raum. In einem Regal lagen eingerollte Zeichnungen. In der Ecke ein Sofa, neu, mit einer Plastikplane bedeckt. Auf dem Möbel hatte noch nie jemand gesessen.

Takeda nahm einige der Zeichnungsrollen zur Hand und stellte fest, dass auch sie zum Architekturbüro von Linn Olsen gehörten.

Nicht das Geringste deutete auf Aktivitäten der I-Con hin. Keine Unterlagen, keine Spuren von Arbeit, nichts.

Nichts, bis auf das Schild an der Tür.

25.

Claudia stand auf dem hoch gelegenen S-Bahnhof Neuallermöhe. Weit im Westen verblasste das letzte Tageslicht. Es war immer noch warm. Ihr Auto hatte sie nahe der Wohnung der Balcis stehen gelassen. Sie musste einfach ein paar Schritte zu Fuß gehen, musste Luft holen, sich Luft verschaffen.

Von hier oben konnte sie weit in alle Richtungen blicken. Hinter ihr Neuallermöhe, der Bahnhofsvorplatz, die Häuser. Vor ihr im Norden die Felder und Wiesen der Marschlande. Noch dahinter, in etwa anderthalb, zwei Kilometer Entfernung das dörfliche Billwerder.

Das Haus von Klaus-Peter Haffner.

Claudia stand lange so da und sah über die Landschaft. Es gab nichts mehr zu tun, als zu warten.

Die Fahndung nach Yvonne Rheydt war draußen. Es war ihr nicht leichtgefallen, sie zu veranlassen. Zuvor hatte sie bei der KTU angerufen. Die Kollegen hatten inzwischen die Projektile untersucht, mit denen Haffner getötet worden war. Eine Girsan, eine in der Türkei weit verbreitete Waffenmarke, kam absolut infrage.

Sie hatte auch mit Takeda telefoniert, der ihr von seinen Gesprächen mit Tanja und Sybille Geschke berichtet hatte. Von den beiden kleinen Mädchen, die ihren Vater verloren hatten, auf die eine oder andere Weise. Von der Wut, der Verletzung, der Bitterkeit, die er bei Mutter wie Tochter Geschke gespürt hatte. Von seinem Besuch in den Firmenräumen der I-Con, die so seltsam leer waren.

Wog etwas davon die Verdachtsmomente gegen Yvonne Rheydt auf? Claudias Instinkt als Ermittlerin sagte Nein. Eine verzweifelte Neunzehnjährige, die von ihrem Idol vergewaltigt worden war. Ein Rechtsanwalt, der sie rücksichtslos in die Ecke drängte, sie öffentlich erniedrigte, ihr Geld bot, damit sie die Anzeige zurückzog. Das Mädchen war verzweifelt, besorgte sich eine Schusswaffe. Und dann lag der Anwalt tot in seinem Arbeitszimmer.

Claudia hasste diesen Fall, er widerte sie an.

Ach, verdammt, sie wollte einfach nur noch nach Hause.

26.

Takeda stand auf der Bühne des Bird's. Die Deckenstrahler tauchten ihn in farbiges Licht. Er hatte die Krawatte gelockert, sein Gesicht war entspannt. Dasselbe galt für sein Saxophon: entspannt.

Der Besuch im Club war ein kleiner Ausgleich für den langen, anstrengenden Tag. Eigentlich hatte er von der I-Con direkt nach Hause fahren wollen. Spontan hatte er es sich anders überlegt. Er musste noch etwas loswerden, musste noch etwas verarbeiten.

Nirgendwo konnte er das so gut wie hier im Bird's. Auf der Bühne, beim Spielen.

Der Jazz machte die Dinge leicht. Sie begannen zu schweben, sie begannen sich zu ordnen. Wie bei der rückwärtslaufenden Filmaufnahme eines Glases, das auf den Boden fällt und zerspringt. Schwerelos und wie von Zauberhand fliegen die Bruchstücke zurück in die Luft und fügen sich wieder zu etwas Ganzem.

Jazz war eine Medizin. Jazz half ihm, sich selbst, sein Leben, sogar seine Fälle zu klären ... Gut, heute würde ihm das nicht gelingen. Noch hatten sie bei Weitem nicht alle Scherben, alle Puzzle-stücke beisammen. Es war zu früh, um ein vollständiges Bild auch nur zu erahnen. Es tat dennoch gut, hier zu sein.

Es war Zeit für das nächste Stück. Takeda drehte sich zu seinen Mitspielern um, sah fragend von einem zum anderen.

»*In a Mellotone?* Was meint ihr?«

Schulterzucken, Grinsen, müdes Einverständnis. Die Musiker hätten sich lieber etwas Wildes, Stürmisches gewünscht – ein Stück, bei dem Takeda seine Fähigkeiten als Saxophonist unter Beweis stellen konnte. Bei dem er in die Fußstapfen seiner Idole trat. Ornette Coleman, Cecil Taylor, Peter Brötzmann. Freier Jazz, ohne Regeln, ohne Grenzen. Aber was soll's, die Nacht war noch jung, sie hatten es nicht eilig. Bleiben wir noch ein bisschen sanft und gefällig.

Der Drummer gab den Takt vor, ging dann in einen leichten, beschwingten Beat über. Das Klavier legte einen schmusigen Klangteppich aus, im Hintergrund zupfte der Bassist einen kreislaufschonenden Takt. Dann setzte Takedas Saxophon ein, so zart und süß wie eine Sahnetorte. Musik, die eher in einen Kaufhausfahrstuhl passte als hierher in einen Jazzclub.

In a Mellotone war ein Standard von Duke Ellington. Zu einer Zeit komponiert, als der Swing groß war und die Musiker dem Publikum schmeicheln wollten. Das Stück war in den Jahrzehnten danach von allen berühmten Jazzern gespielt worden, von Oscar Peterson und Coleman Hawkins, von Ella Fitzgerald und Sarah Vaughan. Takeda mochte die Fassung von Art Pepper am liebsten, dem großen Altsaxophonisten von der amerikanischen Westküste. Kalifornien, Pazifik. Dasselbe Meer, das auch an Japans Küste brandete. Peppers Saxophon hüpfte über die Töne wie ein spielendes Kind. Zart und vorsichtig, ganz leicht. Die Großen mussten nicht beweisen, dass sie groß waren.

Dann aber spürte Takeda ein gewisses Kitzeln. Sehr überraschend. Es konnte nicht schaden, ihm ein wenig Raum zu geben.

Er drehte sich erneut zu seinen Mitspielern um und nickte ihnen mit einem auffordernden Lächeln zu.

Das genügte, der Funke sprang über. Der Bassist und der Drummer wussten, was zu tun war, sie pumpten zusätzliches Adrenalin in den Takt. Der Pianist kitzelte seine Tasten, der bisher so zurückhaltende Gitarrist ließ sein Instrument wie einen scharfen Hund an der Kette zerren.

Dann Takedas Einsatz. Sein schlanker, drahtiger Körper, gerade noch sanft und gelassen, spannte sich wie ein Bogen. Sein Saxophon, bisher ein harmloser Spatz, wurde zum schreienden Adler. Schweiß trat auf seine Stirn. Immer neue Kaskaden wütender Töne schossen aus seinem Instrument. Es gab kein Bild, es gab nur Scherben. Ein siebenjähriges Mädchen, das seinen erschossenen Vater findet. Eine verbitterte Frau, die einsam in einer Hochhauswohnung lebt. Eine Neunzehnjährige, die mit einer geladenen Waffe durch Hamburg läuft.

Nichts davon ergab Sinn, nichts schien zusammenzuhängen. Noch nicht ...

Während Takeda spielte, glitt sein Blick übers Publikum. Stockte.

Tanja Geschke.

Sie stand an der Treppe, die zur Bar hinaufführte, sah ihn an, lächelte ihm zu.

27.

Claudia schob gerade den Schlüssel ins Schloss ihrer Haustür, als sie hinter sich eine Stimme hörte.

»Frau Harms? Darf ich kurz stören? Oh, Verzeihung, ich wollte Sie nicht erschrecken.«

Claudia war zusammengezuckt. Sie war erschöpft und hatte kaum auf ihre Umgebung geachtet. Jetzt blickte sie hoch. Einen knappen Schritt entfernt stand ein älterer Herr, in Stoffhose und Pullunder, weiße Haare, weißer Schnauzbart. »Worum geht's denn? Und woher wissen Sie, wer ich bin und wo ich wohne?«

»Mattusek ist mein Name. Hinnerk Mattusek. Ich habe die Kollegen im Präsidium gefragt, die haben mir Ihre Adresse gegeben.«

»Die Kollegen?«

Er lächelte. »Ich war früher ebenfalls bei der Truppe. Das ist lange her, ich bin seit vielen Jahren im Ruhestand. Vielleicht erinnern Sie sich sogar an mich, wir haben uns vor einigen Jahren auf einer Weihnachtsfeier im Präsidium kennengelernt.«

Claudias kurze Anspannung ließ nach. Sie nickte in blasser Erinnerung. »Ja, ich glaube ... Sie haben mit Horst Kröger an einem Tisch gesessen, richtig?«

»Genau. Horst und ich haben während meiner letzten Jahre zusammengearbeitet. Er ist ja ein großer Fan von Ihrem neuen Japaner ...«

Claudia lächelte amüsiert. *Ihr neuer Japaner.* »Die beiden sind dicke miteinander, das ist schon richtig. Horst führt Ken in geheime deutsche Sitten ein, so etwas wie Mettbrötchen essen oder schlüpfrige Herrenwitze erzählen. Sich während der Dienstzeit einen Schnaps gönnen. Ich bin mir nicht sicher, ob es für Takeda immer ein Gewinn ist.«

»Ich würde ihn bei Gelegenheit gerne kennenlernen. Vielleicht, wenn ich wieder einmal im Präsidium vorbeischaue.«

Claudia hielt demonstrativ ihren Hausschlüssel in die Höhe. »Worum geht's denn, Herr Mattusek? Es ist spät, und ich bin ehrlich gesagt ziemlich erledigt.«

»Der Fall Haffner hält Sie auf Trab, was?«

»Sie haben davon gehört?«

»Ja. Und ich bin hier, weil ich vielleicht etwas beitragen kann.«

»Jetzt haben Sie meine Aufmerksamkeit.«

»Ungern hier auf der Straße ...«

Claudia spürte kurz den Impuls, den alten Mann auf den nächsten Tag zu vertrösten. Aber er würde seine Gründe haben, um diese Uhrzeit hier aufzukreuzen.

»Also schön. Wenn es nicht so lange dauert, kommen Sie mit hoch.«

28.

Tanja Geschke und Takeda saßen in einer hinteren Ecke des Bird's. Der Japaner mit den langen Haaren, die junge Frau mit den Rastazöpfen – ein ungewöhnliches Paar.

Sie tranken Whisky und unterhielten sich über Deutschland und Japan und die Eigenheiten beider Länder. Die empfindlichen Punkte sparten sie aus. Der Tod ihres Vaters, seine Ermittlungen.

Geschkes Art zu sprechen brachte sie auf ein weiteres Thema. Gendern. Wer gerecht sein wollte, müsse einfach so sprechen, fand Geschke. Jedenfalls in Deutschland. Aber in Japan? Wie war es eigentlich dort? Gab es dort so etwas wie Gendern?

Takeda musste über eine Antwort nachdenken. Es lag am Whisky, er hatte bereits mehr als einen getrunken, und daran, dass er sich bisher wenig Gedanken über das Thema gemacht hatte. Schließlich sagte er: »Ich glaube, in meiner Heimat ist es noch ein wenig komplizierter als hierzulande.«

»Wie kann es kompliziert sein? Entweder eine Person drückt sich inklusiv und geschlechtergerecht aus. Oder eben nicht!«

»Nun, in Deutschland denkt man, dass es beim Gendern darum geht, wie jemand über andere spricht, richtig? Ob jemand mit seinen Worten nur Männer meint oder auch Frauen und alle die Menschen, die weder das eine noch das andere sind. Im Japanischen aber liegt die Schwierigkeit eher darin, wie jemand von sich selbst spricht. Ob er sich selbst mit seinen Worten Unrecht tut …«

»Verstehe ich nicht.«

Takeda lächelte. »In meiner Heimat gibt es so etwas wie eine Frauensprache und eine Männersprache, und beide sind sehr unterschiedlich. Sogar das Vokabular ist mitunter anders.«

»Es gibt Männer-Wörter und Frauen-Wörter? Echt?«

»Aber ja. Allein mit welchem Wort eine Person sich selbst

bezeichnet, ist unterschiedlich. *Ore* sagen nur Männer, es ist ein grober Ausdruck. Auch *boku* ist ein Männerwort. *Atashi* sagen Frauen. Dennoch bedeuten alle diese Worte dasselbe, nämlich *Ich*. Nun stellen Sie sich vor, Sie fühlen sich weder als Mann noch als Frau. Welches Wort sollen Sie benutzen? Wie wollen Sie von sich selbst sprechen? Sie merken, es ist kompliziert.«

»Okay, allmählich ahne ich, was Sie meinen.«

»Andererseits verändern sich auch bei uns die Dinge. Die jungen Leute weigern sich, sich an die vielen Regeln der Sprache zu halten. Zum Teil kennen sie sie auch gar nicht mehr. Junge Mädchen benutzen untereinander oft Männersprache, was in den Ohren älterer Menschen eine Qual ist. Schwule Männer wiederum benutzen Frauensprache oder auch eine Mischung aus beidem. Es kann sehr amüsant sein. Für Ausländer gilt übrigens das Gleiche! Da viele Sprachlehrer Frauen sind, reden Westler nicht selten Frauensprache! Sie merken es nur nicht. Das ist sehr lustig ... na ja, für uns Japaner jedenfalls.«

Tanja Geschke hatte das Kinn in die Hände gestützt und hing an Takedas Lippen. »Das ist so interessant, was Sie sagen! Ich glaube, ich muss unbedingt einmal nach Japan. Ich stelle es mir toll vor.«

»Ich würde mich freuen, wenn Sie meine Heimat besuchen würden.«

»Vielleicht wandere ich sogar aus. Hier in Deutschland hält man es einfach nicht mehr aus. Alles ist so eingefahren, die Menschen sind verstockt, und keiner achtet auf den anderen! Klar, diejenigen, die privilegiert sind, denen geht es gut. Aber alle anderen müssen sehen, wo sie bleiben. Ich kann gar nicht verstehen, warum Sie ausgerechnet hierhergekommen sind.«

»Sie meinen, nach Deutschland?«

»Es gibt doch bessere Orte.«

»Aber mir gefällt es sehr gut hier! Und ich finde, dass die Menschen ausgesprochen rücksichtsvoll sind.«

»Sie verarschen mich.«

»Aber nein. Nehmen Sie meine Heimat zum Vergleich. Besucher denken oft, dass wir Japaner immer nett und höflich sind. Oft stimmt das auch, besonders gegenüber Fremden. Aber untereinander gehen wir oft sehr rau miteinander um, sogar brutal, glauben Sie mir. Oben und unten sind klar getrennt. Das bekommen besonders die Angestellten zu spüren. Wenn die Firmen zum Beispiel Überstunden verlangen, können die Mitarbeiter nicht Nein sagen.«

»Ist das hier nicht genauso?«

Takeda dachte an die Kollegen im Präsidium und musste lachen. »Ich würde sagen, wenn die Firma hier etwas verlangt, das ein Mitarbeiter nicht möchte, meldet er sich krank! Oder er beschwert sich beim Betriebsrat. Oder er macht Dienst nach Vorschrift. Das ist beneidenswert!«

Tanja Geschke musste ebenfalls lachen. »Wenn Sie es so sagen ... vielleicht ist es doch nicht so übel.«

Takeda freute sich über ihren versöhnlichen Tonfall.

»Wollen Sie noch etwas trinken?«

Sie sah ihn an. »Unbedingt. Aber vielleicht nicht hier?«

»Ich verstehe nicht.«

»Wir könnten zu mir fahren. Was meinst du?«

»Und dann?«

Sie lächelte. »Das werden wir schon sehen, oder?«

Takeda senkte den Blick und dachte über eine Antwort nach.

29.

Jeder der alten Kollegen hatte einen früheren, ungelösten Fall, der ihm keine Ruhe ließ.

Einige dieser Cold Cases waren so spektakulär, dass auch die Hamburger Bürger sie kannten. Schmerzende Splitter im Gedächtnis der Stadt.

Hilal Ercan, die Prostituierte Rosa, der Apotheker aus Harburg.

Der alte Fall, der Kriminalhauptkommissar a. D. Hinnerk Mattusek keine Ruhe ließ, betraf die Ermordung einer siebzehnjährigen Schülerin im Winter 1983.

Das Mädchen hieß Saskia von Thun und war nicht allzu weit von ihrem Elternhaus entfernt im Hamburger Stadtpark erschlagen worden. Die Polizei konnte damals rekonstruieren, dass das Opfer die vorangegangene Nacht mit zwei Mitschülern, einem Jungen und einem Mädchen, beide im selben Alter wie Saskia, auf St. Pauli verbracht hatte. Die Gruppe hatte verschiedene Lokale besucht, dabei reichlich Alkohol und vermutlich auch Cannabis konsumiert. Der männliche Mitschüler hatte Saskia in den frühen Morgenstunden bis nahe an ihr Elternhaus begleitet und sich dort von ihr verabschiedet. Offenbar war sie auf den letzten Metern ihres Heimweges, nun alleine, ihrem Mörder begegnet. Der zerrte sie ins Gebüsch. Saskia wehrte sich, jedenfalls konnte sich ein Ohrenzeuge an Schreie erinnern. Es kam zum Kampf, der Täter würgte Saskia, schlug ihren Kopf mehrfach gegen einen am Boden liegenden Baumstamm, bis sie durch eine Genickfraktur starb.

Die Spurenlage war schwach, zumal der Leichnam erst Tage später im waldartigen Teil des Parks gefunden wurde. Unmittelbare Zeugen gab es nicht. Spuren am Leichnam waren aufgrund der winterlichen Witterung nicht mehr nachweisbar. Die ermittelnden Beamten gingen daher dazu über, einschlägig vorbestrafte Täter in der Region zu befragen. Der damals fünfundzwanzigjährige Arbeitslose Peter Folkert, wohnhaft im südlichen Bezirk Harburg, verwickelte sich während der Einvernahme in auffällige Widersprüche. Ein angebliches Alibi erwies sich als wenig belastbar. Die Polizei war schnell von seiner Täterschaft überzeugt, blieb einen endgültigen Beweis aber schuldig.

Bereits zuvor, als das Mädchen noch als vermisst gegolten hatte, hatte die Polizei den Mitschüler Saskias befragt, der sie zuletzt begleitet und daher auch mutmaßlich als Letzter lebend gesehen hatte. Der Mitschüler war zu Fuß vom Ort ihres Abschieds aus quer durch den Stadtpark in Richtung Ohlsdorf gegangen, wo er wohnte. Im Zuge der Mordermittlungen sagte er aus, dass ihm kurz nach dem Abschied von Saskia im Stadtpark ein Mann entgegengekommen wäre. Er hätte dem Jungen provokativ den Weg abgeschnitten, so dass er sich aus Furcht vor einer Auseinandersetzung schnell entfernt hatte.

Die Ermittler beantragten eine Gegenüberstellung. Der Schüler konnte Peter Folkert als den Mann identifizieren, der ihm im Park entgegengekommen war. Dessen ohnehin brüchiges Alibi war damit hinfällig. Die Staatsanwaltschaft genehmigte eine Durchsuchung von Folkerts Wohnung. Dabei wurde ein Kleidungsstück, ein Pullover, sichergestellt, auf dem Blutspuren von Saskia von Thun nachgewiesen werden konnten. Mit diesem Beweismaterial konfrontiert, legte Folkert ein Geständnis ab und gab die Tötung des Mädchens zu.

Er wurde wenige Monate später wegen Mordes zu lebenslanger Haft verurteilt.

Der Name des Schülers, durch dessen Aussage der Prozess überhaupt erst möglich geworden war: Klaus-Peter Haffner.

In Claudias Wohnzimmer herrschte Stille, nachdem Mattusek mit seinem Bericht geendet hatte. Es war halb zwei in der Nacht, aber Claudias ursprüngliche Müdigkeit war verflogen. Sie hatte dem pensionierten Kollegen konzentriert gelauscht. Zwischendurch erinnerte sie sich sogar daran, vom dem Fall und der Tötung Saskia von Thuns schon einmal gehört zu haben, vermutlich noch während ihrer Ausbildung.

Aber was sollte sie jetzt damit anfangen? Sie war unsicher. War es eine neue Spur für die Aufklärung des Mordes an Haffner? Oder einfach nur ein Zufall, ohne Zusammenhang zu der aktuellen Ermittlung?

Festhalten ließ sich, dass Haffner im Jugendalter als Zeuge in einer Mordermittlung in Erscheinung getreten war. Aber das war nahezu vierzig Jahre her. Vierzig Jahre!

Konnte es nach so langer Zeit eine Verbindung zwischen beiden Ereignissen geben? War Haffner erschossen worden, weil er vor all den Jahren geholfen hatte, einen Mörder zu überführen? War also alles, was sie und Takeda bisher vermutet hatten, hinfällig? Ging es gar nicht um Yvonne Rheydt und Jost Weber und dementsprechend auch nicht um den Hass im Internet?

Am liebsten hätte Claudia Takeda angerufen, um die Neuigkeit mit ihm durchzusprechen. Aber sie konnte ihn unmöglich um diese Uhrzeit anrufen. Er schlief bestimmt längst.

Sie stand auf und bereitete eine weitere Kanne Kräutertee zu, Kaffee wollte sie sich zu dieser späten Stunde nicht mehr antun. Sie kehrte ins Wohnzimmer zurück, setzte sich, schenkte Mattusek ein, trank selbst.

»Was ich nicht verstehe, warum gilt der Fall Saskia von Thun eigentlich als Cold Case? Es gab ein Geständnis, es gab eine Verurteilung. Die Sache war damit doch abgeschlossen? Ich erinnere mich dunkel daran, dass es ein paar Jahre später eine Wendung gab, aber sicher bin ich mir nicht. Helfen Sie mir auf die Sprünge.«

Mattusek nahm seinen frischen Tee zur Hand, nickte Claudia dankbar zu. »Sie haben recht, der Fall galt für lange Zeit als erledigt. Aber fünfzehn Jahre später, im Jahr 1998, kam er doch noch einmal in die Schlagzeilen. Peter Folkert erreichte damals, dass es zu einem Wiederaufnahmeverfahren kam. Versucht hatte er es vorher schon einige Male, seine Anträge waren aber immer abgelehnt worden. Diesmal hatte er Erfolg.«

»Warum? Gab es neue Beweise? Die Hürde für ein erneutes Verfahren ist hoch. So etwas passiert höchst selten.«

»Richtig. Aber es kam tatsächlich einiges zusammen. Ein Baustein war, dass Folkert sein ursprüngliches Geständnis widerrufen hatte, das allerdings schon einige Jahre früher. Außerdem, und jetzt kommt es, hat Haffner seine ursprüngliche Aussage zurückgenommen. Er wollte nicht mehr wiederholen, dass er Folkert damals im Stadtpark gesehen hatte. Damit brach der Hauptbelastungszeuge weg und in der Folge die gesamte Indizienkette.«

»Warum? Was war passiert?«

»Fragen Sie mich etwas Leichteres. Damals, während der ursprünglichen Ermittlungen, hatte er ausgesagt, Folkert glasklar erkannt zu haben. Die beiden waren im Stadtpark fast zusammengestoßen, und Folkert hatte dem Jungen wohl gedroht, ihn zusammenzuschlagen. Sie hatten direkt voreinander gestanden. Selbst wenn es zu der frühen Uhrzeit noch dunkel war und der Junge betrunken, er hatte den Mann erkannt. Glasklar. Eindeutig. Aber davon wollte er im Wiederaufnahmeprozess nichts mehr wissen. Übrigens war Haffner zum Zeitpunkt des zweiten Prozesses im Jahr 1998, er war Anfang dreißig, schon selbst Rechtsanwalt. Vielleicht hatte er einfach keine Lust, überhaupt eine Rolle in einem Mordverfahren zu spielen. Ich weiß es nicht. Jedenfalls hob das Gericht in der Folge das ursprüngliche Urteil auf, und Folkert wurde nachträglich freigesprochen.«

»Aber es gab doch noch mehr Beweise? Der Pullover mit den Blutspuren? Sie hatten doch noch mehr gegen Folkert in der Hand!«

Mattusek stieß ein Seufzen aus. »Richtig. Der Pullover. Er war verschwunden.«

»Verschwunden? Ein Hauptbeweisstück?«

»Es waren fünfzehn Jahre vergangen. Niemand hat damit gerechnet, dass die Sache noch einmal verhandelt würde. Wahrscheinlich wollte einfach jemand in der Asservatenkammer Platz schaffen. Vielleicht war das Ding auch einfach verschimmelt oder von Motten zerfressen worden. Jedenfalls hatten wir nur noch die alte Auswertung der Blutanalyse von 1983. Aber das Verfahren galt nicht mehr als gerichtstauglich, es war technisch überholt. Folkert ist nach seiner Entlassung nicht zu knapp entschädigt worden. Ich und die Kollegen, die damals ermittelt hatten, standen wie die letzten Idioten da.«

Claudia stand auf und trat an ihr Fenster, sah hinaus in die Nacht. Der kurze Adrenalinschub, den Mattuseks Bericht in ihr ausgelöst hatte, war wieder verpufft. Sie trank von ihrem Tee, der inzwischen kalt geworden war. Sie ermahnte sich, wenigstens noch eine kurze Zeit konzentriert zu bleiben.

Sie drehte sich um, blickte zu Mattusek, der auf ihrem Sofa saß. »Lassen wir die alte Geschichte mal außen vor. Ich verstehe Sie doch richtig, dass sie glauben, Folkert könnte Haffner getötet haben?«

Der alte Kommissar hob ergeben die Hände. »Sie sollten es zumindest in Erwägung ziehen.«

»Das heißt, er lebt noch? Folkert?«

»Er ist gesund und munter. Anfang sechzig. Für mich steht fest, dass er damals der richtige Mann war. Er war der Täter.«

»Aber warum? Ich meine, warum sollte er Haffner umbringen? Und warum ausgerechnet jetzt? Es ergibt doch überhaupt keinen Sinn. Dieser Folkert ist seit über zwanzig Jahren auf freiem Fuß. Unter anderem, weil eben Haffner seine ursprüngliche Aussage zurückgenommen hat!«

Claudia entging nicht, dass Mattuseks freundlicher Gesichtsausdruck abweisend wurde. Wundern durfte es sie nicht. Die nette junge Kollegin hing nicht bewundernd an den Lippen des alten, ach so erfahrenen Kollegen. Nein, sie war skeptisch. Und jetzt stellte sie offenbar auch noch die falschen Fragen.

»Haffner hatte ursprünglich dazu beigetragen, dass Folkert fast fünfzehn Jahre eingesessen hat.«

»Aber Ihrer Meinung nach ja zu Recht! Er hatte zunächst ja sogar gestanden.«

Mattusek holte rasselnd Luft. »Hören Sie, Frau Harms. Was ich glaube oder nicht glaube, spielt keine Rolle. Klaus-Peter Haffner hat in dem Mordfall Anfang der achtziger Jahre eine Rolle gespielt. Und dieser Mann wird nun seinerseits ermordet. Glauben Sie, dass so etwas Zufall ist? Ich jedenfalls nicht!«

Sie sahen sich an. Schweigend.

»Nehmen Sie es mir nicht übel, Herr Mattusek. Aber ich hatte einen verdammt langen Tag. Und morgen wird es nicht besser.«

»Sie glauben mir kein Wort, oder?«

»Doch. Ich bin mir nur nicht sicher, ob es relevant ist.«

»Kann ich sogar verstehen. Ein alter, halb seniler Kollege kommt mit einem Fall aus einer Zeit, in der Sie noch nicht einmal auf der Welt waren ...«

Claudia fand zu einem Lächeln zurück. Die kurzzeitig angespannte Atmosphäre lockerte sich. »Um ehrlich zu sein, in die Richtung gehen meine Gedanken.«

»Schon klar. Tun Sie mir dennoch einen Gefallen. Behalten Sie es wenigstens im Hinterkopf. Vielleicht ergibt sich ja etwas daraus.«

»Mach ich. Versprochen.«

Claudia brachte ihn zur Tür. Mattusek stieg die Treppen hinab. Kurz darauf war das Geräusch der Haustür zu hören. Minuten später lag Claudia auch schon im Bett. Sie konnte kaum ausdrücken, wie erledigt sie war.

Dienstag

30.

Es war der nächste Vormittag, und Takeda hatte entsetzliche Kopfschmerzen. Wegen des vielen Whiskys im Bird's und des wenigen Schlafs.

Außerdem hatte er ein schlechtes Gewissen.

Wegen Tanja Geschke.

Oder er sollte wohl eher sagen, wegen Claudia.

Als er gegen zehn Uhr ins Dienstzimmer im Präsidium kam, saß sie schon an ihrem Schreibtisch. Sie empfing ihn mit einem ungläubigen Lächeln. »Mein Gott, Ken! Wie siehst du denn aus? Und ich meine nicht die Pflaster.«

»Ich weiß nicht. Wie?«

»Sagen wir, wie durchgekaut und ausgekotzt.«

»Danke für die netten Worte.«

»Immer gerne. Kaffee?«

»Mehrere Liter, wenn es geht.«

Sie stand auf und schenkte ihm lächelnd eine Tasse ein. Sie füllte ihren eigenen Becher, setzte sich wieder an den Schreibtisch.

»Also, wie heißt der Täter? Glenfiddich? Oder war es ein Japaner? Vielleicht Toki? Oder Yamazaki?«

»Wow, du kennst dich aus. Dabei magst du gar keinen Whisky.«

»Stimmt. Aber wenn man dich kennt, kennt man auch ein paar Whiskymarken. Sogar japanische. Warst du im Bird's und hast gespielt?«

»Es musste sein. Es hat mir gutgetan.«

»Kann ich verstehen. Ich wäre gerne dazugestoßen. Schade.«

Er senkte den Blick. »Ja, schade.«

Claudia sah ihn nachdenklich an, wollte etwas fragen, schüttelte dann den Kopf. Mit einem Räuspern läutete sie den Ernst des Tages ein. »Die Fahndung nach Yvonne Rheydt läuft, ist bisher aber ohne Ergebnis geblieben. Die Kollegen klappern die Orte ab, an denen sie sich üblicherweise aufhält. Ein Wagen steht vor der Wohnung ihrer Mutter, wo sie ja offiziell noch wohnt. Und die Wohnung ihrer Freundin behalten wir ebenfalls im Auge.«

»Du bist also überzeugt, dass sie unsere Täterin ist?«

»Sie hat eine Waffe, sie hat ein Motiv. Von Allermöhe, wo diese Saliha und ihr Mann wohnen, ist es nicht weit bis zum Haus von Haffner. Der Weg führt über die Felder, sie hätte Haffners Grundstück unbemerkt von hinten über den Garten betreten können. Ich wünschte mir, es wäre nicht so. Aber die Anhaltspunkte gegen sie wiegen schwer.«

Takeda nickte. Claudia hatte recht. Es sprach einiges dafür, dass Rheydt den Mord begangen hatte. Ebenso spürte er aber, dass Claudia trotzdem nicht wirklich überzeugt war, vielleicht weil sie Zweifel hatte, vielleicht weil sie sich anderes wünschte.

»Was machen wir also?«, fragte er.

»Abwarten, bis wir wegen Yvonne Gewissheit haben. Aber bis es so weit ist, sollten wir mit Hochdruck alle anderen Möglichkeiten prüfen.«

Takeda bemerkte den Tonfall in Claudias Stimme. »Du bist auf etwas gestoßen? Eine andere Spur?«

»Vielleicht. Vielleicht auch nicht. Ich habe mich noch nicht entschieden.«

»Klingt japanisch, deine Unverbindlichkeit ...«

Sie lachte. »Kann nur dein Einfluss sein. Demnächst verbeuge ich mich noch, wenn ich morgens die Kollegen auf dem Flur treffe.«

»Oder du fragst in der Kantine nach Essstäbchen ...«

Claudia blickte auf ihre Notizen, die sie sich am Morgen angefertigt hatte, um ihre Gedanken zu ordnen. Dann erzählte sie Takeda von ihrem Gespräch mit Hinnerk Mattusek und der möglichen Spur ins Jahr 1983.

Der Inspektor hörte zu, während er mit geschlossenen Augen von seinem Kaffee trank.

Sehr sinnlich.

Claudia musste sich anstrengen, um ihn nicht anzustarren.

Sie berichtete von dem ungeklärten Mordfall an der jungen Saskia von Thun, einer Mitschülerin von Haffner, und dessen Verwicklung in den Fall. Als sie fertig war, öffnete Takeda die Augen und sah sie fragend an. »Und? Denkst du, an der Sache ist etwas dran?«

»Schwer zu sagen.«

»Die Sache liegt fast vierzig Jahre zurück. Das ist ziemlich lange.«

»Absolut. Haffner war damals ein Teenager. Außerdem war er nur ein Zeuge, wenn auch ein entscheidender. Darum bin ich so unschlüssig. Es könnte nichts weiter zu sagen haben. Trotzdem möchte ich die Sache ein wenig abklopfen. Ich bin deswegen gleich mit Horst Kröger verabredet.«

»Mit Horst? Wieso?«

»Er kennt Mattusek noch aus dessen aktiver Zeit. Vielleicht kann er mehr dazu sagen. Was ist mit dir? Hast du etwas?«

»Ich bin mir auch nicht sicher.«

»Womit?«

Takeda erzählte ihr von seinem Besuch in den Geschäftsräumen der I-Con, in denen nichts, aber auch gar nichts auf irgendwelche Tätigkeiten der Firma hindeutete.

»Hast du eine Idee, was dahinterstecken könnte?«, fragte Claudia.

»Nein.«

»Wieso glaubst du, dass es eine Spur sein könnte? Vielleicht ist die Firma einfach nur neu und hat darum noch keine Unterlagen angehäuft.«

»Das wäre möglich. Aber ich möchte es so halten wie du. Es kann nicht schaden, die Sache ein wenig abzuklopfen.«

»Einverstanden. Wo fängst du an?«

»In der Kanzlei von Haffner. Dort wird man wohl etwas über die I-Con wissen. Ich trinke noch einen Kaffee. Oder auch zwei. Dann fahre ich hin und rede noch einmal mit den beiden Damen.«

»Frag sie bitte auch danach, ob und inwieweit Haffner seine Fälle mit Geld gelöst hat. Hat vielleicht nichts mit dem Mord zu tun, gehört aber zum Gesamtbild.«

»In Ordnung.«

31.

Als Takeda die Kanzlei am Neuen Wall erreichte, stellte er fest, dass die Demonstrantinnen, die noch am Vortag auf der Straße gestanden hatten, verschwunden waren.

Offenbar hatte Claudias kurzes Gespräch mit ihnen Wirkung gezeigt.

Takeda klingelte und betrat den Vorraum der Kanzlei. Sabine Ostermeier, die an ihrem Schreibtisch saß, blickte hoch und schenkte Takeda ein Lächeln, an dem ihre Augen nicht beteiligt waren. »Ach Sie sind es, Inspektor. Was führt Sie her?«

Takeda ließ die Frage zunächst unbeantwortet, sah sich stattdessen um. »Ist Ihre Kollegin nicht da?«

»Frau Döblin ist nebenan und sichtet die Unterlagen von Herrn Haffner. Es gibt einiges zu tun für uns. Wir können unsere Mandantschaft ja nicht einfach sich selbst überlassen.«

»Natürlich. Wie wird es weitergehen mit der Kanzlei? Wird sie aufgelöst?«

»Das kann ich noch nicht sagen. Am Ende muss es Haffners Frau entscheiden. Frau Olsen könnte versuchen, einen Nachfolger zu finden. Aber das dürfte schwierig werden. Seine Art zu arbeiten war etwas Besonderes, alles war sehr persönlich. So leicht wird ihn niemand ersetzen können.«

»Mit persönlich meinen Sie zum Beispiel, dass er einer gegnerischen Partei Geld anbot, damit sie eine Klage fallenlässt?«

Ostermeiers Gesicht vereiste kurz, dann hatte sie sich wieder im Griff. Mit pikierter Stimme erklärte sie: »Ich habe keine Ahnung, wovon Sie sprechen.«

»Nach unseren Informationen wollte Herr Haffner Yvonne Rheydt mittels einer Zahlung dazu bewegen, ihre Aussage gegen Jost Weber zurückzunehmen. Sie hat das Angebot allerdings zurückgewiesen.«

»Ich halte das für eine infame Unterstellung. Wenn Sie es nicht beweisen können, wiederholen Sie es bitte auch nicht. Sie beschädigen das Andenken eines Verstorbenen.«

Takeda sah die Frau nachdenklich an, deutete dann aber eine leichte Verneigung an und lächelte versöhnlich. »Natürlich, verzeihen Sie bitte.«

»Also, was wollen Sie? Warum sind Sie hier?«

»Können Sie mir etwas zu einer Firma namens I-Con sagen?«

»I-Con? Ich befürchte, nein.«

»Sie wissen nichts darüber?«

»Nein.«

Takeda lächelte, denn der Wortwechsel erinnerte ihn an das Gespräch am Vorabend mit Olaf Gerhoff, dem jungen Mitarbeiter im Architekturbüro von Linn Olsen.

Ohne weitere Erklärungen zog Takeda sein Handy aus der Tasche seines Jacketts, wählte die Nummer, die er bereits schon zuvor angerufen hatte.

Einen Augenblick später war aus dem Nebenzimmer das leise Klingeln eines Telefons zu hören.

Der Inspektor blickte Ostermeier an, sie tat beschäftigt mit Unterlagen, machte keinerlei Anstalten, aufzustehen und das Gespräch anzunehmen.

Schließlich hörte Takeda im Handy die weibliche Stimme des Anrufbeantworters, die den Anrufer im Namen der I-Con begrüßte und um das Hinterlassen einer Nachricht bat. Er stellte sein Handy auf laut und hielt es in die Höhe. »Das ist Ihre Stimme, Frau Ostermeier, oder täusche ich mich?«

»Sie haben recht, es ist meine Stimme.«

»Es ist der Anschluss der Firma, nach der ich Sie gerade gefragt habe.«

»Das ist richtig.«

»Sie meinten gerade, dass Sie mir nichts dazu sagen können.«

»Weil es so ist, Herr Takeda.«

»Ihr Verhalten ist gegenüber einem Polizeibeamten, der einen Mordfall untersucht, ungewöhnlich.«

»Die Firma I-Con hat nichts mit Ihren Untersuchungen zu tun.«

»Da sind Sie sicher?«

»Absolut.«

Takeda nickte und machte dabei nachdenkliche Brummgeräusche, wie es seine Art war. »Ich bin gestern in den Räumen der Firma gewesen. Ist es nicht sonderbar, dass sich der Telefonanschluss hier befindet, die Räumlichkeiten aber ganz woanders sind?«

»Nein, keineswegs. Es hat organisatorische Gründe.«

»Können Sie mir diese Gründe erläutern?«

Sabine Ostermeier sah Takeda mit ausdruckslosem Gesicht an. Lediglich die von Fältchen durchzogene Haut zwischen Oberlippe und Nase schien sich noch ein wenig mehr zu straffen. »Die I-Con war so etwas wie ein zweites Standbein von Herrn Haffner. Er hielt ihre Aktivitäten jedoch getrennt von denen der Kanzlei, daher die anderen Räumlichkeiten. Telefonische Anfragen hat er jedoch hier angenommen.«

»Ah, Sie können mir also doch etwas dazu sagen.«

»Nicht mehr als das, was Sie soeben erfahren haben.«

»Dabei wüsste ich zu gerne, worin die Aktivitäten der Firma bestehen. In den Räumen konnte ich keine Antwort darauf finden.«

Erneut zuckte es rund um die Lippen der Frau. Dann schien sie einen Entschluss gefasst zu haben. Sie erklärte: »Das ist kein Geheimnis, Herr Takeda. Es geht um Beratungstätigkeiten im Immobilienbereich. Herr Haffner hat das früher alles unter einem Dach erledigt, sich dann aber entschlossen, dafür eine eigene Firma zu gründen.«

Der Inspektor überlegte, ob er vielleicht etwas über seine japanische Heimat sagen sollte. Zum Beispiel, dass die vielen strengen Regeln des gesellschaftlichen Miteinanders es für Japaner schwierig machten, heikle Dinge direkt auszusprechen. Und dass die Japaner gerade deswegen die Fähigkeit entwickelt hatten, auch ungesagte Dinge hören zu können.

Andererseits, warum sollte er?

Lächelnd erklärte er: »Sie haben mir weitergeholfen, Frau Ostermeier. Vielen Dank.«

32.

Horst Kröger war ein Bulle alter Schule. Untersetzt, Schnäuzer, Kassenbrille. Und so in sich ruhend, dass nichts und niemand sein Gleichgewicht erschüttern konnte.

Er verbrachte seine Arbeitstage zu einem immer größeren Teil in der Cafeteria des Präsidiums. Vermutlich lag es daran, dass er kurz vor der Pensionierung stand und sich ohne Probleme für die restlichen Monate seines Dienstes krankschreiben lassen könnte – Ischias, Bandscheibe, Knie, Schulter. Er tat es nicht. Aber im Gegenzug ließ man ihn einfach machen.

Claudia fand Kröger an einem Tisch in der hintersten Ecke, direkt vor der großen Fensterfront. Er war ausnahmsweise allein. Vor ihm stand ein Tablett mit Kaffee und einem angebissenen Käsebrötchen.

Claudia setzte sich und deutete auf Krögers Teller: »Bist du Vegetarier geworden?«

»Unsinn. Mett war aus.«

»Und ich dachte schon ...«

»Sieh mich an, Mädchen. So ein Körper ist ohne Fleischverzehr nicht zu haben.«

»Immerhin machst du dir nichts vor.«

Kröger lachte dröhnend. »Lass mich raten, meine Hübsche. Du bist hier, weil du einen Tipp wegen deines Japaners haben möchtest. Ist ganz einfach. Heirate ihn, dann wird alles gut. Noch was?«

Claudia schloss kurz die Augen und atmete durch. Kröger trat nicht in Fettnäpfchen, er lebte darin. *Mädchen, meine Hübsche, heiraten!*

Schade, dass man Weltbilder nicht im Museum ausstellen konnte. Krögers hätte eine eigene Vitrine verdient.

»Du liegst daneben, Horst. Ich bin nicht wegen Ken hier, sondern weil ich gestern Abend Besuch von einem alten Kollegen hatte. Hinnerk Mattusek.«

»Sieh mal einer an, der alte Mattu. Er war lange nicht mehr hier. Schade eigentlich.«

»Mattu? So habt ihr ihn genannt?«

»War ein Spitzname. Hatte jeder damals. Willst du meinen hören?«

»Nein.«

»Schade, weil ...«

»Horst, bitte! Mattu hat erwähnt, dass ihr früher ein Team wart. Das war lange vor meiner Zeit.«

»Stimmt, ist eine Ewigkeit her. Da war ich noch jung und schlank ... na ja, jung. Was wollte er denn?«

»Du weißt, woran Ken und ich arbeiten?«

»Sicher, der Mord an dem Rechtsanwalt.«

»Genau. Der Mann heißt Klaus-Peter Haffner. Mattusek kannte ihn. Und zwar wegen einer Sache, die etliche Jahrzehnte zurückliegt. Der Fall Saskia von Thun.«

Es kam selten vor, dass Horst Kröger ernst wurde. Jetzt geschah es. »Saskia von Thun. Habe ich auch lange nicht gehört. Schwieriges Thema.«

»Warum?«

Kröger verkniff das Gesicht. »Was soll ich sagen? Auch Kollegen sind nicht unfehlbar. Das würde ich nach außen niemals sagen. Aber der Fall von Thun war ein einziger großer Mist. Mattu weiß das, und die übrigen Kollegen, die mit ihm damals dran waren, wissen es genauso. Sind inzwischen alle in Rente. Aber es bleibt dabei, sie haben es verbockt.«

»Warum?«

»Sage ich dir gerne. Aber versprich mir erst, dass es unter uns bleibt.«

»In Ordnung. Versprochen.«

Kröger blickte nach rechts und links, und obwohl die benachbarten Tische frei waren, senkte er die Stimme. »Ich fange mal ganz vorne an. Ich bin Ende der achtziger Jahre zum Mord gekommen, da war der erste Prozess gegen Folkert, den vermeintlichen Mörder des Mädchens, schon gelaufen. Er saß im Knast, der Fall war bei den Akten. Nichts Besonderes also. Trotzdem spielte das Thema im Flurfunk gelegentlich eine Rolle. Damals noch im Guten. Es hieß: Wenn ihr wissen wollt, wie man es macht, nehmt euch an Mattusek und seinen Jungs ein Beispiel. Bezog sich darauf, wie sie den Fall gelöst hatten.«

»Wie denn?«

Kröger rieb sich mit seiner fleischigen Hand über das Bulldoggengesicht. »Sagen wir einmal ... kreativ.«

»Heißt es das, was ich glaube, dass es heißt?«

»Schätze schon.«

»Erklär's mir trotzdem.«

»Also schön. Mach dir klar, dass der Fall von Thun damals, Anfang der Achtziger, für erheblichen Trubel gesorgt hat. Mattu hat mir oft genug davon erzählt. Jeden Tag Schlagzeilen, öffentliche Empörung, aufgeregte Politiker. Das Mädchen war bildhübsch, stammte außerdem aus einer angesehenen Familie. Und dann ein brutaler Mord, mitten in Hamburg, mitten im Stadtpark. In der Stadt lagen die Nerven blank. Das Dezernat musste liefern. War aber nicht einfach. Es gab wenig Spuren, keine Zeugen. Obwohl doch, da war ein Junge, ein Mitschüler des Mädchens, der den Täter gesehen hatte ...«

»Aber dieser Mitschüler, das ist doch Klaus-Peter Haffner. Unser Toter.«

»Im Ernst?«

»Aber ja! Darum war Mattu bei mir.«

»Scheiße.«

»Finde ich auch. Aber egal, was war damals los?«

»Ganz einfach – oder auch nicht. Mattu und seine Jungs waren nach ein paar Wochen intensiver Ermittlung sicher, mit Folkert den Richtigen am Haken zu haben. Sie konnten es ihm nur nicht nachweisen.«

»Das hat er mir auch erzählt. Aber worauf willst du hinaus?«

»Worauf schon, meine Hübsche? Sie haben nachgeholfen!«

»Wie genau?«

»Weiß ich nicht. Es gab nur Gerüchte. Spielt auch keine Rolle, oder? Folkert hat ja schließlich gestanden. Damit war bewiesen, dass Mattu nichts Falsches getan hatte.«

»Wie man es sieht. Folkert hat recht bald widerrufen.«

»Was erst einmal nichts geändert hat. Er saß im Bau und kam zunächst auch nicht wieder heraus. Zu einem Problem wurde es erst Jahre später, als es Ende der Neunziger zur Wiederaufnahme kam. Die ursprünglichen Ermittlungen wurden noch einmal aufgerollt. Nichts davon behielt seine Gültigkeit. Mattusek hat richtig auf die Fresse bekommen. Sogar der Staatsanwalt war sauer.«

»Zu Recht, oder? Du sagst es selbst, er hatte eine Mordermittlung manipuliert! Geht's noch!«

Kröger zuckte mit den Schultern. »Was ist schlimmer? Ein wenig an der Beweislage biegen? Oder einen Mörder ungeschoren davonkommen lassen?«

»Siehst du es wirklich so?«

»Ich will nur sagen, dass Mattu gute Absichten hatte. Außerdem hat er seine Strafe bekommen.«

»Ach ja? In welcher Form?«

»Als Folkert damals, im Jahr 98, freigelassen wurde, ist Mattu in die Knie gegangen.« Kröger machte mit dem Finger eine kreisende Bewegung neben seiner Schläfe. »Mental. Er war Ewigkeiten krankgeschrieben. Depressionen oder wie immer man das heutzutage nennt. Es hat ihn fertiggemacht. Er konnte fast ein halbes Jahr nicht mehr arbeiten.«

»Er kann froh sein, dass er nicht suspendiert wurde, oder?«

»Wie gesagt, er hat mit den besten Absichten gehandelt. Außerdem sind die Einzelheiten nie nach außen gedrungen.«

»Und der Fall von Thun? Sind nach der Wiederaufnahme und Folkerts Entlassung die Ermittlungen wieder aufgenommen worden? Der Fall galt damit ja als ungeklärt. Der wahre Täter lief noch frei herum, tut es vielleicht heute noch.«

»Klar wurde ermittelt. Aber allzu viel Energie hat man nicht drauf verwendet. Die Akte galt als giftig, Mattu hatte verbrannte Erde hinterlassen. Niemand wollte da so richtig ran.«

»Was ist eigentlich mit diesem Folkert? Kennst du ihn?«

»Kennen wäre übertrieben. Ich habe ihn im Verfahren im Jahr 98 erlebt. Ist kein sympathischer Typ, so viel kann ich dir sagen.«

»Ich werde trotzdem mit ihm reden müssen. Immerhin ist er gerade zum Kandidaten im Mordfall Klaus-Peter Haffner geworden. Zumindest könnte er etwas wissen.«

»Viel Spaß. Aber sei vorsichtig.«

»Denkst du, er ist gefährlich?«

»Vor zwanzig Jahren hätte ich gesagt, ja. Vor allem, weil du genau sein Typ bist. Aber heute? Er ist alt. Trotzdem, nimm sicherheitshalber deinen Samurai mit.«

Claudia schüttelte lachend den Kopf. »Er ist kein Samurai und schon gar nicht meiner.«

»Dann hol dir halt einen anderen Kollegen zur Unterstützung, sicher ist sicher. Und was den Japaner angeht, überleg dir das mit dem Heiraten noch einmal. Glaub mir, es löst so manches Problem.«

Claudia schnalzte mit der Zunge. »Als Kollege bist du super, Horst. Als Heiratsvermittler eine Null.«

»Das werden wir ja sehen.«

33.

Takeda hatte die Kanzlei verlassen und war einige Schritte den Neuen Wall hinuntergegangen. Plötzlich stockte er, drehte sich dann instinktiv um und ließ seinen Blick über die Passanten schweifen.

Tatsächlich.

Sein Instinkt hatte ihn nicht getäuscht. Ein Mann, größer als er selbst, schlank, sportlich, näherte sich auf dem Bürgersteig. Seine Kleidung war geschäftsmäßig, Anzug, Hemd, Krawatte, die Frisur ordentlich. Takeda wäre kaum auf ihn aufmerksam geworden, wären da nicht die beiden Pflaster in seinem Gesicht, an der Schläfe und am Kinn. Und wäre nicht zudem seine linke Hand bandagiert.

Kein Zweifel, es war derjenige, den er am Tatort verfolgt hatte. An dem Abend hatte er zwar einen Kapuzenpullover getragen, so dass Takeda sein Gesicht nur ansatzweise hatte erkennen können. Dennoch war er sich sicher. Er war es.

Aus den Augenwinkeln sah der Inspektor, dass der Mann das Gebäude betrat, in dem sich Haffners Kanzlei befand.

Er spürte den kurzen Impuls, ihm zu folgen und ihn noch im Treppenhaus zur Rede zu stellen. Dann aber besann er sich, betrat stattdessen das Herrenmodegeschäft, vor dessen Schaufenster er sich befand.

Ein Verkäufer begrüßte Takeda freundlich und sah in ihm, einem gut gekleideten, gepflegten Asiaten, offenbar einen vielversprechenden Kunden. »Kann ich Ihnen behilflich sein, der Herr? Nein? Dann sehen Sie sich gerne in aller Ruhe um.«

Das tat Takeda dann auch, allerdings in eigenwilliger Form. Er stand auf der Innenseite des Schaufensters und betrachtete vermeintlich die Anzüge, die dort ausgestellt waren. Armani, Gucci. Loro Piana. Durchaus sein Geschmack. Leider war in diesem Fall sein Blick auf die Straße gerichtet und noch mehr auf den Hauseingang schräg gegenüber.

Es dauerte nur kurze Minuten, bis der Pflastermann, so hatte Takeda ihn im Stillen getauft, wieder auf der Straße erschien. Er blickte sich nach rechts und links um, ging dann eiligen Schrittes die Straße hinab.

Takeda nickte dem Verkäufer zu. »Vielleicht ein andermal.«

»Jederzeit, mein Herr. Man muss ja nicht kaufen. Man kann auch einfach nur stehen.«

Der Inspektor überhörte die Bemerkung, schließlich wusste er, dass Verkäufer in Deutschland empfindliche Wesen waren. Kunden sollten sie stets mit größter Rücksicht behandeln, und daran hatte er es in der Tat mangeln lassen.

Er verließ den Laden und folgte dem Pflastermann, der gerade um die Ecke der Schleusenbrücke gebogen war.

Takeda ging ebenfalls schnell, erreichte seinerseits die Ecke und lugte vorsichtig herum. Der Mann hatte einen Vorsprung von vielleicht sechzig Metern. Der Inspektor folgte ihm, achtete darauf, stets genug andere Passanten zwischen ihnen zu lassen.

Der Pflastermann kreuzte den Alten Wall und erreichte den Rathausmarkt. Dort blieb er stehen, schien zu überlegen, in welche Richtung er sich wenden sollte. Dann setzte er sich erneut in Bewegung. Er erreichte den Rand des Platzes und winkte nach einem vorbeifahrenden Taxi. Ein Wagen hielt, der Pflastermann stieg ein, das Taxi fuhr in Richtung Jungfernstieg davon.

Takeda rannte, erreichte ebenfalls die Straße und hielt seinerseits ein Taxi an, das glücklicherweise in eben diesem Augenblick vorbeifuhr. »Fahren Sie Ihrem Kollegen dort vorne hinterher. Schnell. Er darf nicht entwischen.«

»Echt jetzt? Eine Verfolgungsjagd?«

»Aber nein, es ist nur ... ich kenne den Fahrgast, er hat etwas vergessen, das ich ihm geben muss.«

»Ich kann den Wagen über Funk ansprechen lassen, wenn Sie möchten.«

»Das ist nicht nötig, vielen Dank. Bitte sorgen Sie nur dafür, dass wir den Wagen nicht verlieren.«

»Keine Sorge, Chef. Ich bleibe an ihm dran wie Hundescheiße am Schuh.«

»Wunderbar.«

Das Taxi mit dem Pflastermann fuhr in Richtung Gänsemarkt, passierte den Stephansplatz und fuhr den Mittelweg ins feine Harvestehude hinauf. Takedas Fahrer tat, was er versprochen hatte. Er blieb dran wie ... nun, er blieb dran. Dabei verhielt er sich geschickt, rückte niemals so dicht auf, dass der andere Fahrer oder auch der Fahrgast sie hätte sehen können.

Nach etwa einem Kilometer bog der Wagen in eine Seitenstraße, die zur Außenalster hinführte. Kurz darauf hielt er vor einem Bürogebäude.

Takedas Fahrer blieb etwa hundert Meter entfernt stehen. »Soll ich näher heranfahren?«

»Nein. Ich warte noch einen Moment.«

»James Bond, was?«

»Nicht ganz. Takeda. Inspektor Takeda.«

Durch die Frontscheibe des Wagens beobachtete er, wie der Pflastermann die Stufen zum Portal des Gebäudes hinaufstieg und dann im Inneren verschwand.

Takeda bezahlte, inklusive eines großzügigen Trinkgelds, und stieg aus. Er trat seinerseits auf das Portal des Bürogebäudes zu, eines modernen sechsstöckigen Baus. Neben dem Eingang nannte ein Schild die Firmen, die im Gebäude residierten. Die Niederlassung einer iranischen Bank, ein Steuerberater, eine Handelsgesellschaft für Mineralöl. Eine Werbeagentur.

Wohin war der Pflastermann wohl gegangen? Takeda würde es herausfinden.

34.

Personalmangel hieß, dass man eine halbe Stunde durchs Präsidium rannte, aber niemanden fand, der einen zu einer möglicherweise heiklen Befragung begleiten konnte.

Personalmangel hieß, dass einem lauter Kollegen versprachen, in einer halben oder einer Stunde bestimmt helfen zu können.

Personalmangel hieß, dass man am Ende einfach allein losfuhr. Weil's sonst nie etwas werden würde.

Claudia steuerte ihren Wagen in Richtung Elbbrücken. Sie hatte das Fenster heruntergekurbelt und hörte laut Musik. Keinen Jazz, das war vorbei. Das überließ sie Takeda. Sie war wieder bei ihren alten CDs gelandet. In diesem Falle: Backstreet Boys. Ja, richtig. Backstreet Boys. Nick Carter und Freunde. *Quit playing games with my heart.* Claudia sang mit. Wie alt war sie da gewesen? Jung, ein Backfisch. Eine intensive Zeit. Die Jungs kamen und gingen. Aber das machte nichts. Weil der wirklich Richtige ja noch kommen würde.

Und jetzt, zwanzig Jahre später? Würde der richtige Junge noch kommen?

Oder war er schon da?

Ach, verdammt.

Sie stellte die Musik aus. Das war der Nachteil bei den Songs von früher. Zu viel Gefühl.

Ihr Weg führte sie nach Georgswerder, einem Teil von Wilhelmsburg. Südliche Elbseite. Roter Backstein und Hafenatmosphäre.

Claudia verließ die Autobahn und folgte einer kleinen, holprigen Straße, die zwischen nicht sonderlich gepflegten Kleingartenkolonien hindurchführte.

Dahinter folgten ein paar Wohnhäuser, die aus der Zeit gefallen waren. Heruntergekommene Behausungen, die mit Holz und Wellblech ausgebessert waren. In den Vorgärten türmten sich Bauschutt und Sperrmüll. Die Luft roch faulig und zugleich nach frischem Teer, warum auch immer.

Dann sagte ihr Navi, dass sie ihr Ziel erreicht hatte.

Claudia stellte den Wagen am Straßenrand ab. Bevor sie ausstieg, tat sie etwas, das selten vorkam. Sie zog ihre Dienstwaffe aus dem Schulterholster und kontrollierte Magazin und Kammer.

Sicher war sicher.

Kurz darauf stand sie vor einer Gartenpforte und blickte auf ein mehr oder weniger komplett von Brennnesseln und Brombeersträuchern überwuchertes Grundstück. In der Mitte befand sich ein Haus, das sogar für diese Gegend abgerockt war. Die Fassade abgeblättert, das Dach voller Moos und löchrig. In zwei Fensterrahmen waren statt Glas blaue Mülltüten gespannt. Im Garten lagen Baumaterial, Sand, alte Rohre, verrostete Einkaufswagen mit aufgeknacktem Pfand-Schloss.

Es gab kein Namensschild. Dennoch wusste Claudia, dass sie richtig war. Sie hatte vorhin per Abfrage im Polizeicomputer sichergestellt, dass Peter Folkert hier gemeldet war. Mattusek, den sie auch noch einmal angerufen hatte, hatte bestätigt, dass Folkert tatsächlich hier lebte. Der alte Kommissar hatte sich gefreut, dass Claudia offenbar auf seinen Hinweis angesprungen war. Sie hatte seine Euphorie gedämpft und gemeint, dass sie der Sache lediglich aus Routinegründen nachgehen wollte. Hinterher müsse sie auch noch einmal mit ihm reden, würde sich daher später wieder melden.

Claudia blickte rechts und links die Straße hinunter. Die nächsten Nachbarhäuser waren etwa fünfzig Meter entfernt. Ein Stück hinter dem Haus tat sich ein Wall auf, sie wusste nicht, was dahinter lag. Die Autobahn? Oder Zuggleise? Hafenanlagen? Sie kannte die Gegend nicht sonderlich gut, es könnte alles Mögliche sein.

Schulterzuckend öffnete sie den Riegel der Pforte und trat ein. Nach ein paar Metern hörte sie leise das Gedudel eines Radios von hinter dem Haus. Ein Oldie-Sender, aber die Sorte, für die die Backstreet Boys schon zu modern waren.

Die eigentliche Haustür war mit Brettern vernagelt, der Weg dorthin zugewuchert. Wahrscheinlich gab es eine Hintertür, die Folkert benutzte.

Sie folgte dem schmalen Weg, der geradewegs in die verwucherte Gartenlandschaft hineinführte. Nach ein paar Metern blieb sie stehen. »Herr Folkert? Sind Sie da? Ich habe Ihr Grundstück betreten – ist das in Ordnung?«

Sie erhielt keine Antwort. Vielleicht war er gar nicht zu Hause und hatte vergessen, das Radio auszustellen?

Sie ging weiter. In den Brombeerbüschen, die meterhoch wucherten, entdeckte sie schemenhaft mehrere Autowracks, allesamt entglast und ausgeschlachtet. Früher gehörte so etwas zum normalen Garteninventar in einer solchen Gegend. Die verschärften Umweltauflagen hatten dem eigentlich einen Riegel vorgeschoben. Hier schien es niemanden zu interessieren.

Claudia umrundete eine windschiefe Trennwand, erreichte die Rückseite des Hauses. Eine Terrasse wurde von einer gestreiften, teilweise eingerissenen Markise beschattet. Ein gemauerter Grill, eine Garnitur Gartenmöbel, sogar mit Polstern versehen, ein Holzverschlag mit Gartengerät.

Auf einem Metallbord stand das Radio. Die Tür zum Inneren des Hauses war offen. Davor hing ein Schnurvorhang aus Plastik. Zu sehen war niemand.

»Herr Folkert? Harms ist mein Name, Kriminalpolizei.«

Keine Antwort.

Sollte sie einfach reingehen? Claudia war unschlüssig.

Schließlich schob sie den Vorhang zur Seite und trat in das dämmrige Innere des Hauses. Muffige, nach Schimmel und verfaultem Essen riechende Luft umfing sie. Ihre Augen gewöhnten sich nur langsam an das dämmrige Licht im Inneren. Offenbar waren alle Rollläden heruntergelassen, und nur zwischen den Lamellen drang etwas Licht hinein. Sie blickte auf eine chaotische Landschaft aus Möbeln, Kleidung, Kisten und prallen Müllsäcken, von denen sich nicht sagen ließ, was in ihnen drin war. Überall lagen alte Pizzaschachteln herum, halb geleerte Konservendosen, Teller mit Essensresten, überzogen von grünblauen Schimmelteppichen. An den Wänden hingen altmodische Pinups von Frauen mit riesigen Brüsten. Die Bilder waren zum Teil mit schwarzem Filzstift bemalt. Folkert – oder wer immer es getan hatte – hatte den Frauen Hasenohren gezeichnet, mehr und dichteres Schamhaar, Schnauzbärte oder Pfeile, die blutend in ihren Leibern steckten.

»Herr Folkert? Sagen Sie etwas, wenn Sie da sind!«

Es war ihr letzter Versuch, sie rechnete nicht mit einer Antwort, und tatsächlich erfolgte auch keine.

Claudia ging weiter, versuchte gegen keinen der wackeligen Stapel aus Kisten, Säcken oder was auch immer zu stoßen. Den beißenden Gestank ignorierte sie. Durch eine offene Tür blickte sie in eine Art Wohnzimmer, in dem es genauso aussah wie überall. Auf einer durchgelegenen Couch lagen ein Kissen und eine Decke, möglicherweise war das Folkerts Schlafstätte.

Sie erreichte nach ein paar Metern die Küche, in der es noch schlimmer stank als im Flur.

Unschlüssig stand sie da, als sie die Wärme eines anderen Menschen hinter sich spürte. Dicht hinter sich. Der Geruch von schlechtem Atem und Alkohol stieg ihr in die Nase.

Dann sagte eine Stimme direkt neben ihrem Ohr: »Na, meine Hübsche. Schön, dass du da bist. So eine wie dich hatte ich lange nicht mehr hier.«

35.

Takeda stand im Lift, der ihn zu den Räumen der Werbeagentur bringen sollte. Sie hieß Gronau & Friends und nahm die obersten beiden Etagen des Bürogebäudes ein. Die Firmen in den unteren Stockwerken hatte er bereits aufgesucht, dort war kein Besucher mit verbundener Hand oder Wunden im Gesicht eingetroffen, hatte man ihm gesagt.

Während der Lift sich in Bewegung setzte, musste er daran denken, dass er vor nicht allzu langer Zeit im Rahmen einer Mordermittlung in Tokio mit einer japanischen Werbeagentur zu tun gehabt hatte.

Die Firma hieß Hakuden und war in die Schlagzeilen geraten, nachdem sich innerhalb weniger Wochen gleich zwei Angestellte vom Dach der hochgeschossigen Firmenzentrale gestürzt hatten. Beide hinterließen Abschiedsbriefe ähnlichen Inhalts und gaben an, wegen chronischer Arbeitsüberlastung den Freitod gewählt zu haben. Der Fall sorgte für erhebliche Aufregung in der japanischen Öffentlichkeit, und in den Talkshows diskutierten Experten darüber, ob auch Suizide als Karōshi betrachtet werden könnten, also als Todesfälle, die durch Überarbeitung ausgelöst wurden. In der Regel verstand man unter Karōshi stressbedingte Herzattacken oder Schlaganfälle. Aber ließen sich auch psychische Erkrankungen und damit einhergehende Selbstmorde darunter fassen?

Während dieser Debatten kam ein mutiger Staatsanwalt auf die Idee, die Firma für die Todesfälle verantwortlich zu machen und sie sogar als möglichen Mord zu bewerten. Er beauftragte Takeda damit, in der Sache zu ermitteln. Der Inspektor fand heraus, dass einer der Toten, eine junge Frau von Ende zwanzig, in einem einzigen Monat fast 160 Überstunden hatte ableisten müssen. Die Frau litt körperliche Qualen, aber ihr Vorgesetzter pochte darauf, dass die Firma den vollen Einsatz ihrer Angestellten erwarte. Takeda fertigte eine Akte an, die es gerechtfertigt hätte, den Mann, wenn schon nicht wegen Mordes, so doch wegen fahrlässiger Tötung anzuklagen. Sein Bericht aber verschwand im Irrgarten der Bürokratie. Der Staatsanwalt wurde ohne weitere Begründung in eine ländliche Provinz auf Hokkaido, der japanischen Nordinsel, versetzt. Auch Takeda rechnete mit einer Versetzung. Es kam überraschenderweise anders, und er erhielt sogar eine Belobigung. Als er seinen wiederaufgetauchten Bericht erneut las, musste er feststellen, dass er von anonymer Hand umgeschrieben worden war und nun besagte, dass von einer Überforderung der Angestellten keine Rede sein könne. Zeitgleich verkündete der Premierminister, dass Japan im internationalen Wettbewerb zurückzufallen drohe, wenn das Volk seine grassierende Verweichlichung nicht überwinde.

Der Lift kam ruckartig zum Stehen, und mit einem leisen Klingelton öffneten sich die Türen. Takeda trat hinaus in ein geschäftiges Großraumbüro.

Da er zunächst nicht weiter beachtet wurde, ließ er seinen Blick über die Schreibtischlandschaft schweifen.

Offenbar waren kaufmännische und kreative Arbeitsplätze bunt durcheinandergewürfelt, denn er sah sowohl Mitarbeiter, die an großen Monitoren Fotos bearbeiteten oder sogar mit Papier und Schere hantierten, als auch Schreibtische, die mit Kostentabellen oder Buchungsformularen übersät waren. Immer wieder klingelte ein Telefon, oder jemand rannte hektisch von einem Arbeitsplatz zum anderen.

Ob die Betriebsamkeit genügte, um Karōshi auszulösen, wusste Takeda nicht. Aber ruhig ging es nicht zu. Werbung war überall auf der Welt ein anstrengender Beruf – ähnlich wie die Polizeiarbeit.

»Kann ich Ihnen helfen? Zu wem wollen Sie? Das Active-City-Meeting?« Eine junge Frau im Businesskostüm, die fast schon an ihm hatte vorbeilaufen wollen, hatte Takeda angesprochen.

»Das Active-City-Meeting?«, fragte Takeda ratlos.

»Geht gleich los. Das Team ist schon im Konfi. Die Tür hinter den Kopierern.«

»Ist unter den Teilnehmern ein Mann, etwas größer als ich, mit zwei Pflastern im Gesicht und einer bandagierten Hand?«

Die junge Frau sah Takeda misstrauisch an. »Äh … warum genau sind Sie noch mal hier?«

Takeda zog seinen Dienstausweis hervor. »Kriminalpolizei. Bitte antworten Sie auf meine Frage. Ist ein solcher Mann hier?«

Die junge Frau wurde blass, und obwohl sie nichts sagte und auch Takeda schwieg, schien sich die Erkenntnis eines ungewöhnlichen Vorgangs auf der gesamten Etage auszubreiten. Für kurze Momente kam das hektische Treiben zum Erliegen, zahlreiche Köpfe drehten sich in Richtung der Fahrstühle.

Schließlich fand sie ihre Sprache wieder. »Nein, so jemanden habe ich nicht gesehen.«

»Wo im Gebäude könnte er sich sonst aufhalten?«

»Na ja, dann eigentlich nur oben bei Herrn Gronau, unserem Chef.«

»Dann suche ich wohl am besten ihn auf.«

»Ich bringe Sie hin.«

»Das ist nicht nötig.«

»Doch, ist es.«

Sie zeigte ihrerseits eine Karte vor, und Takeda verstand, dass nur mit ihrer Hilfe der Fahrstuhl die entsprechende Etage ansteuern konnte.

Sie holte den Lift, hielt ihre Karte vor ein Relais und drückte die Taste für das oberste Stockwerk. Dann trat sie wieder in die Etage zurück.

»Eine kurze Frage noch«, sagte Takeda.

»Ja?«

»Machen Sie Überstunden?«

Die junge Frau lächelte verunsichert. »Das hier ist eine Werbeagentur.«

»Und?«

»Es gibt keine Überstunden. Weil es keine offizielle Arbeitszeit gibt. Oder doch, es gibt sie. Sie lautet: immer.«

»Ich verstehe.«

»Sagen Sie Herrn Gronau nicht, dass ich das so gesagt habe.«

»Keine Sorge, ich bin wegen einer anderen Angelegenheit hier.«

»Außerdem arbeite ich total gerne hier. Echt. Ist super. Das wiederum können Sie ihm gerne sagen.«

Die Fahrstuhltüren schlossen sich. Takeda überlegte, ob man im Deutschen auch ein Wort wie Karōshi einführen sollte. Vielleicht Stressitus?

36.

Peter Folkert saß in einem Gartensessel auf seiner Terrasse und presste sich einen Eisbeutel in den Schritt. Er war ein Mann von Anfang sechzig mit zerfurchtem Gesicht, unrasiert, fettige Haare, einem nackten, gartengebräunten Oberkörper. Trotz der Schmerzen, die er fühlte, schaffte er ein Grinsen. »Du hast Wumms, Mädchen. Die nächsten Tage gibt es Rührei bei mir.«

Claudia war nicht nach Lachen zumute. »Erstens bleiben wir beim Sie, Herr Folkert. Zweitens können Sie froh sein, dass ich Sie nicht direkt mit aufs Präsidium nehme.«

»Warum?«

»Was glauben Sie denn? Sie haben mich angegriffen!«

»Weil ich Ihnen ins Ohr geflüstert habe? Es ist mein Haus und mein Grundstück. Ich dachte, Sie sind eine Einbrecherin.«

»Ich habe mehrfach nach Ihnen gerufen und mich als Polizistin zu erkennen gegeben.«

»Habe ich nicht gehört.«

Folkert grinste erneut. Offenbar erholte er sich langsam von den Schlägen, die Claudia ihm verpasst hatte. Erst mit dem Ellbogen in den Magen, dann, nachdem sie herumgewirbelt war, mit einem Tritt dorthin, wo es richtig wehtat. Es war ein Reflex gewesen. Danach hätte sie auch ihre Dienstwaffe gezogen. War aber nicht nötig. Folkert lag schon wimmernd am Boden.

Jetzt saßen sie auf der Terrasse und musterten sich gegenseitig.

»Was wollen Sie eigentlich von mir? Ich dachte, nach all den Jahren lasst ihr Bullen mich endlich mal in Ruhe.«

»Würde ich liebend gerne, glauben Sie mir. Aber es gibt ein paar Fragen, die Sie mir beantworten müssen.«

»Von welcher Polente bist du … sind Sie eigentlich genau?«

»Mordkommission.«

»Was denn, wollt ihr mir schon wieder etwas anhängen? Wie oft denn noch?«

»Ich bin wegen Klaus-Peter Haffner hier. Sie wissen, wer das ist?«

»Blöde Frage. Klar weiß ich das.«

»Was fällt Ihnen zu ihm ein?«

»Nichts Gutes.«

»Konkret?«

»Sagen Sie mir erst, worum es geht.«

»Erfahren Sie früh genug. Wann haben Sie Haffner das letzte Mal gesehen?«

»Vor Ewigkeiten. Zwanzig Jahre oder so. Wenn Sie es genauer wissen wollen, müsste ich meinen Kalender holen.«

»Schon okay. Aber in letzter Zeit jedenfalls nicht?«

»Ganz sicher nicht. Es gibt Namen, die vergesse ich nicht, und es gibt Fressen, die vergesse ich nicht. Und die von Haffner gehört dazu.«

»Warum sagen Sie das?«

»Sie meinen, warum ich Haffner ins Gesicht spucken würde, wenn er vor mir auftauchen würde?«

»Wenn Sie so wollen, ja.«

»Das Schwein hat mich in den Knast gebracht. Und dann hat es gute fünfzehn Jahre gedauert, bis dem Knaben einfiel, dass er gelogen hatte. Ist zwar schon eine Weile her, das Ganze. Ein halbes Leben. Aber vergessen habe ich es nicht und werde ich auch nicht.«

»Sie sprechen von Haffners Zeugenaussage von 1983, als er Sie identifiziert hat?«

»Klar. Er meinte damals, dass er mich gesehen hat. Frühmorgens im Stadtpark. Aber das war eine glatte Lüge, weil ich ja gar nicht da war, wo er meinte, dass ich war ... aber mal ehrlich, Frau Kommissarin, das wissen Sie doch alles, oder? Was soll das also?«

Claudia sparte sich eine Antwort. »Wissen Sie, warum Haffner seine ursprüngliche Aussage im Rahmen Ihres Wiederaufnahmeverfahrens zurückgenommen hat? Das war ja dann fünfzehn Jahre später, also 1998?«

Wieder grinste Folkert. »Hat er damals dem Richter erklärt, der blöde Kerl. Weil er sich doch nicht mehr so sicher war, ob ich es war, den er gesehen hat. Eigentlich sogar eher nicht.«

»Wieso dieser Meinungswechsel? Ursprünglich, in Ihrem ersten Prozess, hatte er Sie eindeutig belastet. Sie und er sind sich im Stadtpark entgegengekommen. Er hatte Sie gesehen und konnte Sie daher auch ohne Probleme identifizieren. Was war in der Zwischenzeit passiert?«

»Kann ich Ihnen sagen. Der Junge war inzwischen erwachsen und hatte keine Lust mehr, für euch Drecksbullen zu lügen.«

»Hey, jetzt mal ganz ruhig. Sonst kriegen Sie doch noch eine Freifahrt ins Präsidium.«

»Sie glauben mir nicht? Dann fragen Sie doch Ihren Kollegen, der damals gegen mich ermittelt hat.«

»Sie meinen Mattusek.«

»Ich kann den Namen nicht hören, ohne dass mir die Pumpe geht ... natürlich meine ich den.«

»Wollen Sie darauf hinaus, dass Mattusek die Zeugenaussage von Haffner manipuliert hat?«

»Natürlich. Weil er mich drankriegen wollte. Er hätte alles dafür getan.«

Claudia musste an das Gespräch mit Horst Kröger denken. Das war es also, was Kröger angedeutet hatte. Eine manipulierte Zeugenaussage, die der entscheidende Baustein bei der Überführung eines vermeintlichen Mörders war.

Claudia spürte, wie sich ihre innere Stimme meldete. Das hier war jedenfalls keine Zeitverschwendung. Derjenige, der damals im Zentrum dieser Manipulation stand, war niemand anderes als Klaus-Peter Haffner, auch wenn er damals noch jung gewesen war, ein Teenager. Trotzdem veränderte das alles. In diesem Licht sprach doch einiges dafür, dass der Fall von damals mit Haffners gewaltsamem Tod zusammenhing.

Hätte Mattusek ihr auch gleich sagen können, verdammt. Aber das würde sie ihm schon noch um die Ohren knallen.

»Sie machen es sich zu einfach, Herr Folkert. Sie haben damals ein Geständnis abgelegt. Sie haben die Tötung Saskia von Thuns zugegeben. Selbst wenn Haffner gelogen haben sollte, am Ende haben Sie doch selbst dafür gesorgt, dass Sie verurteilt worden sind.«

Folkert stieß ein gekünsteltes Lachen aus. »Sicher, ich bin schuld. Fünfzehn Jahre im Bau, und ich bin selbst schuld dran.«

»Warum haben Sie gestanden, wenn Sie es gar nicht waren?«

Folkert, plötzlich überraschend ernsthaft, beugte sich vor. »Soll ich es Ihnen sagen, Frau Kommissarin? Soll ich?«

»Ich bitte darum.«

Folkerts Mundwinkel kämpften gegen ein Lächeln an. Er machte mit dem Finger eine lockende Bewegung. »Rücken Sie mal näher. Ich sag's Ihnen, aber nur leise.«

»Hören Sie auf damit.«

»Dann halt nicht.«

Sie seufzte, rückte mit ihrem Sessel näher an den Tisch heran. Sie konnte ihn jetzt wieder riechen, so wie vorhin, als er sich an sie herangeschlichen hatte. Alkohol, Zigaretten, Schweiß. Ein kaputter Mann, den sie dennoch nicht unterschätzen durfte.

»Noch näher.«

»Nein.«

Folkert zuckte mit den Schultern. Er beugte sich vor, atmete Claudia ins Gesicht und sagte im Flüsterton: »Ich war kein guter Mensch damals, Frau Kommissarin. Gar kein guter Mensch.«

»Sie waren wegen Sexualdelikten vorbestraft, richtig?«

»Ja. In zwei Fällen. Aber in Wahrheit waren es mehr als die. Viel mehr. Für diese anderen habt ihr mich nicht bekommen. Aber dann stand ich wegen dieses Mädchens vor dem Richter. Saskia. Mausetot. Angeblich hatte ich die umgebracht. War aber nicht so. Ich war nicht in der Nähe, und ich hatte die nicht angerührt. Schuldig war ich trotzdem. Wegen der anderen Mädchen. Also habe ich gesagt, dass ich es war. Ich hatte es verdient, zu sitzen. Damals wollte ich es. Das war alles.«

»Nehmen wir einmal an, ich glaube Ihnen ...!«

»Tun Sie es. Es ist die Wahrheit.«

»Wie gesagt, nehmen wir es einmal an. Das hieße, Sie sind freiwillig ins Gefängnis gegangen als Strafe für Taten, die die Polizei Ihnen nicht nachweisen konnte. So weit, so gut. Aber warum haben Sie dann Ihr Geständnis widerrufen? Das passt doch nicht zusammen.«

»Bei Menschen wie mir passt nie irgendetwas zusammen. Ist Ihnen das wirklich neu? Typen wie ich werden mit Problemen geboren, und für den Rest ihrer Tage ändert sich das nicht mehr.

Ich hatte gestanden, und ich war zufrieden, zu sitzen. Aber dann kapierte ich, dass es nicht für ein oder zwei Jahre war, sondern für immer! Für etwas, das ich nicht getan hatte! Nee, Leute, nicht mit mir. Ich wollte wieder raus! Ich war unschuldig!«

Claudia ließ ihre Augen lange auf Folkert ruhen. Er war klug. Zu klug für seine verwahrloste Erscheinung. Auch zu klug, um in einer solchen Umgebung zu leben.

Aber wahrscheinlich hatte er recht. Bei Menschen wie ihm passte nie irgendetwas zusammen.

Claudia stand auf, trat an den Rand der Terrasse. »Klaus-Peter Haffner ist erschossen worden. Vor drei Tagen. Waren Sie das?«

Folkert zeigte keine sichtbare Reaktion. Kein Zucken, kein Erschrecken. Auch keine Angst, dass es ihm an den Kragen gehen könnte.

Einfach nichts.

»Herr Folkert, ich habe Sie etwas gefragt. Haben Sie Klaus-Peter Haffner getötet?«

»Ganz sicher nicht.«

»Wissen Sie, wer es war?«

»Nein.«

»Fällt Ihnen sonst etwas dazu ein?«

»Na klar. Dass es die beste Nachricht seit Langem ist. Sie haben meinen Tag versüßt. Dafür danke ich Ihnen.«

37.

Das Büro von Thomas Gronau, dem Geschäftsführer und Inhaber der Agentur Gronau & Friends, nahm mehr oder weniger das gesamte oberste Staffelgeschoss des Gebäudes ein. Es war ein riesiger, lichtdurchfluteter Raum mit nur spärlichem Mobiliar. Hohe, frei stehende Kunstskulpturen zogen die Blicke auf sich, in der Ecke befand sich ein langer Tisch für Besprechungen. An den Wänden hingen Bilder mit moderner Kunst. Der Blick durch die vielen bodentiefen Fenster reichte über die umliegenden Häuser bis zur nahe gelegenen Außenalster.

Als Takeda den Raum betrat, erhob Gronau sich von einem Schreibtisch, der ebenfalls frei im Raum stand. Takeda schätzte ihn auf Mitte fünfzig. Er war schlank und groß gewachsen, trug einen modischen Anzug, darunter statt Hemd nur ein T-Shirt. Mit federndem, jugendlich wirkendem Gang kam er auf ihn zu.

»Sie sind Inspektor Takeda? Eine Mitarbeiterin rief gerade an und sagte, dass Sie mich sprechen möchten.«

Takeda nickte bestätigend. Sein Blick galt dem Besucherstuhl gegenüber des Schreibtisches. Er war abgerückt. Auf dem Tisch davor stand ein halb geleertes Glas Mineralwasser. Ein Besucher aber war nicht zu sehen.

»Ich hoffe, ich habe Sie nicht bei einer Besprechung gestört, Herr Gronau.«

»Aber nein, ich war am Computer beschäftigt. Ich hatte keine Besprechung.«

»Niemand war bei Ihnen?«

Gronau lächelte penetrant. »Wie Sie sehen, bin ich alleine. Mein letzter Besucher war vor über einer Stunde hier, darum steht hier noch das Glas.«

Takeda ließ sich nichts anmerken. Natürlich log Gronau, und nicht einmal besonders gut.

Aber auch das sagte etwas aus.

Blieb die Frage, wohin der Pflastermann so schnell verschwunden war. Takeda erinnerte sich, im Vorraum des Büros eine Brandschutztür gesehen zu haben, darüber ein grünes Schild, das auf ein Treppenhaus hinwies. Wahrscheinlich war er, unmittelbar bevor Takeda aus dem Lift stieg, über die Stufen verschwunden.

Geflüchtet wäre wohl ein treffenderes Wort. Wieder einmal.

»Was genau kann ich für Sie tun, Inspektor? Ich vermute, dass Sie wegen Klaus-Peter Haffner hier sind? Eine tragische Sache. Allerdings befürchte ich, dass ich Ihnen dabei nicht groß weiterhelfen kann.«

Takeda verbarg seine Verwunderung. Er hatte Haffners Namen nicht erwähnt. »War er Ihr Anwalt?«

»Das ist richtig. Zum Glück musste ich seine Dienste nur selten in Anspruch nehmen. Möchten Sie vielleicht einen Kaffee? Oder ein Wasser?«

Takeda spürte kurz in sich hinein, ob sein Metabolismus noch weiteres Koffein vertrug. Ja, unbedingt sogar. »Kaffee wäre nett.«

Gronau griff zum Telefon, gab eine entsprechende Anweisung durch.

»Wir können nach draußen gehen, wenn Sie möchten. Die Aussicht wird Ihnen gefallen.«

»Eine gute Idee.«

»Dann, bitte.«

Gronau öffnete eine bodentiefe Glastür, die trotz ihrer Masse geräuschlos zur Seite glitt. Takeda trat hinaus auf eine weitläufige Dachterrasse. An die Brüstung schmiegte sich ein Ensemble bequemer Loungemöbel, daneben stand ein Tisch mit Stühlen. Ein riesiges Sonnensegel spendete Schatten. Der Blick war in der Tat beeindruckend. Hinzu kam ein leichter Wind, der die Hitze des Sommertages erträglich machte.

So arbeiten zu können war wahrlich beneidenswert. Offenbar ging es der Agentur gut.

Sie nahmen am Tisch Platz. Kurz darauf brachte ein junger Mitarbeiter ein Tablett mit Kaffee und Mineralwasser, Takeda nahm von beidem.

»Was genau macht Ihre Agentur, Herr Gronau?«

»Ist das wichtig? Ich meine, für Ihre Ermittlungen?«

»Ich bin neugierig.«

»Wir sind eine klassische Werbeagentur mit einem Full-Service-Angebot, das heißt, wir übernehmen den kreativen Part, erledigen für unsere Kunden aber genauso die Mediaplanung und den Einkauf.«

»Ich gestehe, dass ich nur Bahnhof verstehe«, sagte Takeda,

der diesen Ausdruck im Deutschen liebte. Völlig sinnbefreit, aber gerade darum so treffend.

Gronau lachte auf, stellte eine kurze Frage nach Takedas Hintergrund, die der Inspektor gerne beantwortete. Dann sagte er: »So kompliziert ist es nicht. Wir gestalten für unsere Kunden Werbeanzeigen oder auch Fernsehspots, bringen diese dann in Zeitschriften und Zeitungen oder im Fernsehen unter. Natürlich ist in den letzten Jahren der Bereich Social Media immer wichtiger geworden. Wir konnten uns auch dort gut etablieren und bieten unseren Kunden die ganze Palette, vom Werbebanner bis zu Influencer-Kampagnen.«

»Waren Sie auch für Herrn Haffner tätig?«

»Nur informell, wenn Sie so wollen. Ich habe Klaus-Peter gelegentlich Ratschläge in Sachen Kommunikation gegeben, wenn seine Mandate in der Öffentlichkeit Beachtung fanden. Das wiederum war durchaus regelmäßig der Fall, da er nicht selten Prominente vertreten hat.«

»So wie zuletzt beim Fall von Jost Weber, dem Schauspieler?«

»Ja, natürlich. Da war in der Tat einiges los.«

»Was haben Sie ihm geraten?«

»Er solle sich lieber mit öffentlichen Äußerungen zurückhalten. Sehen Sie, bei Vorwürfen, wie sie Jost Weber gemacht wurden, ist fast jedes Wort in der Öffentlichkeit eines zu viel. Demut und Betroffenheit sind wichtige Signale, völlig unabhängig von der Schuldfrage.«

»Er hat sich nicht daran gehalten, richtig? Herr Haffner hat ein Interview gegeben, das ihm viel Kritik eingebracht hat.«

Gronau verzog das Gesicht. »Es war in der Tat ein Fehler. Er hat es eingesehen, aber da war es zu spät. Der Shitstorm kochte hoch, und er bekam sein Fett weg.«

Takeda nickte unbestimmt. »Wie haben Sie eigentlich von Herrn Haffners Tod erfahren?«

Gronau zögerte. »Von wem ich es erfahren habe?«

»Das war meine Frage.«

»Das weiß ich gar nicht mehr so genau. Mich haben alle möglichen Leute deswegen angerufen. Es herrscht ja doch eine ziemliche Aufregung.«

»Tatsächlich? Noch ist Haffners Name in der Öffentlichkeit nicht genannt worden.«

»Ich bitte Sie, Inspektor. Ein solch tragisches Ereignis bleibt nicht lange geheim. Klaus-Peter kannte viele Menschen. Darunter auch zahlreiche Medienleute, Künstler. Aber auch Politiker. Die erfahren so etwas.«

»Politiker?«

»Das war nur ein Beispiel. Jedenfalls hat es sich schnell herumgesprochen, glauben Sie mir.«

Takeda schloss kurz die Augen. Dabei wiegte er den Kopf und brummte nachdenklich.

»Herr Haffner hatte ein zweites berufliches Standbein, eine Beratungsfirma namens I-Con. Können Sie mir darüber etwas sagen?«

»I-Con ... ich weiß nicht. Vielleicht habe ich das schon einmal gehört. Ich bin mir nicht sicher.«

Takeda lächelte. Ein schlechter Lügner. »Vollständig heißt die Firma Immobilien Rechtsberatung & Consulting. Vielleicht erinnern Sie sich jetzt?«

»Ich befürchte, nein. Ich höre den Namen zum ersten Mal.«

»Sie haben von Herrn Haffner als Klaus-Peter gesprochen. Ich schließe daraus, dass Sie sich näher kennen?«

»Ja, das kann man schon sagen.«

»Waren Sie befreundet?«

»Geschäftsfreunde, das auf jeden Fall.«

»Trotzdem wissen Sie nichts über seine Firma?«

»Nein, gar nichts. Glauben Sie denn, dass er deswegen ermordet wurde?«

»Gäbe es Ihrer Meinung nach einen Grund dafür?«

»Was? Nein ... ich frage nur.«

»Sicher, genau wie ich. Ich frage nur.«

Takeda entging nicht, dass der gelassene Gesichtsausdruck des Werbers zum ersten Mal deutliche Anzeichen von Anspannung zeigte.

Oder ging es darüber hinaus? War es Angst, was er sah?

»Aber wenn Sie die Firma nicht kennen, ist es ja ohnehin nichts, worüber Sie sich Gedanken machen müssen, nicht wahr?«

»Nein, natürlich nicht.«

Takeda erhob sich vom Stuhl. »Vielen Dank. Das war es für den Augenblick.«

»Ich befürchte, ich war keine große Hilfe.«

Takeda lächelte. »Aber ganz im Gegenteil, Sie haben mir sogar sehr geholfen.«

»Das … äh, freut mich. Ich bringe Sie zum Fahrstuhl.«

»Das ist nicht nötig.«

Takeda trat von der Terrasse ins Büro. Noch bevor er die Tür erreichte, sah er, dass Gronau sein Smartphone zur Hand nahm.

Sein Gesichtsausdruck? Ausgesprochen besorgt.

38.

Von Georgswerder aus war Claudia in den Ortsteil Eidelstedt gefahren, wo sie jetzt vor einem Einfamilienhaus in einer ruhigen Wohnstraße stand.

Das Gebäude war zweistöckig und rot verklinkert, ein kleines, gemütliches Eigenheim. Der Vorgarten war liebevoll gestaltet. Neben der Haustür hing ein von Kinderhand getöpfertes Namensschild. Familie Mattusek.

Claudia klingelte, und während sie darauf wartete, dass die Tür geöffnet wurde, dachte sie darüber nach, dass viele der älteren Kollegen in solchen Häuschen wohnten. Nicht luxuriös, nicht riesig, aber ein eigenes Dach über dem Kopf.

Bis in die Neunziger, vielleicht auch noch ein bisschen länger, konnten sich Polizisten so etwas von ihrem Gehalt leisten. Obwohl ihre Frauen im Zweifel nicht einmal arbeiteten, sondern zu Hause waren und die Kinder großzogen.

Klar, große Sprünge und teure Urlaube waren dann nicht mehr drin, und bis alles abbezahlt war, waren sie im Rentenalter.

Aber es war möglich.

Und heute? Ein Haus kaufen?

Klar, ging immer noch. Wenn man vorher eine Bank überfiel.

Eine rundliche ältere Dame, rotwangig und mit einem freundlichen Lächeln im Gesicht, öffnete die Tür.

»Bitte?«

»Harms ist mein Name. Ich wollte …«

»Bestimmt zu meinem Mann, richtig? Er hat mir erzählt, dass er bei Ihnen war.« Die Frau beugte sich vor und ging in ein amüsiert verschwörerisches Flüstern über. »Ich hoffe, er ist Ihnen nicht allzu sehr auf die Nerven gegangen mit seiner alten Geschichte. Ich weiß ja, dass es eine Tragödie war, das mit dem Mädchen. Aber mein Hinnerk kann einfach nicht davon lassen.«

Claudia lächelte versöhnlich. »Keine Sorge, es war völlig in Ordnung, Frau Mattusek. Wer weiß, vielleicht hilft uns der Hinweis Ihres Mannes wirklich bei unserer aktuellen Ermittlung weiter. Ist er denn da?«

»Na sicher, er ist im Garten. Kommen Sie, ich bringe Sie hin.«

Sie führte Claudia durch Haus und Küche mit einer rückwärtigen Terrasse. Alles hatte eine gewisse Ähnlichkeit mit Folkerts Behausung. Das Haus, der Garten, die Terrasse. Natürlich war hier alles ungleich gepflegter. Aber gerade dadurch wirkte es wie die helle und die dunkle Ausgabe derselben Sache.

Seine Frau rief nach Mattusek, und kurz darauf erschien er in Arbeitshose und Unterhemd.

»Ach, Frau Harms, dann sind Sie also wohlbehalten zurückgekehrt von Ihrem Ausflug zum Teufel …«

Claudia musste an den Moment denken, als Folkert sich von hinten an sie herangeschlichen und sie daraufhin zugeschlagen hatte. Es hatte tatsächlich etwas Teuflisches.

»Können wir einen Moment reden?«

Mattuseks Lächeln wurde dünn. »Es klingt, als wenn Sie etwas auf dem Herzen hätten?«

»Am liebsten ungestört.«

»Natürlich. Gehen wir nach hinten in den Garten.«

Der alte Mann nickte seiner Frau zu, bat Claudia dann, ihm zu folgen.

Kurz darauf standen sie im Schatten eines hochgewachsenen Kirschbaums, an den eine Leiter gelehnt war.

Claudia versuchte, ihre Stimme nicht allzu streng klingen zu lassen, was ihr nicht wirklich gelang. »Haben Sie damals die Aussage von Haffner manipuliert? Haben Sie ihn präpariert, damit er Folkert identifiziert?«

»Hat Folkert das behauptet?«

»Antworten Sie einfach, ja oder nein?«

»Bei solchen Fragen gibt es kein einfaches Ja oder Nein.«

»Und ob es das gibt. Also?«

»Wichtig ist nur, dass Folkert der Täter war. Er hat Saskia von Thun überfallen und getötet. Und ja, wir mussten sein Alibi aushebeln, weil es offensichtlich gelogen war. Der Junge hat uns dabei geholfen.«

»Gott, Herr Mattusek! Wie konnten Sie nur? War es das wirklich wert?«

»Absolut. Der Mistkerl musste hinter Gitter, und dafür war ich, waren wir alle bereit, einiges zu tun.«

»Was daraus wird, hat man gesehen. In der Wiederaufnahme wurde ihre Arbeit in der Luft zerrissen und Folkert nachträglich freigesprochen.«

Mattusek zuckte mit den Schultern. »Davor hat er immerhin fünfzehn Jahre gesessen. Die Alternative wäre gewesen, ihn von vorneherein laufenzulassen. Wäre das besser gewesen?«

Claudia stieß ein leises Schnauben aus. Reue sah jedenfalls anders aus. Und das nach so vielen Jahren.

»Ich verstehe es einfach nicht. Sie hatten doch noch mehr gegen Folkert in der Hand als Haffners Aussage. Was war zum Beispiel mit dem Pullover mit den Blutspuren? Ein handfestes Beweisstück. Oder haben Sie daran auch gedreht?«

»Nein.«

»Hätte es nicht gereicht?«

»Wir wollten es nicht drauf ankommen lassen.«

Es blieb dabei. Keine Reue. Kein schlechtes Gewissen. Nichts.

»Und wenn Sie sich doch getäuscht haben?«

»Habe ich nicht.«

»Wie können Sie bloß so sicher sein?«

»Ich hab's Ihnen schon gestern Abend gesagt. Ich konnte es ihm ansehen. Folkert war der Täter. Er hat dann ja auch gestanden. Was wollen Sie mehr?«

»Sage ich Ihnen gerne. Eine Ermittlung, die sich an Recht und Gesetz hält.«

Mattusek schüttelte missmutig den Kopf. Sein zuvor so freundlicher Ausdruck bekam etwas Missmutiges, ja Abfälliges. »Vielleicht muss man heute so sein, sogar bei der Kripo. Damals waren die Dinge halt anders. Wir haben getan, was nötig war.«

»Sie machen es sich zu einfach. Überlegen Sie mal selbst. Sollten Sie doch falschgelegen haben, heißt das, dass Sie nie nach dem wahren Täter gesucht haben. Ist Ihnen das völlig egal?«

Mattusek seufzte. »Sind Sie hergekommen, um mich das zu fragen?«

»Ich bin hier, weil ich den Mord an Klaus-Peter Haffner untersuche. Gestern Abend habe ich Ihnen nicht unbedingt geglaubt, dass die Fälle zusammenhängen. Nach allem, was ich jetzt weiß, sehe ich es anders.«

»Dann seien Sie mir doch dankbar. Nichts anderes wollte ich.«

Claudia starrte den alten Mann an. Ihre Sympathie war ohnehin schon zusammengeschmolzen, jetzt verschwand sie ganz. »Sie verstehen es wirklich nicht, oder? Sie sind nicht Teil der Lösung, Mattusek. Sie sind Teil des Problems. Sie haben damals einen Siebzehnjährigen dazu angestiftet, vor Gericht zu lügen. Und jetzt ist er tot! Kapieren Sie das denn nicht? Sie tragen möglicherweise Schuld daran, jedenfalls zum Teil.«

Mattusek ließ den Kopf hängen. Dann sah er Claudia doch noch einmal an, sagte flüsternd: »Verschwinden Sie! Na los! Früher hat man in der Truppe noch zusammengehalten. Das scheint vorbei zu sein. Aber dann erwarten Sie auch nichts mehr von mir.«

Claudia blickte den alten Mann fassungslos an. Sie wusste nicht, was sie sagen sollte. Sie ging.

39.

Takeda war von der Werbeagentur an die Außenalster gegangen, spazierte über die Fußwege am Ufer in Richtung Innenstadt.

Zarte Wellen, Segelboote, drüben am anderen Ufer die wenigen hohen Bauten der Stadt, das ehemalige Polizeihochhaus am Berliner Tor, der Dom von St. Georg, das Atlantik-Hotel.

Hamburg war eine schöne Stadt. Ihre Einwohner beharrten sogar darauf, dass es die schönste der Welt sei.

Takeda war nach dem Jahr, das er nun hier verbracht hatte, geneigt, ihnen zu glauben.

Obwohl, gab es nicht Gerüchte, dass im Süden der Stadt ein neues Hochhaus gebaut werden sollte? Gigantisch hoch und ohne jede Verbindung mit der sonstigen Architektur der Stadt.

Nein, Takeda konnte es nicht glauben. So verrückt waren die Hamburger nicht. Dafür liebten sie ihre Stadt viel zu sehr!

Als er fast die Lombardsbrücke erreicht hatte, klingelte sein Telefon. Er holte das Gerät aus seiner Tasche und meldete sich aus alter Gewohnheit mit der japanischen Grußformel für Telefonate: »Moshimoshi?«

Die Erwiderung am anderen Ende der Leitung bestand in einem schallenden Gelächter.

Nur ein Mensch konnte so unbeherrscht und selbstvergessen lachen, so mitreißend und herzerwärmend. Claudia.

Mit Mühe beruhigte sie sich und sagte glucksend: »Mal ehrlich, Ken. Wenn es eine Weltmeisterschaft der lustigsten Telefonbegrüßungen gäbe, ihr Japaner würdet gewinnen, oder? Moshimoshi … das kann man sich nicht ausdenken.«

Takeda räusperte sich. »Schön, wenn ich dich erheitere. Aber ihr Deutschen habt durchaus auch ein paar Ausdrücke, mit denen ihr aufs Treppchen der witzigen Wörter gelangen würdet.«

»Echt?«

»Aber ja! Ruck, zuck, potz Blitz oder ratzfatz – was meinst du, wie das in japanischen Ohren klingt? Oder Moin, Moin … schon mal darüber nachgedacht?«

Takeda erinnerte sich gut daran, wie er in seinen ersten Wochen in Hamburg morgens immer wieder irritiert im Präsidium stand, während in den Fluren ein ewiges Moin oder Moin, Moin durch die Gänge hallte. Noch mehr verwunderte ihn das Hummel, Hummel – Mors, Mors, ein Gruß, den es, wie er inzwischen wusste, ohnehin nur in Hamburg gab und der sogar den meisten Deutschen aus anderen Landesteilen unbekannt war. Mit viel Mühe hatte er sich die Worte eingeprägt. Aber als er sie dann in der großen Morgenrunde gegenüber dem Leiter der Mordkommission anwendete – Hummel, Hummel, Herr Sauer –, lag die gesamte Abteilung lachend auf dem Fußboden.

Auch Claudia gluckste immer noch. »Du hast recht, wir haben auch komische Wörter. Aber egal, ich melde mich, um zu fragen, ob du etwas erreicht hast?«

»Erreicht wäre wohl zu viel gesagt. Aber ich glaube, dass es eine Spur ist. Ich bin mir nur noch nicht sicher, wohin sie führt.«

Der Inspektor berichtete Claudia von seinem Gespräch mit Sabine Ostermeier, ihrer Weigerung, ihm Auskünfte über die I-Con zu geben, dann von seiner unverhofften Begegnung mit dem Pflastermann, der ihn zu der Werbeagentur von Thomas Gronau geführt hatte.

Claudia zeigte sich beeindruckt. »Thomas Gronau von Gronau & Friends? Die sind nicht irgendwer in Hamburg. Wie ist dein Eindruck von ihm? Ich meine, ist er in irgendeiner Weise verdächtig?«

»Ich bin mir nicht sicher. Er war auf der Hut. Und er hat nicht immer die Wahrheit gesagt. Als ich ihn nach der I-Con gefragt habe, wurde er nervös.«

»Warum?«

»Das weiß ich nicht.«

»Du hast ihn nicht gefragt?«

»Ich glaube nicht, dass er mir geantwortet hätte. Aber allein, ihn derart alarmiert, vielleicht sogar ängstlich zu sehen, erschien mir genug an Information zu sein, zumindest für den Moment.«

»Ich bin mir nicht sicher, ob ich dich um deine Geduld beneiden soll.«

»Denkst du, es wäre effektiver gewesen, wenn ich mit der Faust auf den Tisch gehauen hätte? Ab und zu geht es schneller, wenn man langsam vorgeht.«

»Wahrscheinlich hast du recht. Tut mir leid.«

»Es gibt keinen Grund, dich zu entschuldigen. Im Übrigen werde ich versuchen, mehr herauszufinden, sowohl über Gronau als auch über die I-Con. Dazu gehe ich gleich ein weiteres Mal in die Kanzlei. Vielleicht haue ich dort sogar mit der Faust auf den Tisch ... Was ist mit dir? Gibt es etwas Neues?«

»Mir geht es wie dir, ich bin mir nicht ganz sicher. Vielleicht habe ich eine Spur, vielleicht nicht. Es ist ehrlich gesagt ziemlich verwirrend.«

Sie berichtete ihm von ihren Begegnungen mit Folkert und Mattusek. Haffner, das stand nun fest, spielte eine Rolle in der Mordermittlung im Jahr 1983, die von den Kollegen damals manipuliert worden war. Es blieb zwar dabei, dass das lange her war. Aber es wog schwer, da war sich Claudia sicher.

»Das Motiv für Haffners Tod könnte also doch in die Vergangenheit führen?«, fragte Takeda.

»Ich weiß es nicht. Aber ich würde es nicht mehr ausschließen. Haffner hat dadurch, dass er in dem Wiederaufnahmeverfahren seine Aussage zurückgenommen hat, dafür gesorgt, dass Folkert auf freien Fuß kam. Hält man Folkert dennoch für den Täter …«

»… könnte man Haffner dafür hassen. Willst du darauf hinaus?«

»Möglich, oder? Ich fahre gleich zur Mutter von Saskia von Thun. Sie lebt noch, aber sie ist alt. Vielleicht erfahre ich von ihr mehr.«

»Okay, wir telefonieren wieder, sobald einer von uns etwas herausgefunden hat.«

»Einverstanden.«

Takeda steckte sein Handy wieder weg und blickte hinaus auf die Alster.

Claudias Lachen, ihre Stimme klangen in ihm nach. Er erinnerte sich an die vergangene Nacht, an das Zusammentreffen mit Tanja Geschke im Bird's. Als sie ihn gefragt hatte, ob er mit zu ihr kommen wolle, hatte er lange mit einer Antwort gezögert. Sie war hübsch. Interessant. Verführerisch. Aber sie war auch traurig.

Das jedoch war nicht der Grund, aus dem er schließlich sagte, dass es nicht gehe, er könne nicht mit zu ihr kommen.

»Du bist nicht frei? Es gibt jemanden?«, hatte sie gefragt.

»Ich hoffte, dass es jemanden gibt. Leider ist es anders. Aber dennoch hast du recht. Ich bin nicht frei.«

Sie drückte ihm einen zarten Kuss auf die Wange und ging. Er blieb noch lange im Bird's, spielte ein zweites Set und gönnte sich mehr Whisky, als er hätte tun sollen.

40.

Die Gründerzeitvilla mit der weißen, stuckverzierten Fassade stand am südlichen Rand des Stadtparks.

Hanseaten würden von einer Traumimmobilie sprechen.

Obwohl, würden sie? Auch wenn sie wüssten, dass hier viele Jahrzehnte zuvor eine junge Frau, ein Mädchen noch, siebzehn

Jahre alt, gewohnt hatte? Und dass dieses Mädchen in einer nasskalten Dezembernacht nur wenige Meter entfernt ermordet worden war?

Claudia klingelte an der schmiedeeisernen Pforte. Kurz darauf summte der Öffner, und sie trat ein, ging durch den gepflegten Vorgarten zur doppelflügeligen Haustür.

Dort erschien eine Frau, sehr klein und zart, bestimmt über achtzig Jahre alt, in einem altmodischen, aber immer noch gut sitzenden zweiteiligen Chanelkostüm. Sie sah Claudia mit kühler Miene entgegen.

»Bitte sehr?«

»Ich heiße Harms, Kriminalpolizei. Frau von Thun? Ich hatte vorhin angerufen.«

»Sie sind das. Kommen Sie herein.«

Die alte Dame gab den Weg frei und ließ Claudia eintreten, schloss hinter ihr die Tür. Obwohl draußen ein strahlend heller Sommertag war, herrschte im Inneren des Hauses ein dämmriges Zwielicht.

»Verzeihen Sie, die Birne ist kaputt. Dort entlang, wir gehen ins Wohnzimmer.«

Claudia folgte der Frau durch den Vorraum und merkte schnell, dass es keineswegs an einer kaputten Birne lag. Auch in dem großen Wohnzimmer – tatsächlich waren es zwei Räume, die durch eine deckenhohe Schiebetür aus Holz und Glas verbunden waren – war es düster. Die Vorhänge waren zugezogen, und nur wenige altersschwache Lampen verbreiteten ein trübes Licht.

»Wie ich am Telefon sagte, ich bin wegen Ihrer Tochter hier, wegen Saskia.«

Ein wehmütiges Lächeln huschte über das Gesicht der alten Frau. »Saskia … ich höre ihren Namen nicht mehr oft. Mein geliebtes Kind. Sie war immer die Schönste, wissen Sie. Wo sie hinkam, waren die Blicke auf sie gerichtet. Sie hat getanzt, Ballett. Sie war voller Anmut. Vielleicht war ihre Schönheit eine Strafe. Glauben Sie das?«

»Ich weiß es nicht, Frau von Thun. Nein, ich glaube es nicht. Wir Menschen neigen dazu, Ursachen für ein tragisches Verbrechen auch beim Opfer zu suchen. Weil wir uns nach einer Erklärung sehnen. Die Vorstellung, dass ein Mensch einfach nur zufällig zur falschen Zeit am falschen Ort war, ist schwer zu ertragen … Würde es Sie stören, wenn wir die Vorhänge zurückziehen und ein Fenster öffnen?«

»Ein Fenster öffnen?«

»Es ist dunkel hier. Draußen ist ein schöner Tag.«

»Ich kenne keine schönen Tage, Frau Harms. Schon lange nicht mehr. Mein letzter war vor fast vierzig Jahren, im Winter 1983. An dem Tag habe ich meine Tochter zum letzten Mal gesehen. Seitdem ist es dunkel, ist es kalt.«

Claudia schwieg. Was sollte sie auch sagen?

Die alte Dame musterte sie, fand überraschend zu einem dünnen Lächeln zurück. Sie trat dicht an Claudia heran und griff ihr in einer ebenso überraschenden Geste ins Haar. »Saskia hatte auch diese Locken, fast dieselbe Farbe. Ein wenig heller als Ihre. Es ist nett, dass Sie mir diese Erinnerung schenken.«

Von Thun, als wäre es ein Zeichen der Dankbarkeit, trat an eines der Fenster, zog den schweren Samtvorhang zur Seite, öffnete es. Licht fiel ins Zimmer, zeigte den Staub auf dem Fußboden, auf den Möbeln.

»Ich habe Tee vorbereitet. Möchten Sie?«

»Gerne.«

»Nehmen Sie schon einmal am Tisch Platz. Ich bin gleich zurück.«

»Wohnen Sie alleine hier?«

»Ja. O ja. Sie sind alle fort. Saskia war nur die Erste. Dann mein Mann, er hat es so wenig verwunden wie ich. Die Ärzte sprachen von Krebs, aber es war sein gebrochenes Herz. Unser Sohn lebt weit weg, im Ausland. Hamburg, die Stadt, die ihm seine Schwester genommen hat, konnte er nicht mehr ertragen.«

Weiter vor sich hin murmelnd verschwand die alte Dame aus

dem Zimmer. Claudia hörte aus der Ferne Geschirrklappern, das Singen eines Kessels.

Sie trat an ein Sideboard, auf dem gerahmte Fotos standen. Die Familie von Thun. Ein älterer, attraktiver Mann, vermutlich der verstorbene Ehemann. Ein jüngerer Mann, der eine Universitätsurkunde in englischer Sprache hielt, wohl Saskias Bruder, von dem sie gerade gesprochen hatte. Andere Menschen, die Claudia nicht zuordnen konnte. Auf vielen Bildern eine junge Frau. Blonde Locken, schlankes Gesicht, große Augen. Anmutig? Vielleicht. Aber auch keck und selbstbewusst. Sehr hübsch. Saskia von Thun.

Claudia hörte Schritte, stellte das Bild zurück und setzte sich an den Tisch. Die Hausherrin erschien mit einem Tablett in der Hand, nahm ebenfalls Platz.

»Wie kommt es, dass Sie sich nach all der langen Zeit für meine Tochter interessieren, Frau Kommissarin?«

»Ich will offen sein. Ich bin hier, weil vor wenigen Tagen ein Mann namens Klaus-Peter Haffner gewaltsam ums Leben gekommen ist.«

»Haffner ...«

»Sie wissen, wer das ist?«

»Ob ich weiß, wer dieser Junge ist? Das fragen Sie mich?«

»Dieser Junge? Ich befürchte, dass Sie ...«

Die alte Dame unterbrach Claudia, sagte mit herrischer Stimme: »Sie haben gefragt, dann hören Sie auch zu, was ich zu sagen habe. Klaus-Peter Haffner war derjenige, der meine Tochter in jener Nacht auf der Straße hat stehen lassen. Es war nicht weit bis hierher, aber eben doch zu weit. Er hat sie allein in die Dunkelheit gehen lassen, ihrem Mörder entgegen. Dem Tod entgegen. Ja, ich weiß, wer Haffner ist. Sie sagen, er ist tot?«

»Er wurde erschossen.«

In das bisher so gefasste Gesicht der alten Dame kam Bewegung. Ein Lächeln, ein Leuchten. Claudia machte sich nur widerwillig klar, dass es ein Ausdruck von Glückseligkeit war.

»Jedenfalls muss ich Ihnen einige Fragen stellen, es geht nicht anders.«

»Bitte. Fragen Sie!«

»Wie Sie vermutlich wissen, hat Haffners Zeugenaussage damals zur Verurteilung des Tatverdächtigen beigetragen. Vielleicht war sie sogar entscheidend. Genauso entscheidend aber war, dass Haffner im zweiten Prozess seine Aussage nicht wiederholen wollte. Auch darum ist der als Täter Verurteilte freigekommen. Möglicherweise, weil er wirklich unschuldig war. Ich möchte in erster Linie herausfinden, ob die Dinge zusammenhängen. Der Mord an Ihrer Tochter, der jetzige Mord an Haffner.«

Die alte Dame wandte sich Claudia zu, sah sie direkt aus ihren erstaunlich wachen Augen an. »Darf ich Sie auch etwas fragen, Frau Harms?«

»Natürlich.«

»Haben Sie Kinder?«

»Nein.«

»Das dachte ich mir. Denn sonst wären Sie nicht hergekommen. Nicht mit Fragen, die in Wahrheit nicht Saskia, sondern diesen Mann betreffen. Ich habe gelernt, mit dem Schmerz zu leben. Aber einfacher machen Sie es mir nicht.«

Claudia nickte stumm. Von Thuns Worte trafen sie, auf so vielen unterschiedlichen Ebenen. Ihr Leben. Die Tatsache, dass sie keine Kinder, keine Familie hatte. Die Tatsache, dass ihr Beruf darin bestand, den Toten hinterherzujagen.

Es nützte nichts. Sie musste es hinter sich bringen. »Ich habe heute mit Peter Folkert gesprochen. Ich nehme an, Sie wissen auch, wer das ist?«

»Selbstverständlich.«

»Er ist kein angenehmer Mensch, und es war kein angenehmes Gespräch.«

»Erwarten Sie Bedauern? So wie ich Haffner verabscheue, tue ich es auch bei Folkert. Sogar noch mehr. Er hat damals vorgegeben, meine Tochter getötet zu haben. Er hat ein Geständnis abgelegt. Ich habe jahrelang mit mir gerungen, um diesem Mann vergeben zu können. Dann musste ich hören, dass es nur eine Lüge war. Das einzusehen war mühsamer, als damals von seiner Schuld auszugehen. Auch weil die Polizei durch sein Verhalten nicht nach demjenigen gesucht hat, der der wahre Täter war.«

Claudia ließ einige Momente der Stille vergehen. Sie trank von ihrem Tee, der gut und aromatisch war und ihr dennoch nicht schmecken wollte. Schließlich fragte sie: »Wer kann mir Näheres über die damalige Zeit sagen, Frau von Thun? Wer kannte Ihre Tochter? Wer war mit ihr befreundet? Mit wem könnte ich sprechen?«

Die alte Dame schien zu überlegen, ob sie überhaupt antworten sollte. Dann sagte sie leichthin: »Reden Sie mit Kathi. Kathi Sellering. Sie war Saskias beste Freundin. Auch sie ist gezeichnet von dem, was geschehen ist. Wie so viele. Meine Tochter ist damals gestorben, aber alle um sie herum trugen tiefe Wunden davon. Vielleicht möchte sie nicht mit Ihnen sprechen. Versuchen Sie es.«

»Wo finde ich diese Frau Sellering?«

»Ich schreibe es Ihnen auf.«

Von Thun stand auf, nahm ein altes Notizbuch aus der Schublade eines Sekretärs, schrieb etwas auf einen Zettel. Sie reichte ihn Claudia.

Katharina Sellering. Eine Adresse in Hamburg-Rahlstedt.

»Ich weiß nicht, ob sie noch dort wohnt. Sie war bis vor einigen Jahren regelmäßig hier bei mir. Sie hat so wie Sie jetzt mit mir Tee getrunken. Wir haben uns gemeinsam erinnert. Aber auch sie kommt nicht mehr. Ich kann es ihr nicht übel nehmen. Dinge zu vergessen, kann Glück bedeuten.«

Claudia stand auf und verabschiedete sich.

Nachdem sie das Haus verlassen hatte, blickte sie sich noch einmal um. Sie sah, wie Annette von Thun den schweren Samtvorhang wieder zuzog und in ihre Dunkelheit zurückkehrte.

41.

Takeda war wieder in der Hamburger Innenstadt und betrat nicht weit von Haffners Kanzlei entfernt ein kleines Lokal. Es war eine Salatbar. Die Einrichtung bestand aus Holz und hellen Flächen. An den Wänden hingen großformatige Fotos von Gemüse und Obst.

Er steuerte auf einen Tisch zu, an dem eine einzelne Frau saß. Blonde Haare, ein geschäftsmäßiger Hosenanzug, lackierte Fingernägel.

»Darf ich?«

»Oh, Sie sind das! Das ist ja ein Zufall.«

»Ich befürchte, das ist es nicht.«

Sie brauchte eine Sekunde, um zu verstehen, was Takeda meinte. »Heißt das, dass Sie mir gefolgt sind?«

Takeda lächelte. »Nicht direkt, Frau Döblin. Ich wollte Sie in der Kanzlei aufsuchen, aber gerade als ich dort war, sah ich, wie Sie zur Mittagspause aufbrachen. Ich muss zugeben, dass es mir nicht unrecht war. So habe ich die Gelegenheit, Ihnen einige Fragen zu stellen, ohne dass Ihre Kollegin dabei ist.«

Takeda war sich bewusst, dass er nicht wirklich die Wahrheit sagte. Inspiriert von den vielen übrigen Angestellten, die jetzt zur Mittagszeit die Straßen bevölkerten, hatte er tatsächlich einige Minuten auf der anderen Straßenseite der Kanzlei gewartet. Döblin, die zweite Gehilfin von Haffner, war kurz darauf erschienen, und er war ihr gefolgt.

Sie zeigte ein kaum wahrnehmbares Lächeln, vielleicht durchschaute sie ihn. »Ja, natürlich. Ich weiß nur nicht, ob ich Ihnen helfen kann. Aber bitte, fragen Sie.«

Takeda setzte sich Döblin gegenüber. »Ich war, wie Sie vielleicht mitbekommen haben, bereits am Vormittag in der Kanzlei. Sie waren im Nebenraum beschäftigt.«

»Sabine … Frau Ostermeier hat es mir gesagt. Ich dachte, wenn Sie etwas von mir wollen, melden Sie sich.«

»Sie haben viel zu tun im Moment, nehme ich an?«

»Wie man es sieht. Der Alltag, wie er vorher war, findet nicht mehr statt. Aber es gibt genug abzuarbeiten. Das Ganze ist wirklich furchtbar. Jahrelang sieht man einen Menschen, sieht ihn fast jeden Tag. Und dann ist er auf einmal tot. Ermordet. Schrecklich.«

»In der Tat. Wie fanden Sie ihn denn, diesen Menschen, den Sie Tag für Tag gesehen haben?«

»Sie meinen Herrn Haffner?«

Takeda nickte stumm.

»So wie ein Chef halt ist. Es gibt schlimmere.«

»Aber auch bessere?«

»Ich will nicht schlecht über ihn reden. Ich finde, es gehört sich nicht.«

»Natürlich nicht.«

»Der Job an sich war nicht übel. In normalen Kanzleien hat man es mit Scheidungssachen oder zerstrittenen Nachbarn zu tun, so etwas. Bei uns kamen immer interessante Mandanten herein. Sie wissen schon, berühmte Leute, die man sonst nur aus dem Fernsehen kennt. Haffner mochte es nicht, wenn ich jemanden nach einem Autogramm gefragt habe. Ab und zu habe ich es trotzdem getan. Meine Freundinnen haben mich jedes Mal beneidet.«

»Haben Sie sich von Haffners letztem Mandanten auch ein Autogramm geben lassen, von Jost Weber?«

»Wollte ich zuerst. Ich mag *Hearts of Hamburg*. Aber es hat sich nicht ergeben.«

»Was ich eigentlich wissen möchte, ist Folgendes. Kurz nachdem ich vorhin gegangen bin, ist ein Mann in die Kanzlei gekommen. Er trug zwei Pflaster im Gesicht und hatte die Hand bandagiert.«

»Ach der.«

»Kennen Sie ihn? Können Sie mir sagen, wer er ist?«

»Nicht wirklich.«

»Das ist eine ungewöhnliche Antwort.«

»Weil er ein ungewöhnlicher Mann ist.«

»Warum?«

»Unter anderem, weil er immer ohne Termin kam und trotzdem zu Haffner durchgehen durfte, jedenfalls wenn keine Mandantschaft da war. Ich glaube, er ist ein hohes Tier in einer Behörde.«

Takeda war erstaunt. »Ein Beamter? Oder ein Politiker?«

»Das weiß ich nicht.«

»Er kam jedenfalls öfter?«

»Nicht unbedingt. Aber regelmäßig.«

»Sie wissen dennoch nicht, welche Angelegenheiten er mit Herrn Haffner besprochen hat?«

»Nein, die Tür war immer zu, wenn er da war.«

»Sie haben nicht einmal eine Idee?«

Döblin legte die Gabel, die sie gerade zur Hand genommen hatte, wieder zurück. »Na ja, wenn Sie mich schon so fragen. Sie haben doch mit meiner Kollegin über Haffners zweites Standbein gesprochen. Ich konnte das hören.«

»Sie meinen die Firma I-Con?«

»Genau.«

»Was ist damit?«

Döblin blickte sich nach rechts und links um, beugte sich dann vor und sprach mit leiser Stimme. »Ich glaube, dass der Mann etwas damit zu tun hat. Aber fragen Sie mich nicht nach Einzelheiten, da hat sich immer nur Haffner selbst oder Sabine drum gekümmert. Aber wenn ich Sie wäre, würde ich mir mal die Abrechnungen der Firma ansehen.«

»Es gibt, soweit ich weiß, keine Unterlagen.«

Döblin sah Takeda erstaunt an. »Doch, natürlich gibt es die. Fragen Sie die Frau vom Chef, die bewahrt alles auf. Es ist ja ihre Firma.«

»Die I-Con gehört Frau Olsen?«

»Zumindest offiziell.«

»Das wusste ich nicht.«

»Mehr kann ich dazu nicht sagen. Wie gesagt, ich möchte nicht schlecht über den Chef reden. Aber das fand ich schon immer merkwürdig.«

»Ich verstehe. Dann noch etwas anderes. Kennen Sie einen Herrn Gronau? Er betreibt eine Werbeagentur.«

»Natürlich. Er ist ein Freund von Herrn Haffner.«

»Ein Freund? Oder ein Geschäftspartner?«

»Beides. Die kannten sich seit Ewigkeiten. Gronau hat unseren Chef in Mediensachen beraten. Aber die haben auch zusammen Urlaub gemacht und so.«

»Könnte Herr Gronau etwas mit der I-Con zu tun haben?«

»Das weiß ich nicht. Wie gesagt, darum haben sich immer nur Haffner selbst oder Sabine gekümmert. Fragen Sie am besten sie. Sie müsste das wissen.«

»Das habe ich bereits getan. Leider ist sie nicht sehr auskunftsfreudig.«

»Sabine und Haffner kannten sich auch seit Langem. Sie lässt nichts auf ihn kommen. Aber ist das wichtig? Ich meine, hat die I-Con etwas mit seinem Tod zu tun? Oder dieser Gronau?«

»Das sind sehr gute Fragen, Frau Döblin.«

Takeda erhob sich, wünschte ihr weiterhin eine angenehme Mittagspause und verließ das Lokal.

42.

Es war ein Fall der einsamen Menschen. Erst Peter Folkert, dann die Mutter von Saskia. Jetzt Kathi Sellering.

Allen diesen Menschen haftete eine Aura des Alleinseins an, bei Folkert auf die giftige Art, bei der alten Frau von Thun auf die bittere. Bei Kathi Sellering? Claudia war sich nicht sicher, als sich die Wohnungstür öffnete.

Die Frau war ungewöhnlich aufgemacht. Ihr auffälliges Makeup hätte man bei einem jüngeren Menschen als gothic bezeichnet. Dunkler Lidschatten, blass machendes Puder, blutrote Lippen. Die Kleidung war im gleichen Stil. Schwarz und wallend, dazu ein eng anliegendes Halsband mit Strassverzierung. Der Pagenschnitt war halbseitig lang, auf der anderen Seite kurz rasiert. Tätowierung am Hals, an den Unterarmen, im Dekolleté. Kreuze, Spinnweben, Runen.

Als Kathi Sellering sie aus großen, melancholischen Augen ansah, fühlte Claudia die Verlorenheit, Bitterkeit, Isolation, in der die Frau lebte. Was sie aber noch mehr irritierte, war das undefinierbare Alter von Sellering. Sie musste etwa Mitte fünfzig sein. Doch wie in einem Vexierbild schillerte hinter ihrem bereits von Fältchen durchzogenen Gesicht die Teenagerin durch, die sie einmal gewesen war.

Ein altes junges Mädchen, das sehr verstört wirkte.

»Mein Name ist Harms. Ich hatte angerufen, Frau Sellering.«

»Sicher, die Polizistin. Kommen Sie herein.«

Gebrochene Stimme, leicht zitternde Hände. Vermutlich auch noch eine Trinkerin, dachte Claudia. Zerbrochen an etwas, das viele Jahre zurücklag und sie trotzdem niemals mehr losgelassen hatte.

Claudia durchschritt einen Flur, trat dann in ein Wohnzimmer, das überraschend geschmackvoll eingerichtet war. Eine Bücherwand, eine Sitzecke mit vielen Kissen, ein Essbereich. Aus den großen Musikboxen war leise, sphärische Musik zu hören.

Was zum Stil der Gastgeberin passte, war ein kleiner Beistelltisch in der Zimmerecke, auf dem eine lange, dunkel schillernde Samtdecke lag, darauf ausgebreitet Tarotkarten, mit denen sich Sellering offenbar gerade beschäftigt hatte.

»Bitte, setzen Sie sich. Worum geht es denn?«, fragte Sellering.

Sie nahmen am Esstisch Platz, der in einem Erker stand. In seiner Mitte stand ein antiker, mit Wachs verkrusteter Leuchter. Die Tischdecke darunter zeigte ein aus schwarzen Linien gesticktes Pentagramm.

»Ich war vorhin bei Annette von Thun, der Mutter von Saskia.«

»Saskia …«

Nur das eine Wort, dahingeseufzt. Keine weitere Erklärung.

»Sie meinte, dass ich mit Ihnen sprechen soll, wenn ich mehr über die Zeit damals erfahren möchte. Über Saskias Tod. Darum freut es mich, dass Sie so schnell Zeit für ein Treffen hatten.«

»Ich habe immer Zeit, Frau Harms. Ich bin krankgeschrieben, schon seit Längerem.«

»Das tut mir leid.«

»Muss es nicht. Mein Leiden ist nur Symptom. In Wahrheit ist die ganze Gesellschaft krank, jeder Einzelne. Menschen wie ich, sensible Menschen, spüren es nur mehr als andere, wir lassen es zu. Wir leiden für die anderen. Ich leide für Sie. Das ist alles.«

Ein kurzes peinliches Schweigen.

»Ich bin hier, weil … Haben Sie es vielleicht schon gehört? Klaus-Peter Haffner betreffend?«

»Was gehört?«

»Er ist erschossen worden. Am vergangenen Samstagabend.«

»Klaus-Peter ist tot? Wirklich?«

»Sie kannten sich von früher, richtig?«

»Natürlich. Wir sind zusammen zur Schule gegangen. Er, ich, Saskia. Erschossen, sagen Sie?«

»Ja.«

»Das ist wunderbar.«

»Das ist eine erstaunliche Reaktion auf eine solche Nachricht, finden Sie nicht?«

Sellering zeigte ein verklärtes Lächeln. »Warum? Er ist nun ein Erlöster, befreit von den Fesseln des irdischen Daseins. Einer, der die alte Schuld damit endlich abgeworfen hat. Er wird Saskia gegenübertreten, und sie wird ihm vergeben können.«

Claudia verkniff das Gesicht. Fast ärgerte sie sich über sich selbst. Sie hätte auch früher drauf kommen können, dass im Kopf dieser Frau nichts so war, wie es sein sollte.

Aber es half nichts, sie musste versuchen, etwas zu erfahren.

»Nehmen wir einmal an, Sie hätten recht und die beiden sehen sich wieder ...«

»Ich weiß, dass es so ist. Sie hat ihn zu sich geholt.«

»Wie gesagt, gehen wir einmal davon aus. Warum sprechen Sie dann von alter Schuld? Davon, dass Saskia ihm, Haffner, vergeben wird? Ist er für ihren Tod verantwortlich? Glauben Sie das?«

»Nein. Aber Verantwortung trägt er dennoch, das tun wir alle. Allein schon, weil wir weiterleben. Er aber ist nun bei ihr. Ich freue mich, dass sie sich endlich aussprechen können.«

»Schön, dass Sie dem Ganzen etwas Positives abgewinnen können. Andere Leute erschüttert es, wenn sie von einem Mord erfahren.«

Claudias Nüchternheit blieb nicht ohne Wirkung. Es war, als würde Kathi Sellering aufwachen. Ihr Blick klärte sich, sie räusperte sich. »Ich weiß, dass ich auf Sie absonderlich wirke, Frau Kommissarin. So geht es vielen Menschen, die mir begegnen. Das ist mein Los.«

»Und mein Los ist es, ein Verbrechen aufzuklären. Ich möchte herausfinden, ob es einen Zusammenhang zwischen dem Tod von Saskia und dem Mord an Haffner gibt. Mein alter Kollege, Hinnerk Mattusek, glaubt, dass es so ist.«

Kathi Sellering zeigte ein schwaches Lächeln, schien für Momente in Erinnerungen zu versinken. »Mattusek ... ich erinnere mich an ihn. *Dra di net um, der Kommissar geht um.* Wir haben's immer gesungen, wenn er damals, nachdem es passiert war, durch die Schule ging.« Sellering lachte plötzlich auf. »Die Lehrer haben es uns schließlich verboten. Es wäre geschmacklos. Mattusek hat nichts verstanden damals, gar nichts.«

»Wieso sagen Sie das?«

»Er wollte einen Mörder fangen. Er wollte einen Fall aufklären. Aber wie kann man etwas aufklären, wenn man gar nicht erst versucht, die Dinge zu verstehen?«

»Was hätte er denn verstehen können?«

»Wie alles zusammenhängt. Wie wir waren. Wie Saskia war.

Die Jungs, die sie mochte. Sie hat mit ihnen gespielt, wissen Sie? Sie konnte das. Sie war schön.«

Claudia dachte an das Foto, das sie in der Villa am Stadtpark gesehen hatte. Sie konnte sich gut vorstellen, dass Saskia die Jungs damals verrückt gemacht hatte.

»Wollen Sie andeuten, dass einer dieser Jungen – ich nehme an, Sie sprechen von Ihren und Saskias Mitschülern – die Tat damals begangen hat?«

Sellerings Blick wurde glasig, sie schien wieder in innere Welten abzudriften, riss sich dann doch zusammen und sah Claudia an. »Nein, das will ich nicht. Aber als Saskia damals vermisst wurde, zuerst hieß es ja nur, sie sei verschwunden, da haben sich alle Sorgen gemacht, ihre Eltern, die Lehrer. Wir, die sie kannten, nicht.«

»Warum nicht?«

»Weil wir wussten, wie sie war. Wir dachten, sie spielt wieder mit jemandem, mit einem Jungen, mit einem Mann. Ist bei ihm. Ist vielleicht mit ihm durchgebrannt. Es hätte uns nicht gewundert. Dann hat man sie gefunden. Ihre Leiche. Alle waren traurig. Wir waren auch traurig. Aber gewundert hat uns auch das nicht. Sie hat mit dem Feuer gespielt, und sie ist verbrannt.«

»Werden Sie bitte konkret, Frau Sellering. Mit wem hat Saskia gespielt? Wer hat dafür gesorgt, dass sie verbrennt?«

Das Lächeln in Sellerings Gesicht erstarb, wich einem Schatten, der sich auch auf Claudia legte. Das hier war nicht nur Einsamkeit, es war Wahnsinn. Sie wollte hier raus, möglichst schnell.

Wortlos stand Sellering auf, trat an ein Regal. Sie nahm ein Buch zur Hand, hielt es Claudia hin. Es wirkte selbst gemacht, vielleicht fotokopiert oder irgendwo billig produziert. Der Einband war leicht schief. Der Titel in roter Schrift lautete: *Die Ritterin der Nacht*.

»Ich habe alles aufgeschrieben. Lesen Sie es.«

»Ich würde die Dinge lieber von Ihnen hören.«

»Ich kann nicht darüber sprechen. Lesen Sie! Und jetzt gehen Sie, bitte.«

»Ich bin Polizistin, Frau Sellering. Ich entscheide, wann unser Gespräch vorüber ist.«

Sellering lachte auf. Dann griff sie in die Tasche ihres Kleids, zog eine Art Haarnadel heraus, stach sich mit jähen Bewegungen in den eigenen Unterarm. Blut tropfte hervor, immer mehr Blut, es floss über ihre Haut auf den Tisch.

»Gehen Sie!«

»Schon gut. Beruhigen Sie sich bitte. Ich gehe. Soll ich vielleicht einen Arzt rufen?«

»Keinen Arzt. Verschwinden Sie einfach.«

»In Ordnung. Ich bin schon weg.«

43.

Takeda saß in seinem Wagen und war auf dem Weg nach Billwerder zu Haffners Wohnhaus. Er wollte Linn Olsen treffen und sie nach den Unterlagen zur I-Con fragen.

In der Anlage spielte eine CD von Esbjörn Svensson. Live in Hamburg. Ein bemerkenswerter Konzertmitschnitt. Das flüsternde Klavier, ein ferner Bass, ein zurückhaltendes Schlagzeug ... Musik, die die Tiefen des Menschseins auslotete. Fremde Farben sichtbar machte. Man wurde klüger, wenn man diese Musik hörte. Aufmerksamer für die leisen Töne des Lebens.

Während er auf der autobahnartigen Bundesstraße 5 in Richtung Osten fuhr, zogen, getragen von der Musik, Bilder des Falles vor seinem inneren Auge vorüber. Der erschossene Klaus-Peter Haffner in seinem Büro. Jost Weber im Streit mit seinem Produzenten. Tanja Geschke, die ihren Vater ein Monster nennt. Thomas Gronau in seinem schicken Büro. Der rätselhafte Pflastermann. Die leeren Räume der I-Con. Sabine Ostermeier, die sich weigerte, über die Firma zu sprechen. Dann all das, was Claudia herausgefunden hatte. Yvonne Rheydt, die sich eine Waffe besorgt hatte. Saskia von Thun, die vor Jahrzehnten erschlagen worden war. Ein Polizist, der ohne Reue seine Ermittlungen manipuliert hatte. Peter Folkert, der unschuldig eine Tat gestanden hatte. Jetzt, das hatte Claudia ihm in einem erneuten Telefonat berichtet, die verbitterte Mutter des früheren Mordopfers. Und eine offenbar dem Wahnsinn verfallene Mitschülerin … Alles schien mit allem verwoben zu sein. Aber wie? Die Dinge waren verschwommen. Claudia und er tasteten sich mühsam in einer zähen Trübnis vorwärts, ohne zu wissen, wohin sie gelangen würden.

Das rot-weiße Flatterband vor der Auffahrt zu Haffners Grundstück war verschwunden. Takeda fuhr von der Straße ab und hielt direkt vor dem Bauernhaus.

Linn Olsen öffnete die Tür. Sie und Takeda hatten sich am Tag der ersten Ermittlungen nur kurz gesehen. Sie lächelte, wirkte insgesamt deutlich gefasster als am Sonntagabend. »Herr Inspektor, Sie haben Glück, dass Sie mich antreffen. Sie hätten vorher anrufen sollen.«

»Ich habe auf mein Glück vertraut. Ich konnte mir nicht vorstellen, dass Sie bereits wieder zu arbeiten begonnen haben.«

Linn Olsen bat Takeda herein, führte ihn ins Wohnzimmer.

»Sie haben nur halb recht. Ich arbeite sehr wohl. Es lenkt mich ab. Aber ich fahre nicht ins Büro. Meine Stimmung geht rauf und runter. In den Tälern möchte ich lieber alleine sein.«

»Das kann ich gut verstehen. Wie geht es Ihrer Tochter?«

»Sie ist heute zur Schule gegangen. Ich zwinge sie nicht dazu, aber sie wollte es gerne. Ich habe ihre Lehrerin informiert, sie hat ein besonderes Auge auf Angelina. Ich glaube, sie hat immer noch nicht so recht verstanden, was passiert ist. Das ist gut so, oder? Was denken Sie?«

»Ich weiß es nicht, Frau Olsen. Zeit mag eine schmerzende Wahrheit mildern. Aber schmerzen wird sie dennoch.«

Takeda nahm auf dem gleichen Sofa Platz, auf dem Claudia zwei Tage zuvor gesessen hatte, nahm den Kaffee, den Linn Olsen ihm anbot, dankend an.

»Was führt Sie zu mir, Inspektor? Gibt es Neuigkeiten? Ich habe recht, oder? Es waren die Leute, die meinen Mann im Internet bedroht haben?«

»Das ist möglich, Frau Olsen. Aber es gibt auch Anhaltspunkte, die in andere Richtungen weisen. Vor allem gibt es viele offene Fragen. Ich hoffe, Sie können mir bei einigen davon weiterhelfen. Ich war übrigens gestern Abend in Ihrer Firma in Eppendorf, hat man Ihnen davon berichtet?«

Olsen wippte mit dem Fuß, strich sich selbst mit den Fingern über den Arm. »Mein Mitarbeiter sagte mir, dass Sie dort waren. Er hat Sie in die Firmenräume im ersten Stock geführt, glaube ich.«

»Er war so nett. Ich hatte gehofft, zu verstehen, was die zweite Firma Ihres Mannes macht, die I-Con. Allerdings wusste ich da noch nicht, dass es in Wahrheit Ihre Firma ist. Ich hatte sie Ihrem Mann zugeordnet.«

Ein überraschendes Lächeln erschien auf Linn Olsens Gesicht. »Sie haben recht, Inspektor. Das Ganze mutet seltsam an, und Sie könnten auf den Gedanken kommen, dass es sogar verdächtig ist.«

»Ich kann nicht widersprechen.«

»Aber das ist Unsinn. Die Wahrheit ist ganz harmlos.«

Takeda wartete, ob eine Erklärung folgte, die aber ausblieb. »Ich befürchte, Sie müssen mir erläutern, was Sie meinen.«

»Natürlich. Sehen Sie, mein Mann hat sehr gut verdient. Seine Mandanten waren immer mit seiner Arbeit zufrieden und haben das auch entsprechend honoriert. Aber das bringt auch gewisse Schwierigkeiten mit sich.«

»Schwierigkeiten?«

»Sie kommen nicht aus Deutschland, richtig?«

»Ich stamme aus Japan.«

Sie lächelte. »Die moderne Architektur wäre eine andere ohne den Einfluss Ihrer Landsleute. Ando, Kuma, Kurokawa.«

»Frau Olsen … was für Schwierigkeiten meinten Sie?«

»Verzeihung. Ich bin zwar auch keine Deutsche, lebe aber schon sehr lange hier. Darum weiß ich, dass es der deutsche Staat seinen Bürgern nicht leichtmacht, vor allem nicht, wenn es um das Thema Steuern geht.«

»Ich glaube, kein Staat macht das. Auch nicht meine Heimat, wohl auch nicht die Ihre. Worauf wollen Sie hinaus?«

»Die I-Con ist tatsächlich auf mich eingetragen. Ich habe meinem Mann damit einen Gefallen getan. Die Wahrheit ist, dass sie nur dazu dient, Steuern zu sparen. Fragen Sie mich nicht nach Einzelheiten, darum habe ich mich nie gekümmert. Das ist auch der Grund, aus dem Sie in den Räumlichkeiten nichts vorgefunden haben. Ich weiß, dass ist nicht in Ordnung. Klaus-Peter wollte es so. Ich habe mich ihm nicht widersetzt. Sehen Sie sich um, wir leben gut. Ich genieße es. Vielleicht wollte ich auch darum keine Einzelheiten wissen. Aber ich bin sicher, dass es mit seinem Tod nichts zu tun hat. Nun wissen Sie Bescheid, Inspektor.«

Takeda nickte nachdenklich. Glaubte er ihr? Zunächst sprach nichts dagegen, es zu tun. Er würde sehen.

»Wenn alles so harmlos ist, können Sie mir vielleicht die entsprechenden Unterlagen überlassen? Dann mache ich mir selbst ein Bild. Und seien Sie unbesorgt. Für steuerliche Dinge bin ich nicht zuständig. Sie verstehen, was ich sagen möchte?«

Olsen fand zu einem verkrampften Lächeln zurück. »Ja, ich verstehe es. Danke. Die Sachen sind drüben in Klaus-Peters Büro. Suchen Sie sich bitte selbst heraus, was Sie brauchen. Ich kann das Büro nicht betreten. Es ist zu schrecklich. Wahrscheinlich werde ich überhaupt von hier wegziehen.«

»Das ist sicherlich eine gute Idee.«

Takeda verabschiedete sich. Er verließ das Haus und ging hinüber zu dem Nebengebäude. Er riss das Polizeisiegel auf, betrat Haffners Büro und blieb zunächst regungslos im Raum stehen.

Zeitlicher Abstand veränderte einen Tatort. Takeda hatte die Erfahrung immer wieder gemacht. Kurz nach einer Tat schien in einem Raum immer noch das Echo des Verbrechens nachzuklingen, das dort geschehen war. Die Energie der Gewalt war spürbar, war noch vorhanden.

Nach einer gewissen Zeit ließ dieser Eindruck nach. Der Tatort wurde wieder zu einem gewöhnlichen Zimmer, einem Büro, einer Küche, einem Lokal.

Aber doch auch nie so ganz. Ein feiner Rest des Geschehens blieb auf ewig in der Luft, unsichtbar und doch präsent.

Takeda trat auf die Besucherseite des Schreibtisches, dorthin, wo er auch am Sonntagabend mit Claudia gestanden hatte. Wo auch der Schütze gestanden haben musste. Oder die Schützin.

Er blickte sich im Raum um und hoffte, dass die Stille ihm eine Antwort geben würde.

Sie tat es nicht.

Einzig fiel ihm auf, dass ein Bild an der Wand fehlte. Der Lindenberg. Nur noch ein Nagel und ein blasser Abdruck verrieten, wo er gehangen hatte.

Takeda schüttelte lächelnd den Kopf. Er hatte eine Ahnung.

Dann rief er sich zur Ordnung, kam wieder in Bewegung. Er sah die Aktenregale durch. Die meisten Unterlagen betrafen andere Fälle oder die wirtschaftlichen Abrechnungen der Kanzlei. Schließlich stieß er auf zwei Regalböden mit Leitz-Ordnern, deren Rücken mit I-Con beschriftet waren.

44.

Es ging auf Mitternacht zu. Claudia trug ihren Hausanzug und lungerte auf ihrem Sofa herum. Sie war vertieft in ein Buch, das etwa zu der Zeit spielte, in der sie geboren war. *Die Ritterin der Nacht*. Kathi Sellering hatte es ihr gegeben. Seltsamerweise stand ihr Name nicht darauf. Weil Kathi Sellering es gar nicht selbst geschrieben hatte? Oder weil sie nicht wollte, dass es mit ihr in Verbindung gebracht wurde?

Claudia nahm sich immer wieder Arbeit mit nach Hause, gerade wenn sie Papierkram durcharbeiten musste. Insoweit war dieser Abend nichts Besonderes.

Was anders war als sonst, war die Tatsache, dass sie nicht allein war.

Takeda war bei ihr, lungerte ebenfalls herum, ihr gegenüber auf einem Sessel.

Es war genauso wie einige Monate zuvor, als sie noch so etwas wie ein Paar gewesen waren.

Waren sie nicht mehr.

Aber das hieß ja nicht, dass sie nicht zusammen Zeit verbringen konnten. Oder eben zusammen arbeiten konnten, denn auch Takeda musste Papiere sichten, sogar Hunderte und Aberhunderte von Seiten. Das ganze Material der I-Con, das er aus Haffners Büro mitgenommen hatte.

Als er ihr das am frühen Abend im Präsidium erzählt hatte, hatte sie spontan vorgeschlagen, dass sie ja auch gemeinsam zu ihr fahren könnten. Sie würde etwas zu essen bereiten, bevor sie sich dann beide an die Arbeit machten. Zusammen wäre es vielleicht ein bisschen weniger langweilig.

Er hatte kurz gezögert, war dann aber einverstanden gewesen.

Inzwischen hatte Claudia gut die Hälfte des Buches von Sellering gelesen. Worum es darin ging? War gar nicht so einfach zu sagen.

Es war ein Rausch aus Musik und Bildern, aus Gerüchen und Gefühlen. Die Geschichte, wenn man es so nennen wollte, spielte in einer Zeit, die Claudia nur aus Filmen kannte. Die frühen achtziger Jahre. Punks und Waver, Freaks und Popper. Die Stadt war eine Wildnis, in der sich die Jugendgruppen begegneten wie feindliche Indianerstämme in der Prärie. Alle hatten ihre eigenen Rituale und Kleidervorschriften, hatten ihre Kneipen, ihre Musik. Keine Gemeinsamkeiten, nur gegenseitige Verachtung. Auf dem Schulhof stießen sie aufeinander. Im besten Falle beschimpften sie sich – *Scheißpopper, verpisst euch!* Im schlimmsten verprügelten sie sich – *Ihr seid tot, Punks!* Die Freaks standen in der Mitte und versuchten, Frieden zu stiften, bekamen am Ende aber von beiden Seiten eins drauf.

Die Hauptfigur der Geschichte war ein siebzehnjähriges Mädchen, das sich, wie der Titel des Buches, die *Ritterin der Nacht* nannte. Sie war schön und düster, Engel und Furie. Alle Jungs, egal, zu welcher Gruppe sie gehörten, lagen ihr zu Füßen. Erhörte die Ritterin einen von ihnen? Nein. Sie ließ ihre Verehrer näher kommen, ergötzte sich an ihrem Begehren, an ihrer Unterwürfigkeit. Am Ende aber stieß sie sie lachend wieder weg. Dabei verzehrte sie sich in Wahrheit auch nach der einen großen Liebe.

Im Kern erzählte das Buch von einer einzigen Nacht im Winter 1983. Es war kalt, es schneite, aber wen kümmerte das? In einem Club auf der Reeperbahn sollte eine Band spielen. Nein, *die* Band. Die Andeutungen waren vage. The Cure? Die Simple Minds? David Bowie? Die Seiten vibrierten in der Musik jener Zeit. *Boys don't cry. Don't you forget about me. And you, you will be queen!*

Die Ritterin machte sich auf den Weg. Die Haare aufgetürmt, die Augen dunkel umrandet. Eine Nacht konnte ein Leben sein. Life in a day. Drogen. Ein einziger Kuss. Das Leben trinken, durch die Nacht fallen, vielleicht beginnt morgen schon der Atomkrieg, und alle sind tot. Begleitet wurde sie von einem Mädchen, das sich selbst nur die *Dienerin* nannte. Sie war eine Beobachterin, eine Figur am Rand. Ob das Kathi Sellering selbst war?

Nach dem Konzert, berauscht von der Musik, trieben die beiden Mädchen durch die Nacht. Clubs und Kneipen, Schneeflocken im glitzernden Licht des Kiezes. Zufällig trafen sie einen Jungen von ihrer Schule, den Indianer, wie er genannt wurde. Sein Haar war gefärbt und zu spitzen Stacheln aufgestellt. Stecknadeln im Ohr, Tigerfellhose, Nietengürtel. Normalerweise redeten sie nicht mit ihm, nicht die Ritterin, nicht die Dienerin. Nicht mit so einem. Aber in dieser Nacht war alles anders, sie zogen nun gemeinsam weiter, zu dritt. Und das Schicksal nahm seinen Lauf …

Zwischendurch musste Claudia an ihren Besuch bei Kathi Sellering denken, an deren Einsamkeit, deren Verrücktheit. War das, was sie hier las, ein Tatsachenbericht? Oder doch nur die verzweifelte Aufarbeitung traumatischer Erlebnisse vor vielen Jahren?

Takeda ging es nicht anders, auch er versuchte aus etwas schlau zu werden, von dem er nicht sicher war, ob es Wahrheit oder Lüge war. Fest stand, dass die Geschichte, die die I-Con-Unterlagen erzählten, nicht so spannend und gefühlvoll war wie das, was Claudia las. Es waren Rechnungen, Belege, Projektberichte, juristische Ausführungen. Ziemlich dröge. Aber aus Sicht eines Polizisten dennoch interessant. Immerhin könnte in diesen Papieren ein entscheidender Hinweis in einem Mordfall versteckt sein. Aber gelang es ihm auch, ihn zu finden und zu entschlüsseln?

Dass die I-Con eine reine Scheinfirma war, nur um Steuern zu sparen, schien Takeda keineswegs eindeutig zu sein. Oder der Schein war enorm aufwendig gestaltet. Die Firma erstellte offenbar Rechtsgutachten zu Bauprojekten. Zu jedem Auftrag gab es jeweils auch eine umfangreiche Korrespondenz, dazu Belege und Rechnungen. Aber kaum ein Vorgang war gebündelt in einem einzigen Ordner abgeheftet. Takeda musste sich die Unterlagen mühsam zusammensuchen. War das Schludrigkeit? Oder Absicht? Um Dinge zu verschleiern?

Zwischendurch ging er in die Küche, ohne Claudia zuvor um Erlaubnis zu fragen. Es kam ihm selbstverständlich vor. Unzählige Tage und Nächte hatte er in dieser Wohnung verbracht. Kein Gast, ein Freund. Ein Liebhaber. Ein Lebensgefährte. Obwohl, nein, das war er wohl nie gewesen. Er hatte es sich nur gewünscht. Während er in der Küche Kaffee kochte, fiel sein Blick auf das Paket, das in der Nische zwischen Kühlschrank und Wand stand. Es war flach, rechteckig, in Packpapier gewickelt. Es hätte ihn gereizt, hineinzusehen. Er tat es nicht.

Er kehrte ins Wohnzimmer zurück, zwei Becher mit frischem Kaffee in den Händen. Einen reichte er Claudia. Sie nahm ihn wortlos entgegen, blieb in ihr Buch vertieft.

Takeda versenkte sich seinerseits wieder in die Unterlagen. Die I-Con, eine Firma, die es angeblich gar nicht gab. Eine Fiktion. Aber war das wirklich so?

Hamburg-St. Pauli, Dezember 1983. Sie waren nun zu dritt, die Ritterin, die Dienerin, der Indianer. Sie wanderten von einer Kneipe in die nächste. Im Lehmitz trafen sie andere, die sie ebenfalls von der Schule kannten und in dieselbe Stufe gingen. Da war Tolle, ein hübscher Kerl. Er trug Rollkragenpullover und Karottenjeans. Der Indianer und Tolle waren Erzfeinde. Zwischen sehen und prügeln lagen meistens nur Sekunden. In dieser Nacht war auch das anders. Denn im letzten Augenblick ging Peace dazwischen, auch er ein Mitschüler. Er trug die Haare lang und kaufte seine Klamotten im Secondhandladen. »Frieden, Leute! Wir gehören jetzt zusammen. Ob wir wollen oder nicht. Zumindest bis die Sonne aufgeht. Also gebt euch die Hand.«

Ein kurzes Zögern, die Jungs dachten nicht daran. Dann trat die Ritterin zwischen sie, schenkte ihnen ein Lächeln, verzauberte sie. Sie war es, die alle vereinte. Sie war einzigartig und begehrt. Für sie wurde der Krieg, der sonst zwischen den Jungs herrschte, beendet. Wenigstens für diese eine Nacht.

In den Unterlagen der I-Con kam immer wieder die HABA vor, das Unternehmen, das in Hamburg für den öffentlichen Wohnungsbau zuständig war. Sie vergab Unteraufträge an Firmen, die wiederum Unteraufträge vergaben. Solche Verschachtelungen mussten rechtlich überprüft werden, damit ihnen keine Umgehungstatbestände vorgeworfen werden konnten. Die I-Con prüfte Auftragsvergaben, entwarf ihrerseits Musterverträge. Dafür stellte sie Rechnungen aus, mal über wenige Hundert Euro, mal über viele Tausend.

Die meisten dieser Rechnungen gingen an eine Firma, die S&W GmbH hieß und die ihrerseits Aufträge von der HABA erhielt.

Takeda schüttelte nachdenklich den Kopf, sog dabei auf typisch japanische Art zischend die Luft zwischen den Zähnen ein.

Claudia, ohne die Augen von ihrer Lektüre zu lösen, fragte: »Was ist? Bist du auf etwas gestoßen?«

»Ich weiß nicht genau. Es kommt mir seltsam vor. Eine Firma, die angeblich dazu dient, Steuern zu sparen, sollte doch in erster Linie Verluste produzieren. Die lassen sich dann abschreiben. So funktioniert es in Japan, in Deutschland, wahrscheinlich überall auf der Welt. Aber die I-Con erzielt Gewinne. Und keine geringen.«

»Vielleicht täuschst du dich, und mit der Firma ist alles in Ordnung? Oder das Geld gibt es nur auf dem Papier, aber nicht in echt?«

»Sicher, das wäre möglich. Aber warum behauptet Linn Olsen dann etwas anderes? Warum überhaupt die Geheimniskrämerei? Warum wollte Ostermeier nichts dazu sagen? Die leeren Büroräume? Nein, dahinter steckt etwas anderes.«

Ihre Blicke trafen sich. Ein kurzes Lächeln. Erinnerungen an andere Nächte. Irgendwie verrückt, irgendwie peinlich. Sie mochten sich. Verdammt, es war viel mehr als mögen. Warum klappte es dann nicht?

Kopfüber durch die Nacht. Sie waren siebzehn und unsterblich. Drei Jungs, zwei Mädchen. Wobei nur eines davon zählte, die Ritterin. Die Jungs hatten nur Augen für sie, waren in sie verliebt, alle drei, so unterschiedlich sie waren.

Sie aber war kalt und berechnend. Verliebt? Höchstens in sich selbst. Sie spielte mit den Jungs. Der eine bekam einen Kuss, der andere ein Lächeln, der dritte wurde weggestoßen. Dann verteilte sie ihre Gunst neu. Die Dienerin sah mit bitterstummen Blicken zu. Es würde nicht gut gehen, sie fühlte es, sie wusste es. Wer mit dem Feuer spielte, verbrannte sich.

Takedas Deutsch war gut, aber es hatte Grenzen. Flurstücknummern, Abweichungsanträge, Baubeschränkungszustimmungsvorbehalt.

Takeda murmelte die Wörter und wusste, dass er am nächsten Tag Muskelkater in der Zunge haben würde. Deutsch konnte eine anstrengende Sprache sein. Einzelne Wörter waren so lang wie in anderen Sprachen ganze Sätze.

Gab es das Geld? Bisher hatte er nichts gefunden, das es bewies. Aber was für einen Sinn ergab dann alles?

Die Reise durch die Nacht gelangte an ihr Ende. Fünf Uhr morgens. In der Diskothek, in der die fünf Schüler gelandet waren, gingen die Lichter an. Schaler Geschmack im Mund. War alles nur ein Traum? Die Ritterin fühlte sich elend. Ihre Frisur war ruiniert, ihre Schminke zerlaufen. Auf einmal war sie nicht mehr unsterblich, sie war müde. Ein Mädchen, das nur noch nach Hause wollte.

Die Jungs aber wechselten hungrige Blicke. Die Nacht hatte etwas versprochen, das sie noch nicht gehalten hatte. Zeit, es einzufordern.

Sie stolperten nach draußen. Schneetreiben. Der letzte Nachtbus war weg, der erste Tagbus ließ noch auf sich warten. Die Jungs drängten sich um die Ritterin, drückten ihre Leiber an sie, vorgeblich, um sie zu wärmen. Ihre Hände an Stellen, an die sie nicht gehörten. Das Lachen dreier Jungs, der kecke Protest eines Mädchens. Die Dienerin drängte ihre Freundin, mit ihr zu kommen. Ach, lass nur. Jetzt fängt der Spaß doch erst an. Aber geh ruhig. Du störst sowieso nur.

Claudia spürte Bitterkeit. Die Ahnung, die die Erzählerin ausgesprochen hatte, übertrug sich auf sie. Wer mit dem Feuer spielte, verbrannte sich. Schlimmer noch, der kam darin um, aber das wusste sie doch ohnehin schon. Saskia von Thun würde am Ende dieser Nacht sterben. Das hier war kein Roman. Es war das Protokoll eines Mordes.

Takeda beschloss, sich eines der Gutachten, das die I-Con verfasst und teuer in Rechnung gestellt hatte, näher anzusehen. Es ging um die rechtliche Bewertung eines Bieterverfahrens, das sich wiederum auf die Vermarktung eines öffentlichen Bauprojektes im Hamburger Westen bezog. Insgesamt waren es fast zweihundert Seiten, eng beschrieben. Obwohl ... das eigentliche Gutachten war gerade einmal vier Seiten lang. Der Rest waren angeheftete Gesetzestexte und Kopien aus Musterentscheidungen höherer Gerichtsinstanzen.

Dinge, die für jedermann zugänglich waren. Keinesfalls war diese Arbeit die Summe wert, die dafür in Rechnung gestellt worden war. Die war wiederum an die S & W gegangen.

Die Firma hatte die Rechnung bezahlt. Das Geld war geflossen. Takeda hatte die entsprechenden Kontounterlagen gefunden, die es bewiesen.

Die Dienerin ging, traurig und voller Bitterkeit. Ein letztes Mal drehte sie sich um. Ihre Freundin stand auf der Straße, umringt von den Jungs. Es war das letzte Mal, dass sie die Ritterin sah.

Danach verabschiedete sich auch Peace, er wohnte in einer anderen Richtung.

Sie waren nur noch zu dritt. Der Indianer, Tolle, die Ritterin. Sie hatten den gleichen Heimweg, stolperten frierend durch die Nacht. Kommt schon, so weit ist es nicht mehr. Wir gehen zusammen bis zum Stadtpark. Dort verabschieden wir uns.

Letzte quälende Meter. Tolle, besoffen, kotzte an den Straßenrand. Der Indianer lachte. Die Ritterin war still.

Dann die Ecke ihres Abschieds. Tolle sagte Adieu. Er musste quer durch den Park.

Du doch auch, Indianer. Wir haben dieselbe Richtung. Los, komm mit.

Der Indianer aber grinste. Nein, ich bringe die Hübsche bis vor die Haustür, wie es sich gehört.

Tu, was du nicht lassen kannst. Ich bin weg.

Tolle stolperte davon. Er ging durch den verschneiten Park, in dem niemand war, nicht an einem frostigen, noch dunklen Sonntagmorgen.

Standen die von der I-Con erstellten Gutachten in einem realistischen Verhältnis zu den Summen, die dafür bezahlt wurden? Nur, wenn man nicht genauer hinsah.

Takeda aber sah genauer hin. Der Schluss, zu dem er kam, war eindeutig. Die Unterlagen dienten nur dazu, den Anschein von Leistung und Gegenleistung zu erwecken.

Es ging hier nicht um Steuerersparnisse. Es ging darum, Geldflüsse zu verschleiern. Hohe, regelmäßige Geldflüsse, die alle auf Haffners Konten gelandet waren.

Allein in einem Jahr waren es Zehntausende von Euro. Insgesamt war der Betrag sechsstellig, vielleicht sogar noch höher. Wofür? Wer bezahlte Haffner so viel Geld, ohne dass er wirklich etwas dafür tat?

Die Ritterin ging weiter, ihr Zuhause war schon in Sicht. Der Indianer ging neben ihr. Halt mal an, ich will dich etwas fragen.

Was denn? Ich bin müde.

Ist ein Kuss drin?

Vergiss es.

Komm schon.

Aber dann ist Schluss.

Kalte Lippen, die sich berühren.

Plötzlich zieht er sie an sich, seine Zunge, seine Hände sind überall. Er ist grob, er ist fordernd.

Hey, hör auf damit.

Er lacht. Hast noch nie gefickt, was? Dann wird's aber Zeit.

Ich schreie.

Versuch's doch.

Er packt sie und zieht sie in die Büsche. Der Schnee erstickt ihre Stimme, während er versucht, ihr die Kleider vom Leib zu reißen.

Sie wehrt sich, wimmert. Er lässt plötzlich nach, als wäre er aus einem Wahn erwacht.

Scheiße, ich weiß auch nicht, warum ich ...

Das wirst du bereuen.

Es tut mir leid.

Zu spät. Du wirst fliegen. In den Knast gehst du. Ich zeig dich an.

Komm schon.

Vergiss es.

Sein Gesicht wird zur Grimasse. Angst, Wut, Panik. Er schlägt zu. Nirgendwo gehe ich hin! Du wirst schön die Fresse halten. Wieder schreit sie, er hält ihr den Mund zu. Sie beißt. Er nimmt ihren Kopf, schlägt ihn gegen den Holzstamm, immer und immer wieder. Bis sie ruhig ist.

Rotes Blut auf weißem Schnee.

Der Indianer springt auf, die Augen vor Schreck geweitet. Er rennt davon.

Stille.

Nur wenige Meter entfernt, im Schatten der Nacht, steht Tolle. Er war umgedreht. Warum? Vielleicht weil er dem Indianer nicht den Triumph gönnte. Er hat alles gesehen. Wie der Indianer sie würgte. Wie er ihren Kopf gegen den Baumstamm schlug.

Wie sie starb.

Dann rennt auch Tolle fort. Nur weg hier.

Die Ritterin liegt leblos da. Eine Puppe, mit der niemand mehr spielen wollte.

»Mein Gott«, sagte Claudia.

»Was ist?«, fragte Takeda.

»Wenn es stimmt, was hier steht, dann wissen wir jetzt, was damals passiert ist. Dann war Folkert wirklich unschuldig. Und Haffner, jedenfalls wenn er gemeint ist, wenn er dieser Tolle ist, wusste, wer der wahre Täter war.«

»Wer?«

»Einer seiner Mitschüler. Kathi Sellering nennt ihn den Indianer. Er war wohl ein Punk.«

»Kennst du seinen richtigen Namen?«

»Nein. Aber es kann nicht so schwierig sein, ihn herauszufinden. Sellering muss ihn kennen, immerhin ist auch sie auf dieselbe Schule gegangen. Es sei denn …«

»Was?«

Claudia versank für Sekunden in einem Morast aus Nachdenklichkeit und Erschöpfung. Sie rief sich zur Ordnung. »Es sei denn, das hier ist alles Unsinn. Kathi Sellering ist, wie soll ich es sagen, ein wenig durchgeknallt. Oder auch ziemlich. Vielleicht ist das hier auch alles nur ihrer Phantasie entsprungen.«

»Und wenn nicht?«

»Dann hat Mattusek noch viel größeren Mist gebaut, als mir bisher klar war. Nichts von dem, was Sellering hier schreibt, hat er erwähnt. Mattusek weiß es nicht, oder es hat ihn nicht interessiert.«

»Wie ist dein Gefühl?«

Claudia seufzte. »Ich kann es nicht sagen, Ken. Ich muss morgen noch einmal mit beiden reden, mit Sellering und mit Mattu. Diesmal müssen sie die Wahrheit auf den Tisch legen. Was ist mit dir? Hast du etwas herausgefunden?«

»Linn Olsen liegt falsch. Ob mit Absicht oder nicht, weiß ich nicht. Die I-Con ist zwar eine Scheinfirma, genau wie sie sagt, aber nicht um Steuern zu sparen, sondern um Gelder zu waschen, die an Haffner geflossen sind.«

»Von wem kommt das Geld?«

»Das kann ich noch nicht sagen. Die meisten Rechnungen gehen an eine Firma namens S & W GmbH, und die wiederum arbeitet vor allem für die HABA. Ich werde morgen hinfahren. Ich bin gespannt, was man mir dort sagen wird.«

»Über wie viel Geld reden wir?«

»Hunderttausende von Euro, vielleicht sogar mehr. Ich weiß nicht, ob in früheren Jahren auch schon Geld bezahlt wurde.«

»Und du sagst, es gibt keine Gegenleistung?«

»Nein, es ist alles Fake.«

Sie blickten sich an, sagten nichts. Es war nicht nötig, es auszusprechen.

Klaus-Peter Haffner war vor vielen Jahren Zeuge eines Mordes geworden. Über Jahre flossen verschleierte Gelder an ihn. Jetzt war er tot.

Mittwoch

45.

Es war fast halb sechs am Morgen. Draußen war es längst hell, und dämmriges Licht schien in den Raum. Claudia lag auf dem Rücken und starrte an die Zimmerdecke. Sie hatte nicht das Gefühl, bald einschlafen zu können.

Ein Junge, siebzehn Jahre alt, vergewaltigt seine Mitschülerin. Sie wehrt sich, droht, ihn anzuzeigen. Er schlägt zu. Das Mädchen stirbt.

Ein weiterer Mitschüler steht nur ein paar Meter entfernt, aber anstatt ihr zu helfen, sieht er einfach zu.

Warum? Was ging in ihm vor, dass er dem Mädchen nicht zu Hilfe gekommen ist?

Wieso beobachtet jemand, wie ein Mensch misshandelt wird und stirbt? Ohne einzugreifen?

Einschlafen hieß, wehrlos zu sein, sich der Welt zu überlassen, ihr zu vertrauen, daran zu glauben, dass nichts passieren würde.

Wie sollte ihr das jemals wieder gelingen?

Sie blieb wach. Minuten, eine viertel Stunde.

Dann warf sie ihre Decke zurück und stand auf. Sie ging rüber ins Wohnzimmer, wo Takeda auf dem Sofa lag und schlief. Er war vorhin, als sie die Arbeit beendet hatten, nicht mehr nach Hause gefahren. Warum auch, sie mussten am nächsten Morgen sowieso wieder in aller Frühe loslegen.

Vorsichtig ließ Claudia sich nieder, streckte sich neben ihm aus.

Flüsternd: »Hältst du mich?«

Er schien auch nicht geschlafen zu haben. Im ersten Dämmerlicht, das durch die Vorhänge hineinschimmerte, nickte er.

»Ja.«

Er legte seinen Arm um sie. Sie fühlte seine Wärme, seine Kraft. Seine Ruhe. Sie schloss die Augen.

Sie schlief ein.

46.

Den Morgenkaffee tranken sie im Auto.

Es war kurz nach neun Uhr, sie fuhren auf der Autobahn in nordöstlicher Richtung und ließen das Stadtgebiet hinter sich liegen.

Die Pläne für diesen Tag hatten sie erst einmal über den Haufen geworfen. Kein Besuch bei Kathi Sellering, keine Recherche bei der Firma, die die Fake-Gutachten der I-Con bezahlte.

Jedenfalls erst einmal nicht.

Als Claudia vorhin unter der Dusche gestanden hatte, hatte ihr Handy geklingelt. Das Gerät lag auf der Waschbeckenablage.

Sie drehte das Wasser ab, öffnete die Duschtür und griff mit tropfenden Fingern danach.

Es war ein Kollege von der Direktion Ratzeburg, genauer von der Wache in Trittau. Das war in Schleswig-Holstein und damit aus polizeirechtlicher Sicht so etwas wie Ausland. Aber es war letztlich doch Hamburger Umland. Also informierte man sich auf dem kleinen Dienstweg.

Der Kollege erklärte, dass in einer Anglerhütte am Großensee Hinweise auf Yvonne Rheydt gefunden worden seien. Kleidung, ein Ausweis. Die junge Frau selbst war vermutlich flüchtig, könnte sich aber gut noch in der Nähe aufhalten. Ob die Kollegen vielleicht ...

»Verdammt, natürlich kommen wir. Wir machen uns sofort auf den Weg. Und warnen Sie Ihre Leute, die Frau ist höchstwahrscheinlich bewaffnet.«

»Okay. Wir warten auf Sie. Ich simse Ihnen die Adresse.«

»Danke. Bis später.«

Claudia trocknete sich ab und weckte Takeda, der in ein dünnes Laken gehüllt immer noch auf ihrer Wohnzimmercouch schlief. Als sie ihn sanft berührte, wachte er auf und sah sie aus verschlafenen Augen an. Er sah aus wie ein Kind. Sie lächelte.

Das war eine Dreiviertelstunde her. Jetzt saßen sie im Wagen, verließen bei Siek die Autobahn und rasten weiter über eine Landstraße.

Großensee, so hieß ein kleiner Ort mit nicht einmal zweitausend Einwohnern im Kreis Stormarn. Denselben Namen trug ein See, der über eine Fläche von rund drei viertel Quadratkilometer verfügte und zufälligerweise sogar der Stadt Hamburg gehörte. Er war einer der Trinkwasserquellen der Hansestadt. So gesehen war es gar kein Ausland.

Claudia, die auf dem Beifahrersitz saß, füllte ihren und Takedas Kaffeebecher aus der Thermoskanne nach. Über die vergangene Nacht verloren sie kein Wort. Warum auch? Es war ja nichts passiert. Nichts, als dass sie in den Armen des anderen für viel zu kurze Stunden Schlaf gefunden hatten.

Claudia trank einen Schluck, blickte dabei aus dem geöffneten Seitenfenster. Es war schon jetzt, am Morgen, sommerlich heiß, der Fahrtwind angenehm kühl.

Die norddeutsche Landschaft war in dieser Jahreszeit betörend schön. Grüne Wiesen, blauer Himmel. Dazwischen Redder und Knicks, wie die von Büschen und Bäumen bestandenen Begrenzungen entlang der Wege und Felder hießen. Genauer, ein Redder war ein Doppelknick. Aber das würde niemand verstehen, der diese Landschaft nicht im Herzen trug.

»Die Gegend nennt man übrigens Stormarner Schweiz«, erklärte sie.

Takeda runzelte die Stirn. »Schweiz? Wo sind die Berge?«

»Mach die Augen auf! Überall. Sie fallen nur etwas flacher aus als in den Alpen. Es sind eher Hügel.«

»Hügel? Klingt immer noch übertrieben.«

»Sanfte Erhebungen? Vertikale Ausbuchtungen? Flachland mit Dellen? Landschaftsnoppen?«

Takeda lachte. »Das Letzte gefällt mir. Es ist nicht so angeberisch wie das mit der Schweiz.«

Claudia lachte ebenfalls und verschüttete dabei ihren Kaffee. Ihr Lachen ging in Fluchen über, sie wollte ein Papiertaschentuch aus ihrer Hosentasche ziehen, verschüttete dabei noch mehr Kaffee, fluchte noch lauter. Aber dann lachte sie doch wieder, laut und über sich selbst.

Takeda sah ihr zu, schüttelte sanft den Kopf. Sie war einzigartig.

47.

Die Anglerhütte befand sich am Ende eines Schotterweges, der fast bis ans Ufer des Sees heranführte.

Schon aus einiger Entfernung sahen sie den Streifenwagen der Kollegen aus Trittau. Einer der Uniformierten winkte ihnen zu und wies sie an, ihren Wagen auf einer Wiese etwa zwanzig Meter von der Hütte entfernt zu parken.

Sie stiegen aus, und Polizeiobermeister Dietmar Wenge, der vorhin angerufen hatte, tippte zum Gruß an die Uniformmütze. Unter seinen Achseln hatten sich runde Schweißflecken ausgebreitet. »Affenhitze, was?«

»Kann man so sagen. Wie ist der Stand?«, fragte Claudia.

»Von dem Mädchen fehlt immer noch jede Spur. Ein Kollege ist gerade unterwegs zum Campingplatz. Der ist einen halben Kilometer entfernt am Ufer. Es gibt da einen kleinen Supermarkt.

Wenn sie längere Zeit hier in der Hütte war, worauf einiges hindeutet, könnte sie sich dort mit Lebensmitteln versorgt haben.«

Claudia blickte hinüber zu der Hütte, wenn man sie denn so nennen wollte. In Wahrheit war es eher eine halb verfallene Laube, die inmitten eines verwilderten Grundstücks stand. Alles wirkte so, als kümmerte sich seit Jahren niemand darum.

»Wie seid ihr überhaupt auf ihre Spur gekommen? Sieht ja nicht so aus, als würdet ihr hier routinemäßig vorbeikommen.«

Wenge, anstatt zu antworten, starrte Takeda an. Der bemerkte es nicht oder wollte es nicht bemerken, ging stattdessen ein paar Schritte auf die Hütte zu.

Claudia reimte sich ihren Teil zusammen. »Das ist mein Kollege Ken Takeda. Er ist eigentlich aus Japan, ist uns aber für zwei Jahre zugeteilt.«

»Cool.«

»Und wie! Aber jetzt weiter im Text.«

»Klar. Also, die Hütte steht seit mehreren Jahren leer. Sie gehört einem Rentner aus Hamburg, der früher regelmäßig hier war, inzwischen aber zu alt ist. Ist sein Bier, die Pacht bezahlt er. Ein paar Kinder vom Campingplatz sind vor ein paar Tagen hier eingestiegen, haben die Sachen von Yvonne Rheydt entdeckt und ihren Eltern davon erzählt. Die wiederum haben uns alarmiert. Den Namen haben sie natürlich nicht gehabt, darum haben wir die Sache erst einmal nicht hochgehängt. Hier haben sich schon früher Ausreißer oder Obdachlose einquartiert. Heute Morgen haben wir dann vorbeigeschaut und die Sachen gefunden. Dabei war auch eine Jacke mit Brieftasche und Ausweis. Der Kollege hat einen Abgleich mit der Fahndungsliste durchgeführt. Und Bingo.«

»In Ordnung. Ich sehe mich auch einmal um.«

Claudia folgte Takeda, der bereits im Inneren der Hütte verschwunden war. Vor der Tür befand sich eine um zwei Stufen erhöhte, aus Brettern gezimmerte Veranda. Das Holz wirkte morsch. Claudia setzte prüfend einen Fuß darauf. Schien zu tragen, aber sie war trotzdem vorsichtig. Sie hatte wenig Lust, einzubrechen oder sich an einem rostigen Nagel zu verletzen.

Takeda hatte die Tür offen stehen lassen. Claudia trat ins Innere. Wegen der geschlossenen Holzläden herrschte im Inneren ein trübes Zwielicht. Es roch muffig und säuerlich nach den Hinterlassenschaften von Katzen oder anderen Tieren. Die spärliche Einrichtung – eine Holzbank, eine Kommode – war eingestaubt. In der Mitte stand ein Tisch mit Stühlen, die halbwegs in Ordnung aussahen. Über einer Lehne hing eine Jacke, offenbar war es die, von der Wenge gesprochen hatte.

Auf dem Tisch stand eine Flasche Cola, daneben lag eine leere Chipstüte. In einer halb vollen Dose Mais steckte ein Löffel. Claudia zog sich Latexhandschuhe über, hob die Dose hoch. Der Inhalt war verschimmelt.

Wenn Rheydt abgehauen war, dann sicherlich nicht erst heute Morgen, als die Kollegen aufgetaucht waren.

In der Zimmerecke lag eine Isomatte auf dem Boden, darauf eine Wolldecke und ein Stapel alter Zeitungen, die der jungen Frau offenbar als Kopfkissen gedient hatten.

Irgendwelches Gepäck, eine Reisetasche oder ein Rucksack, war nicht zu sehen.

Claudia durchsuchte die Jackentaschen. Ein paar Münzen, Zigaretten und Feuerzeug, Taschentücher, der Blister einer Antibabypille. Sie blickte auf die blass eingestanzten Wochentage. Mit Verhütung würde es jedenfalls nicht klappen, so unzuverlässig, wie das Mädchen die Pille genommen hatte.

Sie schraubte die Colaflasche auf dem Tisch auf, die nur ein müdes Zischen von sich gab. Passte zu der Maisdose.

Vielleicht hatte Rheydt das Weite gesucht, als die Kinder vom Campingplatz hier waren. Aber hätte sie nur wegen ein paar Kids ihre Sachen zurückgelassen?

Takeda war durch die Hintertür der Hütte ins Freie getreten. Ein kleiner Trampelpfad führte ins rückwärtige Gebüsch. Er ging in die Hocke und suchte den Boden nach Fußspuren ab.

Claudia, die ihn beobachtete, rief nach Wenge, der vorne geblieben war. »Der Pfad hinter der Hütte, wohin führt der?«

»Zum Plumpsklo. Und zu einer Räucherkammer für die Fische.«

»Habt ihr euch da umgesehen?«

»Noch nicht. Wir wollten auf euch warten.«

Claudia sparte sich eine Antwort. »Habt ihr heute Morgen eigentlich eine Schusswaffe gefunden und sichergestellt?«

»Nein.«

»Habt ihr die Kinder, die hier waren, danach gefragt?«

»Nee. Hätten wir sollen?«

»Reden wir gleich drüber, Kollege.«

Sie trat zu Takeda ins Freie, hinter die Hütte. Er wollte vorgehen, aber sie hielt ihn zurück. Er sah sie fragend an. Sie zog ihre Dienstwaffe. »Sicher ist sicher.«

»Du weißt, wie ich darüber denke.«

»Ja. Aber ab und zu ist es besser so.«

Takeda weigerte sich, eine Schusswaffe zu tragen, sogar in heiklen Situationen. Ein dunkles Kapitel in seinem Leben. Ein schiefgegangener Einsatz während einer Razzia in Tokio. Eine Schießerei, die sein damaliger Vorgesetzter provoziert hatte, ein totes Kind. Er würde lieber sterben, als noch einmal zu schießen.

Und sie? Claudia hatte ebenfalls geschossen. Es war noch nicht lange her. Sie hatte einen Mann getötet, der Takeda und viele andere Menschen mit einem Sprengsatz bedroht hatte. Unmittelbar danach hatte auch sie sich geschworen, nie wieder eine Waffe zu tragen. Aber die Dinge hatten sich verändert, und nach einigen Wochen hatte sie ihr Holster wieder angelegt.

Sie folgten dem Trampelpfad, der in ein Birkenwäldchen führte. Die Luft roch nach Fäkalien, auch streng nach Räucherholz und Fisch. Das Surren unzähliger Insekten war zu hören.

Sie gelangten auf eine kleine Lichtung, wo gleich mehrere Räucherschränke standen. Daneben ein Holzverschlag, klassisch mit ausgesägtem Herz in der Vordertür.

Der Lärm der schwirrenden Insekten war noch lauter geworden. Fliegen, Wespen, Bremsen, Libellen, Schwebfliegen.

Takeda war zu Claudia aufgerückt. Sie standen nebeneinander und blickten zu einem hochgewachsenen Ahorn, der neben den Räucherkästen wuchs und die Lichtung überschattete.

Yvonne Rheydt saß auf dem Boden, mit dem Rücken an den Stamm gelehnt. Ihr Kopf war nach hinten weggesackt, als würde sie in den Himmel sehen. Das Einschussloch an der Unterseite ihres Kinns war deutlich zu erkennen, ebenso wie die Knochensplitter und Hirnfragmente, die den Baum und auch die Umgebung sprenkelten. Der Körper war über und über von Insekten bedeckt, kleinen schwarzen Fliegen, aber auch großen, grün schillernden Brummern, dazu Maden und Käfer.

In der rechten Hand hielt Rheydt immer noch die Waffe, mit der sie sich dem Anschein nach selbst das Leben genommen hatte. Es war eine Girsan.

Die Waffe, die sie von Ünal Balci bekommen hatte.

48.

Zwei Stunden später war die Szenerie rund um die Anglerhütte eine andere geworden. Zahllose Einsatzfahrzeuge der Polizei waren vorgefahren, dazu die Spurensicherung und die Rechtsmedizin aus Kiel.

Natürlich wäre Hamburg näher, und die Kollegen wären entsprechend schneller hier gewesen, aber ein Mordfall war, anders als eine Fahndung, auf dem kleinen Dienstweg nicht mehr zu regeln. Hier war nicht Hamburg, hier war Schleswig-Holstein. Claudia und Takeda wurden am Tatort nur noch geduldet.

Claudia hatte die Kollegen der Kripo aus Ratzeburg angefleht, schnell zu machen. Vor allem sollte die Rechtsmedizin so schnell wie möglich eine Aussage zum Todeszeitpunkt abgeben.

Darin waren Claudia und Takeda sich einig. Yvonne Rheydt

war nicht erst seit gestern oder vorgestern tot. Man musste kein forensischer Entomologe sein, um den Verwesungszustand der Leiche und die Unmenge an Insekten zu deuten. Das Mädchen lag hier seit mehreren Tagen.

Aber wie lange genau?

Die Frage war entscheidend. Es war Mittwochmittag. War Yvonne länger als vier Tage tot? Dann konnte sie nicht die Mörderin von Klaus-Peter Haffner sein.

War es hingegen kürzer, könnte ihr Freitod als Schuldeingeständnis gewertet werden. Sie brachte erst den Anwalt um, der ihren Vergewaltiger verteidigt und ihr das Leben zur Hölle gemacht hatte. Dann nahm sie sich, überwältigt von der eigenen Schuld, selbst das Leben.

Claudia saß in der offenen Beifahrertür ihres Wagens. Sie fühlte sich hundemüde. Vor allem fragte sie sich, ob die vergangene Nacht, die Überlegungen wegen des Buches und auch wegen der I-Con nur Zeitverschwendung gewesen waren.

Weil einfach kein Zusammenhang zu dem Geschehen hier auszumachen war.

Yvonne Rheydt hatte nichts mit dem Mord aus dem Jahr 1983 zu tun. Und ebenso wenig mit dubiosen Geldzahlungen an Klaus-Peter Haffner.

Oder übersahen sie etwas?

»Frau Harms! Kommen Sie doch mal, bitte. Dürfte interessant sein.«

Es war eine Mitarbeiterin der Spurensicherung, die in ihrem weißen Schutzanzug auf der morschen Veranda stand und ihr zuwinkte.

Claudia erhob sich, warf die Wagentür zu und folgte ihr ins Innere der Hütte. Die Holzläden waren inzwischen offen. Mehrere Nummernwimpel zur Beweissicherung standen herum, ansonsten hatte sich noch nicht allzu viel verändert. Yvonne Rheydts Jacke hing immer noch über der Stuhllehne, auch Isomatte und Decke lagen noch in der Ecke. Immerhin waren die Colaflasche und die Maisdose in durchsichtigen Tüten verschwunden und hatten einen Platz in einer großen Plastikwanne gefunden. Sie würde in die Labore der KTU wandern.

Auf dem Tisch lagen stattdessen vier zerknitterte Briefbogen, durch Klarsichthüllen vor Verschmutzung und neuen Fingerabdrücken gesichert. Die Bogen waren jeweils mit nur zwei oder drei Sätzen beschriftet, die anschließend wütend durchgestrichen worden waren.

Es waren offenbar Versuche, einen Brief zu schreiben.

»Wo habt ihr die gefunden?«

Die Spusi-Mitarbeiterin deutete auf die alte, eingestaubte Küchenzeile an der Seite der Hütte.

»Im Mülleimer unter dem Waschbecken. Sehen Sie sich die Schreiben an. Ich denke, das dürfte die meisten Fragen klären.«

Claudia nahm ein erstes Schreiben in die Hand. Die wenigen Sätze waren nur mühsam zu entziffern.

Ich kann nicht mehr. Ist alles sinnlos. Ich heul nur noch

Der zweite Versuch war kaum länger, war aber mit einer Anrede versehen.

Liebe Mama, sei mir nicht böse. Hast an mich geglaubt. Aber ich habe Mist gebaut. Es tut mir so leid

Nummer drei und vier.

Ich habe gelogen. Ich entschuldige mich dafür. Ich hab's verkackt.

Ihr hasst mich, und ihr habt recht. Aber ich wollte doch nur

Claudia legte die Briefe zurück, sah die Kollegin der Spusi fragend an: »Mehr gibt es nicht? Keinen vollständigen Brief?«

»Wir haben keinen gefunden.«

»Habt ihr den Block und den Stift?«

»Lagen auch im Müll. Ich habe von den Kollegen gehört, dass ihr das Mädchen zur Fahndung ausgeschrieben hattet?«

»Sie heißt Yvonne Rheydt. Neunzehn Jahre alt. Sie stand unter Mordverdacht. Wir konnten und können nicht ausschließen, dass sie in Hamburg einen Menschen getötet hat. Es wird darauf ankommen, wie lange sie schon hier draußen liegt. Außerdem haben wir jetzt die Waffe, also werden wir bald wissen, ob sie es war.«

»Wenn nicht?«

»Dann ist das Ganze hier noch trauriger als ohnehin schon.«

Takeda stand zur selben Zeit auf der kleinen Lichtung im Birkenwald, wo sich immer noch Yvonne Rheydts Leiche befand.

Mit den Gedanken aber war er im Gebiet nördlich des Berges Fuji. Viele Jahre zuvor war er als junger Polizist nach Kōfu versetzt worden und hatte in der Außenstelle von Fujikawaguchiko Dienst getan. Es hatte zu seinen Aufgaben gehört, im sogenannten Selbstmordwald von Aokigahara zu patrouillieren und potenzielle Selbstmörder von ihren Taten abzuhalten. Die Gegend war durch einen populären Roman zu einem Magneten für lebensmüde Menschen geworden, viele von ihnen noch jung. Takeda war einem Serienmörder auf die Spur gekommen, der im Windschatten der Suizide grausame Morde beging. Der Fall hatte ihm geholfen, mit sicherem Auge Fremdtötungen von Selbstmorden unterscheiden zu können.

Auch in Deutschland hatte er seine Fähigkeit bereits unter Beweis stellen können. Es war sein erster Fall in Hamburg gewesen, seine erste Zusammenarbeit mit Claudia, nur wenige Tage nach seiner Ankunft. Ein Buchhändler-Ehepaar in Altona hatte den gemeinsamen Freitod gewählt, so jedenfalls der Augenschein. Takeda aber hatte nachweisen können, dass sie es mit einem raffiniert vertuschten Mord zu tun hatten. Nach aufreibenden Ermittlungen, nach Streit und Versöhnung hatten er und Claudia den Fall lösen können.

War es jetzt wieder so weit? Konnte er, musste er seinen geschulten Blick unter Beweis stellen?

Takeda schüttelte die Erinnerungen ab, seine Sinne erwachten. Das laute Surren der Insekten, der Geruch nach Fäkalien und Räucherholz, der verwesende Leichnam der jungen Frau.

Er näherte sich der Leiche bis auf etwa einen Meter, ging dort in die Hocke. Er untersuchte Gras und Gebüsch in der unmittelbaren Umgebung Rheydts. Das war zwar bereits durch die Mitarbeiter der Spurensicherung besorgt worden, aber er wollte sichergehen.

Takeda kam schnell zu dem Ergebnis, dass die Kollegen recht hatten. Nach den Tagen, die seit Rheydts Tod vergangen waren – wie viele genau, würde sich noch klären –, war auf dem Boden nichts mehr zu erkennen. Erst recht keine Fußspuren, also weder die von Yvonne Rheydt selbst noch die eines möglichen Mörders.

Takeda ging noch näher an die Leiche heran, ignorierte den beißenden Verwesungsgeruch, ebenso das Zerstörungswerk, das die Insekten wie wohl auch größere Tiere, Füchse, Marder, am Leichnam angerichtet hatten. Gleichfalls versuchte er, nicht auf die Käfer und Maden zu achten, die wimmelnd Mundhöhle und Nasenlöcher besiedelten.

Der erste Eindruck legte nahe, dass Rheydt sich unter das Kinn geschossen hatte. Die Wucht des Geschosses hatte ihren Kopf nach hinten geschleudert, wo er in einer seitlich zurückgeneigten Position verharrt war. Ihre Arme lagen rechts und links neben dem Körper, die rechte Hand hielt immer noch die Waffe. Den Abzug hatte sie offenbar nicht mit dem Zeigefinger, sondern mit dem Daumen betätigt, der immer noch im Bügel steckte.

Takeda blickte eine ganze Weile auf die Hand mit der Waffe, gab dabei nachdenkliche Brummgeräusche von sich. Die Kollegen der Spurensicherung, die sich in der Nähe befanden, ließen sich das Schauspiel nicht entgehen. Sie unterbrachen ihre Tätigkeiten und beobachteten den japanischen Ermittler, hielten dabei aber respektvoll Abstand. Einer murmelte, dass er schon seit Kindesbeinen davon träumte, Detektiv Conan einmal in echt zu erleben …

Takeda ließ sich nicht beirren, bemerkte seine Zuschauer scheinbar nicht einmal. Er begann, pantomimisch die Schusshaltung von Yvonne Rheydt zu imitieren, kam zu dem Ergebnis, dass das Mädchen in ihrer sitzenden Haltung die Waffe mit beiden Händen gehalten haben musste, mit dem Griff nach vorne und dem Lauf nach oben. Nur so ließ sich die Position der Waffe in ihrer nun leblosen Hand erklären. Der Daumen der rechten Hand hatte den Abzug von oben nach unten betätigt, während die linke die Girsan so stützte, dass sie beim Schuss nicht verrutschen konnte.

Technisch gesehen hatte das Mädchen genau richtig gehandelt. Denn tatsächlich gingen Suizidversuche mit Schusswaffen oft genug schief. In Japan war das nicht unbedingt ein Problem, hier wurde ohnehin selten geschossen. Selbstmörder nutzten eher Gift oder Messer, sie gingen ins Meer oder in einen See, sprangen von Häusern, warfen sich vor Züge, wenn Letzteres auch nur selten, es war schließlich gegenüber den Fahrgästen rücksichtslos, die mussten dann ja Verspätungen erdulden. In Deutschland aber waren Schusswaffen häufiger im Einsatz. Die Sterbewilligen, ungeübt im Umgang mit Waffen, unterschätzten die Wucht eines Schusses, verrissen die Waffe, so dass sie am Ende nicht starben, sondern mit schwersten Hirn- und Schädelverletzungen in Kliniken landeten.

All das wusste Takeda von seinen zahlreichen Gesprächen mit Ludger Terzian, dem Leiter der Hamburger Rechtsmedizin.

Yvonne Rheydt war eben das nicht passiert. Sie hatte die Waffe an der zarten Haut unter dem Kinn aufgesetzt, sie mit der anderen Hand gestützt und das Ziel, den eigenen Kopf, getroffen. Der Tod dürfte unmittelbar eingetreten sein.

Aber täuschte all das vielleicht nur? Hatte Rheydt wirklich Selbstmord begangen? Oder war sie in Wahrheit von einer anderen Person getötet, ermordet worden?

Der Inspektor untersuchte den Baumstamm oberhalb der Leiche, dann auch Gras und Erde unmittelbar um den leblosen Körper. Das Muster aus Blut und Knochensplittern rundherum war vollständig, ein kreisförmiges Mandala des Todes.

Hätte eine andere Person neben Rheydt gestanden und die Waffe ausgelöst, ihr dann nachträglich in die Hand gelegt, müsste dort eine entsprechende Lücke im Muster sein. Das war nicht der Fall.

Es konnte kein Zweifel bestehen. Das Mädchen hatte selbst geschossen, von unten durch Kinn, Mund und Gaumen in den Kopf.

Takeda erhob sich, entfernte sich einige Schritte von der Leiche. Dann blieb er noch einmal stehen, ließ die Szenerie in ihrer Gesamtheit auf sich wirken.

Etwas gefiel ihm nicht. Aber was?

In diesem Moment trat Claudia neben ihn. Sie wusste, dass Takeda diesen besonderen Blick hatte, diese besondere Fähigkeit. Sie hatte es selbst erlebt, damals zu Beginn dieses kürzesten längsten Jahres ihres Lebens.

»Die Spusi hat drinnen Versuche eines Abschiedsbriefs gefunden. Wir müssten einen Schriftvergleich machen, aber es klingt nach den Worten einer jungen, verzweifelten Frau …«

Takeda sagte lange Zeit nichts.

Dann wurde ihm klar, was ihn von Anfang an gestört hatte.

»Trotzdem, Claudia, es war kein Selbstmord. Die Briefe müssen Fälschungen sein.«

»Das heißt, sie hat sich nicht selbst erschossen?«

»Doch. Aber sie hat es nicht freiwillig getan. Jemand hat sie dazu gezwungen.«

49.

Es war Nachmittag geworden, als sie auf dem Weg zurück nach Hamburg waren. Diesmal saß Claudia am Steuer. Sie drückte das Gaspedal durch.

Sie wollte möglichst schnell wieder in der Stadt sein. Ihre Ermittlungen duldeten keinen Aufschub. Jetzt nicht mehr, nicht nach diesem zweiten Mordfall. Wer wollte wissen, ob nicht ein dritter folgte?

Abgesehen davon fuhr Claudia auch einfach gerne schnell. Vor allem, wenn sie wusste, dass die Kollegen der Verkehrspolizei ihr nichts anhaben konnten. War ja dienstlich, die Raserei.

Sie waren zunächst so lange am Tatort geblieben, bis ein Rechtsmediziner aus Kiel eingetroffen war, der tatsächlich in forensischer Entomologie bewandert war. Er sah sich die von Fliegenlarven besiedelten Wunden der Leiche an und grenzte den Todeszeitpunkt genauer ein. Yvonne Rheydt war vor mindestens fünf, eher vor sechs Tagen erschossen worden.

Fünf oder sechs Tage. Das hieß, sie war am Donnerstag oder Freitag der vergangenen Woche gestorben.

Haffner war am Samstag ermordet worden.

Damit konnte sie nicht die Täterin sein.

»Okay, das wissen wir also«, sagte Claudia, während sie mit ihrem Peugeot einen SLK mittels Lichthupe von der linken Spur verscheuchte. »Und jetzt erklär mir noch einmal, was dich so sicher macht, dass auch ihr Tod ein Mord war. Diese Versuche eines Abschiedsbriefes klangen für mich nämlich durchaus authentisch.«

»Ich sag's dir gerne. Aber nur, wenn du langsamer fährst.«

»Du gönnst mir aber auch gar keinen Spaß.«

»Doch, und wie ich das tue. Aber nicht am Steuer und nicht auf der Autobahn. Denk auch an die Umwelt. Der Benzinverbrauch steigt exponentiell bei Geschwindigkeiten über …«

»Schon gut.«

Claudia nahm den Fuß vom Gas und wechselte auf die Mittelspur.

»Zufrieden? Gut. Dann bist du jetzt dran.«

Takeda sprach mit leiser, konzentrierter Stimme: »Es war die Art, wie sie die Waffe gehalten hat. Es ergab einfach keinen Sinn.«

»Du meinst, weil sie mit dem Daumen abgedrückt hat? Aber muss man das nicht, wenn man sich selbst erschießt?«

»Gib mir mal bitte deine Waffe.«

»Echt?«

»Aber ja.«

Claudia zuckte mit den Schultern. Sie löste eine Hand vom Steuer, griff unter ihren Blazer und zog die Waffe aus dem Schulterholster, reichte sie Takeda.

Der löste mit routinierter Bewegung das Magazin, überprüfte die Kammer, um sicherzugehen, dass die Waffe nicht geladen war.

Dann drehte er sie um, richtete den Lauf gegen sich selbst, und zwar so, dass die Mündung auf seinen Mund zeigte. »Manche Selbstmörder schießen sich in den Mund. In einem solchen Fall hast du recht, man müsste die Waffe mit dem Daumen auslösen. Man drückt den Abzug von sich fort, um zu schießen. Wenn man sie sich aber unters Kinn hält, ist das nicht der Fall.«

Takeda drehte die Waffe um, hielt sie in gewöhnlicher Schusshaltung vor sich, so dass der Zeigefinger der rechten Hand am Abzug lag und die linke Hand die Waffe stabilisierte. Dann drehte er den Lauf um neunzig Grad nach oben und hielt ihn sich unters Kinn. »Siehst du, es ist eine einfache, natürliche Schusshaltung. Jeder würde es so tun, auch wenn er oder sie keine Übung mit Waffen hat. Man schießt in einer solchen Haltung nicht mit dem Daumen.«

»So weit, so gut. Aber wie stellst du dir das Szenario vor?«

»Es ist nicht so kompliziert. Jemand hat Yvonne gezwungen, sich zu erschießen, vermutlich ebenfalls mit vorgehaltener Waffe.«

»Also nach dem Motto: Erschieß dich selbst, sonst erschieße ich dich?«

»Richtig. Und damit Yvonne nicht blitzschnell die Waffe gegen den anderen richtet, hat er sie gezwungen, sie unnatürlich zu halten.«

Takeda steckte seinerseits den Daumen durch den Abzugsbügel, machte deutlich, dass es unmöglich war, die Waffe schnell herumzudrehen und auf jemand anderen zu schießen.

Claudia scherte nun ganz auf die rechte Spur und reduzierte die Geschwindigkeit weiter. Sie dachte nach, schüttelte den Kopf, seufzte angestrengt. »Ich glaube dir nicht, Ken. Diesmal nicht. So funktioniert es einfach nicht. Menschen wollen leben, sie klammern sich an jede kleinste Hoffnung. Sogar in einer Situation, wie du sie beschreibst. Egal, wie verzweifelt jemand ist, er baut darauf, dass der andere nur blufft und am Ende doch nicht schießt. Man kann einen Menschen nicht dazu zwingen, sich selbst zu töten. Es geht einfach nicht.«

»Du hast recht. Eigentlich ist es unmöglich. Aber was, wenn derjenige, der dort mit einer Waffe steht, noch ein weiteres Druckmittel hat? Im Falle von Yvonne könnte er damit gedroht haben, jemanden zu töten, der ihr nahestand. Ihre Mutter zum Beispiel. Meinst du nicht, dann würde Yvonne es doch tun? Einfach, um nicht noch mehr Leid zu erzeugen?«

Claudia gab erneut ein erschöpftes Stöhnen von sich. Sie stellte es sich vor. Der Mörder spürte Yvonne in der Hütte auf. Oder er hat sie eigenhändig dorthin gebracht, was noch wahrscheinlicher war. Er zwingt sie, einen Abschiedsbrief zu verfassen. Sie fängt an, hört aber immer wieder auf. Das ist ihm egal, die Versuche genügen ihm. Vermutlich wirft er sie anschließend selbst in den Müll, damit es authentischer wirkt. Dann zwingt er Yvonne mit vorgehaltener Waffe, in den Wald zu gehen und sich vor den Baum zu setzen. Er fordert sie auf, ihre eigene Waffe gegen sich selbst zu richten und abzudrücken. Sollte sie es nicht tun, würde er nicht nur sie, sondern auch noch ihre Mutter töten.

Yvonne wusste, dass sie so oder so sterben musste. Warum auch noch das Leben ihrer Mutter gefährden …

Ja, es war möglich.

Und es bewies, dass der Täter ein grausames, perverses Schwein war. Zudem definitiv männlich. Eine Frau würde so etwas nicht tun. Ausgeschlossen.

Beiläufig ging Claudias Blick zum Seitenfenster hinaus, wo sie das entsetzte Gesicht eines Fahrers in einem Wagen auf der Nebenspur bemerkte. Offenbar hatte er sie und Takeda dabei beobachtet, wie sie mit der Waffe herumhantierten.

Sie lächelte ihm um Verzeihung heischend zu, hielt dabei ihren Dienstausweis in die Höhe und formte mit dem Mund lautlos das Wort Polizei. Der andere Fahrer wirkte nicht wirklich beruhigt.

Sie passierten das Kreuz Ost und näherten sich über die A 24 der Hamburger Innenstadt. Lange Minuten schwiegen sie, hingen beide ihren Gedanken nach.

Dann war es Claudia, die als Erste ihre Sprache wiederfand. »Du hast recht. Yvonne Rheydt hat sich nicht selbst das Leben genommen. Ebenso wenig, wie sie Haffner erschossen hat. Wir suchen also jemanden, der ein Motiv für beide Morde hat.«

»Wir wissen, wer dafür infrage kommt, oder?«

»Ja, wissen wir.«

»Darum ist er uns auch das versprochene Alibi für den Zeitpunkt des Haffner-Mordes schuldig geblieben.«

50.

Jost Weber wohnte in einem modernen Neubaukomplex im Stadtteil Bahrenfeld. Sechs Stockwerke, helle Fassade, große Balkone, viel Glas.

Als sie mit Takeda vor dem Gebäude stand, legte Claudia den Kopf in den Nacken. Ganz schön schick, dachte sie. Aber auch unbezahlbar. Wie fast alles, was in Hamburg in letzter Zeit gebaut wurde. Neue Wohnungen für Menschen mit kleinem Geldbeutel schienen einfach nicht interessant zu sein. Oder es gab von den großen Geldbeuteln einfach zu viele in der Stadt.

Trotzdem, neidisch war sie nicht. Vermutlich lag es daran, dass diese ganzen neuen Luxusbehausungen einfach alle gleich aussahen. Im Osten, Norden, Westen der Stadt, überall. Als wären sie alle vom selben Architekten entworfen worden. Der konnte nur eckig. Schon traurig.

»Claudia?« Takedas Stimme riss sie aus ihren Gedanken.

Sie winkte ab: »Sorry, Ken. Ich habe nur gerade gedacht, dass ich lieber mal ein paar Architekten verhaften würde und nicht immer nur Mörder. Denn mal ehrlich, vieles von dem, was die fabrizieren, ist ein Verbrechen, oder?«

Takeda seufzte und dachte an seine Heimatstadt Tokio. Sicher, Claudia hatte recht, es ging schöner. Aber es ging eben auch schlimmer.

Jost Weber empfing sie im Bademantel an der Wohnungstür. Er war unrasiert, hatte tiefe dunkle Ringe unter den Augen. Sein eigentlich trainierter Körper wurde umweht von Düften nach Schweiß und Alkohol.

»Herr Weber, wir sind hier, weil …«

»Ja, ja. Schon gut. Ich war's.«

»Herr Weber?«

»Darauf läuft es doch hinaus, oder? Was ist es denn diesmal? Wieder ein Mord? Ein Banküberfall? Egal, ich gestehe alles.«

Ohne eine Antwort abzuwarten, gab der Schauspieler die Tür frei und schlurfte zurück in sein Wohnzimmer. Dort ließ er sich in einen Sessel fallen, der einem riesigen Flachbildschirm gegenüberstand. Er nahm einen Schluck aus einer Bierflasche, die seitlich neben dem Sessel auf dem Fußboden stand. Auf dem Bildschirm lief eine Folge von *Hearts of Hamburg*. Weber selbst war zu sehen, in seiner Rolle als romantischer, Herzen brechender Junggeselle auf der Suche nach der großen Liebe.

Warum tat er sich das an? Es war purer Masochismus.

Claudia, die ihm gemeinsam mit Takeda gefolgt war, verspürte dennoch kein Mitleid. Warum sollte sie auch? Weber hatte sich seine Lage selbst zuzuschreiben. So etwas passierte, wenn man sich am eigenen Ruhm berauschte und glaubte, mit anderen Menschen, vor allem Frauen, tun zu können, was man wollte.

Mit stummer Geste gab sie Takeda zu verstehen, dass er das Gespräch führen sollte, sie würde sich in der Wohnung umsehen. Vielleicht fand sie einen Hinweis, womöglich eine Waffe. Theoretisch bräuchte sie dazu zwar einen Beschluss. Aber solange Weber nicht protestierte, konnte sie ja einfach mal anfangen.

Takeda sagte: »Herr Weber, eine knappe Frage. Wann haben Sie Yvonne Rheydt das letzte Mal gesehen?«

»Yvonne? Keine Ahnung. Ist Monate her.«

»Monate?«

»Verdammt, ich weiß es nicht mehr. Ist mir auch egal. Ich versuche, das kleine Miststück möglichst zu vergessen.«

Claudia, die am anderen Ende des Zimmers die Fächer eines Regals untersuchte, mischte sich doch ein. Ging nicht anders. »Das kleine Miststück? Haben Sie das wirklich gerade gesagt? Nach allem, was Sie ihr angetan haben?«

»Ist ja wohl umgekehrt. Sie hat rumgelogen und mich in die Pfanne gehauen. Das Ergebnis sehen Sie vor sich. Einen arbeitslosen Schauspieler, der nicht mehr vor die Tür gehen kann, ohne von seinen ehemaligen Fans bespuckt zu werden.«

»Gott! Sie machen hier wirklich einen auf Selbstmitleid? Ich fasse es nicht!«

Takeda hob beschwichtigend die Hand. Claudia nickte, auch wenn ihr anzusehen war, dass sie hart um ihre Beherrschung ringen musste.

Der Inspektor wandte sich wieder an den Schauspieler. »Sind Sie sicher, dass Sie Frau Rheydt nicht kürzlich noch einmal gesehen haben? Vielleicht vergangene Woche?«

»Ja. Aber selbst wenn, ist das wichtig?«

Takeda trat zwischen Weber und den Flatscreen. In einer albern wirkenden Geste reckte der Schauspieler den Hals, um weiter auf den Bildschirm sehen zu können.

Claudia deutete stumm auf eine Tür und verließ den Raum. Sie wollte ihre Suche im Flur und den anderen Räumen der Wohnung fortsetzen.

»Yvonne Rheydt ist tot, Herr Weber. Wir haben sie heute Morgen mit einer Kugel im Kopf in der Nähe des Großensees gefunden«, sagte Takeda.

Weber reagierte zunächst überhaupt nicht. Keine Zucken, kein Entsetzen. Er saß reglos auf seinem Sessel und starrte ins Nichts.

»Herr Weber, waren Sie in letzter Zeit am Großensee?«

Keine Antwort.

»Herr Weber? Ich habe Ihnen eine Frage gestellt.«

Unendliche Sekunden vergingen. Erst dann bewegte der Schauspieler sich wieder. Er griff zur Fernbedienung des Fernsehers, die neben der Bierflasche auf dem Boden lag, und stellte das Gerät ab.

Dann strich er sich die Haare aus dem Gesicht, sah Takeda zum ersten Mal direkt an. Seine Miene wirkte verändert, als wäre er aus tiefem Schlaf erwacht.

Oder hatte er nur die Rolle des leicht derangierten Lebenskünstlers, die er bisher gegeben hatte, beendet, um nun mit einer neuen Rolle fortzufahren?

»Zunächst einmal, Inspektor …«, Weber drehte sich demonstrativ in Richtung der Tür, durch die Claudia verschwunden war, »… stört es mich nicht, dass Ihre Kollegin meine Schränke durchwühlt. Kann sie gerne machen. Sie wird nichts finden. Schon gar nicht eine Pistole oder so etwas. Weder eine, mit der ich Haffner erschossen habe, noch eine, mit der ich Yvonne getötet habe. Ich habe niemanden umgebracht. Ich habe mit diesem ganzen Scheiß nichts zu tun.«

»Sie machen es sich zu einfach, Herr Weber. Yvonne Rheydt hat Sie der Vergewaltigung bezichtigt. Haffner war Ihr Anwalt, der Sie allerdings nicht von Ihren Problemen hat befreien können. Beide sind nun tot. Ob Sie wollen oder nicht, Sie haben eine Menge damit zu tun!«

Erneut trat Stille ein, und noch einmal schien mit Weber eine Wandlung vor sich zu gehen. Er verstand offenbar, dass Takeda recht hatte. Trauer machte sich in seinen Zügen breit. Fast schienen ihm die Tränen zu kommen. Ob es am Schicksal der beiden Toten lag oder daran, dass er seine eigene Verstrickung, seine Ausweglosigkeit erkannte, vermochte Takeda nicht zu sagen.

»Hören Sie, Inspektor, ich sag es noch einmal, ich war es nicht! Das schwöre ich bei allem, was mir heilig ist. Ich gebe ja zu, ich hätte die kleine Schlampe liebend gerne um die Ecke gebracht. Ich hab's mir oft genug vorgestellt. Aber genauso hätte ich mich am liebsten selbst erwürgt, weil ich mich überhaupt auf sie eingelassen habe! Eine einzige Nacht, die nicht einmal etwas Besonderes war, wenn Sie wissen, was ich meine ...«

»Hören Sie auf mit solchen Sprüchen. Es ist widerlich.«

»Schon gut. Jedenfalls sitze ich jetzt so tief in der Scheiße wie noch nie. Mein ganzes Leben ist im Eimer. Dank Yvonne, dank Haffner. Aber umgebracht habe ich beide nicht.«

»Dann helfen Sie mir, zu verstehen, was geschehen ist.«

»Sagen Sie mir, wie.«

»Beantworten Sie meine Fragen. Wir haben inzwischen erfahren, dass Klaus-Peter Haffner versucht hat, Frau Rheydt mit Geld umzustimmen. Dafür sollte sie die Anzeige gegen Sie zurückziehen. Wissen Sie davon?«

»Muss ich das sagen?«

»Ja. Es sei denn, Sie möchten uns als Mordverdächtiger aufs Präsidium begleiten.«

»Ach, verdammt, Haffner glaubte, es auf die Art regeln zu können. Er scheint das schon öfter getan zu haben. Außergerichtliche Einigung und so. Warum auch nicht?«

»Um welche Summe ging es?«

»Zwanzigtausend Euro. Wenn ihr das zu wenig wäre, wollte er noch etwas drauflegen.«

»Fanden Sie das nicht ungebührlich? Sich aus einer Anzeige freizukaufen?«

»Ich war schon überrascht, als Haffner es vorschlug. Aber so wird's doch überall gemacht. Am Ende habe ich einfach nur gehofft, dass es klappt.«

»Ich nehme an, dass Haffner das Geld von Ihnen haben wollte, um es dann Frau Rheydt zu übergeben?«

»Was sonst? Er hätte es kaum aus eigener Tasche bezahlt.«

»Sie haben ihm das Geld gegeben?«

»Ja.«

»In bar?«

»Sicher.«

»Haffner hat Ihnen nicht vorgeschlagen, es zu überweisen? Möglicherweise nicht an ihn direkt, sondern vielleicht an eine andere Firma, die es dann an ihn weiterleitet?«

»Nein. Direkt. In Cash. In Hundertern, um genau zu sein.«

»Frau Rheydt hat das Geld abgelehnt. Was hat Haffner als Nächstes vorgeschlagen?«

»Als Nächstes?«

»Das war meine Frage.«

Weber senkte den Blick. »Er meinte, er hätte da noch etwas auf Lager. Eine letzte Sache.«

»Hat er erklärt, was er damit meinte?«

»Nein.«

»Er hat nicht einmal eine Andeutung gemacht?«

Anstatt zu antworten, erhob Weber sich aus seinem Sessel. Er trat ans geöffnete Fenster, sah hinaus und sagte lange Zeit nichts.

Dann erst drehte er sich zu Takeda um. »Hören Sie, Inspektor, ich weiß nicht, was Haffner vorhatte. Irgendwann rief er mich an und meinte, Yvonne wäre zur Polizei gegangen und hätte ihre Aussage widerrufen. Er glaubte, damit wäre die Sache geregelt. Mission accomplished. Der Staatsanwalt würde die Anzeige jetzt garantiert fallenlassen und das Verfahren einstellen. So ist es dann ja auch gekommen. Aber ich konnte mich trotzdem nicht freuen. Das Ganze war doch längst so beschissen, dass es gar keinen Unterschied mehr machte. Ich stand als Vergewaltiger da, ob nun mit Anzeige oder ohne ...«

»Wir wissen, dass Yvonne zuletzt ausgesprochen verängstigt war. Hat Haffner sie unter Druck gesetzt oder sogar bedroht? Hat er sie mit Gewalt gezwungen, ihre Aussage zu widerrufen? Wissen Sie etwas darüber?«

»Nein, habe ich doch schon gesagt. Ich weiß nicht, was Haffner zuletzt gemacht hat. Falls er sie bedroht hat, hat er es mir nicht gesagt.«

»Bei Ihrem letzten Treffen am Samstag, an Haffners Todestag, haben Sie sich mit ihm über sein Honorar gestritten. Das haben Sie mir selbst erzählt.«

»Ja, das stimmt.«

»Hatte er Ihnen denn zuvor die zwanzigtausend Euro, die für Rheydt bestimmt waren, zurückgegeben?«

»Nein. Er meinte, er behält sie als Vorschuss. Aber er wollte mehr. Ich war nicht bereit, ihm auch nur einen Cent zu geben. Wofür auch?«

»Wie viel mehr wollte er?«

»Hat er nicht gesagt. Aber anscheinend so einiges. Er hätte sich ja um alles gekümmert. Wie versprochen.«

»Das hat er gesagt? Mit diesen Worten? Er hätte sich um alles gekümmert?«

»Ja.«

Claudia kehrte ins Zimmer zurück. Offenbar hatte sie dem Gespräch bereits zuvor von nebenan gelauscht. Kopfschüttelnd sagte sie zu Weber: »Wissen Sie eigentlich, dass mir schlecht wird, wenn ich Sie sehe?«

»Beruht auf Gegenseitigkeit, Frau Harms.«

»Nur, dass ich mich nicht in Selbstmitleid suhle.«

»Sicher?«

Claudia schnaubte. »Anstatt unverschämt zu sein, überlegen Sie lieber, wo Sie am vergangenen Donnerstag und Freitag waren. Lügen Sie nicht herum. Wir finden es heraus, wenn Sie die Unwahrheit sagen. Dasselbe gilt für die Frage, die Ihnen mein Kollege vorhin gestellt hat und die Sie immer noch nicht beantwortet haben.«

»Welche Frage?«

»Ob Sie schon einmal am Großensee waren.«

»War ich. Ist aber Jahre her.«

»Denken Sie lieber noch einmal nach.«

»Außerdem schulden Sie mir noch das Alibi für den späten Samstagabend. Die Pizzaquittung, Sie erinnern sich?«, fügte Takeda hinzu.

Weber stand immer noch am Fenster. Mit seltsam ausdruckslosem Gesicht sah er erst den Inspektor, dann Claudia an. »Ich bin nicht so bescheuert, wie Sie vielleicht glauben. Sie denken, dass Haffner Yvonne umgebracht hat. Und dass ich ihn dafür bezahlt habe, richtig? Aber das ist Quatsch. Ich würde so etwas niemals tun. Es hätte mein Problem auch gar nicht gelöst! Im Gegenteil! Wenn morgen in den Zeitungen steht, dass Yvonne tot ist, dann steht mein Name direkt daneben! Was glauben Sie, was dann los ist? Jeder wird denken, dass ich es war. Ob es stimmt oder nicht, ist den Leuten scheißegal. Die interessieren sich nicht für die Wahrheit. Wahr ist, was auf Insta oder Twitter behauptet wird. Die werden mich für ihren Tod verantwortlich machen. Ich bin erledigt.«

51.

Sie standen wieder vor der Tür. Claudia blickte erneut an der Fassade des Neubaus zu Webers Wohnung empor. Architektur war jetzt allerdings das Letzte, das sie interessierte.

»Was denkst du?«, fragte sie.

»Ich glaube, dass Weber die Wahrheit sagt. Er war es nicht. Er hat recht. Es ergibt keinen Sinn für ihn, das Mädchen zu töten.«

»Mord ergibt selten Sinn.«

»Stimmt. Aber in diesem Fall? Yvonnes Tod bringt ihn nur in noch größere Schwierigkeiten.«

Claudia löste ihren Blick von dem Gebäude. Sie sah Takeda an. »Wenn ich ehrlich bin, denke ich dasselbe. Es bleibt zwar dabei, dass ich ihn für einen miesen, frauenverachtenden Arsch halte. Aber ein Mörder ist er nicht.«

Nach kurzer Stille sagte Takeda: »Was ist mit der anderen Möglichkeit, die er angedeutet hat? Könnte Haffner Yvonne getötet oder ihren Tod in Auftrag gegeben haben? Sogar ohne es mit Weber abgesprochen zu haben? Vielleicht, um auf die Art sein Versprechen ihm gegenüber einzuhalten?«

»Haben wir Anhaltspunkte, dass Haffner solche Methoden angewendet hat?«

»Ja, die haben wir. Nicht direkt, aber es gibt sie. Denk an das Jahr 1983.«

»Du meinst ...«

»Ja, genau das meine ich.«

Claudia starrte Takeda an. Sie war überrascht. Und zugleich war sie es nicht. Nach allem, was sie bisher herausgefunden hatten, drängte sich der Verdacht regelrecht auf. Das, von dem sie dachten, dass es nichts miteinander zu tun hat, hing eben doch miteinander zusammen.

Und zwar in der Person von Klaus-Peter Haffner.

Als siebzehnjähriger Schüler beobachtet er einen Mord, meldet ihn aber nicht. Der Grund, aus dem er so handelt, ist unklar. Vielleicht war es ein Anflug von jugendlicher Realitätsverweigerung. Eine teenagerhafte, verirrte Faszination am Tod. Vielleicht hatte er auch nur deshalb geschwiegen, weil es ein Mitschüler war, der die Tat begangen hatte, und er ihn schützen wollte.

Erneut sah Claudia die Szenerie vor ihrem geistigen Auge. Eine verschneite Dezembernacht, der Hamburger Stadtpark. Ein Punk, ein Popper, ein hübsches Mädchen. Drogen, Alkohol, Übermüdung. Der Punk will das Mädchen vergewaltigen. Der andere Junge – Haffner – beobachtet ihn dabei, schreitet aber nicht ein. Als sich ihm später die Gelegenheit bietet, macht er eine falsche Aussage gegenüber der Polizei, dann auch vor Gericht. Damit hat er seinen Mitschüler auf ewig in der Hand, kann ihn, vielleicht bis heute, als willigen Gehilfen einsetzen, um Drecksarbeit für ihn zu erledigen. Bis hin zu Mord.

Vielleicht tut er es aber sogar selbst. Bringt Menschen um. Weil damals in Haffner selbst etwas Grundlegendes zerstört worden ist. Eine Hemmung, das Gefühl für das, was geht und was nicht geht.

Das Leben zu schützen. Gewalt nicht anzuwenden. Nichts spielte mehr eine Rolle.

»Du hast recht, Ken. Es hängt alles miteinander zusammen.«

»Aber können wir es beweisen?«

»Noch nicht.«

»Was schlägst du vor?«

»Ich muss noch einmal zu Kathi Sellering. Ich glaube, das ist das Wichtigste von allem. Sie muss mir sagen, ob es stimmt, was in dem Buch steht. Ob dieser Tolle, wie sie ihn nennt, wirklich Haffner ist. Und wer der Indianer ist.«

»Okay, und ich spreche noch einmal mit Sybille Geschke, Haffners erster Frau.«

»Glaubst du, sie weiß etwas?«

»Von allen Menschen, mit denen wir gesprochen haben, kannte sie Haffner am längsten. Ja, sie könnte etwas wissen. Vielleicht hat er sich ihr anvertraut.«

»Okay. So machen wir es. Sofort danach telefonieren wir miteinander oder treffen uns im Präsidium.«

52.

Es war ein milder Sommerabend. Blauer Himmel, leichter Wind. Männer in kurzen Hosen, Frauen in luftigen Kleidern. Volle Tische vor den Cafés und Restaurants. Übermütige Kids, die platschend von den Brücken in die Alsterkanäle sprangen. Unten, auf dem Wasser, jede Menge Stand-up-Paddler und Kanufahrer.

Verdammt, Hamburg, ich hasse dich. Du verlogene Stadt. Der Frieden, den du uns zeigst, ist eine Lüge. Deine Schönheit? Ein Witz! Menschen sterben in deinen Straßen. Menschen morden. Sie überziehen sich mit Hass. Wann kommt das alles endlich wieder zur Ruhe? Wann hört es auf?

Claudia schlug mit der Faust auf das Lenkrad ihres Wagens. Sie war auf dem Weg nach Rahlstedt zu Kathi Sellering.

Zuvor aber würde sie noch einen Halt in Horn einlegen. Sie war weiß Gott nicht scharf drauf. Aber es ging nicht anders. Sie musste es tun.

Sie stellte den Wagen ab, drückte auf die Klingel, diesmal direkt auf die richtige. Es dauerte eine Weile, bis die Gegensprechanlage schnarrte. »Ja?«

»Harms. Sie wissen schon, ich war vorgestern bei Ihnen. Von der Polizei.«

»Ach Sie sind's. Kommen Sie hoch.« Marion Rheydts Stimme klang fast, als freue sie sich über Claudias Besuch.

Der Türöffner summte. Claudia stieg drei Treppen hoch. Rheydt stand wie beim letzten Mal in der Tür und hatte eine Zigarette in der Hand. Sie lächelte freundlich, als sie Claudia sah. »Haben Sie meine Kleine endlich gefunden?«

»Kann ich reinkommen?«

»Na klar. War doch nett, als Sie hier waren, oder? Wenn Sie möchten, bekommen Sie wieder einen Kaffee und wir schauen uns noch eine Folge *Hearts* an.«

Claudia hatte das Gefühl, gegen eine mächtige Strömung anzukämpfen. Sie betrat die Wohnung. »Vielleicht setzen wir uns erst einmal?«

»Bitte. Bei mir hat sie sich übrigens nicht gemeldet. Ich bin ganz schön enttäuscht, das können Sie mir glauben. Dass Yvonne so lange nichts von sich hören lässt, sieht ihr nicht ähnlich.«

Claudia nahm auf dem Sofa Platz. Auch heute war die Luft verraucht, lief der Fernseher ohne Ton, lag ein halb ausgefülltes Kreuzworträtsel auf dem Tisch.

Es half alles nichts.

»Ihre Tochter ist tot, Frau Rheydt. Wir haben sie heute Vormittag außerhalb von Hamburg gefunden. Sie ist erschossen worden.«

Keine Reaktion. Marion Rheydt lächelte nur und fragte: »Aber Sie nehmen doch einen Kaffee, Frau Kommissarin?«

Claudia wartete kurz, doch es blieb dabei. Nichts passierte, außer dass Rheydt sie fragend ansah.

»Ja, gerne.«

Rheydt verschwand in der Küche. Claudia hörte das Klappern von Geschirr, fließendes Wasser. Kurze Stille.

Dann das Bersten von Glas.

Sie sprang auf, rannte durch den kurzen Flur in die Küche. Rheydt stand vor der Spüle. Auf dem Küchenboden die Scherben der Kaffeekanne, überall Wasser. Rheydt stand da und zitterte, rührte sich ansonsten aber nicht.

Claudia trat zwischen die Scherben hindurch auf die Frau zu und schloss sie in die Arme.

Sie weinten gemeinsam.

53.

Nur eine viertel Stunde. Höchstens zwanzig Minuten. So viel Zeit musste einfach drin sein.

Die Elbe lag zwar nicht direkt auf Takedas Weg. Aber allzu groß war der Umweg auch nicht.

In der Kehre einer Sackgasse nahe Schröders Elbpark stellte er den Wagen ab.

Wenige Minuten später stand Takeda mit seinem Saxophon am Elbstrand. Hinter ihm ein paar Spaziergänger und Jogger, vor ihm der mächtige Strom der Elbe, drüben am anderen Ufer der Burchardkai und der Petroleumhafen.

Er hatte sich für ein Stück von Esbjörn Svensson entschieden. *Tide of Trepidation*. Eine Flut der Beklemmung, eine Strömung der Angst.

Das Stück fing sehr milde an, weich und zart. So wie die Angst, die unbemerkt und leise in die Glieder kroch, in die Gedanken, sich dort ausbreitete, bis sie schließlich alles beherrschte ...

Spielen, loslassen, die Dinge zum Schweben bringen. Zwei Tote, nein, eigentlich schon drei.

Die Schüsse auf Haffner. Der fingierte Selbstmord von Yvonne

Rheydt. Saskia von Thun, die vor fast vierzig Jahren erschlagen worden war.

Die Gegenwart war die Verwerfung, die entstand, wenn die tektonischen Platten der Vergangenheit und der Zukunft aufeinandertrafen.

Der Mord von damals zog Kreise durch die Zeit. Wovor hatte jemand so viel Angst, dass er glaubte, es nur durch neue Morde aufhalten zu können?

Stimmte es? Tötete Haffner Menschen oder ließ sie töten, um als guter Anwalt dazustehen? Um die Wünsche seiner Mandanten zu erfüllen? Aber wer hatte dann ihn erschossen? Warum das Geld? Stimmte es überhaupt, was sie über das Jahr 1983 vermuteten? Oder lagen sie weit neben der Wahrheit, hatten noch keine Vorstellung, womit sie es in Wirklichkeit zu tun hatten?

Das Geheimnis des Jazz bestand darin, dass er die Zeit aufhob. Alle Musik konnte das. Musik war Meditation. Reines Sein. Existieren im Augenblick. Weil es überhaupt nur den Augenblick gab. Alles andere war Illusion.

Aber selbst das stimmte nicht. Weil der Augenblick, das Jetzt, alle Zeiten enthielt.

Die Gegenwart ist eine Welle im unendlichen Ozean der Zeit. Sie flüstert vom Gestern, sie trägt ins Morgen.

Takeda griff das Thema des Stückes auf, blieb leise und zart. Es nützte nichts, es war vergeblich.

Die Musik gab ihm keine Antwort. Das Bild blieb zu lückenhaft. Nichts war zu erkennen.

Noch war es nicht so weit.

Es war Zeit, wieder festen Boden unter die Füße zu bekommen.

Takedas Saxophon verstummte.

Überraschenderweise brandete hinter ihm Applaus auf. Erstaunt drehte der Inspektor sich um, stellte fest, dass dort eine kleine Menschenmenge zusammengekommen war, die ihm bei seinem Spiel gelauscht hatte.

Einige Zuhörer hatten sogar Münzen in seinen offen stehenden Instrumentenkasten geworfen.

Was sollte er jetzt tun? Den Leuten erklären, dass er kein Straßenmusiker wäre, sondern ein Polizist, der hierhergekommen war, um im Jazz Antworten für einen rätselhaften Fall zu finden?

Schließlich aber verbeugte Takeda sich einfach nur. Dann packte er sein Saxophon ein und kehrte zum Wagen zurück.

54.

Claudia parkte vor dem Haus, in dem sich Kathi Sellerings Etagenwohnung befand. Ihr Besuch am Vortag war ihr in lebhafter Erinnerung. Die Aura der Einsamkeit, die Verrücktheit dieser Frau, ihre Selbstverletzung.

Claudia war nicht scharf drauf, ein zweites Mal zu ihr zu gehen. Aber es half nichts, sie brauchte Antworten.

»Sie!«

Kathi Sellering sagte nur das eine Wort, nachdem sie die Tür geöffnet hatte und Claudia vor ihr stand.

»Richtig. Ich.«

Sellering war auch heute in Schwarz gekleidet, diesmal allerdings nicht in wallenden Kleidern, sondern körperbetont. Schwarze Jeans, schwarzes T-Shirt. Genau wie letztes Mal trug sie das strassbesetzte Halsband.

»Was wollen Sie?«

»Ich möchte über das Buch sprechen, das Sie mir gegeben haben.«

»Dann haben Sie es gelesen?«

»Von der ersten bis zur letzten Seite. Spannend.«

Ein Lächeln huschte über Sellerings Gesicht. »Okay. Dann kommen Sie herein. Eigentlich passt es sogar ganz gut, dass Sie hier sind.«

Claudia ging durch den Flur in das Wohnzimmer. Anders als

bei ihrem letzten Besuch waren die Vorhänge zugezogen. Die einzige Lichtquelle waren einige bereits weit heruntergebrannte Kerzen. Über dem großen, runden Tisch in der Zimmermitte war eine schwarze Decke gebreitet. Darauf lagen mehrere Gegenstände, die Claudia nicht so recht identifizieren konnte. Knochen, Federn, Glasscherben.

Claudia seufzte. Nach allem, was der Tag bisher schon geboten hatte, erst recht nach ihrem Besuch bei Marion Rheydt, hatte ihr so etwas gerade noch gefehlt.

»Wollen Sie etwas trinken?«, fragte Sellering.

»Ja, warum nicht. Ein Wasser wäre schön.«

»Sprudel? Oder Leitung?«

»Egal. Hauptsache, kalt. Draußen ist es ziemlich heiß – nur für den Fall, dass Sie das noch nicht mitbekommen haben.«

Sellering lächelte, schien in diesem Moment wach und klar zu sein. »Ich war heute Morgen einkaufen, Frau Kommissarin. Ist nicht so, dass ich gar nicht vor die Tür käme.«

»Ich dachte nur, weil Sie sich hier so verrammelt haben.«

»Verrammelt? Ich habe nur die Vorhänge zugezogen. Für das, was ich vorhabe, brauche ich die Dunkelheit.«

»Und was genau haben Sie vor?«

»Erst Ihr Wasser. Sie werden schon sehen.«

Kathi Sellering verschwand durch eine Tür in die Küche. Claudia blieb allein im Wohnzimmer zurück. Sie musste an Annette von Thun denken, die Mutter von Saskia, die ebenfalls hinter zugezogenen Vorhängen lebte, ohne jedes Sonnenlicht. Die alte Frau hatte gesagt, dass die Tat von 1983 vielleicht nur ein Menschenleben gekostet, zugleich aber auch viele Verwundete zurückgelassen hätte. Offenbar hatten sie alle gemeinsam, dass sie kein Licht mehr ertrugen.

Sellering kehrte ins Wohnzimmer zurück, bat Claudia am Wohnzimmertisch Platz zu nehmen. »Bitte, Ihr Wasser. Ich habe ein paar Spritzer Zitrone hineingetan. Sie können mehr bekommen, wenn Sie wollen.«

»Danke.«

Claudia trank. Es tat gut. Etwas ratlos blickte sie auf die Dinge auf dem Tisch. Sie waren lose auf dem in die Decke eingestickten Pentagramm verteilt.

»Wie gesagt, ich habe Ihr Buch gelesen, Frau Sellering. Es hat mir gut gefallen.«

»Das freut mich. Auch wenn es nicht meine Motivation war, dass es gefällt.«

»Natürlich nicht. Ich möchte wissen, ob sich die Dinge, die Sie schildern, wirklich so zugetragen haben. Und wenn ja, woher Sie davon wissen. Ich nehme an, Sie selbst sind das Mädchen, das Sie im Text die Dienerin nennen?«

»Möglich.«

»Ein klares Ja oder Nein wäre mir lieber.«

»Es gibt keine Klarheit.«

»Also schön. Dann nehme ich es einfach an, dass es so ist. Daraus ergibt sich das Problem, dass die Dienerin, also Sie, bei dem schrecklichen Ereignis im Stadtpark nicht dabei war, jedenfalls nicht laut Ihrer eigenen Schilderung im Buch.«

»Und?«

»Wie kommen Sie dann darauf, die Dinge so darzustellen? Sie bezichtigen einen Ihrer Mitschüler, den Mord an Saskia begangen zu haben. Haben Sie dafür konkrete Anhaltspunkte?«

»Natürlich.«

»Welche?«

»Oh, das ist ganz einfach. Sie hat es mir erzählt.«

»Wer?«

»Saskia.«

»Hören Sie auf mit so etwas. Ich brauche eine klare Aussage von Ihnen.«

»Möchten Sie noch mehr Wasser? Es ist noch viel da.«

»Nein. Also?«

»Sprechen Sie am besten selbst mit ihr. Vielleicht erfahren Sie von ihr, was Sie wissen möchten.«

»Mit wem soll ich sprechen? Mit Saskia von Thun?«

»Aber ja. Ich weiß natürlich nicht, ob sie Ihnen antwortet. Aber Sie sollten es versuchen.«

»Reden wir über so etwas wie eine Seance? Ist es das, was Sie hier gerade veranstalten?«

»Das Wort Seance mag ich nicht. Es ist altmodisch. Ich channele Saskia. Gelegentlich spricht sie direkt mit mir. An anderen Tagen brauche ich einen Vermittler. Es gibt Wesenheiten, die mächtiger sind als wir Menschen. Sie helfen mir, und sie helfen vielleicht auch Ihnen.«

Claudia spürte, wie ihr schwindelig wurde. Am liebsten wäre sie aufgestanden, hätte die Vorhänge zur Seite gerissen und dem Spuk ein Ende gemacht.

Aber sie beherrschte sich. Es war zu wichtig, von Kathi Sellering ein paar brauchbare Antworten zu erhalten.

»Nein, ich möchte es nicht versuchen. Ich möchte die Antworten lieber von Ihnen haben, nicht von irgendwelchen Wesenheiten.«

»Schade.«

»Wann haben Sie Ihr Buch geschrieben? War es schon damals, unmittelbar nach dem Ereignis? Oder erst später, vielleicht sogar erst vor Kurzem?«

»Macht das einen Unterschied?«

»Ich denke schon. Erinnerungen verändern sich. Gefühle werden zu Wahrheiten. Aber lassen Sie mich anders fragen. Haben Sie damals, also 1983, der Polizei auch schon erzählt, was Sie aufgeschrieben haben?«

»Natürlich. Man hat mir nicht geglaubt. Man hat mir sogar gesagt, ich soll aufhören, Unsinn zu erzählen.«

»Wer?«

»Das wissen Sie. *Dra di net um, der Kommissar geht um.*«

Claudia hatte einen bitteren Geschmack im Mund. »Mattusek?«

Sellering nickte nur.

Claudia sah sie prüfend an. Es war schwierig, diese Frau richtig einzuschätzen, zu sehr schien sie zwischen Wahn und Wirklichkeit zu wandern.

»Vielleicht hatte er recht, und Sie haben sich das alles wirklich nur ausgedacht?«

Sellering lächelte verklärt. »Auch das ist möglich. Was in der einen Welt wahr ist, mag in der anderen Fiktion sein. Das Problem ist, dass es niemand wissen kann. Wenn Sie träumen, kommt Ihnen der Traum real vor. Wie wollen Sie wissen, ob nicht die ganze sogenannte Realität nur ein Traum ist?«

»Frau Sellering, zwei Menschen sind innerhalb einer Woche gestorben. Sie wurden ermordet. Möglicherweise hängen diese Todesfälle mit der Nacht vom Dezember 1983 zusammen. Darum machen Sie es mir bitte nicht so schwer. Sagen Sie mir, was Sie wissen.«

»Okay, schon gut.«

»Also, haben Sie Beweise für Ihre Version der Ereignisse? Hat sich damals einer der Beteiligten Ihnen anvertraut? Haffner vielleicht?«

»Nein.«

»Ist er derjenige, den Sie Tolle nennen? Derjenige, der den Mord beobachtet hat?«

»Schon möglich.«

»Was ist mit dem Jungen, den Sie als Indianer bezeichnen? Er hat ja Ihrem Buch zufolge die Tat begangen. Wer ist er? Wie lautet sein richtiger Name?«

»Das kann ich Ihnen nicht sagen.«

»Weil Sie es nicht wissen? Oder weil es alles eben doch nur Phantasie ist?«

»Trinken Sie, Frau Kommissarin. Wie Sie selbst sagten, draußen ist es heiß.«

Claudia griff nach ihrem Glas, stellte es wieder zurück. Ihr war immer noch schwindelig. Alles drehte sich. Sie musste sich konzentrieren. »Antworten Sie auf meine Frage.«

Sellering lächelte im flackernden Kerzenschein. Claudias Drang, die Wohnung zu verlassen, wurde übermächtig. Die Kerzenflammen tanzten vor ihren Augen. Eine große Schwere machte sich in ihrem Körper breit, zog sie nach unten. Sie durfte dem nicht nachgeben, sie musste wach bleiben, aufmerksam bleiben.

»Die Jungs haben damals gelogen. Es begann schon, als noch gar nicht klar war, was mit Saskia passiert ist. Erst hieß es nur, sie wäre verschwunden. Aber die Jungs hatten Angst, große Angst. Als Saskias Leiche schließlich gefunden wurde, wussten sie es schon. Es stand in ihren Gesichtern. Jeder, der es sehen wollte, konnte es sehen.«

»Welche Jungs?«

»Die, von denen ich in meinem Buch erzähle. Sie haben gelogen, und sie lügen bis heute.«

»Wer sind sie?«

»Einen kennen Sie. Sie haben seinen Namen genannt.«

»Klaus-Peter Haffner?«

Sellering nickte.

»Wer noch?«

»Ich kann es nicht sagen. Ich darf es nicht. Sie sind mächtig. Sie würden es nicht zulassen. Fragen Sie Saskia. Ihr können Sie nichts anhaben.«

»Verdammt, Saskia ist tot!«

»Sie haben eine falsche Vorstellung vom Tod, Frau Kommissarin.«

»Ich arbeite bei der Mordkommission. Ich habe eine ziemlich klare Vorstellung vom Tod.«

Das Gefühl, in einem Morast aus Schwere und Müdigkeit zu versinken, wurde immer mächtiger. Claudia spürte, wie sich ihre Kehle zuzog. Sie bekam keine Luft. Alles drehte sich. Sie wollte raus ins Licht. Zugleich wollte sie sich am liebsten hinlegen, sich zusammenrollen, schlafen. Das hier war einfach absurd.

Sellering lächelte. »Geht es Ihnen gut, Frau Kommissarin?«

»Ja.«

»Sie sehen nicht so aus.«

»Amüsiert Sie das?«

»Nein.«

»Warum lachen Sie dann?«

»Ich lache nicht.«

Claudia starrte die Frau an. Natürlich lachte sie. Aber vielleicht merkte sie es selbst nicht.

Mit ihrer letzten verbliebenen Kraft ermahnte sie sich, konzentriert zu bleiben. »Haben Sie Angst, die Namen der Jungs, heute sind sie ja wohl erwachsene Männer, zu nennen, weil Sie sich nicht sicher sind? Oder werden Sie bedroht?«

Sellerings Gesichtsausdruck veränderte sich, ihr Lächeln verschwand. Was war es jetzt, das sich zeigte? Angst?

Claudia fuhr fort. »Sagen Sie mir, was los ist, Frau Sellering. Bitte!«

Keine Antwort.

»Wollen Sie darum, dass ich mit Saskia spreche? Weil Sie dann weiterhin behaupten könnten, nichts verraten zu haben?«

Sellering reagierte nicht.

»Wenn ich auf andere Art die Namen der beteiligten Jungs herausfinde, würden Sie sie dann bestätigen? Würden Sie das tun?«

»Ich werde Saskia fragen, ob ich es darf. Wenn sie es mir gestattet, dann machen wir es so, wie Sie sagen, Frau Kommissarin.«

»Okay, das ist immerhin ein Fortschritt.«

Claudia atmete durch. Überhaupt, es ging ihr besser. Der Schwächeanfall schien vorüber zu sein. Sie fühlte sich erleichtert.

Sie wollte aufstehen, zögerte aber. »Eine letzte Frage habe ich doch noch. Haben Sie mir irgendetwas ins Wasser getan? Eine Droge? Vielleicht weil Sie dachten, dass es dann mit der Seance … mit dem Channeling besser klappt?«

»Nein.«

»Wirklich nicht?«

Kathi Sellering lächelte. »Versprochen. So etwas würde ich nie tun.«

»Okay. Tut mir leid.«

Claudia nickte ihr noch einmal zu und verließ die Wohnung. Wahrscheinlich war sie einfach nur total unterzuckert. Ein Wunder wäre das nicht. Sie hatte den ganzen Tag mehr oder weniger noch nichts gegessen. Höchste Zeit, das zu ändern. Aber nicht sofort. Erst einmal gab es Wichtigeres zu tun.

55.

Als Sybille Geschke die Wohnungstür öffnete, kam es Takeda vor, als wären seit seinem ersten Besuch vor zwei Tagen nur wenige Stunden vergangen. Sie trug dieselbe Kleidung, war gleich zurechtgemacht, wirkte insgesamt nicht so, als hätte sie seitdem überhaupt das Haus verlassen.

»Inspektor, ich habe nicht mit Ihrem Besuch gerechnet.«

»Es haben sich weitere Fragen ergeben, über die ich gerne mit Ihnen sprechen würde.«

»Natürlich. Kommen Sie herein.«

Geschke sah ihn aus traurigen Augen an. Takeda dachte an seine kurze Pause an der Elbe. Es war gut, dass er sie eingelegt hatte.

Sie führte ihn erneut in das Wohnzimmer mit Blick ins Grüne.

»Meine Tochter hat mir erzählt, dass sie sich getroffen haben. In einem Jazzclub.«

»Das ist richtig.«

»Sie meinte, es wäre ein interessanter Abend gewesen. Sie mag Sie, glaube ich.«

Takeda senkte verlegen den Blick. »Ihre Tochter und ich teilen denselben Musikgeschmack. Es war Zufall, dass wir uns getroffen haben.«

Sybille Geschke zeigte ein vieldeutiges Lächeln. »Es ist lange her, seit Tanja mir zuletzt sagte, dass sie einen Mann mag.«

»Ich betrachte das als Kompliment.«

Geschke bot Kaffee an, Takeda nahm dankend an. Kurze Minuten vergingen, dann saßen sie sich auf Sofa und Sessel gegenüber.

»Frau Geschke, wann haben Sie Ihren Ex-Mann eigentlich kennengelernt?«

Sie sah ihn überrascht an. »Das war Ende der achtziger Jahre. Wir waren beide noch an der Uni. Wieso?«

»Ich erkläre es Ihnen gleich. Das heißt, Sie waren etwa Mitte zwanzig? Ist das richtig?«

»Ja. Wir waren keine sonderlich fleißigen Studenten, waren noch weit vom Examen entfernt.«

»Sie sind auch Juristin?«

Geschke lachte schüchtern auf. »Aber nein, das hat mich nie interessiert. Ich habe Französisch studiert, ich wollte Lehrerin werden. Es hat sich dann anders ergeben.«

Takeda trank von seinem Kaffee. »Ihr Mann hat Ihnen sicherlich einmal oder auch öfter von seiner Jugend erzählt? Erinnern Sie sich daran?«

»Schon. Er ist hier in Hamburg aufgewachsen, ich stamme aus einer Kleinstadt im Süden Deutschlands. Wir haben vor allem in unserer Anfangszeit über unsere Wurzeln gesprochen, wie wir aufgewachsen sind und wie unterschiedlich wir sind. Er hat die Abenteuer der Großstadt erlebt, ich bin langweilig in der Provinz groß geworden.«

»Hat er erwähnt, dass es einmal während seiner Schulzeit einen Vorfall gegeben hat?«

»Einen Vorfall?«

»Eine seiner Mitschülerinnen ist ums Leben gekommen. Ihr Ex-Mann war damals siebzehn.«

»Ach das meinen Sie. Ja, er hat es erwähnt.«

»Was genau hat er gesagt?«

Geschke schloss für einen Moment die Augen. »Ich weiß noch, wie er es mir erzählt hat. Es war ganz beiläufig. Ein Mädchen, in das er verliebt war, war ermordet worden. Ich fand das schrecklich, und ich wollte mehr darüber wissen. Aber er hat nichts weiter gesagt. Es war, als hätte er für einen Moment die Tür zu einem Raum in seiner Seele geöffnet, nur um sie sofort wieder fest zu versperren.«

»Er hat nie wieder darüber gesprochen?«

»Nein. Und ich durfte ihn auch nicht danach fragen. Er hatte es mir verboten. Als ich es doch einmal getan habe, ist er wütend geworden. Ich glaube, dass die Sache für ihn traumatisch war, mehr als er zugeben wollte.«

»Können Sie sich an Details erinnern, die er damals erwähnt hat?«

»Hat es etwas mit seinem Tod zu tun? Fragen Sie deshalb?«

»Wir können es nicht ausschließen.«

»Dass wir darüber gesprochen haben, ist ewig her, Jahrzehnte. Ich weiß nicht mehr genau, was er gesagt hat. Ich erinnere mich besser daran, dass es ein verbotenes Thema war.«

»Hat er erwähnt, dass seine Aussage damals zur Überführung eines Tatverdächtigen beigetragen hat? Wissen Sie das noch?«

»Nein, das hat er nicht gesagt, jedenfalls nicht damals.«

»Aber irgendwann später?«

»Es ist komisch, dass Sie danach fragen. Weil ich in den vergangenen Tagen selbst öfter daran denken musste. Die Sache hat viele Jahre später noch einmal eine Rolle gespielt. Ich weiß nicht mehr genau, wann das war. Tanja war schon auf der Welt, aber sie war noch klein.«

»Ich vermute, Sie sprechen über das Jahr 1998?«

Geschke dachte nach, nickte dann. »Ja, das kommt hin. Klaus-Peter musste damals noch einmal vor Gericht aussagen. Ich weiß, dass er große Angst davor hatte.«

»Angst? Wieso?«

»Er befürchtete, Ärger mit der Justiz zu bekommen. Oder sogar, seine Zulassung als Anwalt zu verlieren.«

»Er hat seine Aussage aus dem ersten Prozess zurückgenommen. Der Mann, der ursprünglich verurteilt worden ist, wurde daraufhin freigelassen.«

»Richtig. Für Klaus-Peter war es irgendwie auch eine Befreiung. Das weiß ich noch recht genau. Es war, als wäre eine riesige Last von ihm abgefallen. Im Grunde habe ich erst im Nachhinein verstanden, wie sehr ihn diese alte Geschichte bedrückt haben musste. Für ihn war das sicherlich etwas Gutes, für mich aber nicht. Oder ich sollte sagen, für unsere Ehe.«

»Sie glauben, Ihre Trennung hat damit zu tun?«

»Ich bin mir sogar sicher, dass es so war. Er lebte regelrecht auf nach diesem zweiten Prozess, so als hätte er sich aus alten Ketten befreit. Alles hat sich dadurch verändert. Kurze Zeit später hatte er eine Affäre. Und er hat neuen beruflichen Ehrgeiz entwickelt, seiner Kanzlei ging es auf einmal gut.«

»Vorher war das anders?«

»Schon. Er hat in jungen Jahren als Idealist angefangen, hat kleine, mittellose Leute verteidigt. Mir gefiel das. Nach und nach aber machten seine Freunde Karriere, stiegen auf, verdienten mehr Geld. Er wollte mithalten, was ihm aber nicht gelang. Er hat darunter gelitten. Das änderte sich dann Ende der neunziger Jahre. Wie gesagt, die Kanzlei gedieh, er gewann prominente Mandanten und errang erste große Siege vor Gericht. Er verdiente jetzt viel Geld. Aber um welchen Preis? Nur noch seine Arbeit zählte für ihn. Um Tanja hat er sich kaum noch gekümmert. Auch nicht um mich. Schließlich wollte er die Trennung. Ich glaube, ich habe das schon bei Ihrem ersten Besuch erwähnt, Herr Takeda. Für mich war es schlimm damals. Mir ist klar geworden, dass Klaus-Peter mich zuvor nur als Stütze gebraucht hat, über all die Jahre. Als es ihm endlich gut ging und er erfolgreich war, war ich nur noch eine Last für ihn. Er hat mich weggeworfen wie überflüssigen Ballast. Genauso Tanja. Er hat sich einfach nicht mehr für sie interessiert.«

»Danke, Frau Geschke. Ich denke, Sie haben mir weitergeholfen.«

56.

Sieben Uhr war vorbei, als Claudia über die Elbbrücken in Richtung Wilhelmsburg fuhr. Sie kaute einen Schokoriegel, den sie im Handschuhfach gefunden hatte. Musste gegen den größten Hunger erst einmal genügen.

Bevor sie losgefahren war, hatte sie bei Hinnerk Mattusek angerufen. Sie musste unbedingt mit ihm sprechen und erfahren, wie er die Aussagen von Kathi Sellering einschätzte. Hatte er ihre Version der Ereignisse damals wirklich ignoriert? Vielleicht weil sie seiner vorgefassten Meinung im Wege stand? Am Apparat war dann seine Frau gewesen, die ihr anvertraute, dass ihr Hinnerk, wie sie sagte, mal wieder auf Tour wäre.

»Sie können sich wohl denken, wo er steckt, Frau Kommissar.«

»Nein, kann ich nicht.«

»Er ist bei ihm, vor seiner Tür. Das macht er alle paar Tage.«

»Sie meinen, bei Folkert?«

»Ja. Er fährt hin und beobachtet ihn. Er misstraut ihm. Seit fast zwanzig Jahren macht er das.«

»Das darf doch nicht wahr sein.«

»Fahren Sie hin? Dann reden Sie bitte mit Hinnerk. Sagen Sie ihm, dass er endlich damit aufhören soll. Ich hab's oft versucht, aber auf mich hört er nicht.«

»Mache ich, Frau Mattusek. Versprochen.«

Claudia verließ die Autobahn und folgte der kleinen Holperstraße in Georgswerder, die durch die Kleingartenanlagen führte.

Als das erste baufällige Haus auftauchte, stellte Claudia ihren Wagen am Straßenrand ab und ging zu Fuß weiter. Im Schatten der Bäume standen nur wenige Autos. Durch eine Heckscheibe hindurch erkannte sie schließlich Mattuseks angegrauten Hinterkopf.

Sie klopfte gegen die Scheibe auf der Beifahrerseite, die trotz der hohen Temperaturen geschlossen war. Mattusek, der gerade eine in Butterbrotpapier eingeschlagene Stulle verzehrte, blickte hoch und erschrak, als er Claudia erkannte.

»Machen Sie mal die Verriegelung auf, Herr Mattusek. Ich möchte mit Ihnen reden.«

»Reden Sie.«

»Ach, kommen Sie schon.«

»Also schön.«

Mattusek drückte auf den Knopf der Zentralverriegelung. Mit einem leisen Klacken sprangen die Türschlösser auf. Claudia öffnete die Beifahrertür, setzte sich in den Wagen, in dessen Inneren es heiß und stickig war.

»Gott, wie halten Sie das nur aus? Ich mache mal das Fenster auf.«

»Tun Sie, was Sie nicht lassen können.«

Claudia ließ das Seitenfenster hinuntersurren. Mattuseks abweisende Art bewies ihr, dass sie genau richtig bei ihm war. Er rechnete mit nichts Gutem.

»Also? Worüber möchten Sie mit mir sprechen?«

»Als Erstes darüber, dass Sie hier nichts verloren haben. Folkert ist, zumindest vor dem Gesetz, ein unbescholtener Bürger.«

»Und? Ich sitze nur in meinem Wagen und esse ein Brot. Ist nicht verboten.«

»Hören Sie auf mit dem Quatsch. Sie observieren ihn. Das geht nicht, und das wissen Sie.«

»Folkert ist nicht unbescholten, wie Sie sagen. Es ist besser, ein Auge auf ihn zu haben, glauben Sie mir.«

»Damit sind wir beim zweiten Thema, über das ich mit Ihnen sprechen muss. Ich war vorhin bei Kathi Sellering. Ich nehme an, Sie wissen, wer das ist. Und in welcher Beziehung sie zu Saskia von Thun stand.«

»Sicher.«

»Sellering hat so etwas wie ein Buch über die damaligen Ereignisse geschrieben. Kennen Sie es?«

»Ja, aber ich würde es nicht Buch nennen.«

»Wie auch immer. Sie schildert darin einen deutlich anderen Tatablauf, als Sie es tun. Was sagen Sie dazu?«

»Nichts, Frau Kollegin. Die Dame ist nicht ganz bei Trost. Ihre Phantasien interessieren mich nicht.«

»Selbst wenn Sie recht haben, was Sellerings psychische Verfassung angeht ... warum sind Sie den entsprechenden Hinweisen damals nicht nachgegangen? Wenn ich es richtig sehe, hat Sellering schon damals behauptet, dass ein Mitschüler die Tat begangen hat. Sie hätten das doch wenigstens überprüfen müssen.«

»Saskia von Thuns Mörder heißt Peter Folkert.«

»Das sagen Sie. Aber wenn Sie sich irren, läuft der wahre Mörder seit fast vier Jahrzehnten frei herum.«

»Was wollen Sie von mir, Frau Harms?«

»Das habe ich doch gerade gesagt. Kathi Sellerings Darstellung scheint auf Gerüchten zu beruhen, die damals an der Schule kursierten. Zumindest vermute ich das. Haben Sie diese Hinweise einfach ignoriert?«

»Natürlich nicht.«

»Sie sagt etwas anderes.«

»Sie glauben einer Frau, die Jahre ihres Lebens in der Psychiatrie verbracht hat, mehr als mir, einem ehemaligen Kollegen?«

»Ich glaube, dass Sie fixiert sind und nicht nach rechts und links schauen. Ich frage mich, ob es damals schon so war. Vielleicht haben Sie ja nicht nur die Gegenüberstellung mit Haffner manipuliert, sondern auch andere Spuren einfach zur Seite geschoben?«

»Unsinn. Selbstverständlich haben wir überprüft, ob ein Mitschüler als Täter infrage kommt. Wie Sie sagten, die Gerüchte an der Schule waberten damals nur so. Aber Herrgott, es waren Teenager, die zum ersten Mal mit der brutalen Ermordung eines Menschen konfrontiert wurden. Dann noch eine Mitschülerin. An der Schule war der Teufel los, im wahrsten Sinne des Wortes. Es gab Gerüchte, die besagten, dass Saskia von einem satanischen Dämon getötet wurde. Oder dass sie einen heimlichen Liebhaber bei den Hells Angels hatte. Allen diesen Absurditäten sind wir nachgegangen! Zumindest denen, die im Bereich des Denkbaren lagen. Aber am Ende war die Wahrheit eben eine andere. Er hier …«, Mattusek deutete mit dem Kinn in Richtung von Folkerts Behausung auf der anderen Straßenseite, »… hat das Mädchen auf dem Gewissen. Er und niemand anderes.«

Im Wagen herrschte Stille.

Dann, ohne noch ein weiteres Wort zu sagen, stieg Claudia aus, schloss die Tür hinter sich.

Sie wollte schon gehen, überlegte es sich anders und sagte durch das geöffnete Seitenfenster: »Verschwinden Sie hier, Mattusek. Ich meine es ernst. Fahren Sie nach Hause zu Ihrer Frau. Kommen Sie nicht wieder her. Genießen Sie Ihren Ruhestand und lassen Sie die Geister der Vergangenheit endlich ruhen.«

»Und wenn nicht?«

»Sorge ich dafür, dass man Sie dazu zwingt. Das ist jetzt mein Fall. Sie sind raus. Endgültig.«

Mattuseks faltendurchzogenes Gesicht blieb regungslos. Schließlich startete er den Wagen und fuhr mit langsamer Geschwindigkeit davon.

57.

Takeda fuhr, nachdem er von Sybille Geschke aufgebrochen war, zur S & W GmbH. Die Firma hatte ihren Sitz in einem schmucklosen Bürogebäude im Stadtteil Rothenburgsort.

Obwohl es schon spät war, fast halb neun, und die meisten Betriebe in der Umgebung bereits im Feierabend waren, wurde bei der S & W offenbar noch gearbeitet. Durch ein geöffnetes Fenster im Erdgeschoss konnte Takeda sehen, dass zumindest eine Mitarbeiterin noch an ihrem Computer beschäftigt war.

Der Inspektor stieg aus seinem Wagen und trat auf den zweistöckigen Zweckbau zu. Eine Recherche im Internet hatte ihm verraten, dass die Firma, die vollständig Sörensen & Wahl hieß, ein Bauplanungsbüro war. Sie hatte zahlreiche Rechnungen der I-Con beglichen – ohne echte Gegenleistung. Der letzte manipulierte Vorgang betraf die Rechtsberatung im Zusammenhang mit der Sanierung einer größeren Wohnsiedlung im Stadtteil Billstedt, die wiederum der HABA, Hamburgs städtischem Wohnungsunternehmen, gehörte. Dafür war eine Summe von knapp vierzigtausend Euro an die I-Con geflossen.

Takeda stieg die Treppe zum Eingang des Gebäudes empor, drückte auf die Klingel und wartete. Nichts geschah. Er klingelte erneut, konnte leise das entfernte Glockengeräusch hören. Aber wiederum wurde die Tür nicht geöffnet.

Takeda trat zurück auf die Straße, rief dann in Richtung der Frau, die er durch das Fenster an ihrem Arbeitsplatz sehen konnte: »Entschuldigung! Könnten Sie bitte die Tür aufmachen? Ich habe geklingelt.«

Die junge Frau löste ihre Augen zögernd von ihrem Bildschirm, blickte zu Takeda hinaus. »Es tut mir leid, aber ich bin eigentlich gar nicht hier.«

Takeda lächelte. »Dann müssen Sie wohl ein *Obake* sein, wie man in meiner Heimat sagt. Ein Gespenst. Da und zugleich nicht da. Ich kann Sie jedenfalls sehr gut sehen.«

Die Frau hob entschuldigend die Hände. »So meine ich es nicht. Ich bin nur freie Mitarbeiterin und will gleich Feierabend machen. Das Büro ist morgen früh ab acht Uhr wieder besetzt.«

Takeda hielt seinen Dienstausweis in die Höhe. »Mein Name ist Takeda, Kriminalpolizei. Ich habe einige Fragen in Bezug auf eine Firma, mit der Sie kooperieren.«

»Da weiß ich nicht Bescheid. Ich mache nur Zeichnungen.«

»Öffnen Sie bitte die Tür. Sofort.«

Die Frau sah ihn erschrocken an. »Ja, natürlich. Verzeihung.«

Kurz darauf betrat Takeda die Büroräume. Die junge Frau, die sich als Nele Rentrop vorstellte, entschuldigte sich noch einmal. Sie wirkte eingeschüchtert, aber Takeda versicherte ihr, dass sie sich keine Sorgen zu machen brauche.

Er blickte sich um, fand, dass die Räume ein wenig an das Architekturbüro von Linn Olsen erinnerten. Allerdings hatten sie im Gegensatz dazu nichts Edles oder Elegantes an sich. Zeichentische und Computerarbeitsplätze mit großformatigen Bildschirmen, an den Wänden Magnettafeln mit technischen Unterlagen und Bauplänen.

»Was genau macht die Firma Sörensen & Wahl, Frau Rentrop?«, fragte Takeda.

»Wir ... ich sag einfach mal wir, obwohl ich Freelancerin bin ... planen und betreuen in erster Linie größere Sanierungsvorhaben von Wohngebäuden oder ganzen Siedlungen, meistens im Auftrag der Stadt. Seltener auch für Baugenossenschaften. Sie können sich bestimmt vorstellen, dass durch die energetischen Sanierungsauflagen wahnsinnig viel zu machen ist. An Aufträgen herrscht wahrlich kein Mangel. Darum ist die Firma entsprechend gewachsen. Es wird wie verrückt gebaut und saniert und in Schuss gebracht. Wer hätte das gedacht, noch vor ein paar Jahren war es ganz anders, nicht wahr?«

»Ihre Firma war kürzlich mit einem Sanierungsprojekt in Billstedt befasst. Wissen Sie etwas darüber?«

»In Billstedt? Also, da haben wir einige Projekte betreut, da stehen ja unglaublich viele städtische Bauten, die schon ziemlich in die Jahre gekommen sind.«

»Das Projekt, das mich interessiert, betrifft die Sanierung eines Gebäudekomplexes, die im Frühsommer durchgeführt wurde. Es muss eine größere Maßnahme gewesen sein.«

»Ich glaube, ich weiß, was Sie meinen. Ich hatte zwar nichts damit zu tun, aber es war immer mal wieder davon die Rede.«

»Ihre Firma hat bei dem Projekt mit einer Beratungsgesellschaft namens I-Con kooperiert. Wissen Sie etwas darüber?«

»I-Con? Tut mir leid, keine Ahnung.«

»Sind Sie sicher?«

»Vielleicht habe ich den Namen mal aufgeschnappt. Worum geht es denn da?«

»Um Rechtsberatung. Vor allem im Zusammenhang mit Firmenverträgen.«

Nele Rentrop winkte ab. »Ich bin Bauzeichnerin. Mit Rechtssachen habe ich nichts zu tun.«

»Gibt es Unterlagen darüber, die ich einsehen könnte?«

Ihr Zögern – oder war es sogar Ängstlichkeit – war nicht zu übersehen. »Tja, ich weiß nicht. Kommen Sie doch lieber morgen wieder, wenn jemand von der Firmenleitung da ist.«

»Die Sache hat eine gewisse Dringlichkeit.«

»Brauchen Sie aber nicht so etwas wie einen Durchsuchungsbeschluss?«

Takeda lachte, nahm damit der Frau einen Teil ihrer offensichtlichen Anspannung. »Aber nein, es wird ja niemand beschuldigt. Ich möchte nur einen schnellen Blick in die Unterlagen werfen. Das dürfte alle meine Fragen klären.«

»Okay. Dann ... kommen Sie einfach mal mit.«

»Das ist sehr freundlich von Ihnen.«

Der Nebenraum war kleiner und schien für Verwaltungsaufgaben vorgesehen zu sein. Es gab Schreibtische mit Computern, aber keine Zeichentische und auch keine technischen Unterlagen. Nele Rentrop versuchte einen Aktenschrank zu öffnen, stellte fest, dass er verschlossen war. Sie ging an einen der Schreibtische, zog eine Schublade auf und entnahm ihr einen Schüssel, mit dem sie den Aktenschrank öffnete. Er war bis oben hin mit Ordnern gefüllt.

»Hier müsste alles zu Billstedt stehen. Soll ich für Sie nachsehen? Oder wollen Sie es selbst tun? Ich müsste nämlich ...«

»Das ist kein Problem. Ich finde mich zurecht. Kehren Sie ruhig zu Ihrer Arbeit zurück.«

»Danke. Ich möchte bald Schluss machen, ist ja auch schon spät. Vielleicht so eine halbe Stunde?«

»Ich bin sicher, das wird genügen.«

»Ich lasse für alle Fälle die Türen auf. Falls etwas sein sollte, rufen Sie einfach.«

»Das werde ich. Danke.«

Takeda wartete, bis die Frau in den großen Raum zurückgekehrt war. Dann überflog er die mit Eddingstiften beschrifteten Aktenordner. Eine ganze Reihe davon trug die Aufschrift HH-BILL. Takeda zog den ersten Ordner hervor, legte ihn auf einen der Schreibtische und nahm daran Platz.

Während er das Material durchsah, hörte er, wie die junge Frau im Nebenzimmer telefonierte. Obwohl sie sich darum bemühte, leise zu sprechen, verstand er, dass sie jemanden über seinen Besuch informierte. Die Stichworte Polizei, I-Con, Billstedt fielen.

Die Stimme am anderen Ende der Leitung wurde daraufhin so laut, dass sogar Takeda sie hören konnte, auch wenn er keine einzelnen Worte ausmachen konnte. Die junge Frau lauschte eine ganze Weile in die Leitung, sagte dann mit fast weinerlicher Stimme: »Es tut mir leid, Herr Wahl. Ja, er hat mir seinen Ausweis gezeigt ... nein, er meinte, er bräuchte keinen ... nein, das hat er nicht gesagt. Soll ich ihn fragen? Oh, ich verstehe ... das tut mir wirklich leid. Ich wusste doch nicht ... Sie haben recht ...«

Die Frau legte auf. Takeda hörte sie stöhnen. Er verspürte ein schlechtes Gewissen. Aber es half nichts. Menschen waren gestorben. Er durfte nicht zimperlich sein.

Also fuhr er fort damit, die Unterlagen durchzusehen. Schon bald wusste er, dass sein Besuch sich gelohnt hatte.

58.

Nachdem Mattusek losgefahren war, folgte Claudia einem spontanen Entschluss und betrat Peter Folkerts Grundstück. Sie ging den mit Moos überwachsenen Trampelpfad um das Haus herum.

Schon im Vorgarten nahm sie den Geruch nach gegrilltem Fleisch wahr. Ihr Magen meldete sich mit einem lauten Knurren. Der Schokoriegel auf der Fahrt war bei Weitem nicht genug gewesen, um sie satt zu machen.

Vor der Holzwand, die den hinteren Teil des Hauses abgrenzte, blieb sie stehen. »Herr Folkert? Harms, Kripo! Ich komme rum und wäre dankbar, wenn Sie diesmal nicht …«

»Keine Sorge, Frau Kommissar. Ich sitze hier und bin ganz friedlich. Die Erinnerung ans erste Mal reicht mir vollauf. Und damit meine ich, dass mir immer noch die Kronjuwelen wehtun. Treten Sie also ruhig näher.«

Claudia trat auf die Terrasse. Folkert saß wieder mit nacktem Oberkörper am Tisch, vor sich eine Flasche Bier. In der rechten Hand hielt er eine Grillzange, mit der er vom Platz aus das Fleisch auf dem Rost des gemauerten Grills wenden konnte.

»Erwarten Sie Besuch?«

»Seh ich so aus, als wenn mich jemand besucht? Ich werfe den Grill auch nur für mich an.«

»Wenn's Ihnen Freude macht.«

»Ich mag's so. Wollen Sie vielleicht ein Bier? Oder 'ne Wurst?«

»Nein, danke.«

Noch während sie das sagte, knurrte ihr Magen erneut, und zwar so laut, dass auch Folkert es mitbekam. Er grinste. »Kommen Sie schon, setzen Sie sich und essen Sie etwas. Ich beiße nicht.«

Da bin ich mir nicht so sicher, schoss es Claudia durch den Kopf. Folkert hatte etwas Unheimliches an sich. Sie konnte sich gut vorstellen, dass er eben doch Menschen biss. Oder sogar verzehrte. Im Zweifel vom Grill … andererseits, Figuren wie Hannibal Lecter entsprangen der überdrehten Phantasie amerikanischer Thrillerautoren. Es gab sie nicht wirklich, jedenfalls nicht in Hamburg.

»Okay, ich nehme an. Allerdings nur, wenn ich mir meinen Teller und mein Besteck selbst spülen darf. Ich will gesund bleiben.«

Folkert lachte heiser. »Schon klar. Sie können auch gerne die ganze Bude sauber machen. Wird sowieso mal Zeit.«

»Bestimmt nicht.«

»Wie auch immer. Gehen Sie rein. Küche ist geradeaus durch. Aber das wissen Sie ja noch vom letzten Mal.«

Folkert lachte erneut auf. Claudia schüttelte den Kopf. Wäre es nicht besser, wenn sie wieder ging? Andererseits, jetzt hatte sie eine Entscheidung getroffen. Außerdem hatte sie wirklich mordsmäßigen Hunger.

Sie trat durch den klappernden Schnurvorhang ins Haus, ging durch den Flur in die Küche. Seit ihrem ersten Besuch hatte sich nichts geändert. Die Pin-ups an den Wänden, die verschimmelten Teller, der Gestank.

In der Küche räumte Claudia mit leicht angewidertem Gesicht die Spüle frei. Sie ließ Wasser laufen, es wurde sogar heiß. Sie spülte zwei Teller, dazu die gleiche Zahl Messer und Gabeln. Danach wollte sie abtrocknen, griff nach dem Küchenhandtuch am Haken, zog die Hand sofort wieder zurück. Was man damit abtrocknete, müsste man sofort wieder spülen.

Mit dem tropfenden Geschirr in der Hand kehrte sie auf die Terrasse zurück. »Ich hab Ihnen auch einen Teller mitgebracht. Dann müssen Sie den da nicht weiter benutzen. Der scheint ja von letzter Woche zu sein.«

»Von letztem Monat. Ich stehe auf Recycling. Trotzdem danke. Würste sind gleich so weit. Wie war das mit dem Bier?«

»Warum nicht.«

Folkert griff in eine Kühlbox, die unter dem Tisch stand, zog eine Dose hervor, stellte sie vor Claudia.

Sie riss die Dose auf, die ein zischendes Geräusch von sich gab. Sie hob sie in die Höhe, nickte Folkert zu, nahm einen Schluck. Ihr war klar, wie absurd die Situation war. Sie saß hier mit einem Mann, der mehrere Frauen vergewaltigt und der wegen einer Tat, die er nicht begangen hatte, fünfzehn Jahre im Gefängnis gesessen hatte. Jetzt war sie hier, weil eben dieser Mann ihr bei der Aufklärung gleich mehrerer Todesfälle in der Gegenwart helfen könnte. Und sie, anstatt ihn einfach zu befragen, trank mit ihm ein kühles Bier.

Noch seltsamer war die Tatsache, dass sie so etwas wie Sympathie für Folkert empfand. Und das, obwohl er, prallbäuchig und ungewaschen, mit zerfurchtem Gesicht und vor Fett triefenden Haaren weiß Gott kein einnehmender Anblick war.

»Haben Sie eigentlich Familie? Irgendwelche Verwandten? Gibt es jemanden?«, fragte sie.

»Denke schon. Aber sicher bin ich mir nicht. Die reden schon lange nicht mehr mit mir.«

»Bedauern Sie es?«

»Geht so. Ich war schon immer das schwarze Schaf der Familie. Zu Recht, habe ja auch genug Mist gebaut. Nach meiner ersten Verurteilung haben sie die Taue gekappt. Vielleicht sind sie auch schon alle tot. Ich würde es wohl nicht erfahren.«

»Sie könnten recherchieren, wenn es Sie wirklich interessiert.«

Folkert grinste. »Tut's nicht. Ich bin gerne alleine. Außerdem kommen ja andere zu Besuch. Mattusek zum Beispiel. Der gute alte Mattu. Hatten Sie eigentlich einen netten Plausch mit ihm vor meiner Tür?«

»Sie haben es mitbekommen?«

»Was denken Sie denn? Armer Kerl, wenn Sie mich fragen. Ich könnte mir was Besseres für meinen Lebensabend vorstellen, als dreimal die Wochen stundenlang vor den Häusern fremder Leute zu hocken. Aber offenbar kann er einfach nicht von mir lassen. Ist fast wie eine alte Freundschaft, das zwischen ihm und mir. Auch wenn wir nicht miteinander reden.«

»Stört es Sie nicht, dass er Sie beobachtet?«

Folkert grinste erneut. »Sollte es? Viel sieht er sowieso nicht von da vorne. Und rein kommt er nicht, anders als Sie. Vermutlich traut er sich nicht. Ist auch besser so. Irgendwann wird er einsehen, dass er nur seine Zeit verschwendet. Oder er stirbt drüber hinweg. Aber das muss er selbst wissen.«

»Ich glaube, er wird nicht wiederkommen.«

»Werden wir sehen. Was führt Sie eigentlich zu mir, Frau Kommissar? Haben Sie den, den Sie suchen?«

»Nein.«

»Habe ich mir schon gedacht, so wie Sie aussehen. Läuft wohl nicht, Ihre Ermittlung, was?«

»Würde ich nicht sagen. Aber um Ihre Frage zu beantworten, ich bin hier, weil ich mit Ihnen über das Jahr 1983 reden möchte.«

»Wieso? War da was?«

»Als wenn Sie das nicht wüssten.«

»Erwischt. Aber warum wollen Sie noch einmal drüber sprechen? Haben wir doch schon letztes Mal getan. Es bleibt dabei, ich war's nicht.«

»Trotzdem waren Sie in die Sache involviert, spätestens als Mattusek und seine Kollegen Sie auf dem Kieker hatten. So wie ich Sie einschätze, haben Sie allerlei mitbekommen. Wie sieht es aus? Wissen Sie etwas Spannendes, das mich interessieren könnte?«

Folkerts Blick bekam etwas Lauerndes. »Lustig, dass Sie so viel in der alten Sache rumstochern. Also glauben Sie, dass jemand Haffner deswegen kaltgemacht hat? Ist es so?«

»Zumindest schließen wir es nicht aus. Wie Sie wissen, gilt der Fall seit Ihrer Haftentlassung offiziell als ungeklärt.«

»Und jetzt wollen Sie mich fragen, ob ich eine Ahnung habe, wer damals der echte Täter war?«

»Um ehrlich zu sein, ja.«

»Was kriege ich dafür, wenn ich es Ihnen sage, Frau Kommissar? Eine Kleinigkeit muss schon drin sein.«

Folkert sah Claudia ungeniert an, leckte sich dabei über die Lippen. »Ich weiß bei Ihnen nie so genau, ob Sie dieses Theater ernst meinen, Folkert. Sie glauben doch nicht ernsthaft, dass Sie mich anfassen dürfen oder so etwas?«

»Schade. Aber man wird doch wohl mal fragen dürfen.«

»Nein. Und im Übrigen empfehle ich Ihnen, einfach den Mund aufzumachen, wenn Sie etwas wissen. Sie haben eine Menge Schuld wiedergutzumachen. Machen Sie sich doch einfach einmal nützlich, und zwar ganz ohne Gegenleistung. Wäre das etwas?«

»Sie hätten Pastorin werden sollen.«

»Nein, ich bin genau richtig da, wo ich bin.«

»Schon gut. Ich denke drüber nach. Aber erst einmal …«

Folkert griff mit der Zange in Richtung Grillrost, hob eine Wurst in die Höhe, sah sie prüfend an, legte sie auf Claudias Teller. »Senf steht vor ihnen.«

Claudia warf einen Blick auf einen kopfüber stehenden Plastikspender, der aussah, als hätte Folkert ihn aus einer Mülltonne gefischt. Galt für die Würste etwa dasselbe? Jetzt war es zu spät. »Danke, keinen Senf. Geht auch ohne.«

Folkert bediente sich ebenfalls am Rost. Für ein paar Minuten aßen sie schweigend. Claudia beobachtete ihn. Ihr wurde klar, was sie schon zuvor gespürt hatte. Eitelkeit. Dieser Mann hatte trotz seines abstoßenden Äußeren ein ausgeprägtes Selbstbewusstsein. Vielleicht weil er klug war. Zu klug für die Art von Leben, in das er hineingeworfen worden war, vermutlich schon als Kind, als Jugendlicher. Auch zu klug für die Art von Trieben, die ihn offenbar für lange Zeit beherrscht hatten.

Sie beendete ihre Mahlzeit, trank einen Schluck Bier. »Also? Kriege ich ein paar Antworten?«

Folkert wurde ernst, nachdem er sich die Finger abgeleckt hatte. »Wissen Sie, wann Dinge richtig beschissen werden? Ich sag's Ihnen. Immer dann, wenn verschiedene Leute denselben üblen Zweck verfolgen, obwohl sie vielleicht nicht einmal etwas voneinander wissen. Dann kommt eins zum anderen. Und irgendwer, der wirklich überhaupt nichts dafürkann, bezahlt die Rechnung. Ich habe lange gebraucht, um dahinterzukommen, aber genau so ist es 1983 gelaufen. Verschiedene Arschlöcher hatten dasselbe Ziel, jedenfalls so ungefähr. Einer dieser Typen war Mattusek. Er wollte mich hinter Gittern sehen, und zwar egal, wie. Er hat mich gehasst, von unserer ersten Begegnung an. Tut er übrigens immer noch. Darum hat er diesem jungen Knilch eingeflüstert, was er dem Richter sagen soll. Was Mattu aber nicht wusste und bis heute nicht weiß, er musste den jungen Haffner gar nicht groß überzeugen. Der hätte alles ausgesagt, Hauptsache, die Polente wühlt nicht weiter im Dreck herum.«

»Was hätte die Polente denn gefunden?«

»Ja was, Frau Kommissar? Denken Sie doch einmal nach.«

»Glauben Sie etwa, dass es Haffner selbst war? Dass er Saskia von Thun ermordet hat?«

»Er oder einer seiner Freunde. Ja, das glaube ich.«

»Ich verrate Ihnen was, Sie sind nicht der Einzige, der dieser Meinung ist. Das Problem ist nur, gibt es irgendwelche Beweise? Das ist für mich das Wichtigste.«

»Beweise …« Folkert sprach das Wort mit Verachtung aus. »Denken Sie doch mal nach. Vielleicht können Sie das ja besser als Mattusek.«

»Sagen Sie einfach, was Sie denken.«

»Die Jungs haben doch schon die Fresse gehalten, als das Mädchen noch als vermisst galt. Warum? Weil sie ein schlechtes Gewissen hatten. Die war ein Engel, die Kleine. Bildhübsch, schlank, große Möpse. Alles, wovon Siebzehnjährige träumen.«

»Ich dachte, Sie haben sie nie gesehen?«

»Habe ich auch nicht. Aber man hat mir jede Menge Fotos von ihr unter die Nase gehalten. In lebendigem Zustand, in totem. Die war sogar noch als Leiche ein Leckerbissen.«

»Sie sind ekelhaft.«

»Gehört zu den Dingen, die ich am besten kann. Wie auch immer, Haffner hat mich in die Pfanne gehauen, damit die Spur von ihm selbst wegführt. Von ihm oder einem seiner Kumpels. Darauf verwette ich alles Geld, das ich nicht habe.«

»Warum hat Haffner seine Aussage dann während Ihres Wiederaufnahmeverfahrens zurückgenommen? Er hätte doch einfach bei der ersten Version bleiben können?«

»Blödsinn. Das war fünfzehn Jahre später, also 1998. Fünfzehn Jahre! Fällt Ihnen da etwas auf? Das ist zufälligerweise die Höchststrafe für jugendliche Täter.«

»Nein, das sind zehn Jahre.«

Folkert grinste. »Machen Sie Ihre Hausaufgaben, Frau Kommissar. Fünfzehn bei besonders schwerem Mord.«

»Stimmt. Aber es gilt nicht für die Verjährungsfrist. Die gibt es nicht bei Mord, und zwar egal, wie alt der Täter ist.«

Claudia sah ein leichtes Erstaunen in Folkerts Zügen. »Wusste ich nicht. Aber er ja wahrscheinlich auch nicht. Schade, dass wir ihn nicht mehr fragen können.«

Claudia trank von ihrem Bier, das kühl und belebend war, ihr aber auch schnell in den Kopf stieg. Kein Wunder, sie war total übermüdet.

»So richtig verstehe ich es trotzdem nicht, Folkert. Sie waren doch damals geständig. Sie hätten sich bei Haffner bedanken müssen, dass der Ihnen mit seiner Aussage einen Freifahrtschein in den Knast besorgt hat. Da wollten Sie schließlich hin. Haben Sie mir selbst erzählt.«

Er grinste erneut. »Stimmt, so war es. Aber ich mag solche Bengel trotzdem nicht. Haffner und genauso seine Freunde, die saßen damals im Gerichtssaal und sahen zu, wie ich, einer aus der Gosse, verurteilt wurde. Hat ihnen abends, wenn sie in ihren weichen Bettchen lagen, bestimmt eine Gänsehaut verschafft. Am Ende sind es doch immer die Reichen, die mit allem durchkommen. Sie sind doch auch mit 'nem goldenen Löffel geboren worden. Seh ich Ihnen an, Frau Harms.«

»Stimmt, das bin ich. Aber ich habe ihn ausgespuckt, den Löffel. Sonst wäre ich jetzt nicht das, was ich bin, nämlich in Kürze obdachlos. Falls es mir nicht gelingt, bald eine neue Wohnung zu finden. Also scheren Sie nicht alle über einen Kamm. Man kann sich in Menschen auch täuschen.«

Folkert grinste. »Obdachlos? Kein Problem, ziehen Sie doch bei mir ein. Ich habe Platz genug. Und eine Frau im Haus würde nicht schaden.«

»Danke für das Angebot, aber ich verzichte gerne. Bei dem Dreck würde ich vermutlich keine drei Tage überleben. Dass Sie es tun, ist das reinste Wunder.«

»Nicht unverschämt werden, Frau Kommissar. Ordnung ist nicht jedermanns Sache. Essen Sie lieber noch eine Wurst.«

»Nein, danke. Ich muss jetzt los.«

»Warum? Wartet der Japaner auf Sie?«

Claudia sah Folkert überrascht an. »Was wissen Sie denn von Takeda?«

Ihr Tonfall, überrascht, abwehrend, verriet sie. Sie sah es in Folkerts Gesicht, das ein zufriedenes Grinsen zeigte. »Ich habe einen Computer, ich habe sogar Internet. Ist ja einiges über ihn geschrieben worden. Und darüber, dass Sie mit ihm zusammenarbeiten. Anscheinend ist da sogar mehr zwischen Ihnen als Arbeit, was?«

»Auf Wiedersehen, Herr Folkert. Danke für die Wurst.«

Claudia stand auf und verließ Garten und Grundstück. Kurz darauf saß sie im Wagen, fuhr zurück auf die andere Elbseite. Was für ein seltsames Gespräch!

Aber immerhin, Folkert hatte ihre Vermutung bestätigt. Mattu lag daneben. Und Kathi Sellering hatte recht. Saskia von Thun war von einem ihrer Mitschüler ermordet worden. Und Haffner hatte es beobachtet.

59.

Ramen war japanische Nudelsuppe mit hellen Weizennudeln und einer fetten Brühe, zumeist mit Sojasoße oder Miso verfeinert.

Für Takeda aber war es viel mehr, es war eine Schüssel voll Heimat. Umso lauter er schlürfte, desto heimatlicher fühlte er sich.

Der Inspektor war nach seinem Besuch bei der S & W auf direktem Weg ins Hotoke gefahren, seinem japanischen Stammlokal in Hamburg. Das Restaurant im Stil einer Izakaya-Gaststätte lag unweit der ehemaligen Großmarkthallen. Das Menü bot eine Vielzahl einfacher, aber schmackhafter Gerichte. Manch einem Japaner, den sein Leben oder sein Beruf nach Hamburg verschlagen hatte, diente das Hotoke als Heimathafen.

Nach seinem Eintreffen studierte Takeda zunächst ausführlich die Karte. Er konnte sich einfach nicht entscheiden.

Sollte er frittierten Tofu nach Agedashi-Art bestellen? Oder Yakitori-Bratspießchen? Rohen Fisch oder lieber gegrillten? Vielleicht eine Mischung aus allem?

Dann entdeckte er auf der Tageskarte Tempura-Ramen, Nudelsuppe mit frittierten Garnelen, und mit einem wohligen Seufzen traf er seine Wahl.

Nun saß er am Tresen des kleinen Lokals und schlürfte so zufrieden wie lautstark seine Nudeln.

»Und, Inspektor? Wieder einmal auf Mörderjagd?«

Tetsuro Yamaguchi, der Wirt des Hotoke, stand grinsend hinter dem Tresen und sah Takeda neugierig an. Der launige Mann, der das Lokal gemeinsam mit seiner Ehefrau betrieb, war immer für eine Unterhaltung mit den Gästen zu haben. Mit Takeda redete er beinahe am liebsten, denn anders als die japanischen Büroangestellten hatte der Inspektor stets etwas Interessantes zu erzählen.

Heute aber winkte Takeda ab. »Frag nicht, Yamaguchi. Es gibt Tage, an denen habe ich das Gefühl, die Deutschen sind mit nichts anderem beschäftigt, als sich gegenseitig umzubringen.«

»Sind Sie für diesen Job nicht berühmt?«

Yamaguchi lachte laut heraus, aber Takeda konnte nicht mit einstimmen. Zu sehr hing ihm die Düsterkeit des Tages nach. Mit angestrengter Stimme erklärte er: »In einer Schulung auf dem Präsidium habe ich kürzlich gelernt, dass die Kriminalitätsrate in Hamburg seit Jahren rückläufig ist. Überhaupt im ganzen Land. Es ist wirklich verblüffend. Weniger Überfälle, weniger Einbrüche, weniger Betrügereien. Und doch haben die Menschen immer mehr Angst.«

»Das wundert Sie, Inspektor? So sind die Leute nun einmal! Hier in Deutschland, in unserer Heimat, überall! Sie lieben es, sich zu gruseln. Warum sonst sehen sie sich ständig Krimis im Fernsehen an? Oder lesen entsprechende Bücher, in denen es vor Leichen nur so wimmelt? Niemand zwingt sie dazu!«

»Sicher, Yamaguchi, sicher. Aber ich glaube, es geht tiefer als das. Die Menschen spüren, dass sich die Dinge verändern. Nichts bleibt, wie es ist, und der Wandel geht sogar immer schneller. Vielleicht war die reale Gefahr, Opfer eines Verbrechens zu werden, früher größer. Das Leben insgesamt aber schien auf sicherem Boden zu stehen. Heutzutage hingegen ist nichts mehr sicher. Die Leute haben Angst, es ist eine Art Grundgefühl geworden, und wenn dann noch etwas Schreckliches passiert, denken sie, dass sie alles verlieren könnten.«

»Ach, Inspektor, Sie machen sich mal wieder zu viele Gedanken! Fangen Sie die bösen Jungs, und legen Sie ihnen Handschellen an. Dann wird schon alles gut werden.«

»Ich bemühe mich, Yamaguchi! Ich bemühe mich!«

»Das klingt schon viel besser. Und damit Sie sich besser entspannen können, gebe ich Ihnen einen Sake aus. Na, wie klingt das?«

»Wunderbar, Yamaguchi!«

Kurz darauf stellte der Wirt einen hölzernen *Masu*, ein eckiges Trinkgefäß aus Zypressenholz, vor den Inspektor. Der Sake darin war jahreszeitgemäß *on the rocks*. Takeda trank mit sinnlich geschlossenen Augen. Yamaguchi hatte vollkommen recht. Ein Sake war wirklich ein wunderbares Mittel, um alle düsteren Gedanken hinter sich zu lassen. Wenn er gleich zu Hause war, würde er sich außerdem ein heißes Bad einlassen. Das war auch im Sommer ungeheuer entspannend.

60.

Claudia stand zur selben Zeit in ihrem Wohnzimmer und drehte sich langsam im Kreis.

Die alte Pendeluhr, der Sekretär aus Rosenholz, ihr Sofa, das Regal mit ihren Urlaubserinnerungen. Zu denen gehörte auch eine Winkekatze aus Japan, eine Maneki-Neko. Sie winkte unablässig mit der Pfote und lockte auf die Art das Glück herbei.

Schien bloß nicht zu funktionieren.

Bald würde sie anfangen müssen, all diese lieb gewonnenen Dinge in Kisten zu packen. Ja, sie musste sich wohl damit abfinden, ihr vertrautes Zuhause aufzugeben.

Bei dem Gedanken befiel sie eine düstere Stimmung, die viel tiefer reichte, als es für einen einfachen Wohnungswechsel angemessen wäre.

Warum? So war sie doch früher nicht gewesen, schließlich war sie in jüngeren Jahren ziemlich häufig umgezogen. Lag es daran, dass es zum ersten Mal nicht freiwillig war?

So gesehen war es diesmal gar kein Umzug. Diesmal wurde sie vertrieben. Es war unglaublich demütigend. Eigenbedarf? Nie im Leben! Lessing, ihrem Vermieter, ging es doch nur darum, die Wohnung zu sanieren und dann für das Doppelte zu vermieten. So machten es alle im Moment. Er war keine Ausnahme.

Was für die einen mehr Geld bedeutete, hieß für die anderen, ein Stück vertrautes Leben zu verlieren. Sicherheit zu verlieren. Sich klein und herumgeschubst zu fühlen. Ahnte jemand wie Lessing das?

Claudias Bitterkeit drohte überbordend zu werden. Dann aber, ganz plötzlich, erschien ein Lächeln auf ihrem Gesicht.

Ihr Blick fiel auf das Bild von Chagall über dem Sofa. Liebende in Rot und Blau. Ein Original.

Sie besaß es seit vergangenem Jahr. Genauer seit ihren Ermittlungen im Mordfall Sassnitz.

Daneben hing ein gerahmtes Theaterplakat, das sie seit Langem störte.

Okay, so kurz vor dem Umzug war es zwar unsinnig, umzudekorieren. Aber das war ihr gerade egal.

Claudia streckte sich über das Sofa, nahm das Plakat von der Wand. Dann ging sie in ihre Küche, wo immer noch das verpackte Paket zwischen Kühlschrank und Wand stand.

Sie brachte es ins Wohnzimmer, löste dort Kordel und Papier. Dann hob sie das Bild in die Höhe und hängte es an den freien Nagel an der Wand.

Bunte Figuren, eine fröhliche Stimmung. Ein wenig wie ein Manga.

Ein Likörell.

Claudia lächelte.

Gelegentlich musste man sich nehmen, was das Leben bot. Taten andere ja auch.

Donnerstag

61.

Es war der Mittag des nächsten Tages. Claudia parkte ihren Wagen vor dem Schiller-Gymnasium im Stadtteil Winterhude.

Die Schule residierte in einem mächtigen Backsteinbau aus den zwanziger Jahren. Im hinteren Areal waren moderne Anbauten jüngeren Datums hinzugekommen. Sie waren komplett aus Holz und Glas errichtet, ein freundlicher Kontrast zu dem düster wirkenden Hauptgebäude.

Das Schiller zählte zu Hamburgs renommiertesten Schulen, und nicht wenige derjenigen, die heute in der Hansestadt in Wirtschaft oder Politik etwas zu sagen hatten, hatten hier die Schulbank gedrückt – so wie auch Klaus-Peter Haffner, Kathi Sellering und Saskia von Thun.

War aus ihnen etwas geworden? Im Falle von Saskia ließ es sich nicht sagen, sie war gestorben, noch bevor sich ihr Lebensweg entschieden hatte. Bei Kathi Sellering ließ sich die Frage nur traurig beantworten. Und Haffner? Er war ein bekannter Anwalt geworden, der eine ganze Reihe prominenter Mandanten vertrat. Aber mit welchen Mitteln hatte er sich diesen Ruf erworben? Mit Mord und finanziellen Schiebereien?

Claudia blieb noch einen Moment im Wagen sitzen. Vorhin, nach der Morgenrunde, hatten sie und Takeda ihr weiteres Vorgehen besprochen. Das heißt, zunächst hatten sie einfach nur voreinander gesessen und geschwiegen, sich auf die Art stumm eingestanden, dass der Fall weit von einer Aufklärung entfernt war. Sie fischten immer noch im Trüben. Sicher, die Zahl der Puzzle-Stücke, die sie vor sich hatten, war gewachsen. Ein fertiges Bild aber war immer noch nicht zu erkennen.

Fest stand immerhin, da waren sie einer Meinung, dass die Ereignisse von 1983 und der Mord an Saskia von Thun mit dem, was jüngst passiert war, zusammenhingen. Aber wie genau? Hatte Haffner selbst Yvonne erschossen? Hatte ihn das, was er als Jugendlicher mit angesehen hatte, so sehr traumatisiert, dass er die natürliche Hemmung verloren hatte, einen Menschen zu töten? Oder ließ er die Drecksarbeit von jemand anderem erledigen? Im Zweifel von dem, den Kathi Sellering den Indianer nannte und der ja bereits in jungen Jahren einen Mord begangen hatte?

Für Claudia stand fest, dass ihr wichtigster Schritt sein musste, die Identität dieses Indianers, des Mörders von 1983, herauszufinden. Wer hatte Saskia von Thun erschlagen? Und wen hatte Haffner damals bei eben dieser Tat beobachtet?

Sellering selbst wollte den wirklichen Namen nicht nennen. Aber immerhin hatte er sich bereit erklärt, ihn zu bestätigen, sollte Claudia ihn auf andere Art herausfinden.

Die zweite, genauso wichtige Frage aber blieb damit ungeklärt – wer hatte Haffner erschossen?

Die Tatumstände der beiden Morde, dem an Yvonne und dem an Haffner, waren so unterschiedlich, dass sie kaum vom selben Täter begangen worden waren.

War der Mord an Haffner eine Rache wegen Yvonne? Aber wer wusste dann von Haffners brutalen Methoden?

Oder hing Haffners Tod eben doch nur indirekt damit zusammen? Bei der Beantwortung dieser Frage könnte das Geld eine Rolle spielen, das auf dubiosen Kanälen an Haffner geflossen war. Von wem stammte es? Wofür wurde es bezahlt? Darum wollte Takeda sich kümmern.

Claudia stieg aus ihrem Wagen aus. Sie überquerte den Schulhof, betrat das Schulgebäude und blieb zunächst in der über drei Stockwerke reichenden Vorhalle stehen. Da Sommerferien waren, waren die Gänge menschenleer. Keine tobenden Schüler, keine fluchenden Lehrer. In dem riesigen Gebäude herrschte eine gespenstische Stille.

Claudia selbst war im Norden Hamburgs in eine Schule gegangen, die erst in den siebziger Jahren erbaut worden war. Viel Beton, dazu Glas und seltsame, farbige Metallapplikationen an der Fassade, die an Lego oder anderes Spielzeug erinnerten. Das Gebäude war im Vergleich zum Schiller langweilig gewesen, aber auch weniger einschüchternd. Hier jedoch schienen die Mauern den Hauch der Geschichte zu atmen. Den Schülern machte die ganze Atmosphäre klar, dass sie in einer langen Reihe von Generationen vor und auch nach ihnen standen. Der Einzelne zählte nichts. Er musste einem Ruf gerecht werden, einer Verpflichtung.

Andererseits, vielleicht waren den Kids solche Überlegungen auch völlig fremd. Sie hatten ihre Noten im Kopf oder auch nur die nächste Party, den hübschen Jungen aus der Parallelklasse, Klamotten, ein neues Smartphone, den neuesten TikTok-Hit. Der Hauch der Geschichte wehte im Zweifel komplett an ihnen vorbei.

Claudia ging durch endlose, verlassene Korridore, bis sie endlich das Sekretariat fand. Immerhin war es trotz der Ferien besetzt.

Die Schulsekretärin, eine junge Frau namens Sandra Claussen, zeigte sich freundlich und hilfsbereit. Gerne würde sie für Claudia die Unterlagen aus dem Jahrgang heraussuchen, der 1983 die Stufe 11 besucht hatte.

Als Sandra Claussen dann aber in ihren Computer sah, schüttelte sie bedauernd den Kopf, erklärte, dass alles vor 1990 nicht digital erfasst worden sei. Die Unterlagen seien im Archiv, und das befinde sich im Keller der Schule. Aber da könne sie nicht mal eben so heran, es würde ein paar Tage dauern.

»Sie haben also wirklich gar nichts für mich?«, fragte Claudia.

»Ich befürchte, nein. Allerdings könnte ich mal nachsehen, ob ich einen Lehrer im System finde, der schon damals bei uns war. Der kann ihre Fragen vielleicht beantworten. Oder er hat seinerseits Material verfügbar ... Warten Sie mal kurz.«

Claussen machte sich erneut am Computer zu schaffen. Mit jedem Mausklick vertieften sich jedoch die Furchen auf ihrer Stirn. Claudia rechnete schon mit einer Abfuhr. Dann aber lächelte die Schulsekretärin. »Hier! Der ist der Richtige für Sie. Georg Fender, Deutsch und Geschichte. Er war damals der Stufenleiter der Elften. Er ist schon im Ruhestand, 1983 ist ja auch eine halbe Ewigkeit her, aber da er bis 2009 hier im Haus war, habe ich seine Adresse im System. Ich schreibe sie Ihnen auf.«

Die Sekretärin notierte eine Adresse auf einen Zettel, den sie Claudia reichte.

»Danke, Frau Claussen.«

»Na klar. Worum geht's eigentlich, wenn ich fragen darf?«

»Sagt Ihnen der Name Saskia von Thun etwas?«

»Von Thun? Nein. War das eine Schülerin?«

»Richtig. Sie ist im Winter 83 ermordet worden. Nicht einmal weit von hier entfernt, an den Ausläufern des Stadtparks.«

Claussen legte sich erschrocken die Hände an die Wangen. »Das ist ja schrecklich.«

»Sie haben noch nie davon gehört?«

»Nein. Was ist denn bloß passiert?«

»Um das herauszufinden, bin ich hier.«

»Aber heißt das denn, dass man nicht weiß, wer es getan hat?«

»Genau das heißt es.«

Die Sekretärin schüttelte sich, als wäre ihr kalt. »Schrecklich. Na ja, wenigstens ist es schon echt lange her.«

»Ja, das stimmt«, sagte Claudia. Sie fragte sich im Stillen allerdings, ob es das wirklich besser machte. »Erst einmal vielen Dank für Ihre Hilfe.«

»Gerne. Ich wünsche Ihnen ... ich weiß gar nicht, was sagt man, wenn jemand einen Mörder jagt? Petri Heil? Hals- und Beinbruch?«

Claudia musste zu ihrer eigenen Überraschung lachen.

»Klingt beides nicht schlecht.«

62.

Takedas Weg führte ihn weit in den Hamburger Osten, fast an die Landesgrenze von Schleswig-Holstein.

Die Wohngebäude, deren Sanierung die S & W im Auftrag der Stadt geplant und durchgeführt hatte, gehörten zu einem Teil von Billstedt, der Mümmelmannsberg hieß.

Myumeryumantsuberugu … ein Zungenbrecher, jedenfalls für ihn, einen Japaner. Takeda wusste, dass Claudia, wäre sie jetzt bei ihm, in lautes, hemmungsloses Gelächter ausbrechen würde. Sie amüsierte sich immer köstlich, wenn er sich an der Aussprache komplizierter deutscher Wörter versuchte. Die Erinnerung an ihr Lachen lockte Takeda selbst ein Lächeln auf die Lippen. Vermutlich würde sie spöttisch sagen: »Ist doch gar nicht so schwer, Ken. Mümmelsmannsberg. Versuch's noch einmal.«

Dass besonders deutsche Umlaute für Japaner eine Herausforderung waren, würde Claudia nicht gelten lassen. Am Ende würde er sie vermutlich fragen, wie sie wohl in Tokio zurechtkäme, wenn sie zu Ortsteilen wie Takadanobaba, Shimokitazawa oder Azabumamianacho müsste …

Takeda fuhr die Kandinskyallee entlang, bog dann links in die Straße ein, in der sein Ziel liegen sollte.

Rechts und links türmten sich hochgeschossige Wohnhäuser auf, die die Straße wie die Wände einer Schlucht säumten. Nicht sehr schön. Aber auch nicht völlig katastrophal. Manche Wohnsiedlungen in Tokio, die *Danchi*, waren noch um einiges gigantischer und unansehnlicher, auch wenn sie in den zurückliegenden Jahren modernisiert worden waren. Besonders skurril muteten die nachträglichen Erdbebenverstärkungen an, Konstruktionen aus Beton und Stahl, die die Häuser wie Schlingpflanzen einfassten.

Nach weiteren dreihundert Metern parkte er den Wagen, stieg aus und blickte auf die glänzend weißen Fassaden eines Ensembles aus mehreren achtgeschossigen Etagenbauten, die schräg versetzt entlang der Straße standen. Moderne Fenster, neue Balkone, einladende Portale, Rollstuhlrampen.

Keine Frage, hier war vor Kurzem umfassend saniert worden.

Dass die Mauern des Erdgeschosses vollständig von Graffiti verunstaltet waren, sprach dem nicht entgegen. Die Schmierereien – es waren ja nicht einmal kunstvolle Sprühereien – waren im Zweifel schon wenige Stunden nach der Erneuerung der Fassade entstanden.

Takeda stand vor dem überdachten Eingang eines der Häuser, als eine Bewohnerin, eine ältere, korpulente Frau mit Kopftuch, ins Freie trat. Er nutzte die Gelegenheit und schlüpfte durch die Tür ins Innere des Gebäudes.

Auch hier war der Eindruck tadellos. Glänzender Steinboden, saubere Wände, ein moderner Fahrstuhl. Die Luft roch nach frischer Wandfarbe.

Unschlüssig, wie er weiter vorgehen sollte, stand Takeda im Eingangsbereich des Gebäudes, als sich vor ihm die Fahrstuhltür öffnete. Ein junger Mann trat aus dem Lift, wollte schnellen Schrittes das Haus verlassen.

»Verzeihung, dürfte ich Sie kurz stören?«

Der Mann, vielleicht Anfang zwanzig, akkurat geschnittene und gegelte Haare, ein trainierter, muskelbepackter Körper, blieb stehen. »Klar. Was gibt's?«

»Sie wohnen hier?«

»Kann schon sein. Wieso?«

»Gefällt es ihnen?«

Der junge Mann verzog das Gesicht und verfiel in den ortsüblichen Slang. »Willst du mir was verkaufen, Digga, oder was?«

Takeda, kurz verunsichert, bemühte sich etwas holpernd ums

gleiche Idiom. »Never, Alta! Ist nur, dass ich mich für den Kasten interessiere, weissu?! Zieh ich vielleicht ein, so wohnungsmäßig, Bruda.«

Der junge Mann brach in schallendes Gelächter aus. »Sie müssen nicht so mit mir reden. Sie wollen also hier einziehen?«

Takeda, rot angelaufen, nickte. »Ja, ich denke drüber nach.«

»Ich wusste gar nicht, dass etwas frei ist. Tun Sie es. Ist top. Echt.«

Die kurze Spannung löste sich.

»Hier ist vor Kurzem saniert worden. Ist das richtig?«

»Von oben bis unten. War auch höchste Zeit. Jahrelang haben die nix gemacht. Ständig war das Licht kaputt, der Fahrstuhl ging nicht, die Sprechanlage war im Eimer, nasse Wände, Schimmel, was weiß ich. Aber jetzt ist alles vom Feinsten. Fehlt eigentlich nur der Pool auf dem Dach.«

»Ach? War das angedacht?«

Der junge Mann grinste. »Sie sind Japaner, oder?«

»Ja.«

»Dachte ich mir. Euch kann man echt alles erzählen. Das mit dem Pool war natürlich ein Witz.«

»Natürlich.«

»War's das?«

Takeda zögerte unsicher. Das Problem war, dass er selbst nicht so recht wusste, wonach er eigentlich suchte. »Ja, vielen Dank.«

»Wie gesagt, schnappen Sie sich die Wohnung. Würde mich freuen. Wir haben schon so ziemlich die ganze Welt im Haus. Ein Japaner fehlt noch … Oss!«

Der junge Mann rief den unter Karate-Kämpfern üblichen Gruß, drehte sich um und verließ wiederum lachend das Haus.

Takeda bestieg seinerseits den Lift und überzeugte sich in den oberen Etagen des Hauses, dass auch dort alles erneuert worden war. So weit keine Auffälligkeiten.

Er kehrte ins Erdgeschoss zurück, verließ das Gebäude. War sein Besuch ein Fehlschlag? Gab es hier einfach nichts zu entdecken?

Er wusste es nicht.

Er überquerte die Straße, drehte sich um und betrachtete noch einmal die insgesamt sechs Gebäude, die die S & W saniert hatte. Sie waren baugleich, unterschieden sich im Grunde nur durch die Farben einzelner Balkonmarkisen.

Takeda blieb lange reglos stehen und blickte auf die Gebäude.

Da war etwas.

Aber was?

Er holte sein Smartphone aus der Tasche, öffnete die Galerie und blickte auf die Aufnahmen, die er am Vorabend im Büro der S & W von den Unterlagen über die Sanierung angefertigt hatte.

Dazu gehörte eine Auflistung aller durchgeführten Arbeiten. Zahlreiche Skizzen und eine per Computer angefertigte Simulation zeigten die fertigen Maßnahmen. Grüne Bäume vor weißen Fassaden, neue Balkone, frisch angelegte Vorgärten. Alles stimmte mit dem überein, was Takeda nun vor sich sah.

Überschrieben war die Simulation mit der Projektbezeichnung. *Grundsanierung der Etagenbebauung Gebäude A – G, inklusive Neugestaltung der Grünanlagen.*

Takeda schritt langsam den Bürgersteig entlang. Sechs Eingänge, jeweils acht Etagen, insgesamt weit über hundert Wohneinheiten. Die einzelnen Häuser trugen dieselbe Hausnummer, wobei den Eingängen unterschiedliche Buchstaben zugeordnet waren.

A, B, C, D, E, F.

Takeda öffnete noch einmal die Galerie in seinem Telefon.

Grundsanierung der Etagenbebauung Gebäude A – G.

Aber es gab kein G.

Oder doch, es gab es, aber nur auf dem Papier.

Takeda lächelte.

Das war es also.

Ein ganzes Gebäude war komplett fiktiv. Es hieß, dass alle Kosten, die für dessen Sanierung angefallen waren, in die Tasche von jemandem gewandert waren.

Es ging nicht einfach nur um die vierzigtausend Euro, die für Haffners lapidares Rechtsgutachten bezahlt worden waren. Es ging um Hunderttausende, im Zweifel um Millionen von Euro.

Takeda fischte sein Handy aus der Tasche und wählte Claudias Nummer.

63.

Als Claudia an der Seniorenresidenz Rosengarten im Stadtteil Klein Borstel vorfuhr, war es früher Nachmittag. Sie parkte auf einem der Besucherparkplätze vor der Tür des Empfangsgebäudes. Es war ein im Stil eines englischen Landhauses errichteter Bau mit gekalkter Fassade und tief reichendem Reetdach. Die Fenster wurden von Kletterrosen umrankt. Rechts und links des Portals standen Holzbänke, auf denen gut gelaunte Senioren saßen und miteinander plauderten. Die monatlichen Kosten für die Unterbringung in einer solchen Einrichtung hätten es den alten Herrschaften ebenso erlaubt, im Vier Jahreszeiten zu logieren.

Aber da war vermutlich das Essen nicht so gut.

Claudia war vorhin bei der Adresse von Georg Fender vorbeigefahren, die ihr die Schulsekretärin gegeben hatte. Sie stellte sich als veraltet heraus, doch dank der Auskunft einer Nachbarin hatte sie den Weg zum Rosengarten gefunden, wohin der ehemalige Lehrer nach dem Tod seiner Frau gezogen war.

Auf der Fahrt hatte sie mit Takeda telefoniert, der der Spur des Geldes gefolgt war, das an Haffner geflossen war. Offenbar übertrafen die Dimensionen alles, was sie bisher vermutet hatten. Es ging offenbar um Millionen von Euro.

Das waren Summen, die in den Augen manch eines gierigen Menschen ein Menschenleben aufwogen. Jeder Mordermittler wusste das. Aber was bedeutete es für den Fall Haffner? Für Yvonne Rheydt? Spielte der alte Fall von 1983 doch keine Rolle? Ging es ausschließlich um finanzielle Schiebereien? Verschwendete Claudia hier nur ihre Zeit? Ihr Gefühl sagte etwas anderes. Die Dinge hingen zusammen. Das Geld, die Morde, die Vergangenheit.

Nur wie?

Sie meldete sich am Empfang, wurde dort an eine Gruppe Senioren verwiesen, die in einem großen Stuhlkreis im großzügigen Park der Anlage saßen. Im Schatten einer ausladenden Linde machten die alten Herrschaften langsam kreisende Bewegungen mit den Armen. Dazu summten sie lang gezogene Vokale. Aaaaa. Ooooo. Uuuuu.

Senioren-Qigong. Das Leben konnte schön sein.

Claudia stellte sich neben die Gruppe, musste aber schnell feststellen, dass ihre freundliche Bitte um Aufmerksamkeit einfach ignoriert wurde.

Kurzentschlossen trat sie in die Mitte des Stuhlkreises. Es trug ihr strafende Blicke der Übungsleiterin ein. War ihr egal.

»Ist einer von Ihnen zufällig Herr Fender? Georg Fender?«

Ein älterer Herr, gut aussehend, braun gebrannt, volles schlohweißes Haar, lächelte Claudia zu. »Das bin ich.«

»Ich muss Sie sprechen, Herr Fender. Alleine. Es ist dringend.«

Fender sah sie fragend an. »Nicht, dass ich es nicht gerne hören würde. Aber eigentlich ist in meinem Leben gar nichts mehr dringend. Worum geht's denn?«

»Ich erkläre es Ihnen, sobald wir ungestört sind.«

»Aber natürlich.«

Sie gingen einige Schritte, nahmen dann auf weiß lackierten Holzmöbeln im Schatten eines anderen Baumes, knapp außer Hörweite, Platz. Schon auf dem Weg erklärte Claudia, dass sie Mitarbeiterin der Mordkommission sei.

»Mordkommission? Dann auch noch in einer dringenden Sache? Ich hoffe, es ist nichts Schlimmes passiert? Etwa eines meiner Kinder?«

»Aber nein, Herr Fender. So weit ist alles in Ordnung. Ich bin wegen Saskia von Thun hier.«

Claudia sah, wie die Furchen im Gesicht des alten Mannes in

Bewegung gerieten. »Saskia von Thun? Den Namen habe ich lange nicht mehr gehört. Sagen Sie bloß, es gibt da etwas Neues?«

»Dann sind Sie im Bilde? Ich meine, dass der Fall als ungeklärt gilt?«

»Natürlich. Als damals dieser Kerl aus der Haft entlassen wurde, angeblich unschuldig, war das für mich, überhaupt für alle, die damit zu tun hatten, ein ziemlicher Schock. Wie hieß er gleich?«

»Sie meinen Peter Folkert.«

»Richtig, Folkert. Wir hofften damals – es ist ja auch schon viele Jahre her –, dass der wahre Täter bald gefasst würde. Aber so kam es nicht.«

»Das ist richtig. Alle anschließenden Versuche, das Verbrechen doch noch aufzuklären, blieben erfolglos.«

»Es gab Versuche? Dann habe ich es wohl nicht mehr allzu aufmerksam verfolgt.« Fender sprach in altersmildem Spott. Claudia zeigte es, dass er nicht nur körperlich agil war, sondern auch hellwach im Kopf.

»Um Ihre ursprüngliche Frage zu beantworten, ja, es kann sein, dass es etwas Neues gibt. Ganz sicher sind wir uns nicht. Ich hoffe ehrlich gesagt, dass Sie mir mit ein paar Auskünften weiterhelfen können.«

»Ich kann es versuchen. Ich glaube zwar, dass ich schon vor vielen Jahren jede erdenkliche Frage zu dem Fall beantwortet habe. Aber gut, versuchen wir es. Was möchten Sie wissen?«

»Es geht mir in erster Linie um Folgendes. Gab es in der Jahrgangsstufe von Saskia von Thun einen Schüler, der den Spitznamen Indianer trug? Vielleicht auch nur irgendetwas, was in die Richtung ging? Was weiß ich, Mohikaner, Geronimo, Azteke … Ich denke, der Junge war ein Punker, vermutlich mit einem Irokesenschnitt.«

Folkert nickte erinnerungsschwanger mit dem Kopf, lächelte. »Punker … davon gab es sogar einige damals, Anfang der achtziger Jahre. War nicht ganz einfach für uns Lehrer, das können Sie mir glauben. Lange Haare hatte ich selbst gehabt, aufsässig war ich auch als junger Mann. So etwas hat niemanden mehr aufgeregt. Aber als die Jungen und Mädchen dann mit Stecknadeln in den Ohren zur Schule kamen und die Haare rot, grün oder blau färbten, das war doch etwas Neues. Mich hat es nicht wirklich gestört, aber ich war damals einer der Jüngsten im Kollegium. Die Älteren unter uns hätten sie am liebsten allesamt der Schule verwiesen. Aber gut, die stammten damals noch aus Zeiten, als man sich im Klassenraum mit erhobenem rechtem Arm begrüßte.«

»Herr Fender, Indianer? Klingelt da etwas bei Ihnen?«

Der alte Lehrer atmete in hörbarer Anstrengung aus. »Ich gerate schnell ins Plaudern, Frau Kommissarin. Bremsen Sie mich, wenn es wieder passiert. Indianer, sagen Sie? Ich kann mich nicht erinnern. Ich müsste mir ein paar alte Fotos ansehen, vielleicht erinnere ich mich dann.«

»Haben Sie denn Fotos von damals?«

»Natürlich. Es sind nicht mehr so viele wie früher. Als ich hierherzog, musste ich einiges aussortieren. Aber ein paar Alben sind noch da. Wenn Sie möchten, begleiten Sie mich in meine Wohnung, direkt dort vorne.«

»Sicher, gehen wir.«

Fender lebte in einer abgeschlossenen Wohneinheit, die aus zwei ineinander übergehenden Zimmern, einem Bad und einer Pantryküche bestand. Die Räume waren geschmackvoll eingerichtet. Ecksofa, ein Klavier, ein Essbereich in einem lichtdurchfluteten Erker.

Dort nahm Claudia Platz. Der Blick ging hinaus in den Park. Lustwandelnde Senioren, ein paar spielende Enkel und Urenkel, fröhliche Pflegerinnen, die betagte Bewohner in Rollstühlen schoben, ein Gärtner, der eine Hecke kunstvoll stutzte. Träumte Claudia das alles nur?

Fender zog einige Fotoalben aus einem Regal und legte sie auf den Tisch, setzte sich neben Claudia.

Er nahm ein erstes Album zur Hand, blätterte es auf, legte es zur Seite.

Die Prozedur wiederholte sich. Dann aber nickte er zufrieden. »Hier sind wir. Das Schuljahr 83/84. Ich war Stufenleiter der Elften … Gott, war das eine Zeit! Die Leute klagen ja immer über die nicht zu bändigenden Kinder von heute. Es war damals nicht anders, glauben Sie mir. Wer heute rebelliert, gilt als Problemfall. Damals war das umgekehrt, wer nicht rebellierte, war nicht ganz in Ordnung. Zumindest galt er als Langweiler! Hier, sehen Sie, das ist die Stufe, in ihrer versammelten Pracht.«

Fender drehte das Album zu Claudia hin. Auf der Seite war ein großes Foto im Querformat zu sehen. An die hundertfünfzig Jugendliche waren auf dem Schulhof zu einem Gruppenbild zusammengekommen. Im Hintergrund sah man den hoch aufragenden Backsteinbau des Gymnasiums.

Claudia zog das Album dichter zu sich heran. Ihr kam *Die Ritterin der Nacht* in den Sinn. Die Mehrheit der Schüler trug zwar völlig normale Kleidung, Jeans und T-Shirts. Aber ins Auge sprangen diejenigen, die bemalte Lederjacken oder Großvaterhemden mit schwarzen Westen anhatten, deren Haare schulterlang oder eben bunt gefärbt waren, die eine Faust oder eine Peace-Zeichen in Richtung Kamera zeigten.

»Blättern Sie weiter, Frau Harms. Es kommen Bilder einzelner Kurse, da sehen Sie die Schüler in größerer Aufnahme. Wahrscheinlich sind nicht alle Schüler der Stufe abgebildet, aber die, die drin sind, können wir gerne durchgehen.«

Claudia blätterte um. Weitere Gruppenbilder, jeweils mit zehn oder höchstens zwanzig Schülern darauf, waren zu sehen. Einige waren ebenfalls im Freien aufgenommen worden, andere in Klassenräumen.

Einmal stockte sie, tippte mit dem Finger auf eine junge Frau in schwarzen Kleidern. »Ist das hier Kathi Sellering? Erinnern Sie sich an Sie?«

»Sellering … ja, richtig, so hieß sie. Sie war eine Freundin von Saskia von Thun. Begabtes Mädchen, sehr intelligent. Aber auch introvertiert. Schwierig.«

»Ich habe mit ihr im Zuge meiner Ermittlungen gesprochen. Schwierig ist sie immer noch, sogar ein wenig sonderlich, würde ich sagen.«

Fender sagte eine Weile nichts, fuhr dann mit leiser, angestrengter Stimme fort: »Ich denke nicht gerne daran zurück. Die Sache mit Saskia von Thun … Es hat die Schule damals zutiefst erschüttert. Sie machen sich keine Vorstellung. Zuerst dachten wir, dass sie einfach abgehauen wäre. Die Schüler haben noch ihre Witzchen gemacht. Saskia war nach außen bieder, aber sie hatte es faustdick hinter den Ohren. Nicht einfach für uns Lehrer, vor allem die männlichen.«

»War da etwas? Zwischen einem Lehrer und ihr? Wollen Sie das andeuten?«

»Nein, so meine ich es nicht. Ich will nur deutlich machen, wie Saskia war. Ich erinnere mich noch gut daran, wie die Polizei in die Schule kam. Das erste Gespräch fand mit dem Direktor statt. Der hat dann mich informiert, weil ich der Stufenleiter war. Danach das restliche Kollegium. Es war furchtbar. Eine Schülerin ermordet … Es hat Wochen, eher Monate gedauert, bis sich die Dinge beruhigt hatten. Einige Eltern haben ihre Kinder auf anderen Schulen angemeldet, so als läge ein Fluch auf dem Schiller … Sie haben Kathi Sellering erwähnt. Ich erinnere mich jetzt. Sie hat es noch mehr als andere mitgenommen. Saskia und sie waren befreundet. Ich glaube, Kathi war noch wenige Stunden bevor es passiert ist, mit ihr zusammen.«

Claudia blätterte weiter. Bei einem Jugendlichen war sie sich wieder nicht sicher. Es könnte Klaus-Peter Haffner sein. Die Gesichtszüge passten, sofern Claudia sie gedanklich vierzig Jahre zurückrechnete. Außerdem schien die Beschreibung in Sellerings Buch einigermaßen präzise zu sein. Tolle hatte sie ihn genannt, und tatsächlich trug Haffner die Haare in einer auffälligen Föhnfrisur. Fender bestätigte Claudias Vermutung. Ja, dieser Junge war Haffner. Sie überlegte, ihm zu erzählen, womit die Ermittlungen begonnen hatten, doch gerade als sie etwas sagen wollte, klopfte

Fender mit seinem knochigen Finger auf das Gesicht eines anderen Jungen. »Der hier … ja, der hier. Jetzt fällt es mir wieder ein. Da haben Sie ihn, Ihren Indianer. Hätte ich auch sofort draufkommen können.«

Claudia sah auf das Foto. Es zeigte einen Teenager, der zwar keinen Irokesenhaarschnitt trug, aber dennoch ein paar der Punker-Kennzeichen zur Schau stellte. Mit Sprüchen und Anarcho-Symbol bemalte Lederjacke, eine Kette aus ineinandergesteckten Sicherheitsnadeln, die von seinem Ohr bis zu einer Öse eines Lederhalsbandes reichte, Ansteckbutton mit Bandnamen wie Sex Pistols, Slime oder Remo Voor.

»Das ist der Indianer? Sind Sie sicher?«

»Wissen Sie, wer Uncas ist?«

»Uncas? Nein.«

»Das ist der Sohn von Chingachgook. James Fenimore Cooper. *Der letzte Mohikaner* … so haben sie ihn damals genannt. Uncas. Könnte passen, oder?«

»Schon. Wissen Sie, wie der Junge mit echtem Namen heißt?«

»Warten Sie, lassen sie mich nachdenken …«

Fender legte sich die Zeigefinger an die Schläfen und schloss die Augen. Dann öffnete er sie wieder, lächelte und nannte einen Namen.

Claudia wusste im nächsten Moment, dass es richtig gewesen war, herzukommen.

64.

Korruption war nicht die Ausnahme, es war die Regel. Jedenfalls in der japanischen Bauwirtschaft.

Es schmerzte Takeda, so über seine Heimat zu denken, aber als Polizist machte er sich keine Illusionen. Zu oft hatten ihn seine Ermittlungen in Tokio zu Durchstechereien geführt, in denen Gelder, die eigentlich für neue Gebäude, Straßen, Dämme bestimmt waren, auf dunklen Kanälen in fremde Taschen gewandert waren.

Japans Stärke war eben auch seine Schwäche. Der Konsens, die Gruppenzugehörigkeit, das Bedürfnis nach Harmonie – all das war so tief im Empfinden der Menschen verwurzelt, dass sie es mitunter nicht einmal als Vergehen empfanden, wenn sie sich an Mauscheleien beteiligten. Oder sie trauten sich nicht, Widerstand zu leisten. Denn dann würden sie ja den geschmeidigen Fluss der Dinge ins Stocken bringen, würden die Gemeinschaft vorführen, würden ein Störfaktor werden, Außenseiter.

Taten sie es doch und verweigerten sich, führte es nicht selten zu so tragischen Verwicklungen wie im schlagzeilenträchtigen Fall des Finanzbeamten Toshio Akagi. Er war gezwungen worden, amtliche Dokumente zu fälschen, um den weit unter Wert erfolgten Verkauf eines öffentlichen Grundstücks zu vertuschen. Gegen seine Überzeugungen, gegen seinen Stolz beteiligte er sich an den Machenschaften. Mächtige Drahtzieher wollten es so, schließlich drohte der Ruf des Premierministers Schaden zu nehmen. Akagi aber ertrug seine Schande nicht, er nahm sich selbst das Leben.

Andere Beamte hatten weniger Skrupel. Ohne Reue bedienten sie Firmen bei manipulierten Ausschreibungen oder förderten den Wahlkampf von Politikern mit prestigeträchtigen Bauprojekten. Sie konnten sich sicher sein, dass sie mit lukrativen Posten belohnt wurden. *Amakudari* nannte man das – das Herabsteigen aus dem allmächtigen Himmel der Bürokratie in die so süßen irdischen Sphären der freien Wirtschaft. Finanzielle Verheißungen inklusive.

Takeda wusste um all das und hatte es für eine Eigenheit Japans gehalten.

Jetzt aber musste er einsehen, dass auch Deutschland nicht so sehr anders war.

Ein ganzes Haus erfinden? Um so die öffentlichen Gelder, die für eine Sanierung gedacht waren, umzuleiten? Das war dreist, sogar für japanische Verhältnisse.

Vor allem aber war es so plump, dass es längst hätte auffliegen müssen.

Das war nicht geschehen.

Warum nicht?

Wer war so mächtig, seine schützende Hand über eine solche Machenschaft zu halten?

Hatte Klaus-Peter Haffner deswegen sein Leben lassen müssen?

Es war früher Nachmittag, als Takeda erneut nach Rothenburgsort fuhr und die Firmenräume der S & W GmbH betrat.

Er meldete sich am Empfang und bat darum, den Geschäftsführer zu sprechen. Während die Mitarbeiterin intern telefonierte, warf Takeda einen kurzen Blick in das große Büro im Erdgeschoss. Nele Rentrop, die junge Frau, die ihm am Vortag die Unterlagen zur Verfügung gestellt hatte, war nicht zu sehen.

Schließlich legte die Dame am Empfang den Hörer auf. »Es tut mir leid, Inspektor, aber Herr Wahl kann Sie leider nicht empfangen. Er hat dringende Verpflichtungen. Vielleicht können Sie mir Ihre Karte dalassen? Er wird sich dann bei Ihnen melden.«

Takeda lächelte. »Das Büro von Herrn Wahl ist im ersten Stock?«

»Ja, aber …«

»Machen Sie sich keine Sorgen. Ich sage ihm, dass Sie alles versucht haben, um mich aufzuhalten.«

Begleitet von lautstarken Protesten der Mitarbeiterin verließ Takeda den Vorraum im Erdgeschoss und stieg die Treppe zum ersten Stockwerk empor.

Kurz darauf stand er vor der Tür des Geschäftsführers, Torsten Wahl. Sollte er klopfen? Aber natürlich. Für Höflichkeit war immer genug Zeit.

Eine Antwort wartete Takeda allerdings nicht ab. Er trat ein und fand sich in einem nüchtern eingerichteten Büro wieder. Aktenschränke, eine Flipchart, technische Zeichnungen an den Wänden. Auf einem Sideboard standen Modelle von Baufahrzeugen.

Am Schreibtisch vor dem Fenster saß ein gepflegt gekleideter Endfünfziger mit grau meliertem Haar, Anzug von der Stange, rot geäderten Wangen.

Wahl erhob sich und versuchte ein Lächeln, das ihm nicht wirklich gelang. »Inspektor Takeda? Bitte, treten Sie näher. Meine Mitarbeiterin am Empfang hat mich falsch verstanden. Selbstverständlich habe ich Zeit, um mit Ihnen zu sprechen.«

»Ich habe geahnt, dass Sie das sagen würden.«

Wahl deutete auf den Besucherstuhl gegenüber seinem Schreibtisch. »Sie sagte, Sie sind von der Mordkommission? Ich bin gespannt, was Sie zu mir führt.«

»In der Tat, das sollten Sie sein, gespannt.«

Wahls Züge zeigten eine kurze Unsicherheit, die er aber sogleich mit einer herzlichen Geste übertünchte. »Möchten Sie einen Kaffee? Einen Cognac? Beides?«

»Danke, ich brauche nichts.«

»Wie Sie meinen. Nun, Inspektor. Was kann ich für Sie tun?«

Takeda ließ sich Zeit, blickte sich zunächst in dem Büro um. Dann erklärte er, ohne Wahl anzusehen: »Ich war heute Morgen in *Myumeryumantsuberugu.*«

»Wo?«

»*Myumeryumantsuberugu* ... Man sagt auch *Mumeru*, glaube ich?!«

»Ach, Mümmel? Sie meinen Mümmelmannsberg?«

»Richtig. Mein Weg führte mich zunächst in die Kandinskyallee und von dort in die nähere Umgebung. Mein besonderes Augenmerk galt einem Ensemble frisch sanierter Wohngebäude. Sie ahnen, worauf ich hinausmöchte?«

»Meine Firma ist in der Gegend tätig gewesen. Aber ich wüsste dennoch nicht ...«

»Dann warten Sie ab. Ich stieß auf eine Gebäudezeile, die von Ihrer Firma im Auftrag der Stadt modernisiert wurde. Wirklich sehr gelungen, das muss ich sagen. Besonders angetan hatte es mir das hinterste Gebäude in der Reihe, es trägt den Buchstaben G.

Es hat einen erstaunlich luftigen, sonnendurchfluteten Charakter, fast als würde man sich weiterhin im Freien befinden. Würden Sie mir da zustimmen, Herr Wahl?«

»Ich weiß nicht, wovon Sie sprechen.«

»Tatsächlich?«

Wahl hob in einer Geste der Unschuld die Hände, sagte jedoch nichts.

Takeda seufzte. »Dann muss ich wohl deutlicher werden. Es gibt kein Gebäude mit dem Buchstaben G. Es ist eine Erfindung, eine Phantasie, die nur auf dem Papier existiert. Durch einen Blick in die entsprechenden Unterlagen Ihrer Firma weiß ich aber, dass Sie die Sanierungskosten vollumfänglich abgerechnet haben. Wir reden über viele Hunderttausend Euro, Herr Wahl. Also geben Sie sich nicht unschuldig. Sie wissen genau, wovon ich spreche.«

Der Mann starrte Takeda wortlos an, gab schließlich einen seltsamen Laut zwischen Schmerz und Erschöpfung von sich. Seine Kieferknochen mahlten. Dann stand er kommentarlos auf, umrundete seinen Schreibtisch. Er öffnete einen Aktenschrank, hinter dessen Türen eine Sammlung von Flaschen sichtbar wurde. »Wirklich keinen Cognac, Inspektor?«

»Nein.«

»Ich brauche jetzt einen.«

»Das kann ich mir vorstellen.«

Wahl schenkte sich ein. Ein Baron Otard Extra 1795, wie Takeda durchaus beeindruckt feststellte.

Wahl kippte den Tropfen gierig herunter, in den Augen des Inspektors ein Frevel. Dann wiederholte er das Ganze mit einem zweiten Glas. Takeda verspürte geradezu körperliche Schmerzen. Was für eine Respektlosigkeit gegenüber einem so edlen Getränk, seinen Herstellern, seiner Tradition!

Der Geschäftsführer nahm wieder an seinem Schreibtisch Platz. Er wischte sich seine inzwischen schweißnassen Haare aus der Stirn. »Also schön, Sie sind uns auf die Schliche gekommen. Aber die Mordkommission? Ich verstehe nicht …«

»Sie haben recht, da bin ich Ihnen eine Erklärung schuldig. Es ist so, dass meine Kollegin und ich einen Zusammenhang zwischen Ihrem Sanierungsprojekt und einem Todesfall vermuten, den wir zurzeit untersuchen.«

»Ein Todesfall?«

»Ich kann mir nicht vorstellen, dass Sie nicht davon gehört haben. Am vergangenen Sonnabend wurde der Hamburger Rechtsanwalt Klaus-Peter Haffner erschossen.«

»Damit habe ich nichts zu tun. Gar nichts!«

Was Takeda nun sah, war nichts als Panik.

Das Lächeln verschwand auch aus seinem Gesicht. »Haffner hat für Ihre Firma mehrere Rechtsgutachten verfasst und ist dafür großzügig entlohnt worden. Und das, obwohl seine Arbeit keinen Cent wert war. Es waren Belanglosigkeiten, sinnlos bedrucktes Papier.«

Wahl versuchte es mit Empörung – ein letztes Aufbäumen. Er hob die Stimme und sagte: »Aber Herr Haffner ist ... war ein ausgesprochen renommierter Anwalt! Seine Expertise in Immobilienfragen ist in der Branche weithin anerkannt.«

»Da bin ich mir sicher.«

»Aber dann hat doch alles seine Richtigkeit!«

»Seien Sie nicht albern, Herr Wahl. Ein nennenswerter Teil der von Ihnen veruntreuten Gelder ist an Haffner geflossen. Warum? Erklären Sie es mir. Andernfalls rufe ich sofort bei meinen Kollegen an, die sich um Betrugsdelikte kümmern. Entscheiden Sie selbst.«

Wahls Blick richtete sich auf den Schrank mit den Spirituosen. Er machte Anstalten, aufzustehen. Takeda hieß ihn mit einer Geste, sitzen zu bleiben. »Sie haben genug. Los, antworten Sie!«

Der Geschäftsführer sackte förmlich zusammen, jede Spannung wich aus seinem Körper. Minutenlang saß er schweigend an seinem Schreibtisch. Ein Mann, der einsah, dass seine Niederlage unausweichlich war.

Schließlich straffte er sich. »Also schön, Inspektor. Ich rede.

Aber verstehe ich Sie richtig, dass wir uns dann einig sind? Dass Sie …?«

»Bitte?«

»… dass Sie das Ganze nicht weitergeben? An die Kollegen, die Sie gerade erwähnten?«

»Wir wissen beide, dass das nicht möglich ist. Sie werden in jedem Fall die Konsequenzen Ihres Handelns tragen müssen. Wie hart die ausfallen, hängt von Ihrer Kooperationsbereitschaft ab. Sie sollten also lieber alles offenlegen.«

»Also gut. Am wichtigsten ist, das Ganze ist nicht auf meinem Mist gewachsen. Ich weiß nicht, warum Haffner so viel Geld bekommt.«

»Wie können Sie es nicht wissen? Sie bezahlen es.«

»Aber doch nicht wirklich. Das Geld ist so etwas wie ein durchlaufender Posten für uns. Wir verbuchen seine Rechnungen in den Projektkosten, die uns die HABA bewilligt. Dafür bekommen wir eine gewisse Provision. Es ist nur ein kleiner Teil der Gelder.«

»Es fällt mir schwer, das zu glauben.«

»Aber so ist es. Man hat uns versichert, dass die zuständigen Prüfer bei der HABA nicht allzu genau hinsehen, solange wir tun, worum man uns bittet. Außerdem werden wir regelmäßig mit Aufträgen versorgt. Sollten wir ablehnen, wären wir raus. Man würde uns nicht mehr berücksichtigen. Das wäre das Ende meiner Firma. Ich konnte nicht Nein sagen.«

»Wer? Wer hat Sie dazu gedrängt?«

»Ich weiß es nicht, das müssen Sie mir glauben. Eines Tages tauchte hier ein Mann auf, möglicherweise jemand direkt von der HABA. Aber auch da bin ich mir nicht sicher.«

»Wie heißt er?«

»Keine Ahnung.«

»Das kann ich nicht glauben.«

»Ist aber so. Er hat mir nie gesagt, wie er heißt. Vielleicht war er auch aus der Baubehörde. Auf jeden Fall von ziemlich weit oben. Er saß auf demselben Stuhl wie Sie gerade und erklärte mir, dass

Haffner künftig regelmäßig Rechnungen an meine Firma stellen würde. Der Form halber reiche er dafür Unterlagen ein, die zumindest einer groben Überprüfung standhalten. Wir sollten die Beträge brav bezahlen. Dafür dürften wir bei unseren Aufträgen der HABA entsprechend phantasievoll sein und uns so das Geld zurückholen. Er hat zugesichert, dass niemand zu genau hinsehen wird. Wir müssten uns keine Sorgen machen.«

Takeda ließ das Gehörte sacken. Wirklich verwundert war er nicht. Er kannte das Muster aus Japan. Manipulierte Unterlagen, umgeleitete Gelder, diskrete Netzwerke. Namen wurden nie genannt, so dass die Beteiligten sich im Zweifel unwissend geben konnten.

Und doch ergab das hier nicht wirklich Sinn. Wer hatte ein Interesse daran, dass Haffner bedient wurde? Und warum? Was war Haffners wirkliche Gegenleistung, denn seine Rechtsgutachten waren es sicherlich nicht.

»Die Summen, die Sie durch Ihre Tricksereien erwirtschaften, übersteigen das, was Haffner von Ihnen bekommt. Ich glaube Ihnen nicht.«

»Mein Gott, weil er nicht der Einzige ist, an den wir zahlen.«

»Wer noch?«

Unter Wahls Achseln hatten sich Schweißflecken gebildet, die in naher Zukunft auf seiner Brust zusammenfinden würden. Er stöhnte leise. Schließlich zog er eine Schreibtischschublade auf, entnahm ihr einen flachen Ordner, den er über den Tisch in Takedas Richtung schlittern ließ.

Der Inspektor nahm den Ordner zur Hand, schlug ihn auf. Es waren die gleichen Unterlagen, die er bereits gestern gesehen hatte. Farbige Darstellungen des fertigen Sanierungsprojektes in *Myumeryumantsuberugu*.

Allerdings war hier markiert, wer das Material hergestellt hatte. Eine Werbeagentur.

Gronau & Friends.

65.

Claudia und Takeda trafen sich auf dem Parkplatz eines Supermarktes in Hoheluft, etwa auf halber Strecke zwischen der Seniorenresidenz, wo Fender lebte, und dem Firmensitz der S&W.

Claudia verschloss ihren Peugeot, stieg dann in Takedas BMW und setzte sich auf den Beifahrersitz. Der Wagen war angenehm gekühlt. Aus den Boxen drangen leise Klänge von Miles Davis.

Sie schloss kurz die Augen. Durchatmen. Runterkühlen.

Dann sah sie Takeda an. »Du hast es am Telefon spannend gemacht, Ken. Ich habe allerdings auch etwas herausgefunden.«

»Dann du zuerst.«

»Nein, du.«

»Nein, du.«

»Claudia?«

Sie lachte. »Schon gut. Also, halt dich fest. Thomas Gronau, der Mann, zu dem dich dein ominöser Pflastermann geführt hat, ist mit Klaus-Peter Haffner zur Schule gegangen. Er war damals Punker und nannte sich Uncas. Weißt du, wer Uncas ist? Nein? Wusste ich bis vorhin auch nicht, aber inzwischen bin ich schlauer. Ein berühmter Indianer aus einem Buch. So etwas wie Winnetou, nur von einem Amerikaner erfunden ...«

»Winnetou?«

»Du weißt auch nicht, wer ... Ach verdammt, darüber reden wir ein andermal. Gronau ist jedenfalls der Indianer aus Kathi Sellerings Buch, das steht fest. Ist dir klar, was das bedeutet?«

Takeda nickte mit ernstem Gesichtsausdruck. »Sellering nannte den Jungen Indianer, der Saskia von Thun getötet hat. Es würde bedeuten, dass Gronau der Täter von damals ist.«

»Sieht so aus. Ich bin direkt nach dem Besuch bei ihrem alten Lehrer noch einmal zu ihr gefahren. Sie hat es bestätigt. Sie meint Gronau in ihrem Buch … Ken, es passt alles zusammen. Wenn Gronau damals wirklich seine Mitschülerin umgebracht hat und dabei von Haffner beobachtet wurde, dann hatte er ihn in der Hand. Er konnte ihn erpressen, konnte von ihm fordern, was er wollte. Geld, Dienste, vielleicht ja sogar weitere Morde. Und dann wiederum hätte Gronau ein Motiv, Haffner zu töten. Jetzt endlich haben wir den Zusammenhang!«

Takeda nickte nachdenklich. In seiner typisch japanischen Art legte er den Kopf schief, kratzte sich im Nacken und stieß dazu angestrengte Zischlaute aus.

Claudia sah ihm eine ganze Weile zu, aber als er auch nach langen Momenten nichts sagen wollte, ergriff sie erneut das Wort: »Was ist los? Glaubst du mir nicht? Oder hast du etwas anderes herausgefunden?«

»Das ist der Punkt. Ich weiß nicht genau, was ich herausgefunden habe. Es könnte sein, dass es in die gleiche Richtung weist. Aber möglicherweise auch nicht.«

»Erklärst du es mir?«

»Ich versuche es.«

Takeda schilderte seinen Besuch in *Myumeryumantsuberugu* – woraufhin Claudia tatsächlich laut herauslachte. Er berichtete ihr von dem nicht vorhandenen Gebäude, von seinem anschließenden Gespräch mit Torsten Wahl. Der habe gestanden, dass seit Jahren über seine Firma hohe Summen an Haffner flossen. Aber eben nicht nur an ihn, sondern auch an Gronau.

Claudia runzelte nun ebenfalls die Stirn. »Gronau bekommt auch Geld?«

»Ja. Und zwar mindestens so viel wie Haffner, vielleicht sogar mehr.«

»Aber das ergibt keinen Sinn. Wenn Haffner seinen alten Schulfreund erpresst hat, warum sollten auch an ihn Gelder fließen? Vor allem, von wem kommen sie?«

»Das ist der Punkt, Claudia. Wir wissen es nicht. Darum müssen wir mit Gronau reden. Wenn jemand die Antwort kennt, dann er.«

Claudia grinste. »Sehe ich genauso. Worauf wartest du also? Schmeiß die Karre an und gib Gas!«

66.

Eine Stunde später – es war Abend geworden, aber immer noch hell – lenkte Takeda den BMW in eine ruhige Seitenstraße im nördlich gelegenen Bergstedt.

Der Stadtteil gehörte zu den sogenannten Hamburger Walddörfern. Wie es zu dem Namen kam, verriet ein Blick in die Umgebung. Große Gärten, edle Häuser, dazwischen und dahinter viel Natur.

Sie traten durch eine Pforte und gingen durch einen Vorgarten auf einen großen Neubau-Bungalow zu. Weiße Wände, bodentiefe Fenster, ein umlaufender, fein säuberlich geharkter Kiesstreifen, der dem Haus etwas Zenartiges verlieh.

Claudia und Takeda tauschten einen letzten, stummen Blick, dann drückte sie auf die Klingel. Sie hörten Schritte hinter der Tür. Eine Frau, Mitte fünfzig, schlank, langes, aschblondes Haar, öffnete die Tür. Sie blickte die Ermittler lächelnd an.

»Bitte?«

Claudia musterte die Frau irritiert. Eine entfernte Ähnlichkeit mit Saskia von Thun war unverkennbar. Natürlich war diese Frau viele Jahre älter. Und dennoch, Gronau schien seinem Typ treu geblieben zu sein. Ein weiteres Puzzlestück?

»Harms ist mein Name, Kriminalpolizei. Das ist mein Kollege Takeda. Wir würden gerne mit Thomas Gronau sprechen. Ich nehme an, das ist Ihr Mann?«

»Kriminalpolizei?« Die Frau wirkte überrascht, lächelte dann aber doch wieder. »Ach, es geht bestimmt um Klaus-Peter Haffner? Eine schreckliche Sache. Kommen Sie herein. Mein Mann ist hinten.«

Sie führte Claudia und Takeda durch den stylischen Neubau. Die Einrichtung war reduziert, wenig Möbel, kaum Wandschmuck. Das meiste in Weiß gehalten.

Birgit Gronau – so hatte sie sich vorgestellt – wies mit der Hand auf eine offene Schiebetür. Dahinter lag eine großzügige Terrasse. Helle Muschelkalkfliesen, ein Sonnensegel aus weißem Stoff, Gartenmöbel aus Teakholz, natürlich mit weißen Auflagen.

Gronau trug Stoffhosen, ein Poloshirt, Segelschuhe ohne Socken. Er saß auf einem Liegestuhl, neben sich auf einem Beistelltisch ein sommerlicher Drink mit Eiswürfeln, blätterte in einer Zeitschrift.

Jetzt blickte er auf. Seine Frau sagte: »Schatz, die Herrschaften sind von der Polizei. Es ist wegen Klaus-Peter.«

Gronaus Gesichtsausdruck war schwer zu deuten. Nicht unfreundlich, nicht ängstlich. Aber auch nicht wirklich entspannt. »Herr Takeda und ich kennen uns bereits. Bitte, nehmen Sie Platz. Darf ich Ihnen etwas zu trinken anbieten? Ich weiß, dass Sie es eigentlich nicht dürfen ... aber um diese Uhrzeit?«

Gronau schien mit Verzögerung zu merken, dass Claudia und Takeda nicht in der Stimmung für ein höfliches Geplänkel waren.

»Wir können natürlich auch hineingehen, wenn Sie möchten. Vielleicht in mein Arbeitszimmer? Da wären wir ungestört.«

Die Frau mischte sich ein. »Unsinn. Ich gehe rein, ich habe sowieso noch am Rechner zu tun. Bleibt ruhig hier draußen. Ich störe euch auch nicht.«

»Das ist sehr freundlich«, sagte Takeda und schenkte der Frau ein Lächeln, das sie erwiderte.

Zu ihrem Mann gewandt sagte sie: »Du hast mir gar nicht erzählt, dass Herr Ta...«

»Takeda.«

»... Herr Takeda und du schon gesprochen habt. Du hättest ihn gerne mitbringen können.«

»Schatz, bitte.«

»Schon gut, ich bin schon weg.«

Die Frau ging. Gronau wartete einige Momente. Ein leichtes Zittern seiner Hände verriet seine Anspannung.

Sie setzten sich gemeinsam an einen Gartentisch, und Gronau fragte: »Ist es, wie meine Frau sagt? Sie sind wegen Haffner hier?«

Claudia antwortete. »Ihre Frage wird sich gleich von selbst beantworten. Wenn Sie nichts dagegen haben, würde ich Ihnen gerne zunächst etwas vorlesen.«

»Etwas vorlesen? Es ist lange her, dass das jemand für mich getan hat.«

Er versuchte ein Lächeln, merkte, dass keiner der Ermittler es erwiderte, und wurde ebenfalls wieder ernst.

»Hören Sie am besten einfach zu.«

Claudia zog das Buch von Kathi Sellering aus der Tasche ihres Blazers, hielt das Buch so, dass Gronau das Cover nicht sehen konnte. »Was ich Ihnen vorlese, spielt im Jahr 1983 hier in Hamburg. Es geht um eine Dezembernacht. Es schneit. Das Ganze spielt in der Nähe des Stadtparks.«

Gronaus Züge versteinerten, was schon alles sagte. Sie schlug eine der hinteren Seiten des Buches auf, begann zu lesen.

Die Nacht griff mit ihren kalten, weißen Händen nach den beiden. Die Ritterin, der Indianer. Nur noch sie. Blaue Lippen, rote Wangen. Der fahle Geschmack, wenn der Spaß erfroren ist.

Die Ritterin hat ihr Zuhause schon in Sicht. Ein Ufer, nah und fern zugleich. Der Indianer geht neben ihr.

Halt mal an, ich will dich etwas fragen.

Was denn? Ich bin müde.

Ist ein Kuss drin?

Vergiss es.

Komm schon.

Aber dann ist Schluss.

Kalte Lippen, die sich berühren.

Plötzlich zieht er sie an sich, seine Zunge, seine Hände sind überall. Er ist grob, er ist fordernd.

Hey, hör auf damit.

Er lacht. Hält er es für ein Spiel?

Hast noch nie gefickt, was? Dann wird's aber Zeit.

Ich schreie.

Versuch's doch.

Er warf sie in den Schnee, war über ihr und erstickte ihre Schreie. Die Nacht war blutrot, voller Gier, voller Gewalt, und das Leben erfror in namenloser Kälte …

»Hören Sie auf! Schluss damit.«

Gronaus Stimme war ein heiseres Krächzen. Mit verzerrtem Gesicht – War es Wut? War es Angst? – starrte er Claudia und Takeda an. Die kurzen Zeilen, die Claudia vorgelesen hatte, hatten genügt, um ihn in einen fiebrigen Zustand zu versetzen. »Warum lesen Sie mir das vor? Was soll das? Was habe ich damit zu tun?«

»Das wissen Sie genau.«

»Nichts weiß ich.«

Claudia sah zu Takeda. Er nickte und wandte sich an Gronau. »Beantworten Sie uns nur eine einzige Frage, Herr Gronau. Haben sich die Dinge damals, im Jahr 1983, so zugetragen?«

»Das weiß ich nicht. Ich war nicht dabei.«

»Warum regt es Sie dann so auf?«

»Mein Gott, diese alte Geschichte! Hört das denn nie auf? Seit vierzig Jahren verfolgt es mich! Ich möchte nichts mehr damit zu tun haben. Nie wieder!«

»So einfach ist es aber nicht«, sagte Claudia. »Weil diese Geschichte noch nicht zu Ende ist. Reden wir nicht darum herum. Ist es richtig, dass Sie dieser Indianer sind?«

»Quatsch.«

»Herr Gronau, hören Sie auf zu lügen.«

»Ich lüge nicht. Oder beweisen Sie mir das Gegenteil.«

Claudia ließ sich ihre kurze Ernüchterung nicht anmerken. »Dann frage ich Sie ganz direkt. Haben Sie im Dezember 1983 Ihre Mitschülerin Saskia von Thun erst zu vergewaltigen versucht und dann erschlagen?«

Stille.

Keine Reaktion.

Gronaus Wut schien jäh verflogen zu sein. Apathisch starrte er vor sich hin, verloren in fernen Erinnerungen.

»Antworten Sie!«

Mit leiser, kaum zu hörender Stimme sagte er: »Nein, ich habe es nicht getan. Das schwöre ich.«

Claudia zog ein Foto hervor, das sie zwischen die Seiten des Buches gelegt hatte. Sie hatte es von Georg Fender bekommen. »Das sind Sie als Schüler, etwa zu der Zeit, als Saskia getötet worden ist. Ziemlich punkig. Sie wurden damals von Ihren Mitschülern Uncas genannt, nach der Romanfigur von Cooper. Ein Indianer.«

»Und?«

»Kommen Sie schon! Hören Sie auf, es zu leugnen.«

Gronau antwortete nicht.

Claudia und Takeda wechselten einen kurzen Blick, dann sagte sie: »Soll ich weiterlesen? Aus der Passage, die folgt, geht hervor, dass der Mord an Saskia von Thun nicht unbeobachtet blieb. Wir gehen davon aus, dass dieser Zeuge Klaus-Peter Haffner war. Ihr Mitschüler! Er hat Sie damals bei der Tatbegehung beobachtet. Jetzt ist er tot.«

»Das ist doch verrückt, was Sie da sagen.«

»Dann erklären Sie uns, was passiert ist. Na los, wir hören.«

Erneut versank Gronau in einem tonnenschweren Schweigen. Dann nickte er zögerlich, holte Luft, sagte: »Also schön, ich rede. Dann wissen Sie, dass ich die Wahrheit sage.«

67.

Thomas Gronau erbat sich einige Momente, um den Schrecken zu verdauen, sich zu sammeln. Dann fragte er: »Hat Kathi Sellering geschrieben, was Sie vorgelesen haben?«

»Möglich«, sagte Claudia.

»Also ja. Ich habe es mir von Anfang an gedacht. *Die Ritterin* … oder so ähnlich, nicht wahr? Sie hat mir ihr Geschreibsel schon vor vielen Jahren geschickt. Ich habe kurz reingesehen und es weggeworfen. Nichts von dem, was dort drinsteht, entspricht der Wahrheit.«

»Wir nehmen es ernst.«

»Sollten Sie nicht. Kathi hat alles falsch verstanden, damals schon.«

»Dann sagen Sie uns, wie es wirklich war.«

»Das kann ich nicht. Ich war nicht dabei.«

»Aber Sie sind doch der Indianer?«

Ein überraschendes, offenbar wehmütiges Lächeln huschte über Gronaus Gesicht. »Ich schätze schon. Ich weiß dennoch nicht, was passiert ist. Kathi ebenso wenig. Ich war am frühen Abend mit Saskia und auch mit Haffner zusammen, so viel ist richtig. Aber ich war nicht mehr dabei, als Klaus-Peter sie nach Hause gebracht hat.«

»Warum behauptet Frau Sellering es dann?«

»Das müssen Sie sie selbst fragen. Meine Theorie ist, dass sie sich die Dinge zusammengereimt hat, weil sie eine Erklärung brauchte. Etwas, woran sie sich festhalten konnte, bevor sie endgültig in den Wahnsinn abdriftet. Reden Sie mit ihr, dann wissen Sie, was ich meine.«

»Das haben wir bereits. Aber Sie weichen aus, Herr Gronau. Hat Haffner Sie erpresst?«

»Nein.«

Takeda schaltete sich ein. »Was ist mit dem Geld? In den vergangenen Jahren sind hohe Summen an Haffner geflossen. Auch an Sie. Warum?«

Gronau ließ noch einmal einige Augenblicke verstreichen. Er atmete schwer. »Also schön, ich sage es Ihnen. Meinetwegen verhaften Sie mich dann. Wegen Betrugs, Unterschlagung, was weiß ich. Aber ich habe keinen Menschen getötet, weder damals noch heute.«

»Das Geld hat also nichts mit dem Geschehen von 1983 zu tun?«, fragte Takeda.

»Doch, hat es. Aber nicht so, wie Sie offenbar vermuten.«

»Dann, bitte.«

»Ich muss dazu noch einmal mit dieser Nacht anfangen. Das Einzige, was an Sellerings Schilderung stimmt, ist, dass wir am frühen Abend in ein paar Kneipen waren, Saskia, Kathi, ich, Haffner. Der Zufall hatte uns zusammengewürfelt, es war ein wilder Abend, eine wilde Nacht. Leider entpuppte sie sich im Nachhinein als Alptraum.«

Claudia hakte ein. »Laut Kathi Sellering war da noch ein dritter männlicher Jugendlicher.«

»Richtig. Der, den sie in ihrem Märchen Peace nennt. Eigentlich haben wir ihn Lennon genannt, es war ein Spitzname. Wie John Lennon. Er war ein Fan, hat sich so angezogen, hatte so eine Frisur, so eine Brille.«

»Und sein richtiger Name?«

»Andreas Kirch.«

»Ein weiterer Mitschüler von Ihnen?«

»Genau.«

»In Ordnung. Weiter.«

»Nach und nach haben wir uns verabschiedet, erst Kathi, dann ich, dann Lennon. Nur Haffner hat Saskia bis in die Nähe ihres Zuhauses gebracht. Als Saskia nach dem Wochenende nicht in der Schule auftauchte, dachten wir uns nichts weiter. Wahrscheinlich war sie krank. Erkältet, Grippe, so etwas. Wäre ja kein Wunder, es war kalt, hatte geschneit. Dann aber tauchten die ersten Gerüchte auf, dass sie verschwunden wäre. Damit begann sich das Karussell zu drehen …«

Gronau schloss die Augen, schüttelte in Erinnerungen versunken den Kopf. Claudia konnte spüren, dass für ihn die Ereignisse von damals, obgleich sie so lange zurücklagen, erstaunlich präsent waren, nicht viel anders als bei Kathi Sellering.

»Fahren Sie fort, Herr Gronau.«

Er öffnete die Augen, nickte. »Ein paar Tage später kam die Polizei in die Schule, weil nicht klar war, ob Saskia nicht doch etwas passiert war. Kathi Sellering rückte sofort damit heraus, wie die Nacht verlaufen war und dass wir sie zumindest in Teilen gemeinsam verbracht hatten. Wir haben sie gehasst dafür.«

»Warum? Sie hatten sich doch nichts vorzuwerfen?«

»Verdammt, wir waren siebzehn. Ich war Punk. Die Polizei war mein Feind. Bei den anderen war es nicht viel anders, also bei Haffner und Lennon. Wir hatten Angst, in etwas reingezogen zu werden. Noch galt Saskia ja nur als vermisst, aber wir witterten, dass es jede Menge Ärger für uns geben könnte. Also haben wir uns abgesprochen.«

»Was Sie gegenüber der Polizei aussagen?«

»Ja. Eigentlich hatten wir nichts miteinander zu tun, aber diese Sache schweißte uns zusammen. War für uns selbst überraschend. Wir haben behauptet, dass wir uns in der Nacht schon viel früher von Saskia verabschiedet hätten und wir nicht wüssten, wohin sie noch gegangen wäre und warum sie nicht nach Hause zurückgekehrt war. Das hat uns der ermittelnde Beamte, er hieß Matzek oder so in etwa …«

»Mattusek«, sagte Claudia.

»Richtig, Mattusek. Er hat es uns geglaubt. Darum hat die Polizei uns erst einmal in Ruhe gelassen. Kathi Sellering hat geahnt, dass wir lügen, aber sie konnte es ja nicht beweisen. Sie war in der Nacht als Erste gegangen. Sie merken schon, sie hat keine Ahnung.«

»Was Sie sagen, entspricht aber auch nicht der Wahrheit, Herr Gronau. Ich kenne den Fall und weiß, was Haffner zu Protokoll gegeben hat. Danach hat er Saskia von Thun bis fast nach Hause gebracht.«

»Ja, klar. Aber das war erst später. Erst, als feststand, dass sie tot war. Da haben wir die Story geändert. Sie können es sich nicht vorstellen ...«

»Doch, können wir.«

»... was damals los war, nachdem Saskias Leiche gefunden worden war. Es war ein Schock, für die ganze Schule. Aber für uns drei noch viel mehr. Mein Gott, wir hatten in der Nacht mit ihr rumgemacht, wir waren scharf auf sie gewesen. Und jetzt war sie tot! Wir waren regelrecht paranoid. Wir hatten doch schon vorher angefangen zu lügen. Wie würde es aussehen, wenn wir auf einmal etwas komplett anderes erzählen als vorher? Die Polizei würde denken, dass es einer von uns war. Alle würden das denken. Also haben wir gelogen. Die Wochen waren die Hölle. Bis wir schließlich erfuhren, dass der Mörder von Saskia verhaftet worden war.«

»Peter Folkert.«

»Genau, Folkert. Wir waren erleichtert. Alle waren es. Der Fall war geklärt. Es blieb schrecklich, aber nach und nach begannen alle, die ganze Schule, es zu vergessen. Nur wir drei, Haffner, ich, Lennon, wir konnte das nicht. Im Nachhinein fällt es mir selbst schwer, es zu erklären. Wir hatten gelogen, und wir waren damit durchgekommen. Es hinterließ bei uns das Gefühl, dass wir mit allem durchkommen könnten. Die Polizei war dumm, die Erwachsenen waren dumm ... und so fing es alles an.«

»Fing was an?«

»Dass wir drei, wie soll ich sagen, Komplizen wurden. Es war eine Art Pakt. Ich weiß, dass das absurd klingt. Dass es widerlich ist. Aber so war es. Vielleicht lag es an dem Schock wegen Saskias Tod. Wir gehörten auf einmal zusammen, als würde uns ein Geheimnis zusammenschweißen. Es war ein Gefühl von Macht. Alles schien auf einmal möglich. Wir mussten einfach nur weitermachen, weiter lügen, dann auch betrügen, krumme Dinger machen. Am Anfang war es eher harmlos. Gefälschte Atteste, die Eltern der anderen beklauen, Autos aufknacken, so etwas. Wir haben uns gemeinsam durchs Abitur gepfuscht, noch später haben wir uns Jobs und Geld zugeschanzt. Nach und nach sind die Dimensionen größer geworden. Es ging um immer höhere Beträge. Wer irgendwie an die Töpfe kam, hat dafür gesorgt, dass die anderen mitbedient wurden.«

Takeda warf Claudia einen fragenden Blick zu. Sie nickte, und er fragte: »Und heute geht es um Hunderttausende von Euro? Um Millionen? Zum Beispiel aus den Kassen der HABA? Das Geld wird über Auftragsfirmen auf Ihre Konten geleitet. Ist es so?«

Gronau seufzte. »Sie haben recht. Genauso ist es ... Ich will es gar nicht rechtfertigen. Es ist einfach passiert. Es war so, als würden die Regeln nicht mehr gelten, nicht für uns. Nicht mehr, seit sie tot war. Ich weiß, dass es seltsam oder sogar absurd klingt. Aber so war es.«

Für einige Momente herrschte Stille. Es klang nicht seltsam, auch nicht absurd, das war ihnen allen klar. Der Tod eines Menschen konnte alles verändern. Gerade wenn junge Menschen davon betroffen waren. Die Dinge geraten ins Rutschen. Maßstäbe verschoben sich. Wichtiges wurde unwichtig. Normales unnormal. Regeln, die vorher galten, wurden belanglos.

Wieder musste Claudia an das denken, was die alte Frau von Thun, Saskias Mutter, gesagt hatte. Damals, im Jahr 1983, war ein Mensch gestorben. Aber viele waren verwundet worden.

Eben nicht nur Kathi Sellering, sondern offenbar auch Thomas Gronau, auch seine Freunde. Bei ihnen war es vielleicht nicht so offensichtlich. Aber es ließ sich dennoch nicht leugnen.

Takeda übernahm wieder. »Wer von Ihnen sitzt am Topf der HABA, Herr Gronau? Wer kann dafür sorgen, dass ein Unternehmen in seinen Bilanzen Häuser erfindet, die es gar nicht gibt? Wer kann dafür sorgen, dass derart hohe Summen auf fremden Konten landen und dennoch niemand Fragen stellt?«

»Das wissen Sie doch längst.«

»Der Junge, den Sie Lennon genannt haben? Kirch?«

Gronaus Bestätigung bestand in einem stummen Nicken.

»Als ich Sie in Ihrer Agentur aufgesucht habe, war kurz zuvor ein anderer Mann bei Ihnen. Er hatte Wunden im Gesicht und eine Hand bandagiert. Ist das Kirch?«

»Nein, das ist ein Mitarbeiter von ihm. Er hält die Verbindung.«

»Weil Sie nicht zusammen gesehen werden wollen?«

»Genau. Er heißt übrigens nicht mehr Kirch. Er hat den Namen seiner Frau angenommen, schon vor Ewigkeiten.«

»Und zwar?«

»Verhoeven.«

Claudia lachte spontan auf. »Andreas Verhoeven?«

»Richtig.«

»Ist ein Witz, oder?«

»Nein.«

Claudia sah zu Takeda. Wusste er, von wem die Rede war?

Der Inspektor schüttelte irritiert den Kopf. »Mir ist ein Mann bekannt, der Andreas Verhoeven heißt. Er ist der Erste Bürgermeister der Freien und Hansestadt Hamburg.«

»Meinen Sie den?«, fragte Claudia.

Gronau nickte stumm.

68.

Sie saßen im Wagen, nicht weit von Gronaus Haus entfernt. Der Motor war aus.

Weder Claudia noch Ken sagten etwas.

Es lief keine Musik.

Nur Stille.

Takeda saß am Steuer, Claudia auf dem Beifahrersitz. Sie hatten beide die Rückenlehnen nach hinten gestellt. Ein zufälliger Spaziergänger hätte sie für ein verliebtes Paar halten können.

In Wahrheit waren sie zwei Polizisten, die sich von der Übermächtigkeit ihrer Erkenntnisse erschlagen fühlten und einfach nicht wussten, was sie sagen sollten.

Der Hamburger Bürgermeister war ein Betrüger. Er war Teil eines Trios, das seit Jahren kleinere und inzwischen auch größere Durchstechereien beging. Das jüngste Vehikel dazu war die HABA, die Hamburger Wohnungsbaugesellschaft.

Claudia wunderte es nicht. Verhoeven war, bevor er auf seine jetzige Position gerückt war, Bausenator gewesen, ein Job, der wie kein anderer für den Filz in Hamburg stand.

Eigentlich dachte sie, dass so etwas der Vergangenheit angehörte.

Jetzt wusste sie es besser.

Schließlich räusperte Takeda sich, fragte mit leiser Stimme: »Stört es dich, wenn ich ein bisschen Musik anmache?«

»Jazz?«

»Ich habe nichts anderes.«

»In Ordnung, aber bitte nicht die Sorte, die klingt, als würde man Katzen foltern.«

Takeda lachte. »Schade. Aber kein Problem.«

Er griff in die Ablage der Mittelkonsole, suchte eine CD heraus und schob sie in die Anlage.

Eine sanfte Melodie, eine gefällige, einsame Trompete.

»Das gefällt mir. Wer ist das?«

»Till Brönner.«

»Klingt auch nach Katze, aber nach einer, die schnurrt.«

»Ja, er ist ein Schmusekater. Aber gar nicht schlecht.«

Er lächelte. Sie lächelte.

Dann schwiegen sie wieder.

Es ging lange so, bestimmt eine halbe Stunde. Die Musik verklang. Claudia kurbelte ihre Rückenlehne hoch, Takeda folgte ihrem Beispiel.

Die Dinge gerieten wieder in Bewegung.

»Was machen wir jetzt, Ken? Gehen wir zum Staatsanwalt und

erklären ihm, dass der oberste Politiker unserer Stadt ein Betrüger ist? Und dass wir einen Haftbefehl auf seinen Namen brauchen?«

Takeda sah sie an, antwortete aber nicht. Er wirkte ernst, er wirkte angestrengt, als wögen die Gedanken, die ihn beschäftigten, so schwer, dass sie ihn niederdrückten.

»Was ist los? Worüber denkst du nach?«

Er löste sich aus seiner Erstarrung. »Ich glaube auch, dass wir einen Haftbefehl brauchen. Ich bin mir nur nicht sicher, ob er auf Betrugsverdacht lauten sollte.«

»Sondern?«

»Ich sage es dir, aber ich will es vorher erklären. Sieh mal, dass drei Jungs, die gemeinsam etwas Furchtbares erlebt haben, eine Art Schicksalsgemeinschaft bilden, das kann ich mir vorstellen. Auch, dass sie sich noch Jahre später gegenseitig helfen, sich Jobs zuschanzen, Geld zuschieben, kungeln. Aber wir sprechen über Hunderttausende, über Millionen von Euro. Das ist etwas anderes. Es ist hochgradig kriminell. Das Geld kommt vom Bürgermeister. Warum sollte er das tun? Warum sollte er ein derartiges Risiko eingehen?«

»Das kann man sich bei jedem korrupten Politiker fragen.«

Takeda antwortete nicht sofort. Er schloss die Augen, schien noch einmal nachzudenken. Claudia sah ihn gespannt an, sagte aber nichts.

Schließlich öffnete er wieder die Augen. »Was, wenn Kathi Sellering doch recht hat? Nur dass derjenige, den Haffner damals beobachtet hat, nicht der Indianer war, sondern Peace? Also Lennon, wie sie ihn in Wirklichkeit nannten?«

»Du meinst ...?«

»Ja, genau das meine ich. Vielleicht ist es mehr als Kungelei. Vielleicht ist es Schweigegeld. Für ein fatales Verbrechen, das der Bürgermeister vor vielen Jahren begangen hat.«

Freitag

69.

Das Erste, was Holger Sauer am nächsten Morgen tat, nachdem Claudia und Takeda ihm von dem Gespräch mit Thomas Gronau erzählt hatten, war, dass er aufstand und seine Zimmertür schloss.

Dann nahm er wieder hinter seinem Schreibtisch Platz. Das ohnehin sparsam dosierte Lächeln auf seinem Gesicht verschwand vollends. Er legte die Fingerspitzen aneinander und blickte eine ganze Weile zwischen den beiden Ermittlern hin und her, die ihm gegenübersaßen.

Schließlich sagte ihr Vorgesetzter leise, fast flüsternd: »Ich verstehe Sie richtig? Sie glauben, dass Bürgermeister Verhoeven ein Mörder ist? Oder dass er zumindest in die Mordfälle Saskia von Thun, Klaus-Peter Haffner und Yvonne Rheydt verwickelt ist?«

Claudia und Takeda wechselten einen kurzen Blick, dann sagte sie:

»Das ist korrekt. Alles, was wir bisher in Erfahrung gebracht haben, stützt diese These. Verhoeven ist sowohl mit dem ermordeten Haffner als auch mit Thomas Gronau zur Schule gegangen. Er war unzweifelhaft in jener Tatnacht im Jahr 1983 mit dem Mordopfer zusammen. Fest steht auch, dass bis heute erhebliche Geldbeträge an Gronau und auch Haffner fließen und dass Verhoeven hinter diesen Zahlungen steckt. Wir wissen, dass all das im engeren Sinne keine Beweise sind. Aber es ist eindeutig genug, dass wir ihn als verdächtig betrachten müssen.«

Sauers Blick schwenkte zu Takeda. Claudia erhielt keine Antwort, schien für ihn nicht mehr zu existieren. »Inspektor, Sie wissen, dass ich Sie ausgesprochen schätze?«

Takeda, obgleich er saß, verneigte sich instinktiv. »Ihre Worte ehren mich.«

»Ja, schön. Ich würde Ihnen gerne eine Frage stellen.«

»Natürlich.«

»Bevor ich dazu komme, möchte ich, dass wir, Sie und ich, gemeinsam eine kleine Phantasiereise unternehmen, in Ordnung? Stellen Sie sich bitte vor, ein deutscher Polizist oder eine deutsche Polizistin ... ach, sagen wir ruhig, es wäre unsere hochgeschätzte Kollegin Harms, die neben Ihnen sitzt ... Stellen Sie sich vor, Frau Harms nimmt an einem internationalen Austauschprogramm teil und tut für eine gewisse Zeit Dienst in den Reihen der japanischen Polizei. Sagen wir, es ist in Ihrer Heimatstadt, Inspektor. In Tokio. Können Sie mir so weit folgen?«

Takeda nickte. »Aber ja. Eine angenehme Vorstellung. Ich meine, dass Frau Harms in Tokio Dienst tut. Ich wünschte mir, es würde eines Tages wirklich so kommen. Sie wäre eine Bereicherung für das Tokioter Präsidium.«

»Ja, sicher, eine Bereicherung. Ihre japanischen Vorgesetzten hätten mit ihr bestimmt so viel Vergnügen wie ich ... falls sie nicht innerhalb von Tagen den Dienst quittieren. Aber egal. Stellen Sie sich bitte weiterhin vor, Frau Harms würde mit einem japanischen Beamten zusammen einen Mordfall untersuchen. Im Laufe der Ermittlungen käme sie auf die Idee, ins Rathaus von Tokio zu marschieren ... Tokio hat doch ein Rathaus, oder?«

»Aber ja. Es ist eines der höchsten Gebäude der Stadt, sogar des ganzen Landes. Es wurde von Kenzō Tange entworfen. Sie kennen ihn sicherlich?«

»Ist das derselbe, der auch Anzüge und Rasierwasser macht?«

Takeda lächelte, eine typisch japanische Reaktion, wenn ihm klar war, dass er nicht umhinkommen würde, sein Gegenüber bloßzustellen, ganz egal, was er im Folgenden sagte. »Es ist erstaunlich, über welche Kenntnisse Sie verfügen, Herr Sauer, auch wenn das, was Sie sagen, nur halb richtig ist. Derjenige, den Sie meinen, ist einfach nur Kenzo, meistens in Großbuchstaben geschrieben. Er ist Modedesigner. Kenzō Tange hingegen war einer der berühmtesten Architekten meiner Heimat. Das Tokioter Rathaus gehört zu seinen bekanntesten Arbeiten. Mit seinen zwei Türmen erinnert es ein wenig an Notre-Dame in Paris, aber natürlich ist es sehr viel größer, fast zweihundertfünfzig Meter hoch ...«

»Ja, ja, schon gut, Inspektor. Über Architektur plaudern wir ein andermal. Stellen Sie sich also vor, Frau Harms marschiert in eben dieses Gebäude von Ihrem Herrn Kenzō ...

»Tange. Der Nachname ist Tange.«

Sauers Lippe begann zu zucken. »Tange oder Tango, das ist mir gerade völlig egal. Jedenfalls marschiert Frau Harms ins Rathaus und beschuldigt den Bürgermeister von Tokio, ein Mörder zu sein. Was denken Sie, würde passieren?«

»Es käme wohl auf die Beweislage an.«

»Sicher, die Beweislage. Aber davon einmal abgesehen, was wären die Konsequenzen?«

»Ich bin sicher, der Vorgang würde Aufsehen erregen, in Japan wie auch international. Zumal es sich bei den Personen, die das Bürgermeisteramt von Tokio bekleiden, zumeist um sehr einflussreiche Politiker handelt. Oft spielen sie anschließend eine Rolle auf nationaler Ebene.«

»Ein gutes Stichwort, Herr Takeda. Dasselbe gilt für den Ersten Bürgermeister von Hamburg. Er steht im Rang eines Ministerpräsidenten und spielt ebenfalls auf nationaler Ebene eine Rolle. Das gilt erst recht für den derzeitigen Amtsinhaber Andreas Verhoeven. Ihm werden hochtrabende Ambitionen in Berlin nachgesagt, auch wenn manche Leute aufgrund seiner leicht drögen Art bezweifeln, dass es ihm gelingen wird. Wie auch immer, der Mann ist nicht irgendwer. Was würde wohl passieren, wenn sich die Vorwürfe gegen ihn als falsch erweisen?«

Claudia wurde es zu bunt. Sie grätschte dazwischen. »Also wirklich, Herr Sauer. Jetzt kommen Sie endlich auf den Punkt.«

»Ruhe! Ich will nichts von Ihnen hören. Lassen Sie Takeda sprechen!«

Der Inspektor, nun doch leicht verunsichert, sagte: »In einem solchen Fall würde die Sache wohl für noch mehr Aufsehen sorgen als ohnehin schon.«

»Nicht nur das! Es würde zu einer ernsthaften diplomatischen Krise zwischen unseren beiden Ländern kommen! Mit allem, was dazugehört! Einbestellung des Botschafters, eine Protestnote der Regierung, ein Ende der polizeilichen Kooperation.«

»Sie haben zweifellos recht, Herr Sauer. Allerdings darf ich Sie nun in aller Demut bitten, sich vorzustellen, dass Frau Harms mit ihrem Verdacht ja auch recht haben könnte! Was, wenn der Bürgermeister von Tokio tatsächlich ein Mörder wäre? Was, wenn sie, also Frau Harms, es aber wegen der Sorge vor diplomatischen Verwicklungen unterließe, den Bürgermeister von Tokio mit den Vorwürfen zu konfrontieren? Dann würde es möglicherweise zu noch größeren Verwerfungen kommen. Man würde von ausländischem Einfluss auf polizeiliche Ermittlungen sprechen. Von Vertuschung! Die Presse würde vielleicht vermuten, dass Frau Harms gerade deshalb auf den Fall angesetzt worden ist, um den Bürgermeister ungeschoren davonkommen zu lassen! Ich bin mir sicher, dass in einem solchen Fall der Leiter der Tokioter Mordkommission seinen Hut nehmen müsste ...«

Sauer vergaß für lange Sekunden, seinen Mund zu schließen. Dann sagte er mit gepresster Stimme: »Hören wir doch bitte mit diesen dämlichen Gedankenspielen auf! Das führt doch zu nichts. Werden wir konkret. Ich frage Sie beide daher ganz direkt. Wie sicher sind Sie sich bei der Sache? Sicher genug, um das, was ich gerade angedeutet habe, in Kauf zu nehmen? Eine diplomatische Krise? Ihre mögliche Rückberufung nach Japan, Inspektor? Denn die wäre wohl unvermeidlich, sollten Sie sich täuschen.«

Takeda wollte erneut antworten, aber diesmal kam ihm Claudia tatsächlich zuvor. »Wir sind uns so sicher, wie wir es nach den bisherigen Ermittlungen sein können. Darum geht es nicht anders, wir müssen mit Verhoeven sprechen. Geben Sie uns grünes Licht dafür, Herr Sauer!«

Der gerade noch verkniffene Gesichtsausdruck des Kommissionsleiters entspannte sich. Mit einem für ihn untypischen Lächeln sagte er: »Sehen Sie, mehr wollte ich gar nicht hören. Gehen Sie zu ihm. Nur, lehnen Sie sich nicht zu weit aus dem Fenster. Klopfen Sie auf den Busch, sehen Sie, wie er reagiert. Übertreiben Sie es aber nicht. Ich würde Sie ungern verlieren, Takeda.«

»Das weiß ich zu schätzen.«

Claudia knurrte. »Schon klar, bei mir wär's umgekehrt. Sie wären froh, wenn Sie mich loswerden.«

»Sie wissen gar nicht, wie sehr Sie sich täuschen, Frau Harms.«

»Ach!«

»Ja. Und jetzt raus!«

70.

Als Claudia und Takeda am späten Vormittag das Rathaus betraten, konnten beide eine gewisse, nein, eine gewaltige Nervosität nicht verhehlen.

Verhoeven empfing sie im sogenannten Bürgermeisteramtszimmer im ersten Stock des prächtigen historischen Gebäudes. Der Raum diente dazu, offizielle Delegationen und Gäste der Stadt zu begrüßen.

Claudia und Takeda stiegen eine herrschaftliche Freitreppe empor, traten dann durch eine deckenhohe zweiflügelige Tür in das Zimmer. An den holzgetäfelten Wänden hingen Ölgemälde ehemaliger Hamburger Honoratioren. Die dem Fenster gegenüberliegende Wand wurde von einem mächtigen Kamin eingenommen, der aber schon seit Langem nicht mehr befeuert wurde. In der Mitte stand ein lang gezogener Tisch, weiter hinten befand sich ein Erker mit bleiverglasten Schmuckfenstern, daneben eine Vitrine, in der das Goldene Buch der Stadt aufbewahrt wurde.

Claudia fragte sich, ob Verhoeven hier oben zu tun gehabt hatte und sie darum hier empfing oder ob er sie durch die Umgebung einschüchtern wollte. Sein eigentliches Büro befand sich eine Etage tiefer.

Wenn es so war, hatte er durchaus Erfolg damit. Der Raum verstärkte Claudias Gefühl, es gerade vielleicht doch ein wenig zu übertreiben. Oder eher noch: völlig größenwahnsinnig zu sein.

Takeda wirkte ebenfalls eingeschüchtert. Seine ganze Körperhaltung drückte aus, wie unwohl er sich fühlte.

Dazu passte, dass er, als Verhoeven durch eine hintere Tür in den Raum trat und auf sie zukam, den Oberkörper um fast neunzig Grad abneigte und mit untertäniger Stimme sagte: »Herr Erster Bürgermeister, wir danken Ihnen vielmals, dass Sie uns so kurzfristig empfangen. Es ist uns eine Ehre!«

Verhoeven war ein kleiner, drahtiger Mann mit einem ins Gesicht gemeißelten Lächeln. Es verbarg auf eine Art, die man sonst eher Asiaten unterstellte, was er wirklich empfand, und durfte jedenfalls nicht als Zeichen von Freundlichkeit fehlgedeutet werden.

Jetzt allerdings schien Verhoeven sich wirklich zu amüsieren, angesichts von Takedas übertriebener Höflichkeit. »Schon gut, Inspektor. Sie wollten meinem Vorzimmer zwar nicht verraten, worum es geht. Aber wenn meine Polizei mit einem dringenden Anliegen zu mir kommt, habe ich immer Zeit. Es ist eine Selbstverständlichkeit.«

Claudia zuckte zusammen. *Meine Polizei* ... hatte er das wirklich gerade gesagt? Das war doch wohl nicht sein Ernst! Jedenfalls war er mit einem solchen Spruch bei ihr an der falschen Adresse.

Knurrend sagte sie: »Ich glaube, es ist eher umgekehrt, Herr Verhoeven. Wenn die Polizei ihren Bürgermeister im Rahmen von dringenden Ermittlungen sprechen möchte, hat er sich verdammt nochmal die Zeit dazu zu nehmen.«

Verhoeven, er und Claudia waren etwa gleich groß, verstärkte sein Lächeln. Sein Gesicht bekam dadurch etwas Verschmitztes, ja Gnomhaftes. Er wirkte freundlich und unnahbar zugleich, und Claudia konnte sich ohne Weiteres vorstellen, dass der Mann mit genau diesem Lächeln töten könnte.

Aber hatte er es auch getan? Schon vor vielen Jahren, als Jugendlicher? Und vor Kurzem vielleicht wieder?

Mit einer Stimme, der nicht die geringste Verärgerung anzuhören war, erklärte Verhoeven: »Sie haben völlig recht, liebe Frau Harms. Und wissen Sie was? Ich mag Ihre hanseatische Direktheit. Wirklich, ich mag sie sogar sehr. Darum kommen Sie, unser aller Zeit ist knapp. Nehmen Sie Platz, und stellen Sie Ihre Fragen. Sie möchten bestimmt Kaffee, er ist schon auf dem Weg.«

Verhoeven machte eine einladende Handbewegung, und sie setzten sich ans Kopfende des Tisches, der Bürgermeister in der Mitte, die Ermittler rechts und links von ihm.

Sie hatten vereinbart, dass Takeda die Gesprächsführung übernahm, und zwar unter anderem wegen Claudias hanseatischer Direktheit – eine höfliche Umschreibung dafür, dass sie in solchen Situationen gerne mal mit der Tür ins Haus fiel oder auch mit dem Kopf durch die Wand rannte. Takedas Feingefühl würde sie sicherlich weiter führen, das sah Claudia ein, wenn auch widerwillig.

Takeda stellte sein Talent auch tatsächlich unter Beweis, wenn auch auf überraschende Art. Er sagte – nichts.

Er schwieg.

Er schwieg und lächelte.

Der Bürgermeister, nur kurz verunsichert, hielt es erst einmal genauso, auch er sagte nichts, drängte nicht, wies nicht erneut auf seine knappe Zeit hin.

Er lächelte ebenfalls, und zwar stoisch. Minutenlang.

Claudia explodierte innerlich fast. Ihr kam das Verhalten der beiden Männer vor wie das Kinderspiel, bei dem derjenige verlor, der zuerst zuckte oder lachte oder blinzelte.

Immerhin beherrschte Takeda das Spiel perfekt. Sie konnte sich nicht vorstellen, dass er zuerst zucken würde. Er hielt die Augen gesenkt, hatte den Bürgermeister dennoch genau im Blick.

Verhoeven aber war auch kein Amateur, ganz im Gegenteil. Er saß in seinem Sessel, hielt die Hände entspannt im Schoß und wartete in aller Seelenruhe ab.

Obwohl, so ganz stimmte das nicht. Denn im Laufe dieses wortlosen Duells vertieften sich die Furchen in seinem Gesicht. Es geschah so langsam, dass man sich an den Rechenprozess einer Morphing-App erinnert fühlen könnte. Ein solches Programm ließ das Foto eines Menschen nach und nach altern, und genau das schien auch mit Verhoeven zu geschehen. Der Mittfünfziger verwandelte sich in einen alten, zumindest aber einen zutiefst erschöpften Mann. Offenbar wurde ihm immer klarer, dass Claudia und Takeda nicht hier waren, um ihn wegen einer Bagatellsache zu befragen.

Es ging um ihn.

Er stand im Zentrum.

Schließlich, in einer jähen Bewegung, löste der Bürgermeister seine übereinandergeschlagenen Beine, sah erst Claudia, dann Takeda an.

»Also schön, lassen wir das Theater. Was wollen Sie von mir?«

»Es ist kein Theater, Herr Bürgermeister. Dafür würden wir Ihre Zeit nicht in Anspruch nehmen«, sagte Takeda.

»Schon gut. Also?«

Jetzt verschwand auch das Lächeln aus dem Gesicht des Inspektors. »Der Name Klaus-Peter Haffner ist Ihnen ein Begriff?«

»Ja.«

»Haben Sie ihn ermordet?«

Claudia zuckte zusammen, nicht anders als Verhoeven.

Das sollte Takedas legendäre Kunst der Befragung sein? Der Begriff Vorschlaghammer traf die Sache ja wohl besser.

Das allerdings hätte auch Claudia hinbekommen. Obwohl … nein, hätte sie nicht! Takeda war gut. Er war phantastisch.

Tatsächlich war von Verhoevens so ruhiger Art nichts mehr übrig. Der Mann rang sichtbar um Fassung. Schließlich stand er auf, ging unruhig im Raum umher.

Takeda ließ ihn gewähren, sagte nach einer Weile: »Wenn Sie nichts dagegen haben, stelle ich eine weitere Frage. Sie kennen, bitte leugnen Sie es nicht, Saskia von Thun. Sie ist mit Ihnen zur Schule gegangen. Wie ist es bei ihr? Haben Sie vielleicht auch sie getötet? Und zwar vor vielen Jahren, im Winter 1983?«

Verhoeven blieb abrupt stehen. »Das ist doch nicht Ihr Ernst! Wie können Sie mich so etwas fragen?«

»Antworten Sie einfach. Die Sache wäre dann schnell erledigt. So oder so.«

Das allerdings tat der Bürgermeister nicht. Keine Antwort. Stattdessen nahm er seine tigernden Runden im Raum wieder auf, schien dabei immer noch um Fassung zu ringen.

Claudia wiederum spürte, dass sie einen gewaltigen Kloß im Hals hatte. Ihr war klar geworden, worauf das hier hinauslief. Takeda setzte alles auf eine Karte, ohne Rücksicht auf sich selbst. Er ging das Risiko ein, dass das hier das Letzte war, das er als Polizist in Hamburg tat. Entweder ihr Verdacht war richtig und der direkte Angriff brachte Verhoeven dazu, alles zuzugeben. Oder sie lagen daneben. Dann wäre Takeda erledigt, das hatte Sauer klargemacht. Sein Aufenthalt in Hamburg, vielleicht seine ganze Karriere als Polizist, auch in Japan, wäre beendet. Dennoch versuchte er es. Er war bereit, sich zu opfern. Das nötigte ihr tiefen Respekt ab.

Schließlich kehrte Verhoeven zum Tisch zurück, setzte sich aber nicht, sondern stützte sich mit den Händen auf die Rückenlehne seines Sessels. Er atmete schwer. Dann, mit leiser Stimme: »Ich habe weder Klaus-Peter Haffner noch Saskia von Thun ermordet. Ich habe überhaupt nie einen Menschen getötet oder auch nur verletzt. Ich verstehe nicht, wie Sie mir Derartiges unterstellen können.«

»Dann erklären Sie uns, warum Sie seit vielen Jahren Haffner und auch Thomas Gronau, der ebenfalls Ihr Mitschüler war, erhebliche Geldsummen zukommen lassen. Und zwar auf verschlungenen und illegalen Wegen. Wir sind gespannt.«

Erneut starrte Verhoeven den Inspektor an, überrascht, überrumpelt, nicht mehr fähig, sich zu wehren. Die Spannung wich endgültig aus seinem Körper. Ermattet ließ er sich in seinen Stuhl sinken. Er schüttelte den Kopf, er suchte nach Worten. So ging es eine ganze Weile.

»Sie irren sich. Sie irren sich gewaltig«, erklärte er schließlich. Seine Stimme war leise, ein heiseres Flüstern.

»Dann erklären Sie uns, wie es wirklich ist.«

»Also schön. Ich werde es versuchen. Auch wenn ich nicht so richtig weiß, wo ich anfangen soll.«

»Beginnen Sie einfach vorne, Herr Bürgermeister. Wie hat das alles angefangen, damals im Jahr 1983? Denn das war doch der Anfang, oder?«

Wiederum dauerte es, bis Verhoeven zu sprechen begann. Zuvor schien er sich die Dinge zurechtzulegen, vielleicht aus Berechnung, vielleicht auch, weil es ihm wirklich schwerfiel, auszudrücken, was er sagen wollte.

»Es stimmt, dass Haffner, Gronau und ich gemeinsam zur Schule gegangen sind. Wir verstanden uns nicht einmal gut, wir waren keine Freunde. Dennoch hatten wir etwas gemeinsam, wir alle mochten unsere Mitschülerin Saskia, die, wie Sie sagen, im Dezember 1983 ermordet wurde. Richtig ist auch, dass wir drei in der Nacht vor Saskias Tod mit ihr zusammen waren. Es war reiner Zufall, wir hatten uns auf der Straße getroffen. Haffner hat Saskia am Ende der Nacht nach Hause begleitet. Er war vermutlich der Letzte, der sie lebend gesehen hat, einmal abgesehen von ihrem Mörder. Saskias Tod hat uns damals alle völlig aus der Bahn geworfen, was wohl nachvollziehbar ist. Wir waren siebzehn Jahre alt, und das Mädchen, für das wir geschwärmt haben, wurde auf brutale Art getötet. Das hat uns drei zusammengeschweißt, von da ab bis in die Gegenwart … Aber das ist auch schon die ganze Geschichte. Mehr gibt es dazu nicht zu sagen. Ich habe Saskia von Thun nicht getötet. Und Klaus-Peter Haffner schon gar nicht. Er war mein Freund, bis zuletzt.«

»Es gibt Zeugen, die das Geschehen von damals anders beschreiben«, erklärte Takeda. »Demnach hat Haffner den Mord an Saskia beobachtet. Genauer, er hat gesehen, wie ein Mitschüler sie getötet hat.«

Verhoeven schien sich von seiner zwischenzeitigen Ermattung zu erholen, er fand sogar zu einem dünnen Lächeln zurück. »Spielen Sie auf die düsteren Phantasien von Kathi Sellering an? Sie ging ebenfalls mit uns zur Schule.«

»Und wenn es so wäre?«

»Dann kann ich Ihnen versichern, dass es Unsinn ist. Kathi hat ihre eigene Version jener Ereignisse zu Papier gebracht und es nicht versäumt, ihre Ergüsse den Beteiligten von damals zu schicken. Ja, es stimmt, sie bezichtigt Gronau, den Mord begangen zu haben. Aber glauben Sie mir, das ist pure Phantasie. Kathi Sellering ist eine kranke Frau, die Wahn und Wirklichkeit nicht unterscheiden kann.«

»Dann wiederhole ich meine Bitte. Erklären Sie uns, warum Sie Gronau und Haffner seit Jahren hohe Summen zukommen lassen.«

Der Bürgermeister schloss kurz die Augen, legte die Finger an die Schläfen. So verharrte er lange Augenblicke.

Schließlich gab er ein erschöpftes Seufzen von sich. »Also schön, ich lege die Karten auf den Tisch. Aber Sie werden sehen, dass Sie sich auch hierbei täuschen.«

»Bitte sehr. Wir sind gespannt.«

Verhoeven, inzwischen wieder gefasster, wirkte wie ein Schachspieler, der seine möglichen Züge durchrechnete. Die Niederlage war nahe. Aber noch war sie nicht besiegelt.

Er holte Luft und erklärte: »Sie dürfen nicht vergessen, dass Haffner nicht nur mein Freund, sondern auch ein ausgesprochen versierter Anwalt war, sowohl in Strafsachen als auch bei komplizierten wirtschaftlichen Vertragsgestaltungen. Thomas Gronau wiederum ist ein Kommunikationsexperte, wie es nicht viele gibt. Ich brauche solche Leute. Die Stadt Hamburg braucht solche Leute. Sie sind nötig, weil die Forcierung des Wohnungsbaus über die Zukunft dieser Stadt entscheidet. Über den Zusammenhalt ihrer Gesellschaft. Darum gehört der Wohnungsbau zu den Kernanliegen meiner Tätigkeit als Bürgermeister, und das schon seit vielen Jahren. Wie Sie aber selbst schon sagten, Haffner, Gronau und ich kennen uns seit der Jugendzeit. Nennen Sie uns von mir aus eine alte Seilschaft. Schon als Bausenator konnte ich daher keinen der beiden auf offiziellem Weg beschäftigen oder bei Auftragsvergaben berücksichtigen. Die Opposition hätte automatisch Vetternwirtschaft vermutet. Ahnen Sie, wie absurd das ist? Ich darf die besten Kapazitäten ihres Faches nicht engagieren, weil es, wie man sagt, ein Geschmäckle hätte … aber mit so etwas finde ich mich nicht ab. Dafür ist mir die Zukunft dieser Stadt zu wichtig! Darum, und nur darum, sind wir andere Wege gegangen. Die beiden erledigen für mich wichtige Arbeiten, ich bezahle sie dafür, wenn auch zugegebenermaßen auf verschlungenen Pfaden. Nicht ein Euro dieser Gelder landet in meiner eigenen Tasche. Das ist alles. Mehr ist dazu nicht zu sagen.«

Erneut herrschte Stille im Raum, diesmal allerdings nicht eine des Erschreckens, sondern der vollkommenen Überraschung.

Claudia war so überwältigt, dass sie nicht sicher war, ob sie das nicht alles nur träumte. Hatte Verhoeven gerade allen Erstes gesagt, dass die Durchstechereien in Wahrheit gar keine waren und er sie nur arrangiert hatte, weil er zum Wohle der Stadt handelte?

Echt jetzt?

Konnte ein Politiker wirklich so dreist sein?

Am Ende konnte sie nicht anders, sie lachte laut hinaus. »Herr Verhoeven, vielleicht sollten Sie umsatteln und Autor von Märchenbüchern werden. Nicht einmal die Gebrüder Grimm könnten Ihnen das Wasser reichen.«

»Ich bin mit meinem Beruf sehr zufrieden.«

»Mit sich selbst offenbar auch. Dennoch, was Sie uns da präsentieren, glauben Sie doch selbst nicht! Vor lauter Angst, der Vetternwirtschaft bezichtigt zu werden, verzetteln sie sich in einem Wust aus Unterschlagung und Betrug? Und am Ende soll alles auch noch seine Richtigkeit haben? Wer soll Ihnen das glauben?«

Verhoeven fand zu seinem undurchdringlichen Lächeln zurück. »Versuchen Sie, mir etwas anderes nachzuweisen, Frau Harms. Es wird Ihnen nicht gelingen. Es ist genau so, wie ich es gerade erläutert habe. Und im Übrigen erzähle ich Ihnen das alles nur im Vertrauen, um Ihre Ermittlungen zu unterstützen. In der Öffentlichkeit würde ich selbstverständlich alles abstreiten. Von den Zahlungen, die Sie erwähnten, habe ich noch nie etwas gehört.«

Es war so weit, sie würde explodieren! Claudia war sich sicher. Das war einfach zu viel. Im letzten Moment aber griff Takeda über den Tisch und berührte sanft ihre Hand. Sie sah ihn an, er schüttelte den Kopf. Das hier war zu wichtig, um es durch einen Wutausbruch zu ruinieren. Auch wenn der mehr als verständlich war.

Claudia sah es ein. Sie sagte nichts.

Der Inspektor wandte sich an den Bürgermeister. »Nehmen wir einmal an, wir glauben Ihnen. Dann bleibt die Frage, was mit Haffner passiert ist. Warum ist er ermordet worden? Haben Sie eine Idee?«

Das Lächeln verschwand aus Verhoevens Gesicht und wich einer tiefen Betroffenheit. »Sie können mir glauben, Inspektor, dass ich in den zurückliegenden Tagen sehr oft darüber nachgedacht habe. Die ehrliche Antwort lautet, ich weiß es nicht.«

»Sie haben keinerlei Anhaltspunkte? Keine Vermutung?«

»Nein, ich habe keine Ahnung. Er hatte zuletzt einigen Ärger wegen eines Schauspielers, den er anwaltlich vertreten hat. Es gab Drohungen im Internet gegen ihn. Wenn ich Sie wäre, würde ich dem nachgehen.«

Claudia und Takeda sahen sich an. Sie mussten es nicht aussprechen. Ihr erster Ermittlungsansatz war um Weber gekreist, um die Anfeindungen im Internet, um Yvonne Rheydt.

Mussten sie also dorthin zurückkehren? War alles, was sie danach vermutet hatten, nur ein Irrweg gewesen?

Takeda nickte nachdenklich, sah dann Verhoeven direkt an. »Mir ist in den vergangenen Tagen immer wieder ein Mann begegnet. Er ist recht groß, zumeist förmlich gekleidet, und er trägt zurzeit seine linke Hand in einem Verband. Vermute ich richtig, dass diese Person für Sie tätig ist?«

Verhoeven lächelte. »Sie sprechen vermutlich von Michael Lasker, meinem Büroleiter.«

»Gehe ich recht in der Annahme, dass er die Verbindung zwischen Ihnen und Haffner und auch Gronau gehalten hat? Ich habe ihn am Tatort gesehen. Und er hat mich, wenn auch unfreiwillig, zu Gronau geführt.«

»Sie haben recht, Inspektor. Wie ich sagte, Haffner und Gronau waren im Sinne der Stadt tätig, ohne dass es eine Verbindung zu mir geben durfte. Ich konnte den Kontakt daher selbst nicht organisieren. Lasker hat das übernommen. Er arbeitet schon lange für mich. Ihn trifft keine Schuld.«

»Ich verstehe. Vielen Dank.«

Takeda blickte fragend zu Claudia. Sie zuckte mit den Schultern. Gab es noch offene Fragen? Natürlich, viele. Aber sie sah es offenbar wie er, hier würden sie die erhofften Antworten nicht finden.

»Dann danken wir Ihnen für Ihre Zeit, Herr Bürgermeister.«

»Sehr gerne, Inspektor. Und jederzeit wieder. Wie gesagt, für meine Polizei habe ich immer Zeit.«

Verhoevens gnomhaftes Lächeln kehrte auf sein Gesicht zurück. Takeda wusste instinktiv, dass er Claudia schleunigst von hier fortbringen sollte. Sie würde sonst doch noch in die Luft gehen.

71.

Das Gespräch mit Verhoeven lag eine Stunde zurück. Claudia und Takeda knieten voreinander.

Sie befanden sich in Takedas Wohnung. Er hatte ein Zimmer, für das er ansonsten keine Verwendung hatte, mit Tatami-Matten ausgelegt, um sich dort im Chanoyu, in der japanischen Teezeremonie, zu üben.

Takeda verbeugte sich in Claudias Richtung, drehte die Chawan, die Teeschale, in der Hand, so dass ihre Vorderseite zu ihr zeigte. Dann stellte er das kostbare Stück, es war schwarz glasiert, vor sie auf die Matte.

Claudia verbeugte sich ihrerseits, nahm die Schale zur Hand und führte sie an die Lippen. Der intensive Duft des Matchatees stieg ihr in die Nase, erfüllte ihre Sinne, ihr Sein.

Sie trank mit geschlossenen Augen. Mit jedem kleinen Schluck wurde sie mehr und mehr von einer seelentiefe Ruhe erfüllt.

Takeda, der sie lächelnd beobachtete, erging es genauso. Sie waren eins, er und sie, verbunden in der Ruhe dieses kurzen ewigen Moments.

Vorhin, nachdem sie das Rathaus verlassen hatten, waren sie hingegen beide von einer tiefen Erschöpfung erfüllt gewesen. Das Gespräch mit Verhoeven war kein totaler Fehlschlag gewesen. Aber der erhoffte Durchbruch war es auch nicht. »Was machen wir jetzt, Ken? Wie geht es weiter?«, hatte Claudia gefragt, als sie auf dem Weg zum Auto waren.

Er lächelte fein. »Wie wäre es, wenn wir zu mir fahren und Tee trinken. Was meinst du?«

»Im Ernst?«

»Aber ja.«

Die Vorstellung, nicht sofort die Ermittlungen weiter voranzutreiben, sondern stattdessen ein Ritual der Stille durchzuführen, kam ihr absurd vor.

Andererseits, hatte Ken nicht erst kürzlich gesagt, dass das vermeintlich Langsame in Wahrheit schnell sei und eine Verzögerung die Dinge erstaunlich beschleunigen könne?

Oder, um es mit einer alten deutschen Weisheit auszudrücken: in der Ruhe liegt die Kraft?

Claudia hatte also eingewilligt, und jetzt, da sie hier kniete und den Matcha genoss, wusste sie, dass es die richtige Entscheidung gewesen war.

Sie nahm den letzten Schluck des bitteren grünen Tees, betrachtete die Schale dann aufmerksam von allen Seiten. Auch das war Teil der Zeremonie, so wie Ken sie ihr beigebracht hatte.

Erst jetzt wurde ihr klar, dass es jene Chawan war, die sie selbst vor einigen Monaten im Zorn gegen die Wand geworfen hatte. Zuvor hatten Ken und sie sich furchtbar gestritten.

Die Schale war, wie sie erst hinterher erfahren hatte, seit vielen Generationen im Besitz von Kens Familie und zudem ein Vermögen wert. Abertausende von Euro. Sie hatte ihm angeboten, den Schaden zu ersetzen. Er aber hatte abgelehnt.

Takeda, der wohl spürte, worüber sie nachdachte, erklärte: »Ich habe die Scherben nach Japan geschickt und reparieren lassen, bei einem Meister des *Kintsuki.*«

»Was ist das?«

»*Kintsuki* heißt wörtlich so etwas wie Goldverbindung. Es ist ein spezielles Verfahren, bei dem eine zerbrochene Keramik durch einen mit Gold angereicherten Kitt wieder zusammengefügt wird.«

Claudia lächelte. »Lass mich raten, es ist nicht billig, so etwas machen zu lassen?«

»Nein. Aber es hat sich gelohnt, oder?«

Sie richtete ihre Augen erneut auf die Schale. Die ehemaligen Bruchstellen schimmerten magisch wie ein feines Geäst aus goldenen Adern. Die Keramik hatte nun eine eigene Aura bekommen, so als erzählten ihre goldenen Narben von einer alten Verwundung, die geheilt war.

»Ja, es hat sich gelohnt. Eigentlich ist sie sogar noch schöner geworden, obwohl sie einmal kaputt war.«

»So empfinde ich auch. Die Schale erinnert mich daran, dass Dinge, die zerbrochen sind, wieder repariert werden können. Und dass wir vielleicht dann erst ihren wahren Wert zu schätzen wissen.«

72.

Zur Mittagszeit saßen Claudia und Takeda in seiner Küche und tranken Kaffee.

Auch das war eine Art Ritual, und obwohl es nicht so förmlich war wie die japanische Tee-Zeremonie, hatte es durchaus seine Vorzüge. Es erfüllte einen zwar nicht unbedingt mit einer tiefen spirituellen Ruhe, aber eine gemeinsame Tasse Kaffee bot doch eine gute und gemütliche Gelegenheit, Dinge zu besprechen.

Eben das taten sie nun, wobei sie damit begannen, das Gespräch mit Verhoeven Revue passieren zu lassen.

»Fangen wir beim wichtigsten Punkt an«, sagte Claudia. »Glauben wir ihm?«

Takeda dachte kurz nach, sagte dann: »Ja. Er ist kein Mörder.«

»Gut. Ich bin der gleichen Meinung. Und ehrlich gesagt, ich bin froh darüber.«

Er sah sie fragend an, und Claudia erklärte: »Ich habe es vorher nicht so gesagt, aber ich mag Verhoeven. Das habe ich schon immer getan. Ich hätte es bedauert, wenn wir ihn hätten verhaften müssen.«

»Was ist mit dem Geld? Immerhin schleust er eine Menge Steuergelder auf illegalem Weg in fremde Taschen – auch wenn er es offiziell abstreiten würde.«

Claudia zuckte mit den Schultern. »Vielleicht stimmt es, was er sagt. Ich meine, vielleicht haben ihm Haffner und Gronau wirklich bei seiner Baupolitik geholfen, nur dass er sie offiziell nicht dafür entlohnen konnte. Also macht er es hintenrum.«

Takeda legte die Stirn in Falten. »Glaubst du das wirklich?«

»Ich weiß es nicht. Vielleicht wünsche ich es mir auch nur. Ich kann mir einfach nicht vorstellen, dass Verhoeven so etwas ohne guten Grund tut. In jedem Fall hat er sich nicht selbst bereichert, da bin ich mir sicher. Wollen wir das Ganze also an die große Glocke hängen? Damit vielleicht seine Karriere zerstören? Und auch deine?«

»Mein Schicksal darf keine Rolle spielen.«

»Bist ein Held, Ken. Aber ich will dich nicht verlieren. Außerdem glaube ich nicht, dass wir überhaupt damit durchkämen. Verhoeven ist mit allen Wassern gewaschen. Er hat ja schon durchblicken lassen, dass er die ganze Sache leugnen würde. Aber es spielt auch keine Rolle, finde ich. Diese finanzielle Sache wird ihn als ewige Hypothek begleiten. Sogar, wenn er eines Tages in Berlin ein hohes Tier wird ...«

Takeda lächelte versöhnlich. »Ich glaube, du würdest in Japan wunderbar zurechtkommen. Es ist genau die Art, wie wir solche Dinge regeln. Wir lassen sie stillschweigend auf sich beruhen. Und wenn das mal nicht möglich ist, wird ein Bauernopfer gesucht.«

Claudia nahm einen Schluck Kaffee. Sie empfand eine überraschende Traurigkeit. Es stimmte, was sie gesagt hatte, sie mochte Verhoeven. Es schmerzte sie, zu wissen, dass er krumme Dinge tat. Aber vielleicht war Politik so. Niemand behielt eine weiße Weste.

Sie schüttelte die Gedanken ab, fragte mit festerer Stimme: »Unsere Aufgabe ist es, einen Mord aufzuklären. Das ist schwierig genug. Vor allem, weil wir im Moment ohne konkrete Spur dastehen.«

Takeda hob vielsagend die Augenbrauen. »Da bin ich mir nicht so sicher.«

»Ach? Dann weißt du offenbar mehr als ich.«

»Nein, ich weiß genauso viel. Aber ich ziehe möglicherweise andere Schlüsse daraus.«

»Dann lass mich doch bitte an deiner Weisheit teilhaben.«

»Es ist nicht so kompliziert. Alle, mit denen wir bisher gesprochen haben, haben eine Sache als sicher bestätigt, auch Verhoeven. Haffner hat damals Saskia von Thun nach Hause begleitet. Er war der Letzte, der sie lebend gesehen hat. Bis auf den Mörder ...«

»Und?«

»Vielleicht ist der letzte Zusatz überflüssig. Weil es ein und dieselbe Person ist.«

»Du meinst, er selbst hat Saskia damals getötet?«

»Ja. Wir haben möglicherweise zu kompliziert gedacht. Was, wenn Haffner der Täter war? Darum hat er damals dabei mitgespielt, Folkert zu belasten. Und darum hat er seine Aussage zurückgenommen, als er davon ausging, dass die Tat verjährt war. Du hast mir selbst erzählt, dass es dieses Missverständnis gab und sogar Folkert davon ausgegangen war.«

Claudia ließ Takedas Worte sacken. Leise murmelte sie: »Also bleibt es wirklich dabei. Saskia von Thun wurde von einem Mitschüler ermordet.«

»Und nicht nur das. Erinnere dich, was Gronau gesagt hat. Nach dem Mord von 1983 wäre für die drei Jungs nichts mehr wie vorher gewesen. Es galten keine Regeln mehr ... Er dachte dabei an kleine Gaunereien, an Geld, meinetwegen auch an hohe Summen. Aber vielleicht ging die Regellosigkeit für Haffner noch viel weiter. Es wäre keine Überraschung. Wer einmal tötet, tut es vielleicht auch wieder.«

»Yvonne Rheydt.«

Takeda nickte. »Es würde passen, oder?«

»Ja. Bloß, wer hat dann ihn erschossen?«

Claudias Frage blieb nicht lange ohne Antwort. Mit einem bitteren Geschmack im Mund dachte sie an ihren Besuch bei Marion Rheydt, Yvonnes Mutter. Sie hatte auf die Nachricht, dass ihre Tochter tot war, zunächst überhaupt nicht reagiert. Sie hatte einfach nur regungslos dagesessen. Claudia hatte es für einen Schock gehalten, ein Verdrängen, ein seelisches Luftholen. Erst später war sie in Tränen ausgebrochen. Aber vielleicht wusste Rheydt da längst, dass ihre Tochter tot war. Vielleicht hatte sie längst Rache geübt und Haffner erschossen. Sie hatte nicht sofort reagiert, weil sie nicht sicher war, ob Claudia sie deswegen verdächtigte. Als das nicht der Fall war, hatte sie mit ihren Tränen und ihrem Schock einfach nur Theater gespielt ...

»Marion Rheydt«, sagte Claudia. »Vielleicht wusste oder ahnte sie, dass Haffner ihre Tochter getötet hat, und hat sich an ihm gerächt.«

Takeda nickte. »Du musst noch einmal mit ihr sprechen.«

»Das werde ich. Ich hoffe, dass ich mich irre. Sollte es kein Ergebnis bringen, fahre ich danach noch einmal zu Folkert. Ich werde ihn fragen, was er von der Hypothese hält. Er ist klug. Es könnte etwas bringen.«

»In Ordnung. Und ich fahre noch einmal zu Tanja Geschke. Ich muss schon die ganze Zeit an etwas denken, was sie über ihren Vater gesagt hat. Sie meinte, dass er ein Monster wäre. Als ich sie fragte, wieso sie das sage, erzählte sie mir, wie er, als sie ein kleines Mädchen war, die Familie im Stich gelassen hat und wie sehr diese Erfahrung ihr Leben geprägt hätte. Jetzt bin ich mir nicht mehr sicher, ob sie ehrlich zu mir war.«

»Du glaubst, sie weiß es? Dass ihr Vater ein Mörder war?«

»Es ist möglich, oder?«

»Könnte sie ihren eigenen Vater erschossen haben? Glaubst du das?«

»Ich weiß es nicht. Sie hat mir erzählt, wie sehr er sie verletzt hat und wie sehr sie ihn hasst. Ausschließen würde ich es nicht.«

Sie sahen sich an und dachten beide dasselbe, ohne es aussprechen zu müssen. Der Tatort in Billwerder, die vielen Kugeln, der tote, blutüberströmte Haffner. Das Erkennen, dass der Täter eine Täterin sein könnte.

Sie beendeten das Kaffeetrinken, verließen gemeinsam die Wohnung. Als sie auf der Straße vor dem Haus standen, sagte Claudia: »Weißt du eigentlich, dass ich dich um diese Wohnung beneide, Ken? Ein eigenes Tee-Zimmer. Von so etwas kann ich nur träumen. Ich werde bald froh sein, wenn ich überhaupt ein Zimmer habe …«

Takeda sah sie an, presste die Lippen zusammen. Dann sagte er leise: »Ich brauche kein Teezimmer. Wenn du möchtest, könntest du einziehen. Zumindest für den Übergang, bis du eine neue Wohnung gefunden hast. Wir wären so eine Art WG.«

»Ach Ken. Hör auf, solche Witze zu machen.«

Er schlug die Augen nieder. »Natürlich, es sollte nur ein Witz sein.«

Sie sah ihn kopfschüttelnd an, wollte noch etwas sagen, verzichtete dann jedoch darauf.

»Wir sehen uns später im Präsidium, in Ordnung? Oder wir telefonieren.«

»Sicher, so machen wir es.«

73.

Verbrechen hatten so etwas wie ein Echo. In manchen Fällen verklang es im Laufe von Wochen, Monaten, vielleicht Jahren. In anderen Fällen aber hallte es auch nach Jahrzehnten noch nach, war an unvermuteten Stellen zu hören, an Orten, in Menschen, in Seelen.

Tanja Geschke hatte auch jetzt wieder die Tür zu ihrer Dachwohnung offen stehen lassen, nachdem Takeda geklingelt hatte. Er trat in den dämmrigen, vollgestellten Flur. Jazzige Klänge lagen in der Luft. Melodisch, schnell, ein wenig rockig sogar.

Manu Katche. Er und Geschke hatten wirklich denselben Geschmack.

»Frau Geschke? Ich bin es, Takeda. Ich habe noch einige Fragen.«

Ohne sich zu zeigen, rief sie: »Ich bin hinten, in meinem Malzimmer. Komm doch durch.«

Takeda war kurz überrascht, er hatte vergessen, dass sie an dem Abend im Bird's zum vertraulichen Du übergegangen waren. Aber natürlich waren sie das. Sie hätten um ein Haar die Nacht gemeinsam verbracht. Auch wenn sie sich am Ende dagegen entschieden hatten, zwischen ihnen war Vertraulichkeit entstanden.

Er durchschritt den Flur und betrat das einzige Zimmer der Wohnung. Es war ein erstaunlich großer, heller Raum, dessen gesamte hintere Front von großen, offenbar nachträglich eingebauten Fenstern eingenommen wurde. Auch ein Teil des Daches war verglast. Ein perfektes Atelier.

An der linken Wand lehnten zahlreiche in Holzrahmen gespannte Leinwände, einige noch weiß, andere bemalt mit abstrakten Farblandschaften.

Es waren Bilder, die so gar nicht zu dem lichtdurchfluteten Raum passen wollten. Sie drückten düstere Stimmungen aus, innere Stürme, Wutanfälle, Trauer. Nur wenige waren in hellen Farben gehalten, drückten Fröhlichkeit oder Optimismus aus.

Takeda blieb vor einem Bild stehen, bei dem er nicht sicher war, ob es zu den düsteren oder den fröhlichen gehörte. Es war ein chaotisches Durcheinander in Rot- und Blautönen, die sich spiralig verwirbelten und zu einer soghaften Flucht zusammenfanden, an deren Ende ein schwarzes Zentrum war. Ein faszinierendes Bild voller Bewegung und Rhythmus.

Tanja Geschke stand hinten am Fenster vor einer Staffelei. Takeda, der spürte, dass sie ihn beobachtete, sagte, ohne seinen Blick von dem Bild zu nehmen: »Das Seltsame an Spiralen ist, dass es im Auge des Betrachters liegt, ob sie nach oben oder nach unten führen, ob sie Vertiefungen oder Erhebungen sind, ob sie einen tragen oder in die Tiefe ziehen.«

»Was empfindest du, wenn du mein Bild siehst? Gutes oder Schlechtes?«

»Ich habe mich noch nicht entschieden. Vielleicht beides gleichzeitig?«

»Das ist eine gute Antwort, Ken. Eine, in der ich mich wiedererkenne.«

Takeda löste seinen Blick von dem Bild, wandte sich ihr zu. Sie hielt einen breiten Pinsel in der Hand, ein erstaunlich grobes Werkzeug. In die Staffelei, vor der sie stand, war eine Leinwand gespannt, auf der das Porträt eines Mannes im Entstehen begriffen war. Dunkles, trübes Blau, matschiges Grün, breiter Strich, grobe Züge. Dennoch war der Mann zu erkennen.

»Du malst deinen Vater«, stellte Takeda fest.

»Ja.«

»Ich bin hier, um dich nach ihm zu fragen. Du hast gesagt, dass er ein Monster war. Warum?«

»Das habe ich dir schon erklärt.«

»Ja, aber hast du mir die Wahrheit gesagt?«

Ihr Blick bekam etwas Misstrauisches. »Worauf willst du hinaus?«

Takeda ging erneut ein paar Schritte durch das Atelier, betrachtete andere Bilder, spürte den Gefühlen nach, die sie ausdrückten.

Er drehte sich um, sah Geschke an. »Glaubst du, dass dein Vater ein Mörder war? Hast du deshalb angefangen, in seiner Kanzlei zu arbeiten? Weil du auf diese Frage eine Antwort finden wolltest?«

Statt zu antworten, nahm Tanja Geschke ihren Pinsel, zog ihn über die Palette mit ihren Ölfarben und schlug sie dem Mann, den sie malte, wütend ins Gesicht, immer und immer wieder.

74.

Claudia stand vor dem Etagenhaus in Hamburg-Horn, in dem Marion Rheydt wohnte, die Mutter der ermordeten Yvonne Rheydt.

Der nun Verdächtigen im Fall Klaus-Peter Haffner.

Anders als bei ihrem ersten Besuch drückte Claudia auf die richtige Klingel. Marion Rheydts Stimme meldete sich in der Gegensprechanlage. Claudia nannte ihren Namen, der Türsummer schnarrte.

Sie stieg die Treppen in den dritten Stock empor. Rheydt stand in der Wohnungstür und sah Claudia entgegen, lächelnd, ängstlich. »Haben Sie ihn? Den, der das meiner Tochter angetan hat? Sind Sie darum hier?«

»Wollen wir nicht lieber reingehen, Frau Rheydt?«

Das Gesicht der Frau zeigte ein gebrochenes Lächeln. »Also wissen Sie noch nichts ... aber gut, kommen Sie rein.«

Claudia trat in die Wohnung. Alles war wie bei ihren vorherigen Besuchen. Verrauchte Luft, der lautlos gestellte Fernseher, ein angefangenes Kreuzworträtsel auf dem Tisch.

Hinzugekommen waren Trauer, Angst, Einsamkeit.

Und jetzt kam Claudia hierher, um diese Frau zu befragen, ob sie den Tod ihrer Tochter gerächt und einen Mord begangen hatte.

»Frau Rheydt, wann genau haben Sie vom Tod Ihrer Tochter erfahren?«

»Na, gestern. Sie haben mir doch selbst davon erzählt.«

»Da sind Sie sicher?«

»Natürlich. Warum fragen Sie?«

»Ich muss sicher sein, das ist alles. Haben Sie Haffner eigentlich kennengelernt? Wissen Sie, wo er wohnt? Waren Sie bei ihm?«

»Diesen Anwalt? Diesen Verbrecher? Nein, bei dem war ich nie. Würde ich auch nicht wollen!«

Claudia sah ihr in die Augen. Keine Lüge.

Sie fühlte sich erleichtert. »In Ordnung, ich glaube Ihnen.«

Rheydt lachte mit heiserer Stimme. »Haben Sie geglaubt, ich war's? Sind Sie darum hier?«

Es klang nicht einmal vorwurfsvoll. Es klang eher, als erfüllte es sie mit Stolz.

»Wir müssen alle Möglichkeiten in Betracht ziehen.«

»Heißt es, dass er meine Kleine auf dem Gewissen hat? So wie ich es von Anfang an gesagt habe?«

»Das können wir noch nicht sagen.«

»Unsinn! Er war es. Ich wusste es sofort, vom ersten Moment an. Er hat ihr Geld angeboten, damit sie diesen Weber in Ruhe lässt. Sie hat es nicht genommen. Da hat er sie umgebracht, dieses Schwein.«

»Wenn es so war, werden wir es herausfinden, das verspreche ich Ihnen.«

»Wirklich?«

»Ja. Ganz bestimmt.«

Claudia machte Anstalten, aufzubrechen. Rheydt tat einen Schritt auf sie zu. »Sie bleiben doch noch auf einen Kaffee? So wie letztes Mal?«

»Es tut mir leid, aber ich muss …«

»Bitte. Ich habe sonst niemanden.«

Claudia spürte einen Stich. »Ja, natürlich. Eine Viertelstunde.«

»Setzen Sie sich. Ich hole den Kaffee.«

»In Ordnung.«

Sie setzte sich auf das Polstersofa, strich mit der Hand über den billigen Samtbezug, der sich ekelhaft künstlich anfühlte. Es gab viele Ungerechtigkeiten im Leben. Die Stoffe, die Menschen trugen oder aus denen die Möbel gefertigt waren, auf denen sie saßen oder lagen, gehörten dazu.

Rheydt kehrte mit einem Tablett zurück. Claudia bereute ihren Entschluss nicht, ein wenig zu bleiben. Sie hatte die Frau zu Unrecht verdächtigt. Jetzt konnte sie ihr als Ausgleich ein paar Minuten ihrer Zeit schenken.

Es war wenig genug.

75.

Tanja Geschke stand immer noch vor der Staffelei und starrte auf das zerstörte Porträt ihres Vaters. Ihre wütenden Pinselstriche hatten sich über sein Gesicht gelegt wie immerwährende Ohrfeigen.

»Vielleicht sollte ich es so lassen? Nur mit einem neuen Titel. Porträt eines Mörders? Was meinst du, wäre das passend?«

Takeda trat neben sie. »Ich habe gelernt, vorsichtig zu sein und nur Antworten zu geben, derer ich mir sicher bin. Was ist mit dir? Bist du dir sicher?«

»Nein.«

»Aber du weißt etwas, oder? Erklärst du es mir? Hilfst du mir dabei, herauszufinden, was wirklich geschehen ist?«

Geschke löste ihren Blick von dem Bild. »Ich versuche es, Ken. Ob ich es kann, wirst du selbst entscheiden müssen.«

Sie gingen hinüber in die kleine Küche, in der sie auch bei Takedas erstem Besuch gesessen hatten. Geschke kochte Tee. Das Geräusch der sommerlichen Stadt wehte zum Fenster hinein.

»Du wolltest wissen, ob ich in der Kanzlei angefangen habe zu arbeiten, weil ich einen Verdacht gegen Haffner ... gegen meinen Vater hatte. So ist es nicht. Der Grund dafür war viel einfacher. Ich wollte ihn kennenlernen. Wir hatten seit meiner Kindheit so gut wie keinen Kontakt. Das meiste, das ich über ihn wusste, hatte meine Mutter mir erzählt. Aber es half mir nicht. Ich wollte mir selbst ein Bild von diesem Mann machen. Ich wollte verstehen, warum er damals gegangen ist. Warum ihm seine eigene Tochter so wenig bedeutet hatte, dass er sie einfach zurücklassen konnte. Ich hatte die Hoffnung, dass die Antworten darauf mich heilen könnten. Dass sie mir helfen könnten, anderen Menschen wieder zu vertrauen. Dass ich wieder lernen könnte, einen Menschen zu lieben. Mein Vater hat mir diese Fähigkeit genommen. Ich dachte, wenn ich verstehe, was ihn angetrieben hat, könnte auch ich noch einmal neu anfangen.«

»Und? Ist es dir gelungen?«

»Es war ein Auf und Ab. Zu Beginn, als ich in der Kanzlei anfing, waren wir zwei völlig Fremde füreinander. Ich mochte ihn nicht einmal. Er war angeberisch. Er bildete sich etwas drauf ein, lauter berühmte Leute zu seinen Mandanten zu zählen. Er genoss es, sich in ihrem Ruhm zu sonnen. Ich fand das albern. Immer wieder haben wir uns gestritten. Ich habe ihm harte Sachen an den Kopf geknallt, er sei arrogant, gefühlskalt, egomanisch. Seltsamerweise gefiel es ihm, dass ich so etwas sagte. Es hat mich überrascht. Dann wurde mir klar, wie sehr er sich darüber freute, dass ich wieder Kontakt zu ihm aufgenommen hatte. Es war wahrscheinlich die beste Phase unseres Wiedersehens.«

»Es ist nicht dabei geblieben?«

»Nein. Je länger ich dort war, desto mehr bekam ich mit, was für ein Mensch er war. Vor allem, wie er seinen Beruf ausübte. Zu seinen Mandanten war er freundlich, versprach ihnen, sich um alles zu kümmern. Aber mit den gegnerischen Parteien ging er gnadenlos um. Er war eiskalt.«

»Was genau hat er getan?«

»Alles, was nötig ist. So hat er es selbst einmal zu mir gesagt.«

»Was heißt das konkret?«

»Das habe ich bei einem Fall mitbekommen, der ungefähr zwei Jahre zurückliegt. Ich war erst seit einigen Monaten in der Kanzlei. Es ging um einen Journalisten, der durchs Fernsehen ziemlich bekannt ist. Ihm wurde vorgeworfen, betrunken einen Jungen überfahren und dann Fahrerflucht begangen zu haben. Alle hielten ihn für schuldig. Aber überraschenderweise wurde er freigesprochen. Ich konnte das nicht glauben. Es kam mir komisch vor. Am seltsamsten war, dass mein Vater nicht im Geringsten überrascht war.«

»Weißt du, wieso?«

»Der Mann, also der Journalist, behauptete, an dem Abend gar nicht Auto gefahren zu sein. Aber es gab einen Zeugen, der ihn gesehen hatte. Darauf baute die Anklage auf. Aber ausgerechnet dieser Zeuge hat kurz vor dem Prozess seine Aussage zurückgezogen. Es war ein bisschen wie jetzt bei Yvonne Rheydt. Der Journalist wurde aus Mangel an Beweisen freigesprochen. Wie gesagt, es kam mir vor, als wenn mein Vater fest damit gerechnet hätte.«

Takeda hörte Geschke zu und dachte dabei an die Worte, die Jost Weber gesagt hatte. Dass Haffner es schon öfter getan hätte. Der Schauspieler dachte dabei an außergerichtliche Einigungen, die mit Geld erkauft waren. Vielleicht steckte noch mehr dahinter.

»Weißt du, wie es dazu gekommen ist? Warum dieser Zeuge umgefallen ist?«

»Ich habe Haffner gefragt. Er meinte, ich soll mich nicht in Dinge einmischen, die mich nichts angehen. Mir reichte das nicht, ich habe weitergebohrt. Er hat mich angeschrien wie noch nie. Da war mir klar, dass etwas faul sein musste. Wir hatten einen entsetzlichen Streit. Er wollte mich rauswerfen und mich nie wiedersehen. Für mich war das ein Schlag, wir hatten uns ja gerade erst wieder angenähert. Darum habe ich nicht weiter nachgehakt. Ich hatte das Ganze schon fast vergessen. Aber dann ging die Sache mit Jost Weber los. Es war wieder dasselbe. Es sollte zum Prozess kommen. Aber kurz vorher zog das Mädchen seine Aussage zurück ... und inzwischen weiß ich, dass sie sogar tot ist.«

In der kleinen Küche war es still geworden. Sie tranken Tee und schwiegen.

Schließlich räusperte Takeda sich. »Ist dir klar, was du da sagst?«

»Natürlich.«

»Ich ahne jetzt, warum du ihn ein Monster genannt hast.«

Geschke schlug die Augen nieder. »Ich weiß nicht, was mein Vater getan hat. Ob es wirklich stimmt. Du solltest mit der Ostermeier darüber sprechen.«

»Mit ihr? Wieso?«

»Es war ganz seltsam. Sie hat mich nie gemocht, hat mir vorgeworfen, ich würde das Klima in der Kanzlei vergiften. Als ich bei dem Fall mit dem Journalisten wissen wollte, was genau passiert ist, meinte sie, dass ich keine Lügen verbreiten sollte. Aber in den vergangenen Wochen, als der Fall mit Yvonne Rheydt schlimm wurde, da war es zum ersten Mal anders. Sie hat sich bei mir entschuldigt. Sie meinte, dass ich mit allem recht gehabt hätte.«

»Das hat sie gesagt?«

Tanja Geschke nickte.

»Wieso hast du mir das nicht schon vorher erzählt?«

»Weil er mein Vater ist, Ken. Und weil er tot ist. Jemand hat dafür gesorgt, dass er bekommt, was er verdient.«

Takeda stand vom Tisch auf. In der Tür drehte er sich zu ihr um. »Ich denke, du solltest ihn noch einmal malen. Wie du selbst sagtest, er ist dein Vater. Er wird auch gute Seiten gehabt haben. Suche nach ihnen und versuche, an sie zu denken, während du ihn malst.«

76.

»Ach, wohl doch in mich verknallt. Oder warum sind Sie schon wieder hier?«

»Bestimmt nicht deswegen, Folkert. Vergessen Sie es.«

Er saß wieder mit freiem Oberkörper auf seiner Terrasse, kratzte sich grinsend am Bauch. »Oft weiß man es selbst nicht.«

»Ich schon.«

Folkert machte eine beschwichtigende Handbewegung. Das Radio dudelte Oldies, vor ihm stand eine Dose Bier. Der Grill allerdings war heute nicht an.

»Also, was führt Sie zu mir, Frau Kommissarin?«

»Es gibt ein paar Dinge, über die ich gerne mit Ihnen sprechen möchte.«

»Klingt so, als wüssten Sie immer noch nicht, wer Haffner auf dem Gewissen hat? Bei dem Mädchen etwa auch nicht?«

War es richtig gewesen, herzukommen? Folkert genoss zweifellos die Aufmerksamkeit, aber konnte er ihr wirklich helfen? Claudias Instinkt sagte ihr, dass er mehr wusste, als er zugab. Aber wenn er spürte, dass sie etwas von ihm wollte, würde er es ausnutzen. Zumindest würde er sie weiter mit seinen dummen Sprüchen provozieren.

Hatte sie eine Wahl? Nein. Hoffentlich lohnte es sich wenigstens.

»Darf ich mich setzen?«

»Sicher. Sie bekommen auch ein Bier, wenn Sie wollen.«

»Nein, danke. Heute nicht.«

»Ein Wasser? Sie wissen ja, wo die Küche ist. Aber lassen Sie lange laufen.«

»Schon gut.«

Claudia setzte sich an das gegenüberliegende Ende des Tisches, blickte zunächst über die Terrasse und den überwucherten, zugemüllten Garten. Es war das dritte Mal, dass sie hier war, und sie begann zu verstehen, dass man sich in einer solchen Umgebung sogar wohlfühlen konnte. Es war wild, es war frei.

»Also? Womit kann ich dienen?«, fragte Folkert.

»Es geht noch einmal um die Vergangenheit, um das Jahr 1983 und den Mord an Saskia von Thun.«

»Ach Gott, werden Sie zu einem zweiten Mattusek, oder was? Lässt es Sie nicht mehr los? Werden Sie demnächst auch in Ihrem Auto vor meiner Tür stehen und mich beobachten?«

»Sollte ich?«

»War ein Witz.«

»Als wir uns letztes Mal unterhalten haben, haben Sie gesagt, dass einer der Jungs, also einer ihrer Mitschüler, Saskia ermordet haben könnte. Wir wissen inzwischen, dass eigentlich nur einer dafür infrage kommt. Haffner selbst.«

»Und?«

»Was halten Sie von der Theorie?«

»Gut möglich. Mehr als das. Ich meine, wenn's die beiden anderen nicht waren, war er es. Klar.«

»Glauben Sie, wenn ein Mensch getötet hat, vielleicht nicht einmal mit Absicht, dass er es dann immer wieder tun könnte?«

»Keine Ahnung. Mit Mord kenne ich mich nicht aus.«

»Aber mit Menschen. Genauer, mit Menschen, die Dinge tun, die verboten sind.«

»Klingt nicht wirklich wie ein Kompliment.«

»Ist es aber, Folkert. Sie haben Ihre düsteren Seiten erst ausgelebt und dann bezwungen. Ich halte Sie für so etwas wie … weise.«

Er lachte. »Das klingt schon besser. Aber ich weiß nicht viel über Haffner, außer dass er mich in den Knast hinein- und auch wieder hinausgebracht hat.«

»Das ist auch eine Sache, über die ich mit Ihnen reden wollte. Als er damals, während Ihres Wiederaufnahmeverfahrens, seine ursprüngliche Aussage zurückgezogen hat, wie hat er da auf Sie gewirkt? Hatte er so etwas wie ein schlechtes Gewissen? Soll heißen, war ihm klar, dass er ursprünglich gelogen hatte? War es Berechnung, dass er seine Aussage nach so langer Zeit doch zurücknahm?«

»Ich schätze schon. Ich hab's Ihnen schon einmal gesagt, meiner Meinung nach hat Haffner exakt so lange gewartet, bis er davon ausging, selbst nicht mehr belangt werden zu können. Er oder auch einer seine Freunde. War Quatsch, aber das wusste ich nicht, und er wusste es wohl auch nicht.«

»Eigentlich war es ja ein seltsamer Zufall, dass Sie genau zu der Zeit noch einmal eine Wiederaufnahme beantragt haben.«

»Wieso?«

»Weil Ihrem Antrag doch nur stattgegeben wurde, eben weil Haffner seine ursprüngliche Aussage zurückzog. So steht's im Gesetz. Zu einer Wiederaufnahme kommt es nur, wenn sich etwas Grundlegendes gegenüber dem Ursprungsverfahren geändert hat. Zum Beispiel, weil ein zentraler Belastungszeuge seine Aussage ändert. Das war bei Ihnen der Fall.«

Folkert leerte seine Bierdose, zerdrückte sie dann knirschend mit einer Hand. »Ach, so genau weiß ich das alles nicht mehr. Es ist mir auch egal. Das Kapitel ist für mich abgeschlossen.«

»Sie meinten beim letzten Mal, dass Sie zu Haffner keinen Kontakt hatten, also weder während Sie im Knast waren noch danach, richtig?«

»Absolut. Warum auch? Der Dreckskerl! Aber worauf wollen Sie eigentlich hinaus, Frau Kommissar?«

»Auf gar nichts.«

»Dann können wir das ja jetzt auch lassen.«

»Heute so abweisend?«

»Ja. Weil Sie mir auf die Nerven gehen. Wie wäre es, wenn Sie sich einfach verpissen?«

Claudia musste sich eingestehen, dass es ihr genauso ging. Bei ihrem letzten Besuch, als Folkert sie mit Wurst und Bier bewirtet hatte, hatte sie beinahe so etwas wie Sympathie für den Mann empfunden. Davon konnte jetzt keine Rede sein. Er wirkte angespannt, jetzt war er sogar abweisend.

»Keine Sorge. Ich gehe gleich. Ich möchte halt nur, dass Sie mir diese eine Sache erklären.«

»Welche Sache?«

»Was ich gerade gesagt habe. Wussten Sie, dass Haffner seine Aussage zurückzieht?«

Folkert gab ein abfälliges Schnalzen von sich. »Machen wir einen Deal, Schätzchen. Ich habe drinnen eine Kiste mit dem ganzen Quatsch von damals. Alle Anträge, alle Papiere. Da steht auch drin, wann Haffner bei der Staatsanwaltschaft war, um seine Aussage zurückzunehmen. Ich sehe nach und sag's Ihnen. Danach hauen Sie ab. In Ordnung?«

»Ja, so machen wir es.«

Folkert stand auf, gab dabei ein leises Stöhnen von sich. Vielleicht weil ihm etwas wehtat, vielleicht weil er die Mühe markieren wollte, mit der er der Sache nachkam.

Er verschwand durch den Schnurvorhang im Inneren des Hauses. Eine Zeit lang war es still, dann hörte Claudia, wie Kisten zur Seite geräumt wurden.

Schließlich rief er von innen: »Können Sie mal anpacken, Frau Kommissar? Das Zeug ist wirklich ganz hinten.«

»Muss das sein?«

»Ihre Entscheidung. Mir ist es scheißegal. Ich muss es auch nicht raussuchen.«

Claudia zögerte. Dann stand sie auf und trat ebenfalls durch den Schnurvorhang ins dämmrige Innere des Hauses.

11.

Als Takeda die Kanzleiräume am Neuen Wall betrat, saß Sabine Ostermeier an ihrem Schreibtisch hinter dem Empfangstresen. Wie beim letzten Mal war sie akkurat frisiert, trug eine gestärkte Bluse, an der eine perlenbesetzte Brosche glitzerte. Von der schmalen Lesebrille reichte eine Kette um ihren Hals. Sie sah Takeda mit versteinertem Gesicht an. Keine Begrüßung, keine Nachfrage, weshalb der Inspektor erschien.

Auch Takedas durchaus freundliches Lächeln vermochte daran nichts zu ändern. »Ist Ihre Kollegin, Frau Döblin, nicht hier?«

»Nein, sie ist im Privathaus von Herrn Haffner und sortiert die Unterlagen in seinem dortigen Büro.«

»Ich verstehe.«

»Was wollen Sie, Inspektor?«

»Ich möchte mit Ihnen über den Fall Jost Weber sprechen. Über das Vorgehen Ihres Chefs dabei, die Schritte, die er unternommen hat, damit es nicht zu einer Anklage kommt. Genauso interessiert mich ein Fall, der nun etwa drei Jahre zurückliegt. Es ging um einen Journalisten, der Fahrerflucht begangen hatte.«

»Sie meinen Theo Schumann. Wieso wollen Sie etwas darüber wissen?«

»Weil es offenbar gewisse Ähnlichkeiten in beiden Fällen gab. Ich möchte Näheres darüber herausfinden.«

Sabine Ostermeier schloss die Augen. Für einige Momente blieb sie völlig regungslos, fast als wäre sie in eine Meditation versunken.

Takeda ließ sie gewähren.

Schließlich öffnete sie die Augen wieder, sah den Inspektor an. In ihren zuvor so kühlen Zügen war eine sanfte, überraschende Milde erschienen.

»Ich kann Ihnen gerne etwas über den Fall Schumann erzählen,

Inspektor. Es gibt, denke ich, noch weitere Fälle, die Ihr Interesse verdient hätten. Der Prozess gegen einen Reeder vor fast zwanzig Jahren, er hatte einen Einbrecher erschossen und wurde dennoch freigesprochen. Der Fall eines Fußballers, dem der Mord an seiner Frau vorgeworfen wurde. Er blieb ebenfalls straffrei.«

»Vermute ich richtig, dass diese Freisprüche für alle Beteiligten überraschend kamen, nicht aber für Herrn Haffner?«

»So ist es, Inspektor.«

»Können Sie mir nähere Einzelheiten erläutern?«

Sabine Ostermeier nahm ihre Lesebrille von der Nase und erhob sich von ihrem Tisch. »Begleiten Sie mich doch nach nebenan, dort können wir uns hinsetzen. Ich werde Ihnen alles erzählen. Das hätte ich vielleicht schon längst tun sollen.«

»Sehr gerne«, erklärte Takeda und folgte Ostermeier in das Büro ihres ehemaligen Chefs.

78.

Claudia schritt durch den dämmrigen Hausflur von Folkert. Sein Kistenrücken hatte Unmengen von Staub aufgewirbelt. Die Partikel tanzten in den Sonnenstrahlen, die durch die Ritzen der heruntergelassenen Rollläden schienen.

Ansonsten sah es aus wie bei ihrem letzten Besuch, chaotisch, unordentlich, völlig verdreckt. Die Luft roch ekelhaft nach Schimmel und Fäulnis.

»Herr Folkert? Können Sie bitte mal Licht anmachen?«

»Ist kaputt. Für neue Birnen habe ich kein Geld. Aber Sie dürfen gerne etwas spenden, bevor Sie gehen.«

Seine Stimme klang amüsiert.

»Wo sind Sie überhaupt? Ich kann Sie nicht sehen.«

»Hinten im Wohnzimmer, erste Tür links. Die Kisten stehen ganz in der Ecke.«

»Ziehen Sie doch einfach mal die Rollläden hoch.«

»Sind auch kaputt. Aber sonst kommen Sie einfach morgen wieder, bis dahin suche ich alles raus.«

»Jetzt bin ich schon mal hier.«

»Wie Sie meinen.«

Das Wohnzimmer hatte sie bisher nicht betreten, sie hatte nur auf ihrem Weg in die Küche einen kurzen Blick hineingeworfen. Sie blieb im türlosen Rahmen stehen und lugte in den dunklen Raum. Auf dem Fußboden wie überhaupt auf sämtlichen Flächen stapelten sich alle möglichen Dinge, teilweise bis unter die Decke. Handtücher und Wäsche, Bücher, Geschirr, Konserven, alte Keksdosen, Werkzeugkisten, Zeitschriften, Spielzeug. Es war kein Zimmer, es war ein Lager. Claudia wusste nicht, ob Folkert all diese Dinge nur hortete oder in irgendeiner Form damit handelte. Andererseits, wer sollte für so einen Schrott Geld ausgeben? Vielleicht andere Messis?

Zwischen den Stapeln gab es Gänge wie in einem Labyrinth, so schmal, dass Claudia aufpassen musste, nichts umzustoßen. Folkert war ja nicht gerade schlank. Wie er sich hier bewegte, war ihr ein Rätsel. Die einzige freie Fläche im gesamten Zimmer war das durchgesessene Polstersofa, das Folkert als Bett zu dienen schien. Genau wie beim letzten Mal war darauf zerknülltes Bettzeug zu sehen. Es müsste dringend mal in eine Waschmaschine, jedenfalls sah es so aus und roch auch so.

Er selbst hockte hinter einem Kistenstapel am anderen Ende des Zimmers, sie konnte nur seine Schuhe und seinen Hinterkopf sehen. Er schnaufte, während er Kisten hin und her stapelte.

Claudia trat in den Raum, blieb nach zwei Schritten aber wieder stehen, weil sie sich für einen der schmalen Gänge entscheiden musste.

»Statt der Spende für die Glühbirnen biete ich Ihnen an, einen Müllcontainer zu bestellen. Wäre das etwas?«

Folkert lachte. »Vergessen Sie es. Mir gefällt es so. Kommen Sie nach hinten. Ich glaub, ich habe die richtige Kiste gefunden.«

»Bringen Sie sie raus.«

»Mache ich. Sekunde, ich muss nur … Ach, verdammt …«

Claudia hörte das Reißen von Pappe, Bücher und Papiere, die zu Boden fielen. Folkert fluchte.

»Ich komme ja schon.«

Claudia entschied sich für den mittleren Gang, vorbei an Stapeln mit Handtüchern, Plastikboxen, Tellern, Schuhkartons.

Ein Schritt, noch einer, bloß nichts umwerfen … bloß nichts …

Sie blieb abrupt stehen.

»Aber …«

Es war zu spät.

Folkerts haarige Arme umschlangen sie von hinten, ließen ihr keine Chance, sich zu wehren, überhaupt irgendetwas zu machen. Sein warmer, verschwitzter Körper drückte sich an sie, es war ekelhaft.

Claudia wollte schreien, aber sie brachte nur ein heiseres Krächzen hervor.

Es kam ihr vor, als würde sie von muskelbepackten Würgeschlangen angegriffen, die mit tödlichem Instinkt die Luft aus ihrem Körper pressten.

Er hingegen lachte. Lachte und stöhnte.

Seine Hände waren überall, in ihrem Gesicht, auf ihrer Brust, zwischen ihren Beinen. Überall berührte er sie, drückte zugleich immer fester zu. Sie roch seinen schlechten Atem, roch seinen Schweiß, spürte ihn nass auf ihrer Haut. Sein Gesicht war direkt neben ihrem, seine Zunge drang in ihr Ohr, warm und weich, drang mitten in ihren Kopf.

Dann ließ er von ihr ab. Ganz plötzlich.

Für Sekundenbruchteile schöpfte Claudia Hoffnung.

»Folkert, warum …«

Ihre Worte waren nur ein unverständliches Lallen. Sie konnte nicht reden. Ihre Zunge, ihre Lippen gehorchten ihr nicht. Auch ihre Beine wurden schwer. Sie taumelte. Was war los?

Erinnerungsblitze. Noch während er sie umschlungen hatte, war da dieser kurze Stich in ihrem Hals gewesen.

Eine Spritze.

Eine Injektion.

Eine ...

Alles wurde schwarz.

79.

Sabine Ostermeier stellte zwei Tassen Kaffee auf den Tisch in der Besprechungsecke von Haffners Büro. Bevor Takeda sich setzte, bat er um einen Moment Geduld. Er zog sein Smartphone aus der Tasche, wählte Claudias Nummer. Es klingelte, aber sie meldete sich nicht. Er hinterließ ihr eine Nachricht, nahm dann auf einem der Ledersessel Platz.

Ostermeier setzte sich ihm gegenüber. Zunächst schwiegen sie, genossen ihre Getränke. Takeda, der die Frau unauffällig beobachtete, bemerkte, wie überraschend gelöst sie wirkte.

Erleichtert. Befreit.

Schließlich begann Ostermeier zu sprechen. »Ich berichte Ihnen als Erstes von dem Fall des Reeders, der einen Einbrecher erschossen hat. In Ordnung?«

»Bitte.«

»Der Mann war schon hochbetagt. Sehr vermögend. Er sammelte in seinem Anwesen im Hamburger Norden wertvolle Kunstschätze. Es hatte schon zuvor mehrere Einbruchsversuche bei ihm gegeben, weswegen er verschiedene Waffen im Haus aufbewahrte. Laut seiner Aussage hätten ihn die Einbrecher, nachdem er sie entdeckt hatte, angegriffen, er habe also aus Notwehr auf sie geschossen und einen dabei getötet. Der zweite Täter aber, der, der überlebt hatte, sagte gegenüber den Ermittlungsbeamten aus, dass die Schüsse erst gefallen seien, als sie bereits auf der Flucht gewesen seien. Die Verletzungen des Toten stützten seine Aussage, so dass es zur Anklage kam. Der Vorwurf lautete auf Totschlag, möglicherweise sogar Mord. Der Fall schien für den Reeder aussichtslos zu sein. Haffner aber gelang es, den Zeugen, der ja selbst am Einbruch beteiligt war, in Widersprüche zu verwickeln. Schließlich widerrief er seine Aussage und bestätigte die Version des Reeders. Notwehr. Der alte Mann wurde freigesprochen, und Haffners Ruf als brillanter Strafverteidiger hatte seinen Anfang genommen.«

»Wann war das?«

»Das war ganz zu Anfang meiner Tätigkeit für ihn, also vor gut zwanzig Jahren. Ich war stolz und fest davon überzeugt, dass es die richtige Entscheidung war, den Job in meiner alten Kanzlei aufzugeben und für Haffner zu arbeiten.«

»Ich verstehe. Sie erwähnten den Fall eines Fußballers. Auch hier ging es um Mord, wenn ich mich recht erinnere? Und ich vermute richtig, dass es auch hier zu einer überraschenden Wendung kam?«

»So ist es, Inspektor. Der Fall war einige Jahre nach dem des Reeders. Der Fußballer war angeklagt, seine Frau getötet zu haben, und die Beweislage gegen ihn war erdrückend. Seine Gewalttätigkeit war aktenkundig, weil er seine Ehefrau bereits zuvor angegriffen und verletzt hatte. Ein Zeuge sagte aus, dass der Fußballer ihn um Hilfe bei der Beseitigung der Leiche gebeten habe. Besonders darauf stützte sich die Anklage. Eine Verurteilung war sicher zu erwarten. Doch während des Prozesses verschwand dieser Zeuge überraschend. Damit war der wichtigste Baustein in der Beweisführung der Staatsanwaltschaft weggebrochen. Sie ahnen es, Inspektor, auch dieser Angeklagte wurde freigesprochen.«

»Wissen Sie zufällig, was mit dem verschwundenen Zeugen passiert ist?«

»Ja. Er hatte einen Unfall. Es gab eine Untersuchung, aber es konnte kein Fremdverschulden festgestellt werden, so dass man von einem tragischen Zufall ausgehen musste.«

»Ich verstehe.«

»Im Falle des Journalisten, nach dem Sie fragten, war es ähnlich. Der Mann arbeitete bei einem Privatsender und war das, was man einen Anchorman nennt. Er wurde bezichtigt, nachts in einem Wohngebiet hier in Hamburg einen Teenager überfahren, anschließend aber nicht angehalten zu haben. Eine Zeugenaussage belastete ihn. Überhöhte Geschwindigkeit, Fahrerflucht, unterlassene Hilfeleistung. Hätte er doch angehalten, hätte der Junge gerettet werden können. Es sah nicht gut für ihn aus. Im Gerichtssaal aber konnte Haffner nachweisen, dass der Belastungszeuge zum Zeitpunkt des Unfalls unmöglich in der Nähe der Unfallstelle hatte sein können. Der Mann knickte ein, gab zu, gelogen zu haben. Es gab natürlich weitere belastende Indizien, darunter ein technisches Gutachten über die Schäden am Wagen des Angeklagten. Haffner aber brachte ein Gegengutachten vor. Die Indizienkette der Anklage brach zusammen, und der Journalist wurde spektakulär freigesprochen ... Zu der Zeit war Herrn Haffners Tochter bereits in der Kanzlei. Sie war misstrauisch und unterstellte ihrem Vater, den Prozess mit unlauteren Methoden gewonnen zu haben. Damals hat es mich empört, wie undankbar und verleumderisch sich die junge Dame gegenüber ihrem eigenen Vater verhielt ...«

»Heute sehen Sie die Dinge anders?«, fragte Takeda.

»Das tue ich.«

»Wie kommt es, dass Sie sich diese alten Fälle überhaupt noch einmal angesehen haben? Hängt es mit dem Fall von Jost Weber zusammen?«

»Richtig, Inspektor. Alles ist dadurch anders geworden. Sehen Sie, der Fall Weber schien wie für Haffner gemacht. Ein prominenter Angeklagter, eine recht eindeutige Beweislage. Er liebte so etwas und war von Anfang an zuversichtlich, trotz allem für Weber einen Freispruch erreichen zu können. Seine Selbstsicherheit, zumindest nach außen hin, war für viele Menschen überraschend. Besonders auch für Haffners Anwaltskollegen. Sie hielten ihn für eine Art Magier, und um ehrlich zu sein, auch ich habe das lange getan. Dann aber kam ein Abend, der nunmehr rund sechs Wochen zurückliegt. Ich war noch in der Kanzlei, um Schriftsätze zu tippen, als ich ein Telefonat von Haffner mit anhörte. Er hatte ausnahmsweise seine Tür nicht verschlossen und besprach mit jemandem die nächsten Schritte, die im Fall Weber zu unternehmen wären. Er sagte, dass sie nun keine Schonung mehr verdiene. Ich konnte daraus schließen, dass von Frau Rheydt die Rede sein musste. Ihr müsse klargemacht werden, dass sie ihre Aussage zurücknehmen müsse, egal, wie. So kam es dann auch, wie Sie wissen. Kurz darauf stellte der Staatsanwalt das Verfahren ein.«

Zwischen Takeda und Ostermeier herrschte Schweigen. Noch war nichts gesagt. Und doch war auch alles gesagt.

Takeda spürte, dass ihn ein tiefes Gefühl der Traurigkeit erfüllte. Diese Frau hatte Klaus-Peter Haffner zweifellos geliebt, ohne dass ihre Liebe jemals erwidert worden wäre. Alles, was ihr geblieben war, war Loyalität gewesen, Loyalität gegenüber einem Mann, in dem sie sich doch über viele Jahre fundamental getäuscht hatte.

Ostermeier fuhr fort: »Ich war offen gesagt schon davor vom Verhalten Haffners irritiert. Er hatte mit allen Mitteln versucht, Rheydts Glaubwürdigkeit zu untergraben. Er hatte ihr Geld angeboten, sie zugleich öffentlich bezichtigt, nur auf finanzielle Vorteile aus zu sein. Dabei wusste er genau, dass das nicht stimmte. Weber hatte ihm gegenüber von Anfang an zugegeben, dass Rheydts Vorwürfe berechtigt waren. Er hatte die junge Frau vergewaltigt ...«

Takeda nickte. »Das wissen wir bereits. Ich weiß Ihre Offenheit dennoch zu schätzen.«

Ostermeier zeigte ein kurzes Lächeln. »Nachdem ich dieses Telefonat mit angehört hatte, habe ich mir erlaubt, Herrn Haffner darauf anzusprechen. Nach über zwanzig Jahren der Zusammenarbeit meinte ich, es mir erlauben zu dürfen.«

»Wie hat er reagiert?«

»Er war außer sich. Er hat mich angeschrien, meinte, ich würde hinter ihm herspionieren. Er ist ausfällig geworden. Ich hatte sogar Angst, er würde gewalttätig werden. Es war demütigend für mich.«

»Fühlte er sich ertappt?«

»Davon gehe ich aus. Ich war tagelang wie paralysiert. So hatte er noch nie mit mir geredet. Dann fing ich an, mich zu fragen, was genau er mit seinen Worten am Telefon gemeint haben könnte. Ich war misstrauisch geworden, so wie schon Tanja zuvor. Das war der Grund, aus dem ich mir noch einmal die Akten der alten Fälle vorgenommen habe. Als ich alles durchsah, fiel es mir wie Schuppen von den Augen. Es war so offensichtlich. Aber ich hatte es dennoch nicht bemerkt, nicht bemerken wollen.«

Ostermeier verstummte. Sie saß regungslos vor Takeda. Andere Frauen hätten in der Situation vielleicht geweint. Andere Männer genauso. Sie aber war wie erstarrt.

Takeda schwieg ebenfalls. Er wartete.

Dann sprach Ostermeier weiter: »Die Zeit der Illusionen war für mich vorüber. Er war kein genialer Anwalt, kein geschickter Taktiker, kein brillanter Zeugenvernehmer. Kein juristischer Magier. Er war einfach ein skrupelloser, gewalttätiger Mann, der keine Mittel scheute, um seine Prozesse zu gewinnen. Er hat Zeugen eingeschüchtert oder bestochen, und wenn das nichts nützte, hat er sie im Zweifel beseitigen lassen. Einige der Fälle, wo er so agiert hat, habe ich erwähnt. Vermutlich gibt es noch mehr.«

»Sie sind dann am vergangenen Samstag zu ihm gefahren, um ihn damit zu konfrontieren?«

»So ist es.«

»War es Ihre Absicht, das zu tun, was Sie dann taten?«, fragte Takeda.

Ostermeier nickte stumm.

Der Inspektor war immer noch von Traurigkeit erfüllt. Er stellte sich vor, wie es für Ostermeier gewesen sein musste, sich einzugestehen, dass sie sich über viele Jahre so grundlegend in einem Menschen geirrt hatte. Ein Mensch, der sie dann anschrie und demütigte, sie zutiefst verletzte.

Ein Mann, ein Anwalt, der über Jahre hinweg Prozesse manipuliert und sogar Menschen getötet hatte, zuletzt eine junge Frau, von der er wusste, dass sie vergewaltigt worden war.

Nicht alle Motive, einen Menschen zu ermorden, waren nachvollziehbar.

Dieses war es.

80.

»Na, meine Hübsche. Hast du gut geschlafen?«

Claudia hob mühsam den Kopf. Ihr Blick war verschwommen, dennoch erkannte sie Folkerts bullige Gestalt. Er stand im kaltweißen Licht einer Deckenlampe vor ihr und blickte auf sie hinab.

Ihr war schwindelig, und ihr Kopf pochte unerträglich, vermutlich Folge des Betäubungsmittels, das er ihr gespritzt hatte. Bestimmt würde sie sich gleich übergeben müssen.

»Wo bin ich?«

»In meinem Fuchsbau, tief unter der Erde. Niemand kann dich hier hören, wenn du schreist. Weglaufen kannst du auch nicht. Darum denk nicht einmal daran, Schätzchen.«

Claudias schlieriger Blick klärte sich allmählich. Sie drehte den Kopf zur Seite, nach oben. Wände und Decke waren aus Erde, abgestützt durch Holzbalken wie in einem Bergwerk. Die Luft roch erdig und nach Wurzeln. Weiter hinten war eine massive, aus Brettern gezimmerte Tür.

»Was haben Sie mit mir vor?«

Folkert grinste, rieb sich die Hände wie in Erwartung einer schmackhaften Mahlzeit. »So einiges, meine Kleine. Aber jetzt noch nicht. Vorfreude ist die schönste Freude.«

Claudia verzog wütend das Gesicht. »Mehr als Vorfreude wird es auch nicht werden. Sie werden bald im Knast sitzen, aber diesmal für immer.«

»Glaubst du? Aber warum? Niemand kann mir etwas anhängen. Niemand verdächtigt mich wegen irgendetwas. Das heißt, doch, einen gab es. Den alten Mattusek. Der hatte mich im Visier. Aber du hast ja dafür gesorgt, dass er nicht mehr kommt. Ich bin dir dankbar dafür.«

Folkerts Worte versetzten Claudia einen Stich. Sie spürte, wie ihr Tränen in die Augen schossen. Sie unterdrückte sie mit aller Macht. Diesen Triumph wollte sie ihm nicht gönnen.

Bruchstückhafte Erinnerungen waberten durch ihr Bewusstsein. Das vermüllte Wohnzimmer. Der Kampf. Der Stich in ihren Hals. Ihre Ohnmacht. Folkert, der sich ihren erschlafften Körper auf die Schultern lud.

Wohin hatte er sie gebracht? Undeutlich, wie im Traum, erinnerte sie sich, dass sie das Haus verlassen hatten. Der Garten, dichtes Gestrüpp. Er hatte eine Art Tür im Boden geöffnet. Darunter war ein Loch gewesen. Eine Leiter. Er war mit ihr hinabgestiegen, tiefer und immer tiefer. Dann ein höhlenartiger Gang, schwach beleuchtet ... dann nichts mehr. Wahrscheinlich hatte sie da endgültig das Bewusstsein verloren.

Claudia wollte sich bewegen, merkte erst jetzt, dass sie es nicht konnte. Sie saß auf einem Stuhl. Ihre Hände waren hinterrücks an die Lehne gefesselt, ihre Füße ebenso. Folkert hatte sie mit Klebeband an die Stuhlbeine fixiert, hatte auch ihren Oberkörper umwickelt und an den Stuhl gezurrt. Sie war ganz und gar eingeschnürt, und zwar so eng, dass sie sich nicht rühren konnte.

»Lassen Sie mich frei, Folkert.«

»Vergiss es, Schätzchen.«

»Ich bin Polizistin. Sie reiten sich durch das hier so tief in die Scheiße, wie Sie es noch nie erlebt haben.«

Folkert lachte auf. »Du vergisst, dass ich in der Scheiße lebe. Schon seit vielen Jahren. Tiefer geht's nicht, verstehst du? Mit so etwas kannst du mir nicht drohen.«

»Meine Kollegen wissen, dass ich hier bin. Sie werden nach mir suchen. Sehr bald schon. Lassen Sie mich frei, solange Sie noch können.«

Folkert lächelte nachsichtig. »Wenn es so wäre, würdest du es mir nicht erzählen. Also, billiger Versuch. Niemand wird kommen. Auch dein Japaner nicht. Du weißt es. Ich weiß es.«

»Früher oder später doch. Machen Sie sich nichts vor.«

Folkert lachte erneut kehlig auf. »Selbst wenn, es ist mir egal. Es wird nichts ändern. Sie werden kommen und nach dir fragen. Und ich werde mit den Schultern zucken und sagen, dass ich keine Ahnung habe, wo du steckst. Vielleicht suchen sie sogar nach dir. Aber sie werden dich nicht finden. Nicht hier unten. Niemals. Sie werden wieder fahren. Und dann, meine Hübsche, dann kann ich mich dir in aller Ruhe widmen. Wir werden sehr viel Spaß miteinander haben.«

Er trat an Claudia heran und strich ihr mit seinen schwitzigen Händen über die Wange. Drang dann mit seinen Fingern in ihre Nasenlöcher, in ihren Mund. Ein langer Speichelfaden tropfte von seiner Unterlippe hinab auf den Boden.

Er wischte sich mit der anderen Hand über den Mund, war unaufmerksam. Claudia tat das Einzige, was sie konnte, sie schnappte mit dem Mund nach seinen Fingern, erwischte den Zeigefinger, biss zu.

Folkert schrie auf. Seine Finger bluteten. Sie spuckte aus, voller Ekel und zugleich mit einer Spur Genugtuung. Sie würde sich wehren, egal, wie. Er musste sie schon umbringen, damit sie es nicht tat.

Folkert blickte auf seine blutenden Finger, fand aber zu einem Lächeln zurück.

Dann schlug er zu, mit der flachen Hand in Claudias Gesicht. Der Schlag war so mächtig, dass ihr Stuhl ins Wanken geriet und zur Seite fiel. Sie konnte nichts tun, um den Sturz abzudämpfen. Sie fiel und schlug hart auf der Erde auf. Sie wurde wieder ohnmächtig.

81.

Takeda hätte es Sabine Ostermeier gerne erspart, aber es ging nicht anders, er musste eine vollständige Aussage von ihr bekommen.

»Wie ist der Samstagabend verlaufen, nachdem Sie zu Herrn Haffner gefahren waren?«

»Es war zunächst anders, als ich erwartet hatte. Ursprünglich wollte ich ihm alles vor den Kopf knallen, wollte, dass er es zugibt. Er aber überraschte mich. Er freute sich über meinen Besuch und lud mich auf ein Glas Wein ein. Er hatte zuvor eine hässliche Auseinandersetzung mit Jost Weber gehabt, dann auch mit seiner Tochter. Darum war er dankbar für die Ablenkung. Ich konnte nicht anders, ich habe mich darauf eingelassen. Wir haben über Belanglosigkeiten geplaudert, obwohl ich innerlich unter Hochspannung stand. Aber so bin ich nun einmal. Ich halte aus. Ich ertrage.«

»Aber dann haben Sie ihm doch eröffnet, was Sie herausgefunden haben?«

»Ja. Angefangen bei dem Reeder, über den Fußballer, den Journalisten. Bis hin zu Yvonne Rheydt.«

»Hat er es zugegeben?«

»Alles. Er meinte, er wundere sich, dass ich nicht schon viel früher darauf gestoßen wäre. Eine kluge Frau wie ich. So hat er es gesagt, und dann hat er gelacht. Es hat mich verletzt. Und zugleich dachte ich, dass ich es eigentlich doch schon seit Langem wusste ... nicht im Kopf. Aber im Herzen. Ich hatte es gespürt. Er war von Ehrgeiz zerfressen. Zugleich hatte er panische Angst zu versagen. Er würde alles, einfach alles dafür tun, um immer wieder Prozesse spektakulär zu gewinnen. Ich wusste es und habe dennoch die Augen vor der Wahrheit verschlossen.«

Takeda ließ eine Weile der Stille vergehen. »Wie ging es dann weiter? Ihnen beiden muss klar gewesen sein, dass ihre Zusammenarbeit nicht einfach weitergehen konnte wie zuvor?«

»Richtig. Aber zuerst habe ich ihn noch nach Yvonne Rheydt gefragt. Ich wollte wissen, ob er auch ihr etwas angetan hätte und ob sie noch lebte. Er meinte, ich solle mich nicht darum kümmern. Die Sache sei geregelt, und in ein paar Wochen werde niemand mehr darüber sprechen. Er stellte mir dann eine Bonuszahlung in Aussicht. Fünfstellig. Wenn ich wolle, auch mehr. Ich war fassungslos. Er glaubte wirklich, mich kaufen zu können. Meine Abscheu ihm gegenüber wurde überbordend. Meine Wut. Die Tatsache, dass er mich in all diese Dinge mit hineingezogen hatte ...«

»Haben Sie ihm das gesagt?«

»Natürlich. Zum ersten Mal war ich es, die schrie. Er aber lachte und meinte, ich solle mich nicht so anstellen. Wortwörtlich.«

»Wie haben Sie reagiert?«

»Sie wissen es.«

Takeda nickte. »Hatten Sie die Waffe bereits dabei?«

»Ja. Sie gehörte ursprünglich meinem Vater. Ein Erbstück. Ich war nicht einmal sicher, ob sie wirklich funktioniert.«

»Sie sind keine gute Schützin, nicht wahr?«

»Nein, überhaupt nicht. Es war das erste Mal, dass ich eine Pistole in der Hand hatte. Wissen Sie, was merkwürdig war? Er hat sich nicht gewehrt. Als ich abdrücken wollte, ging es zuerst nicht. Die Waffe hatte Ladehemmungen. Er blieb einfach sitzen und sah mir dabei zu, wie ich mich mit der Pistole abmühte. Schließlich löste sich ein Schuss. Er ging daneben. Auch da rührte er sich nicht. Ich schoss weiter und habe getroffen, in die Brust, in den Hals, in den Kopf. Er war schon tot, und ich habe immer noch geschossen. Ich glaube, er war froh, dass es passiert ist. Ich glaube, er hat darauf gewartet. Es war eine Erlösung für ihn. Nun muss er niemandem mehr etwas beweisen.«

Takeda sagte lange Zeit nichts. Er blickte auf sein Handy. Claudia hatte sich immer noch nicht gemeldet. Wieso nicht? Normalerweise rief sie immer schnell zurück.

82.

Als sie wieder zur Besinnung kam, war es um sie herum stockdunkel.

Nur zwischen den Planken der Holztür schien ein wenig fahles Licht hindurch.

Folkert hatte anscheinend ihren Stuhl wieder aufgerichtet. Aber sie war immer noch gefesselt.

In ihrem Kopf pochte ein entsetzlicher Schmerz, wobei sie nicht wusste, ob es die Folge ihres Sturzes war oder immer noch an dem Betäubungsmittel lag, das Folkert ihr gespritzt hatte.

Sie zog Grimassen, spürte dabei, wie die Haut auf ihrer linken Gesichtshälfte spannte. Sie musste durch den Sturz geblutet haben, und inzwischen war das Blut verkrustet.

Wie spät mochte es sein? Wie lange war sie schon hier unten? Ihr Zeitgefühl hatte sich aufgelöst. Kein Wunder. Das Betäubungsmittel, der Sturz.

Außerdem drang nach hier unten keinerlei Tageslicht. Es konnte früher Abend sein und genauso mitten in der Nacht. Vielleicht war auch schon der nächste Morgen.

Obwohl, nein, dann müsste sie durstiger sein. Aber das war sie nicht. Sie hatte Durst, das schon, aber noch nicht unerträglich.

Mehr als ein paar Stunden konnten also nicht vergangen sein, seit Folkert sie überwältigt hatte.

Claudia musste daran denken, was er vorhin gesagt hatte. Takeda oder auch andere Kollegen würden kommen und nach ihr fragen. Er würde sich unschuldig geben, und sie würden wieder abziehen ... kein unrealistisches Szenario.

Wieso sollte Ken auf die Idee kommen, den Garten zu durchsuchen und nach irgendwelchen Geheimgängen Ausschau zu halten? Eine Chance wäre, dass er ihren Wagen entdeckte, der vor

Folkerts Haus stand. Dann wüsste er, dass sie hier war, würde dementsprechend intensiver suchen. Andererseits, Folkert hatte doch bestimmt daran gedacht, ihr Auto irgendwo hinzubringen, wo es so schnell nicht gefunden wurde.

Gott, wie hatte sie sich nur so in Folkert täuschen können? Was war mit ihrem Instinkt los, auf den sie sich doch sonst immer verlassen konnte?

Claudia kannte die Antwort. Es war die Sache mit ihrer Wohnung. Ihr verunglücktes Onlinedate. Ken. Sein Angebot, bei ihm einzuziehen … Ihr ging zu vieles im Kopf herum. Dinge, die sie ablenkten, Dinge, die sie erschöpften. All das hatte dazu geführt, dass sie unaufmerksam war.

Darum hatten ihre Antennen sie nicht vor Folkert gewarnt.

Aber was hieß das jetzt? Dass sie sich mit ihrer Situation abfinden musste? Dass sie diesem Scheusal hilflos ausgeliefert war?

Nein. So war sie nicht.

Aufgeben war keine Option.

Claudia versuchte, sich zu bewegen, merkte aber schnell, dass es immer noch nicht möglich war. Die Klebebänder, mit denen Folkert sie an den Stuhl gefesselt hatte, waren viel zu fest, waren zudem vielfach übereinandergewickelt. Wahrscheinlich war es die Sorte, die mit Kunststofffasern verstärkt war. Panzer-Tape. Absolut reißfest.

Da ließ sich nichts machen.

Sie könnte erneut versuchen, mit dem Stuhl zu wippen, bis er umfiel. Vielleicht zerbrach er dabei, dann wäre sie frei.

Aber das hatte sie ja schon einmal ausprobiert, wenn auch unfreiwillig. Das Möbelstück war solide, es würde nicht so ohne Weiteres zerbrechen. Wenn, dann musste sie so heftig fallen, dass sie sich im Zweifel nur alle Knochen dabei brach.

Keine Option.

Was dann?

Schreien?

Folkert hatte ihr ja schon klargemacht, dass niemand sie hören konnte. Weil sein Fuchsbau, wie er das nannte, zu tief unter der Erde lag.

Aber wenn das nur ein Bluff war? Um sie eben davon abzuhalten, sich bemerkbar zu machen?

Claudia holte tief Luft. Dann schrie sie. Sie schrie, so laut sie überhaupt konnte.

83.

Am frühen Abend trafen mehrere Einsatzwagen mit laufendem Blaulicht im Neuen Wall ein. Unter den neugierigen Blicken der Passanten stiegen die uniformierten Beamten die Treppen des Kontorhauses zu den Räumen der Kanzlei empor.

Die Mannschaft des ersten Wagens übernahm es, Sabine Ostermeier abzuführen. Sie leistete keinen Widerstand. Handschellen wurden ihr dennoch angelegt. Takeda, der es beobachtete, bat die Kollegen darum, sie ihr wieder abzunehmen.

Ostermeier nickte Takeda dankbar zu, auf den Lippen den fernen Hauch eines Lächelns.

Dann wurde sie hinunter zu einem der Streifenwagen geführt, der sie ins nicht allzu weit entfernte Untersuchungsgefängnis bringen würde.

Noch vor dem Eintreffen der Kollegen hatte Takeda mit dem Staatsanwalt telefoniert und ihn über die neuesten Erkenntnisse unterrichtet. Der Haftbefehl wurde sofort ausgestellt.

Takeda stand lange am Fenster von Haffners Büro und blickte hinunter auf die Straße. Die Schaulustigen machten Aufnahmen mit ihren Handys, luden die Bilder wahrscheinlich ohne Verzögerung in die sozialen Netzwerke hoch, ohne zu wissen, was eigentlich vor sich ging. Am Ende der Straße bog der Streifenwagen, auf dessen Rückbank Ostermeier saß, um eine Ecke und verschwand aus Takedas Sicht.

Verbrechen kannten keine Sieger, nur Verlierer.

Die Mannschaften der übrigen Fahrzeuge, insgesamt sechs Kollegen, betraute er damit, den gesamten Aktenbestand der Kanzlei in Kisten, Körbe oder andere Behältnisse zu packen und ins Präsidium zu bringen. Dasselbe gelte für Computer, Festplatten und sämtliche andere Datenträger. Sie sollten außerdem Sorge dafür tragen, dass mit den Unterlagen in Haffners Privatbüro in Billwerder dasselbe geschah.

Auch darüber hatte Takeda den Staatsanwalt informiert. Mit der vorliegenden Verhaftung sei nicht nur der Mordfall Haffner geklärt. In den Unterlagen der Kanzlei fänden sich darüber hinaus Hinweise auf zahlreiche weitere Verbrechen, die in den zurückliegenden zwanzig Jahren verübt worden waren. Dazu zählten mehrere Todesfälle, die bisher als Unglücke galten, in Wahrheit aber wohl Morde waren. Über wie viele Tote sie sprachen, konnte Takeda nicht sagen. Mindestens vier, wahrscheinlich aber noch einige mehr.

Ob Haffner selbst der Täter sei, hatte der Staatsanwalt wissen wollen. Takeda konnte es nicht verlässlich beantworten, aber Sabine Ostermeier, die er ebenfalls danach gefragt hatte, hatte verneint. Das Telefonat, das sie mit angehört hatte, legte eindeutig nahe, dass Haffner über einen Helfer verfügt hatte, der die Taten für ihn ausübte.

»Wissen Sie, wer diese Person ist?«, hatte Takeda sie gefragt.

»Nein.«

»Sagt der Name Folkert Ihnen etwas? Peter Folkert?«

»Nein.«

Takeda hatte nur stumm genickt.

Noch einmal versuchte er, Claudia zu erreichen. Auch diesmal ohne Erfolg. Wieder sprang nur ihre Mailbox an.

Wollte sie vielleicht nicht mit ihm reden, weil er ihr vorgeschlagen hatte, bei ihm einzuziehen? War sein Angebot übergriffig gewesen? Hatte er sie damit verletzt?

Claudia war ein Dickkopf, und sie reagierte oft in einer Weise, die für ihn überraschend war.

Aber sie steckten mitten in der heißen Phase einer Ermittlung. Da würde auch sie nicht trotzig reagieren. Nein, wenn er versuchte, sie zu erreichen, würde sie sich zurückmelden.

War ihr also etwas passiert? Sollte er ihr Handy orten lassen?

Bis das veranlasst und durchgeführt war, konnte viel Zeit vergehen. So lange durfte er nicht warten.

Der Verdacht, der ihn schon seit Längerem beschlich, wog zu schwer.

Takeda kehrte in den Vorraum der Kanzlei zurück, rief die Beamten zusammen, die bereits damit begonnen hatten, die Akten aus den Regalen zu nehmen und mangels Kisten in losen Stapeln in ihre Fahrzeuge zu verfrachten.

»Meine Herren, unterbrechen Sie bitte Ihre Arbeit. Sie begleiten mich nach Georgswerder. Wir müssen zunächst ein anderes Haus durchsuchen.«

»Haben Sie denn einen Beschluss, Inspektor?«, fragte einer der Beamten.

Takeda kratzte sich auf typisch japanische Art am Hinterkopf. Dann nickte er entschlossen. »Selbstverständlich. Sie wissen doch, ich bin Japaner. Und wir Japaner halten uns immer an alle Regeln. Also los, brechen wir auf! Und zwar mit Blaulicht und Vollgas!«

84.

Ihr Schreien war umsonst gewesen.

Nichts war geschehen. Niemand war gekommen. Niemand hatte überhaupt irgendwie reagiert.

Dann hatte Folkert also nicht geblufft. Die Höhle – oder wie immer man das nennen wollte, wohin er Claudia verschleppt hatte – lag wirklich tief unter der Erde.

Aber selbst wenn ihre Stimme bis an die Oberfläche drang, vielleicht wäre auch das umsonst. Wer sollte sie schon hören? Der Abstand zu den Nachbargrundstücken war groß. Zudem hatte sie während ihrer Besuche bei Folkert nie jemanden in den angrenzenden Gärten gesehen.

In so einer Gegend interessierte es womöglich auch niemanden, wenn er entfernte Schreie hörte.

Musste sie sich also mit ihrem Schicksal abfinden? Akzeptieren, dass sie nichts tun konnte, um sich aus ihrer Lage zu befreien?

Nein! Niemals!

Claudia holte noch einmal tief Luft, wollte wieder schreien, es ein letztes Mal versuchen.

Dann aber ... ließ sie es doch. Es ging einfach nicht mehr. Ihr Kopf glühte ohnehin schon. Ihre Stimmbänder fühlten sich rau und wund an. Auch ihre Lippen waren rissig. Nicht nur vom Schreien, sondern auch, weil sie nun eben doch durstig war. Mehr als das, ihre Kehle brannte, ihr ganzer Körper lechzte nach Flüssigkeit.

Was war eigentlich, wenn Folkert ihr nichts zu trinken gab? War das sein Plan? Würde er sie einfach hier schmoren lassen, bis sie verdurstet war? Bis sie starb?

Nein, so war er nicht. Das passte nicht zu seinem Schema. Außerdem hatte er vorhin ja schon angekündigt, dass er noch etwas mit ihr vorhatte.

Bei der Vorstellung lief Claudia ein Schauder über den Rücken. Und zugleich, so realistisch war sie, war es ein Hoffnungsschimmer. Er würde sie hier nicht einfach sterben lassen. Er würde kommen, er würde etwas versuchen.

Das war ihre Chance. Vermutlich ihre einzige.

»Folkert? Sind Sie da? Können Sie mich hören?«

Ihre Stimme war rau, kein Schreien mehr. Eher ein heiseres Flüstern.

Eine Antwort erhielt sie nicht.

Claudia sammelte Spucke, sie schluckte, versuchte auf diese Art, ihre Kehle ein wenig anzufeuchten.

Nächster Versuch, etwas lauter. »Folkert! Ich habe Durst! Kommen Sie, ich brauche etwas zu trinken!«

Wieder keine Reaktion.

Claudia versuchte es ein drittes Mal. Schließlich meinte sie, etwas zu hören. Ein seltsames Quietschen, knarzendes Holz, unterdrücktes Husten, dann Schritte.

Schließlich ging das kalte Deckenlicht an. Die Holztür ihres Verlieses wurde geöffnet, und Folkert trat ein. »Was ist denn, meine Süße? Hast du Sehnsucht?«

»Wasser! Bitte!«

»Dachte ich mir schon.«

Er hielt eine kleine Plastikflasche in die Höhe, winkte damit. Er näherte sich ihr. Erst jetzt spürte Claudia, wie vertrocknet sie war, wie sehr ihr Flüssigkeit fehlte. Gierig starrte sie auf die Wasserflasche.

»Schnell! Ich muss trinken!«

»Nicht so eilig, Mädchen. Du hast also Durst, ja?«

»Ja.«

»Dann wirst du nicht wählerisch sein, oder?«

»Ich ... verstehe nicht.«

Ohne zu antworten, öffnete er den Schraubverschluss der Flasche, setzte sie an und trank selbst.

Aber nein, er trank nicht. Oder genauer, er schluckte nicht. Er füllte den Mund mit Wasser und näherte seinen Kopf dem ihren.

Claudia wurde schlecht, kotzübel.

Aber sie hatte keine Wahl, sie musste trinken. Sie musste.

Sie öffnete den Mund und legte den Kopf zurück. Folkert, seine Augen glänzend, öffnete seinerseits die Lippen und ließ ein Rinnsal an Wasser aus seinem Mund in ihren tropfen.

Claudia hätte das Wasser am liebsten ausgespuckt, aber was hätte das gebracht? Nichts. Nichts, außer dass sie noch länger leiden müsste, bis sie es am Ende eben doch tat.

Also trank sie und weinte dabei, nicht aus Trauer, sondern aus Wut.

»Siehst du, mein Schatz. Wir sind jetzt ein Paar, du und ich. Wir teilen uns alles, sogar das Wasser, das wir trinken.«

»Du perverses Schwein!«

Folkert lachte. »Ich mag es, wenn du mich beschimpfst. Ich mag es wirklich.«

Er sah zu ihr hinab, mit Blicken, die so zärtlich wie wahnsinnig waren.

Immerhin, ihr Hals fühlte sich besser an. Sie konnte wieder sprechen.

»Mattusek hatte die ganze Zeit recht? Ist es so? Sie waren es damals, im Jahr 1983? Sie haben Saskia von Thun getötet?«

»Ach, lassen wir doch die alten Geschichten. Es ist so lange her.«

»Also stimmt es?«

»Natürlich. Sie war schön, die Kleine. Mehr als das, sie war einzigartig. Aber sie war auch dumm und hat sich gewehrt. Ich wollte doch nur, dass sie ruhig ist. Aber dann ist sie kaputtgegangen. Wirklich schade. Dummes kleines Mädchen.«

»Dann stimmt auch alles andere? Haffner hat Sie damals gesehen und zu Recht belastet?«

»Der Scheißer! Wollte sich nur wichtig machen. Aber als er mich gebraucht hat, da war ich ihm gut genug.«

Claudia starrte Folkert an. Mit einem Mal wurde ihr alles klar. Alles passte zusammen. »Sie reden über 1998, richtig? Es war alles abgesprochen zwischen Ihnen und Haffner. Er zieht seine Aussage zurück, und Sie kommen aus dem Gefängnis frei. Dafür mussten Sie für ihn die Drecksarbeit erledigen. Sie haben Prozessgegner eingeschüchtert, vermute ich. Oder Sie haben Sie sogar umgebracht.«

»Wir hatten eine gute Zusammenarbeit, Haffner und ich. Viele Jahre lang. Das lässt sich nicht leugnen. Was er als lästige Arbeit betrachtete, war für mich das reinste Vergnügen. Einige habe ich eingeschüchtert, andere habe ich abgemurkst. Die Entscheidung hat er getroffen. Wie ich es mache, hat er mir überlassen.«

»Aber warum haben Sie ihn erschossen? Warum jetzt? Was ist passiert?«

Folkert sah sie verständnislos an. »Aber das war ich doch gar nicht, Dummerchen. Ich habe nicht die geringste Ahnung, wer es getan hat.«

Claudia sah ihn irritiert an. Es klang, als würde Folkert die Wahrheit sagen.

»Aber Yvonne Rheydt, die haben Sie auf dem Gewissen, oder?«

»Noch so ein dummes Mädchen. Wir haben ihr Geld angeboten, aber das wollte sie nicht. Dann habe ich ihr klargemacht, dass sie besser mitspielen sollte. Weil ich ihr sonst sehr wehtue. Oder ihre geliebte Mama aus dem Fenster werfe. Das hat gewirkt. Sie ist brav zur Polizei gestiefelt und hat ihre Aussage zurückgenommen. Aber wir konnten ihr nicht vertrauen. Darum war es besser, sie endgültig schlafen zu legen.«

»Sie haben Yvonne an den Großensee gebracht und erschossen.«

»War tapfer, das junge Ding. Es war rührend. Ich habe ihr erzählt, dass ich schon bei ihrer Mama geklingelt habe. Habe so getan, als hätte ich ein Briefchen für sie. Nächstes Mal würde ich zu ihr fahren und hätte ein Messer dabei. Yvonne konnte es sich aussuchen. Sie macht es selbst. Oder sie muss dran glauben und ihre Mama dazu. Tapfer war sie. Hat sich selbst ihr Köpfchen weggeblasen.«

»Wie viele, Folkert? Wie viele Menschen haben Sie getötet?«

Murmelnd zählte er an den Fingern ab, blickte dann lächelnd zu Claudia. »Soll ich dich mitrechnen? Oder lieber noch nicht?«

85.

Gegen 21:30 Uhr, als die Dämmerung eingesetzt hatte, durchfuhr eine Kolonne aus drei Autos die Holperstraße zwischen den Kleingartenkolonien. Vorne Takedas BMW, hinter ihm zwei Streifenwagen.

Schon auf den letzten Metern vor dem Ziel hatte der Inspektor Ausschau nach Claudias dunkelblauem Peugeot gehalten. Sollte sie wirklich hier sein, müsste ihr Wagen irgendwo im Umkreis parken.

Aber er hatte ihn nicht entdecken können.

Nachdem sie ausgestiegen waren, bat er die uniformierten Kollegen, in aller Eile die nähere Umgebung nach dem Wagen abzusuchen.

Wenige Minuten später stand fest, dass er nicht hier war.

War Claudia also doch nicht bei Folkert? Aber wo war sie dann? Wieso meldete sie sich nicht?

Takeda wusste es nicht. Aber sein Instinkt sagte ihm, dass Claudia in Gefahr war.

Er durfte nichts unversucht lassen.

Gefolgt von den Kollegen trat Takeda durch die niedrige Pforte auf Folkerts Grundstück. Das verwilderte Gebüsch, die Schutt- und Müllhaufen konnten ihn nicht überraschen. Claudia hatte ihm in schillernden Farben davon berichtet.

Mit Takeda an der Spitze umrundeten sie das Haus. Drinnen brannte Licht, das durch die Ritzen der heruntergelassenen Rollläden zu sehen war. Außerdem hörten der Inspektor und die Beamten das Geräusch eines Fernsehers, sahen auch den flackernden Widerschein eines Bildschirms, ebenfalls durch die Spalten zwischen den Lamellen der Rollläden.

Schließlich trat Takeda auf die Terrasse. Hinter dem bunten Schnurvorhang befand sich eine verschlossene Tür.

Er klopfte, laut und vernehmlich. Keine japanische Zurückhaltung. »Herr Folkert? Mein Name ist Takeda, Kriminalpolizei. Sind Sie zu Hause?«

Keine Antwort.

Er klopfte erneut, nun noch energischer. »Herr Folkert? Ich glaube, dass Sie da sind. Ich kann das Licht und den Fernseher sehen. Öffnen Sie bitte die Tür.«

Endlich war aus dem Inneren des Hauses eine Stimme zu hören. »Ist ja gut. Ich komme ja schon. Was soll das denn, um diese Uhrzeit?«

Ein Schlüssel wurde gedreht, die Tür geöffnet. Ein kräftiger, stark behaarter Arm schob den Schnurvorhang zur Seite. Folkert trat nach draußen auf die Terrasse. Er sah so aus, wie Claudia ihn beschrieben hatte. Nicht sonderlich groß, stämmig, fettige Haare, nachlässig gekleidet. Er roch streng nach Schweiß, dazu nach Bier.

»Was wollen Sie?«

»Wie ich sagte, mein Name ist Takeda, von der Kriminalpolizei.«

Folkert grinste. »Ach Sie sind das. Der Kollege von der Tante, die mich ständig nervt. Ich habe ihren Namen schon wieder vergessen.«

»Sie sprechen von Claudia Harms?«

»Richtig, so hieß sie. Harms. Nervige Tusse, ich bedaure Sie, dass Sie mit ihr zusammenarbeiten müssen.«

»Wann haben Sie sie das letzte Mal gesehen?«

»Ist ein paar Stunden her, dass sie hier war.«

»Wann genau?«

»Am frühen Abend. Vielleicht so gegen sechs?«

»Wie lange ist sie bei Ihnen geblieben?«

»Nicht lange, höchstens zwanzig Minuten.«

Takeda musterte Folkerts Gesicht. Der Mann wirkte in keiner Weise nervös, er antwortete schnell und spontan auf seine Fragen. Nichts deutete darauf hin, dass er nicht die Wahrheit sagte.

»Was hat sie von Ihnen gewollt?«

Folkert prustete abfällig. »Dasselbe wie immer. Sie hat Fragen wegen diesem Haffner gestellt, dem Anwalt, der erschossen worden ist. Offenbar seid ihr zu blöd, den zu finden, der es getan hat. Sie jedenfalls hatte keinen blassen Schimmer und glaubte, dass ich ihr helfen könnte. Ich habe ihr klargemacht, dass ich nicht die geringste Ahnung habe. Es interessiert mich im Übrigen auch nicht.«

»Sie täuschen sich, Herr Folkert. Wir wissen, wer Haffner getötet hat. Die Person ist bereits festgenommen worden.«

»Da gratuliere ich doch. Und bitte, bestellen Sie demjenigen meine besten Grüße. Haffner hat endlich bekommen, was er verdient hat.«

»So sollten Sie nicht über einen Toten sprechen.«

»Und ob ich so über den rede. Noch etwas? Nein? Dann lassen Sie mich gefälligst in Ruhe.«

»Moment noch, Herr Folkert. Bevor wir gehen, möchten ich und meine Kollegen uns gerne umsehen. Es stört Sie doch nicht, oder?«

»Und ob es mich stört, du Arschgeige. Zeig mir deinen Beschluss. Wenn du keinen hast, verpiss dich.«

Takeda trat dicht an Folkert heran, und obwohl der Mann um einiges breiter gebaut und deutlich schwerer als der Inspektor war, schien er doch zu spüren, dass er dem Japaner dramatisch unterlegen war. Mit leiser Stimme sagte Takeda: »Wir werden Ihr Haus durchsuchen, Herr Folkert. Wenn es Sie stört, alarmieren Sie gerne Ihrerseits die Polizei. Aber rechnen Sie damit, dass es sehr lange dauert, bis jemand eintrifft. Wir verstehen uns?«

Seine Worte blieben nicht ohne Wirkung. Folkert rückte einen halben Schritt nach hinten, fand dann zu einem überraschenden Grinsen zurück. »Schon gut, Meister. Dann seht euch halt um. Ich weiß zwar nicht, was ihr zu finden glaubt. Aber das ist ja nicht mein Problem.«

Takeda nickte knapp. Er drehte sich zu den Uniformierten um.

»Kollegen, wir durchsuchen das gesamte Haus. Und sehen Sie sich auch im Garten um. Sie wissen, worum es geht.«

Einer der Uniformierten antwortete mit fester Stimme: »Keine Sorge, Inspektor. Wenn sie hier ist, finden wir sie.«

86.

Claudia hörte etwas.

Es waren nicht wirklich Geräusche, dafür war sie zu tief unter der Erde.

Eher waren es Vibrationen, sanfte, kaum wahrnehmbare Erschütterungen. Sie könnten von Schritten stammen, irgendwo dort oben über ihr.

Durchwühlte jemand den Garten? Wurde nach ihr gesucht?

Oder bildete Claudia sich das alles nur ein? Genauso gut könnte es ein Laster sein, der langsam die Straße hinunterfuhr, ein ferner Zug, Bauarbeiten in der Nähe.

Dennoch verspürte sie Hoffnung. Vielleicht war Takeda doch gekommen, um nach ihr zu suchen! Weil nicht nur sie ständig an ihn dachte, sondern er auch an sie. Bestimmt hatte er sich schon seit Längerem Gedanken darüber gemacht, wo sie steckte und warum sie sich nicht gemeldet hatte.

Aber wie groß war die Chance, dass er sie hier unten fand? Winzig. Laut Folkert sogar null.

Es war klar, was das hieß.

Sie musste sich irgendwie bemerkbar machen.

Am liebsten hätte sie wieder geschrien. Aber das konnte sie nicht.

Folkert hatte sie vorhin, nachdem er ihr zu trinken gegeben hatte, geknebelt. Wahrscheinlich hatte er ihr Schreien eben doch gehört. So wie sie jetzt ja auch etwas von oben hörte. Ein solches Risiko hatte er nicht eingehen wollen.

Claudia versuchte es dennoch, sie schrie.

Aber alles, was sie zustande brachte, war ein dumpfes Keuchen. So leise, dass niemand es hören könnte, nicht einmal, wenn er nur wenige Meter entfernt wäre.

Außerdem führte es dazu, dass sie unter ihrem Knebel keine Luft bekam. Folkert hatte ihr ein Stück Stoff in den Mund gestopft, dann das Klebeband mehrfach um ihren Kopf gewickelt.

Ihr Herz begann zu rasen, Schweiß trat auf ihre Stirn. Sie hatte Angst.

Nein, so ging es nicht.

Was konnte sie stattdessen tun? Einfach warten und darauf hoffen, dass Takeda sie fand?

Aber was, wenn nicht?

Es wäre ihr sicherer Tod.

Claudia versuchte erneut zu schreien, brachte aber wiederum nur ein schwaches Brummen hervor.

Das jedenfalls war sinnlos.

Verzweifelt versuchte sie, mit den Zähnen, der Zunge, den Lippen den Knebel abzustreifen. Unmöglich. Das Panzer-Tape war viel zu stabil.

Alles, was sie erreichte, war, dass das Tuch in ihrem Mund tiefer in ihren Hals rutschte.

Sie verspürte einen Würgereiz, musste husten. Panik überkam sie. Wenn sie sich jetzt übergeben müsste, wäre es ihr Ende. Sie würde ersticken.

Mit aller Macht zwang Claudia sich dazu, ruhig zu werden. Es dauerte, aber schließlich gelang es ihr. Ihr Atem wurde langsamer, ihr Schwitzen ließ nach. Auch ihr Herzschlag beruhigte sich.

Sie lauschte in die Stille. Ja, von oben drangen immer noch ferne, leise Geräusche zu ihr hinab.

Kein Zweifel, jemand war dort oben.

Sie musste etwas unternehmen!

Aber was?

Es gab nur eine Sache, die sie tun konnte.

Sie hatte Angst davor. Aber es ging nicht anders. Sie musste es riskieren.

Claudia begann zu wippen, nach rechts und links, immer höher, immer schwungvoller.

Mit dem Knebel im Mund war es ein unkalkulierbares Risiko. Wenn sie erneut mit dem Kopf aufschlug und die Besinnung verlor, würde sie möglicherweise ersticken. Würde nie mehr aufwachen.

Na und? Besser, als von diesem Schwein gequält zu werden.

Also wippte sie weiter, holte mehr Schwung.

Für einen kurzen Moment stand der Stuhl schräg auf zwei Beinen.

Stürzte langsam, sehr langsam zur Seite.

Claudia machte eine ruckartige Bewegung, versuchte so, den Schwung noch zu verstärken. Sie musste so stark auf der Erde aufprallen, dass der Stuhl zerbrach.

Es war Wahnsinn. Aber sie hatte nur diese eine Chance!

87.

»Sie ist nicht hier, Inspektor.«

Der uniformierte Kollege, der die Suche koordiniert hatte, fand Takeda in Folkerts Wohnzimmer.

Er stand dort inmitten der Kistenstapel und der tausend anderen, hoch aufgetürmten Dinge. Wie konnte man so nur leben? Mit der Taschenlampenfunktion seines Smartphones verschaffte Takeda sich zusätzliches Licht. Es führte nur dazu, dass er noch mehr von dem heillosen Chaos in dem Zimmer sehen konnte. Es war widerlich.

»Sind Sie sicher?«

Der Kollege nickte. »Absolut. Wir sind sechs Mann und haben Haus und Garten anderthalb Stunden lang durchgepflügt. Ohne Ergebnis. Wenn wir Geld oder Dokumente, meinetwegen Hehlerware suchen würden, wär's etwas anderes. Solche Dinge könnten vergraben sein oder unter den Bohlen des Fußbodens stecken. Aber wenn die Kollegin hier wäre, hätten wir sie gefunden. Kann ja sein, dass Folkert sie hat. Aber dann versteckt er sie woanders.«

Takeda atmete erschöpft aus. »In Ordnung. Dann können Sie und Ihre Leute abziehen.«

»Was ist mit Ihnen, Inspektor? Sie bleiben?«

»Nur kurz. Ich spreche noch einmal mit Folkert. Dann gehe ich auch.«

»Wie Sie meinen. Was ist mit den Akten in der Kanzlei? Muss das heute noch sein?«

Takeda winkte ab. »Die können Sie morgen holen und aufs Präsidium bringen. Für heute ist Schluss. Fahren Sie nach Hause.«

Der Kollege tippte sich an die Uniformmütze und verließ das Haus. Draußen hörte Takeda seine kräftige Stimme: »Feierabend, Männer. Wir ziehen ab.«

Kurz darauf sprangen draußen die Motoren der Streifenwagen an, entfernten sich, verklangen in der Nacht.

Takeda blieb noch fast eine Stunde in dem zugemüllten Haus. Die Bemerkung des Kollegen mit den Bodenplanken hatte ihn auf eine Idee gebracht. Er schob Folkerts hoch aufgetürmte Stapel mit all den Dingen, die er hortete, zur Seite, trat dann prüfend mit den Schuhen auf die Bohlen des Fußbodens. Er wiederholte die Prozedur Quadratmeter für Quadratmeter, lauschte immer wieder darauf, ob sich der Klang des Holzes änderte. Ob es einen Hinweis auf einen Hohlraum gab, ein geheimes Verlies.

Da war nichts. Kein geheimer Zugang, kein verborgener Kellerraum.

Der Kollege hatte recht. Wenn Folkert Claudia gefangen hielt, dann nicht hier. Takeda konnte nur hoffen, dass er ihr nicht bereits Schlimmeres angetan hatte.

Er ging hinüber in die Küche. Folkert saß am Küchentisch und trank ein Dosenbier.

Takeda deutete auf einen zweiten, freien Stuhl. »Sie gestatten?«

Folkert sah ihn giftig an. »Klar, nehmen Sie Platz. Dann erklären Sie mir bitte, wer das Chaos beseitigt, das Sie und Ihre Kollegen angerichtet haben.«

»Ist ein Witz, oder? Sie sind der erste Haushalt, den ich erlebe, der nach einer Durchsuchung besser aussieht als vorher.«

Folkert prustete verächtlich. »Schon klar. Mit einem wie mir kann man es ja machen. Verschwinden Sie doch einfach auch. Und kommen Sie am besten nie wieder.«

»Das werde ich, Herr Folkert. Doch zuvor ...«

»Was?«

Takeda blickte sich in der Küche um. »Küchen in Japan, vor allem in alten, traditionellen Häusern, sind auch oft schmutzig und unordentlich. Nicht ganz wie Ihre, aber es geht in die Richtung.«

»Sagen Sie bloß.«

»Ja, ich weiß. Das Bild, das Deutsche von uns Japanern haben, ist ein anderes. Sie glauben, nirgendwo ist es so ordentlich wie in japanischen Häusern und Wohnungen. Aber das ist Unsinn. Wir beschäftigen uns mit der Ordnung, weil wir in Wahrheit sehr unordentlich sind.«

»Muss mich das interessieren?«

Takeda sparte sich eine Antwort. Er blickte Folkert nachdenklich an. »Hat meine Kollegin gesagt, wohin sie fahren wollte, nachdem sie von hier aufgebrochen ist?«

»Nein.«

»Was war das Letzte, das sie zu Ihnen gesagt hat?«

»Keine Ahnung. Kann mich nicht erinnern.«

»Dann strengen Sie sich an. Was waren ihre letzten Worte? Das müssen Sie doch noch wissen.«

»Tschüss, schätze ich mal.«

»Tschüss? Das sagt sie eigentlich nie. Schon gar nicht zu jemandem, den sie nicht gut kennt.«

»Dann war es halt Auf Wiedersehen. Oder Arrivederci oder Soronara, oder wie immer das heißt bei Ihnen. Ich bin alt und angetrunken. Ich merke mir so etwas nicht.«

»Sie wissen also nicht, wo sie ist?«

»Nein. Keine Ahnung.«

Takeda sah ihm in die Augen. Da war etwas. Aber was? Häme? Triumph? Oder einfach nur Erleichterung, dass er und die übrigen Polizisten endlich gingen?

Es nützte nichts. Sie hatten das Haus durchsucht. Claudia war nicht hier.

»Sie werden mich wiedersehen, Herr Folkert. Darauf können Sie sich verlassen.«

Takeda erhob sich und verließ das Haus.

Draußen auf der Straße blieb er vor seinem Wagen stehen. Er war erfüllt von Niedergeschlagenheit, Verzweiflung.

88.

Es war wieder still geworden.

Keine Geräusche mehr.

Claudia lag auf dem Fußboden.

Wie viel Zeit war vergangen? Minuten? Stunden? Sie wusste es nicht.

Sie war hart auf die Erde geprallt, aber der Stuhl war auch dieses Mal nicht auseinandergebrochen.

Eine Zeit lang hatte sie versucht, sich von den Fesseln zu befreien.

Vergeblich.

Seitdem lag sie da und fand sich damit ab, dass sie verloren hatte.

Man würde sie nicht finden.

Jetzt waren diejenigen, die sich dort oben zu schaffen gemacht hatten, wieder weg.

Aber sie war immer noch hier unten.

Ihre letzte Hoffnung war verflogen. Niemand würde sie befreien.

Sie war Folkert endgültig ausgeliefert.

Er würde kommen und sich an ihr vergreifen. Bald schon.

Er würde sie missbrauchen.

Er würde sie quälen.

Er würde sie töten.

Claudia musste an Hinnerk Mattusek denken. Er hatte die ganze Zeit recht gehabt, was Folkert anging. Er hatte sogar recht damit gehabt, ihn zu überwachen, auch wenn es Folkert letztlich nicht von anderen Taten abgehalten hatte.

Sie würde sich bei ihm entschuldigen müssen. Jedenfalls, wenn sie das hier doch überleben sollte.

Claudia hatte eine solche Situation schon einmal erlebt. Es war nicht einmal sonderlich lange her, ein gutes Jahr. Takeda und sie bearbeiteten ihren ersten gemeinsamen Fall. Er war überhaupt erst seit kurzer Zeit in Hamburg.

Damals war es eine Frau gewesen, die sie überrumpelt hatte. K.-o.-Tropfen im Tee. Sie hatte Claudia auch in einen Keller gesperrt.

Dann war Ken gekommen und hatte sie befreit. Sie erinnerte sich gut daran, wie er sie von ihren Fesseln befreit und vorsichtig berührt hatte, sie mit einer Art Massage von ihren Schmerzen erlöst hatte. Es war überhaupt das erste Mal gewesen, dass sie einander berührt hatten.

Würde es jetzt wieder so sein? Würde er kommen und sie befreien?

Dummerweise wiederholten sich solche Dinge nicht. Man hatte nicht zweimal so ein unverschämtes Glück.

Auch sonst würde niemand sie retten.

Es bestand keine Aussicht auf Hilfe. Jedenfalls nicht von außen.

Die Einzige, die ihr jetzt noch helfen konnte, war sie selbst.

89.

Takeda stand auf dem Schiffsanleger vor dem St.-Pauli-Fischmarkt. Er hatte sich sein Saxophon um den Hals gehängt. Aber er spielte nicht.

Wie lange stand er schon so da? Er wusste es nicht. Stunden.

Er blickte einfach nur hinaus auf das dunkelölige Wasser der Elbe.

Er liebte diesen Ort. Drüben am anderen Ufer war das große Trockendock, der Hafen, die Kräne, die Containerterminals. Hinter ihm die Silhouette von Hamburg. Alles war in das künstliche Licht der nächtlichen Straßen- und Hafenbeleuchtung getaucht.

Oft schon hatte er hier gestanden und gespielt. In guten Zeiten, in weniger guten.

Ab und zu waren es Fälle gewesen, die ihn nicht hatten schlafen lassen. Dann war er hergekommen und hatte versucht, seine Gedanken in Töne, in Melodien zu verwandeln.

Ab und zu war sie es gewesen, die ihn hergetrieben hatte. Claudia. Diese einzigartige Frau, die ihm, je länger er sie kannte, immer rätselhafter wurde.

Und die er doch nicht missen wollte. Nie mehr.

Aber wo war sie?

Was war mit ihr geschehen?

Lebte sie noch?

Takeda hatte, unmittelbar nachdem er Folkerts Haus verlassen hatte, die Zentrale alarmiert, hatte auch Holger Sauer angerufen.

Nach Claudia wurde inzwischen in großem Maßstab gesucht, auch nach ihrem Wagen. Eine Ortung für ihr Handy war veranlasst worden, bisher ohne Ergebnis.

Aber was, wenn all das nichts brachte? Oder wenn es zu lange dauerte?

Dieser Fall hatte schon zu viele Tote gefordert. Haffner, Rheydt. Die vielen, die Haffner hatte töten lassen. Auch Saskia von Thun.

Folkert war für diese Taten verantwortlich, da war sich Takeda sicher. Er konnte es nicht beweisen. Aber er hatte es in seinen Augen gesehen.

Ebenso wusste Folkert, wo Claudia war. Auch da war sich Takeda sicher.

Aber was sollte er tun? Noch einmal hinfahren und die Wahrheit aus ihm herausprügeln?

Warum eigentlich nicht?

Es war besser, als nichts zu tun.

Takeda legte das Saxophon zurück in den Koffer und kehrte zu seinem Wagen zurück.

Es war vier Uhr morgens, und im Osten waren erste helle Schlieren zu sehen.

90.

Sie musste eingeschlafen sein. Oder sie hatte wieder die Besinnung verloren.

Jetzt aber erwachte sie. Da war ein Geräusch. Schritte, die sich näherten. Ein unterdrücktes Schnaufen, widerwärtig schmatzende Lippen.

Folkert.

Es war also so weit.

Er war vor der Holztür, die ihr Verlies verschloss.

Er schien gute Laune zu haben, er pfiff ein Lied.

Dann sagte er mit grotesk zwitschernder Stimme: »Gleich bin ich bei dir, mein Schatz. Ich hoffe, du freust dich so sehr darauf wie ich. Glaub mir, du wirst große Freude haben an dem, was ich mit dir mache.«

Sie hörte ein Scharnier quietschen, als würde Folkert einen Schrank öffnen. Dann rasselte eine Kette. Wieder pfiff er. Er sagte, offenbar mehr zu sich selbst: »Ich werde sie schön machen, so schön wie nie. Sie wird meine Prinzessin sein. Ach, wie schade, dass ich sie kaputt machen muss.«

Nein, das wirst du nicht, dachte Claudia.

Ich werde es verhindern. Ich weiß nicht wie. Aber ich werde es schaffen.

Dieses Dreckloch hier unten wird nicht mein Grab sein.

Trotz ihrer Fesseln, trotz der Schmerzen, trotz der Dunkelheit, trotz der Tatsache, dass Folkert nur wenige Meter entfernt war und sich offenbar darauf vorbereitete, sie zu töten, erschien ein trotziges Lächeln auf Claudias Gesicht. Es war unsichtbar unter dem Band, das ihren Knebel fixierte.

Aber es war da.

Ja, sie lächelte.

Weil sie fest entschlossen war.

»Jetzt ist es gleich so weit, mein Schatz. Jetzt kann ich mich dir widmen. Es wird nur ein kleines bisschen wehtun, aber glaub mir, allzu schlimm wird es nicht werden.«

Claudia hörte das Klirren eines Schlüsselbundes. Offenbar war die Tür ihres Gefängnisses mit einem Vorhängeschloss gesichert.

Folkert öffnete das Schloss, hängte es aus, zog die Tür auf und trat in den Raum.

Claudia wand sich in ihren Fesseln, versuchte irgendwie freizukommen.

Vergeblich.

»Aber Schätzchen, hast du wieder deinen Stuhl umgeworfen? Warum machst du denn so einen Unsinn? Du weißt doch, dass es sinnlos ist. Na komm, ich helfe dir.«

Folkert packte ihren Stuhl mit einer Hand, zog ihn mit Leichtigkeit in die Höhe, als machte ihm Claudias Gewicht, zusätzlich das des Stuhls, nicht das Geringste aus.

Claudia gab ein Röcheln von sich, zu mehr war sie nicht in der Lage.

Folkert sah sie mit einem mitleidigen Lächeln an. »Ist ja gut.

Ich mache dich gleich los, meine Süße. Dann kriegst du wieder Luft. Du kannst wieder trinken. Anschließend mache ich dich schön. Siehst du?«

Er hielt eine Art Ballkleid in die Höhe, es hatte wirklich etwas Prinzessinnenhaftes, etwas Puppenhaftes.

»Du wirst schön darin aussehen, glaubst du nicht? Na komm, nicke mit dem Kopf für mich.«

Claudia nickte.

»So ist brav. Und jetzt noch etwas. Wenn ich gleich deine Fesseln losmache, dann bleibst du schön brav, verstanden? Na los, nicke wieder, wenn du mich gehört hast.«

Claudia nickte.

»Weil, wenn nicht, dann habe ich das hier für dich.«

Folkert griff in die Tasche, zog ein Teppichmesser hervor und schob die Klinge nach vorne. »Keine Sorge, ich bringe dich nicht sofort um. Das wäre ja Verschwendung. Nein, ich fange ganz langsam an. Ich könnte dir zum Beispiel die Zunge abschneiden. Oder einen Finger. Ein Ohr. Ein Auge ausstechen. Aber keine Sorge, das mache ich nur, wenn du unartig bist. Verstehen wir uns?«

Claudia gab ein ersticktes Brummen von sich, ein verzweifeltes Ja.

»Dann mache ich jetzt deine Hände los. Deine Beine bleiben, wo sie sind.«

Folkert trat hinter Claudia und durchtrennte das Packband, mit dem ihre Hände gefesselt waren. Sofort strömte das Blut befreit zurück in ihre Finger. Claudia wusste dennoch, dass es Minuten dauern würde, bis sie ihre Hände richtig und kraftvoll würde einsetzen können.

Hatte sie so viel Zeit?

Nein.

Folkert trat wieder vor sie. Mit einem verzückten Lächeln berührte er ihre Wange. »Sehr hübsch. Wirklich, sehr hübsch. Du weißt, um dir etwas Neues anzuziehen, muss ich dich erst ausziehen. Das macht dir doch Spaß, wenn ich es tue, oder?«

Claudia nickte.

Folkert beugte sich vor, fasste nach ihrer Bluse und wollte sie aufknöpfen.

Jetzt oder nie.

Alles auf eine Karte.

Leben oder sterben.

Claudia ließ ihre Arme nach vorne schnellen. Sie schlug dem völlig überraschten Folkert ins Gesicht, schlang dann die Arme um seinen Hals. Sie hatte nur diese eine Chance, sie musste ihn packen, durfte ihn nicht davonkommen lassen. Sie musste ihn würgen, am besten bis zur Ohnmacht. Wenn es ihm gelang, sich aus ihrem Griff zu befreien, war er ihr überlegen, da sie immer noch an den Stuhl gefesselt war. Sie hätte keine Chance gegen ihn. Er hatte das Messer, er würde sie töten.

Claudia drückte mit der ganzen Kraft ihrer Verzweiflung zu. Er stöhnte und schnaufte. Sie hatte keinen guten Griff erwischt, schaffte es nicht, ihm die Luft abzudrücken.

»Lass mich los, du Miststück!«, schrie er.

Er richtete sich auf, hob Claudia dabei mit sich in die Höhe. Aber sie gab nicht nach, drückte ihre Hände und Arme noch verzweifelter um seinen Hals.

Sie musste durchhalten. Sie musste weitermachen, durfte nicht aufgeben. Immer weiter. Komm schon, Claudia! Du willst leben!

Folkert aber war kräftig. Er drückte den Rücken durch, packte mit den Armen unter den Stuhl und schleuderte ihn mitsamt Claudia in einer jähen Bewegung gegen die Wand.

Sie schrie auf, fiel hinab auf den Boden, schlug mit dem Kopf auf. Ein unglaublicher Schmerz schoss durch ihren Körper. Sie hatte sich etwas gebrochen, vermutlich eine oder sogar mehrere Rippen. Auch ihr Kopf war verletzt. Sie blutete an der Stirn, und ein rotes Rinnsal floss in ihre Augen, machte sie fast blind.

Aber da war noch etwas anderes. Sie konnte sich bewegen. Mehr als zuvor. Der Stuhl. Jetzt war er doch zerbrochen. Nicht nur ihre Hände waren frei, sondern auch ihre Beine, jedenfalls einigermaßen. Sie konnte aufstehen, auch wenn ihr schon beim ersten kleinen Versuch dazu erneut Schmerzen durch die Brust schossen.

Folkert stand vor ihr, vor Anstrengung schnaufend und lachend zugleich. »Schade, meine Hübsche. Aber ich habe dich gewarnt. Jetzt werde ich dir wehtun.«

Er griff in die Tasche, zog das Teppichmesser heraus, trat auf sie zu.

Claudia, die immer noch auf der Erde lag, blickte zu ihm hoch. Sie hatte nur einen einzigen Gedanken. Nein, du wirst mir nicht wehtun. Es wird umgekehrt sein. Das hier geht anders aus, als du es dir vorstellst.

91.

Die Tage begannen früh um diese Jahreszeit, und so war es schon hell, als Takeda erneut bei Folkerts Grundstück eintraf.

Er trat durch die Pforte, umrundete das Haus.

Nichts schien sich verändert zu haben, seit er in der Nacht von hier aufgebrochen war.

Er wollte über die Terrasse ins Haus gehen, in dem Folkert vermutlich schlief.

Dann aber zögerte er.

Es war doch etwas anders. Aber was? Er hatte es unbewusst wahrgenommen, konnte aber nicht sagen, was genau ihm aufgefallen war.

Er drehte sich um, blickte in den zugewucherten Garten. Die verwilderten Büsche, die wild rankenden Brombeersträucher, in denen schemenhaft die abgewrackten Autokarosserien zu sehen waren.

Dann wurde es ihm klar.

Zwischen zwei der grünen, stacheligen Sträucher war ein schmaler Durchgang, eine Art Trampelpfad, den es am Abend nicht gegeben hatte.

Er war jetzt zu sehen, weil jemand einzelne Ranken zur Seite geschoben hatte.

Takeda ging hinüber, stand am Beginn des Pfades, der mitten hinein in das dornige Durcheinander der Büsche führte.

Vorsichtig, Schritt für Schritt, folgte er dem Pfad. Ein Meter, noch einer. Hinter einer Biegung sah er etwas, ohne genau sagen zu können, was es war.

Er arbeitete sich weiter nach vorne. Dann blickte er hinab auf den von alten Blättern und Ästen übersäten Boden. Da waren feine Linien in der Erde, fast nicht zu sehen. So als befände sich dort eine Art Falltür.

Takeda wollte sich bücken, wollte die Tür öffnen. Doch im nächsten Moment schreckte er zurück.

Der Boden bewegte sich.

Jemand öffnete von unten die Falltür.

Takeda hätte zum ersten Mal seit Langem etwas darum gegeben, eine Schusswaffe zu haben.

Was sollte er tun? Sich in Sicherheit bringen? Abwarten? Angreifen?

Er hörte ein Stöhnen, die Tür schien schwer zu sein. Sie öffnete sich weiter, fiel dann hintenüber.

Ein blasses, blutüberströmtes Gesicht erschien, eingerahmt von zerzausten, strähnigen, blut- und dreckverkrusteten Haaren.

Claudia.

Sie starrte ihn an, wirkte verwirrt, nicht verstehend, wen oder was sie sah.

Er eilte nach vorne, wollte sie berühren, zögerte dann aber doch.

Ein zartes Lächeln erschien auf ihrem Gesicht. »Hilfst du mir, Ken? Ich bin ein wenig schwach.«

Ihre Stimme war nur ein Hauchen.

»Nimm meine Hand. Du bist verletzt.«

Sie lachte. »Verletzt? Und wennschon. Ich lebe! Verstehst du? Ich lebe!«

Sie stieg aus dem Erdloch, in dessen Inneren Takeda eine steile, nach unten führende Leiter erkennen konnte.

Sie konnte sich kaum auf den Füßen halten. Mit seiner Hilfe ging sie einige Schritte, bis sie das Gebüsch hinter sich gelassen hatten.

Dort ließ Claudia sich auf dem kleinen freien Rasenstück nieder. Sie strich mit den Fingerspitzen über die Grashalme, als hätte sie nicht damit gerechnet, jemals wieder etwas Lebendiges berühren zu können.

Dann sagte sie: »Wir müssen einen Krankenwagen holen.«

Schon hatte er sein Handy in der Hand. »Natürlich. Kannst du sagen, was dir fehlt? Sie werden danach fragen.«

Sie schüttelte zart den Kopf. »Nicht für mich. Für Folkert. Ich habe ihn ziemlich übel zugerichtet.«

Takeda stieß ein ungläubiges Lachen aus.

Die Verbindung kam zustande, er schilderte knapp, was passiert war, bat um zwei Rettungswagen.

Dann ließ er sich neben ihr auf die Erde hinab, legte seine Arme um Claudia und drückte sie an sich.

»Sei vorsichtig, Ken. Ich habe mir ein paar Rippen gebrochen. Vielleicht auch noch mehr.«

»Ich bin vorsichtig, verlass dich drauf. Du bist das Kostbarste, das ich habe.«

Sie sah ihn an. Dann begann sie zu weinen wie noch nie in ihrem Leben.

Ausklang

Sie standen am äußersten Rand von Klaus-Peter Haffners lang gezogenem Grundstück in Billwerder. Hinter dem hüfthohen Zaun erstreckten sich endlose Felder, die erst anderthalb Kilometer weiter hinten an den Bahndamm der S-Bahn stießen.

Ländliche Idylle, mitten in Hamburg.

Seit Claudias Befreiung und Folkerts Verhaftung war fast eine Woche vergangen. Claudia hatte einige Tage im Krankenhaus gelegen. Sie war dehydriert gewesen, hatte sich tatsächlich zwei Rippen und die Elle ihres linken Arms gebrochen.

Obwohl sie noch krankgeschrieben war, hatte sie es sich nicht nehmen lassen, mit Takeda hierherzukommen.

Sie hatten einige Worte mit Linn Olsen gewechselt. Olsen beabsichtigte, das Haus zu verkaufen und mit ihrer Tochter in ihre norwegische Heimat zurückzukehren. Als sie vorhin mit ihr zusammengesessen hatten, hatte es unausgesprochen zwischen ihnen gestanden. Olsen hatte über Jahre mit einem Mann zusammengelebt, der den Tod vieler Menschen zu verantworten hatte. Sie hatte nichts davon geahnt. Es würde vermutlich Jahre dauern, bis sie darüber hinwegkam. Vielleicht würde es auch nie geschehen.

Takeda und Claudia hatten einen letzten Blick in Haffners Büro geworfen. Dort hatte dieser Fall seinen Anfang genommen.

Ein Mord. Wie die Spitze eines Eisberges.

Aber galt das nicht für alle Toten? Für alle Verbrechen? Waren sie nicht immer nur die äußerste, sichtbare Spitze von düsteren, dunklen Kolossen im Untergrund, von deren Existenz wir wissen und über die wir doch nichts hören wollen?

Claudia und Takeda schlenderten weiter über das zauberhafte Grundstück, das jedoch bald einiges von seiner Idylle einbüßen würde. Sie konnten es sehen, als sie am hinteren Zaun standen und über die Felder blickten. Auf halber Strecke zur S-Bahn war bereits ein erster Baukran aufgestellt worden. Hier, in einem der letzten großen Grüngebiete Hamburgs, sollte in den kommenden Jahren ein gigantischer neuer Stadtteil entstehen. Oberbillwerder. Das größte Bauvorhaben der Hansestadt seit Jahrzehnten.

Alle waren daran beteiligt. Der Bürgermeister, der bald auf einen Spitzenposten nach Berlin wechseln würde. Thomas Gronau, und zwar diesmal ganz offiziell mit seiner Werbeagentur, die das umstrittene Bauvorhaben kommunikativ begleiten würde. Die HABA, die als federführender Bauträger auftrat. Die S & W, die die Planung von großen Teilbereichen betreute. Ihr Geschäftsführer, Torsten Wahl, würde sich zwar wegen Betrugs vor Gericht verantworten müssen. Die Firma aber führte ihren Betrieb fort.

Wer ebenfalls nicht teilnahm, war Michael Lasker, der ehemalige Büroleiter des Bürgermeisters. Er hatte sein Amt aufgegeben und musste wie Wahl mit einer Anklage rechnen. Zur Empörung von Politik und Öffentlichkeit hatte er gestanden, seine Nähe zum Bürgermeister zur persönlichen Bereicherung ausgenutzt zu haben. Er hatte ein Geflecht aus fiktiven Firmen und fingierten Rechnungen erschaffen und so hohe Beträge unterschlagen.

Während Claudia und Takeda gemeinsam über die Felder blickten, die bald nicht mehr da sein würden, sagte sie: »Alles ergibt Sinn, alles ist aufgeklärt. Ostermeier erschießt Haffner, weil er für zahlreiche Morde verantwortlich ist. Folkert ermordet Yvonne Rheydt, weil die sonst verraten hätte, wie sehr sie unter Druck gesetzt worden ist. Auch die Akte Saskia von Thun kann endlich geschlossen werden. Alles gelöst, könnte man sagen.«

»Du klingst nicht überzeugt.«

Sie seufzte. »Ich weiß es nicht, Ken. Sieh mal, dort draußen wird bald gebaut. Ein ganzes Stadtviertel entsteht, unmittelbar vor dem Grundstück, das Haffner gehört. Dem brillanten, durchsetzungsstarken Juristen, der sich gerade mit Baurecht so wunderbar auskennt. Vielleicht hat er sich ja mit Verhoeven deswegen gestritten? Genauso mit Gronau? Vielleicht wollte Haffner sich querstellen und das ganze Bauprojekt verhindern?«

»Und deswegen musste er sterben? Aber Sabine Ostermeier hat die Tat gestanden, die Spurenlage ist eindeutig. Glaubst du, es ist in Wahrheit ein Komplott?«

»Eigentlich nicht. Es bleibt nur ein seltsames Gefühl.«

Takeda nickte. Er wusste, was sie meinte. Er kannte dieses Gefühl. Ein Fall war gelöst, die Beweise waren wasserdicht. Und doch konnte man sich nicht sicher sein.

Die Wirklichkeit war nicht eindeutig. Nur weil eines stimmte, musste etwas anderes nicht falsch sein. Erkenntnis, überhaupt die Wahrheit war immer nur ein zartes Tasten nach etwas, das man nie in Gänze würde begreifen können.

Sie schlenderten weiter. Es war ein wunderbarer Sommertag, warm, aber nicht heiß, mit einem wolkenbetupften Himmel.

»Was wirst du jetzt machen? Du musst dich um eine neue Wohnung kümmern, richtig?«, fragte er.

»Ja, ich denke, ich werde in den nächsten Tagen anfangen, die ersten Kisten zu packen. Die meisten meiner Möbel werde ich erst einmal einlagern. Damit wir sehen können, ob es funktioniert.«

Er sah sie überrascht an. »Ob was funktioniert?«

Claudia lächelte. »Das mit unserem Zusammenwohnen. Vorausgesetzt, dein Angebot steht noch.«

Takeda wandte den Kopf ab. Er war Japaner, er war diskret. Starke Gefühle. Leidenschaft. Glück. Aber nur im Inneren.

»Natürlich steht es noch. Ich freue mich.«

»Wir müssen ein paar Regeln aufstellen, denke ich. Du darfst zum Beispiel nicht mehr drinnen rauchen. Und höchstens eine halbe Stunde Jazz am Tag.«

»Oh. Ich glaube, das Angebot steht doch nicht mehr.«

Claudia lachte und knuffte ihn in die Seite. »Das fängt ja toll an mit uns.«

Takeda lachte auch. »Aber es wird funktionieren, da bin ich mir sicher.«

Sie legte ihren Kopf auf seine Schulter. »Das wird es.«